Darling Harbour

달링 하버

달링 하버 Darling Harbour

초판 1쇄 찍은 날 | 2014년 10월 17일
초판 1쇄 펴낸 날 | 2014년 10월 23일

지은이 | 훈
펴낸이 | 예경원

편집 | 유경화

펴낸곳 | 예원북스
등록번호 | 제396-2012-000132호
등록일자 | 2012. 7. 25
YRN | 제1-0083호

주소 | 경기도 고양시 일산동구 무궁화로 8-28 삼성메르헨하우스 712호 (우) 410-837
전화 | 031-819-9431 팩스 | 031-817-9432
http://cafe.naver.com/yewonromance
E-mail | yewonbooks@naver.com

ISBN 979-11-5630-162-2 03810

Darling Harbour

달링 하버

훈 장편 소설

YEWONBOOKS
ROMANCE STORY

C O N T E N T S

프롤로그

"우리 헤어지자."

현준의 말에 채원의 방긋 웃던 얼굴이 급히 굳어졌다. 잘못 들었나 했다. 일주일 만에 만나 커피숍에서 차를 마시며 아무 말 없던 그가 적막을 뚫고 꺼낸 말이다. 채원 혼자 종알종알 떠들던 그 공기 속에 낯선 음성이 들려왔다.

"뭐라고?"

채원이 그를 보며 다시 물었다. 현준은 창밖으로 향하던 얼굴을 그녀에게 고정하고 표정에 흔들림도 없이 또박또박 말하였다.

"헤어지자."

채원은 그 소리가 자신과는 상관없는 소리처럼 들렸다. 그 말은 자신에게 들려오는 것 같은데 도무지 자신의 것이 아닌 것 같았다. 너무도 갑작스럽고 준비되지 않은 말이었다. 여전히 멍한 채원을 보는 그의 눈은 차가웠다. 어쩜 사랑하는 남자의 얼굴이라고 는 느낄 수 없을 만큼 한기가 돌았다.

"이제 네가 너무 지겨워. 우리 그만 만나자. 난 이제 네가 싫 어."

5년을 사귀었다. 대학 1학년 때부터 만나 그가 군대 갔을 때, 공 부할 때 물심양면으로 도와주고 내조했던 그 시간이 정말 짧지는 않았다. 그 꽃다운 나이의 채원은 그에게 모든 순정을 다 바쳤었 다. 그리고 아직 그를 너무 많이 사랑하고 있었다.

"그, 그래. 그럴 수 있어. 우리 만난 시간이 길다면 기니까. 그런 데 난 헤어질 수 없어. 난 널 많이 사랑해."

채원의 애절한 말도 그에겐 들리지 않았다.

"무슨 말인지 못 알아들어? 네가 싫다고. 네가 진절머리 나게 지겹다고! 이제 제발 나 좀 놔줘!"

그가 소리치는 그 말들이 그대로 가슴에 와 박혔다. 그리고 칼 날이 되어 보이지 않는 피를 내었다.

"지겨워? 내가 그동안 얼마나 내조했는데 너 나한테 왜 그래. 화난 거 있으면 말해줘. 고칠게."

그녀의 비굴한 말에도 그는 표정 변화가 없었다. 오히려 비웃음 이 섞여 있기도 했다.

"고쳐? 네가 고칠 수 없는 부분이야. 넌 절대 바꿀 수 없는 부 분. 그런데 말해달라니 말할게. 난 너의 가난이 싫어. 이런 연애 생활도 지겨워. 내가 공부해서 변호사 될 동안 넌 변한 게 하나도 없잖아. 겨우 유치원 선생이나 하고 있는 너한테 뭘 더 바라. 고작 월 백만 원 조금 넘게 벌면서 날 얼마나 내조하겠다는 거야. 그리고 말이 나왔으니 말인데 네가 나 공부할 때 얼마나 내조했는데. 날 위해 뭐 하나 사준 거 있어? 5년이나 사귀었으니까 너도 오랜 연애 생활에 힘들었을 텐데 이쯤에서 끝내자고. 그동안 내가 대략 눈치 준 것 같은데 넌 못 알아듣더라. 그래서 직접 말하는 거야."

"네가 나한테 어떻게 그래! 내가 널 얼마나, 얼마나!"

더 이상 말이 나오지 않았다. 눈물이 앞을 가로막아 목구멍도 막아버렸다. 그가 자리에서 일어섰다. 지금 나가면 영원히 그를 놓칠 것 같았다. 그의 팔을 잡았다.

"현준아, 제발. 날 버리지 마. 난 너밖에 없어. 이제 와 날 버리면 난 어떻게 해."

채원의 울먹거리는 말에도 그는 팔을 내치며 외투를 집었다.

"다신 연락하지 마. 네가 전화해도 이젠 안 받을 거야. 그리고 이거."

그녀의 앞에 하얀 봉투가 떨어졌다.

"얼마 안 되지만 그동안 너랑 사귄 시간의 대가라고 생각해. 이 거마저 없으면 넌 기다렸니 뭐니 그런 말로 날 옭아맬 거 같아서. 깨끗하게 정리하자고. 잘살아."

그리고 나가 버렸다. 채원은 멍한 상태로 눈물을 흘리며 앞의 봉투를 보았다. 떨리는 손으로 집은 그 봉투 안에는 수표로 5백만 원이 있었다. 채원은 눈물 가득 품고 눈을 감았다. 눈물이 그녀의 볼을 타고 흘러내렸다.

채원은 그 돈을 부여잡고 떨리는 손으로 커피숍을 뛰쳐나갔다. 현준이 어느 방향으로 갔는지는 모르겠지만 일단 아무 방향으로 갔다. 거리엔 크리스마스 캐럴과 작은 전구의 불빛들이 밤거리를 빛내고 있었다.

겨울, 크리스마스이브다. 까만 겨울밤 수많은 연인들로 둘러싸인 명동의 거리를 비집고 찾아 나섰다. 반대 방향으로 간 것일까. 얼마쯤 더 가는데 수많은 사람들 사이로 낯익은 얼굴이 보였다. 다가가려고 할 때 그의 옆에 보이는 여자를 보았다. 서로 웃고 떠들며 허리에 팔을 두르는 그들을 보며 채원은 허탈한 웃음을 지었다. 방금 헤어지자고 말한 사람의 얼굴치고는 너무나 함박웃음이었다. 그 자식, 배현준은.

채원은 부들부들 떨리는 손으로 봉투를 꾸깃꾸깃 접어 다가갔다. 사람들이 많아서 이런 건 좋았다. 거리가 쉽게 좁혀졌다. 채원은 그들 앞으로 갔다. 현준은 갑자기 앞을 가로막은 그녀를 보자 잠시 당황했지만 이내 웃으며 옆의 여자에게 말했다.

"아, 내 전 여자친구. 정채원."

옆의 여자의 어깨를 감싸 안으며 아무렇지 않게 말을 하였다. 채원의 흘러내리는 눈물이 멈추지 않았다. 깊은 배신감. 절망. 분노. 무어라 대신할 수 있는 말이 부족했다. 이 마음은.

옆의 여자는 알고 있었다는 듯 아무렇지 않은 얼굴로 채원을 보았다. 예쁜 얼굴이었다. 세련되기도 하고 옷 입는 스타일도 채원과는 달랐다. 그냥 풍기는 분위기를 봐도 곱게 자란 부잣집 아가씨 같았다.

"내 5년의 시간이 너무 아까워. 이런 개 같은 자식이 내가 사랑하는 사람이었다니, 너무 치욕스러워. 널 정말…… 죽여 버리고 싶어."

채원의 앙다문 입으로 울음 섞인 말들이 흘러나왔다. 그리고 옆의 여자를 바라봤다.

"이봐요. 뭐가 좋아서 이런 남자랑 만나는지 모르겠지만 당신도 돈 없으면 아무 쓸모 없는 여자야. 괜히 인생 망치지 말고 여기서 끝내요."

"뭐가 어째. 이년이 끝까지!"

현준이 소리치며 채원을 향해 팔을 들었다. 맞아도 좋았다. 차라리 정신을 잃고 쓰러지는 편이 더 낳았으니까. 채원은 눈을 질끈 감았다.

탁.

시간이 지나도 아픈 감각이 없어서 눈을 떴다. 내려치려는 팔을 누군가 잡았다. 채원은 살짝 옆을 보았다. 비니를 쓰고 목도리를 코끝까지 둘러 얼굴이 잘 보이지 않았지만 어떤 키 큰 남자가 현준의 팔을 잡았다.

"넌 뭐야!"

현준이 소리치자 낯선 남자가 심드렁하게 말했다.

"그냥 지나가는 행인."

현준이 팔을 빼내려 했지만 남자의 힘은 셌다. 채원은 그에게서 시선을 돌려 현준을 봤다.

"봐봐. 넌 이런 놈이라 하늘도 네 편이 아닌 거야."

그리고 채원은 꾸겼던 하얀 봉투를 현준의 얼굴에 내던졌다.

"내가 거지야? 창녀야? 이딴 돈 필요 없으니까 너나 가져가. 겨우 5백? 스케일을 좀 크게 가져봐. 이 개자식아."

그리고 뒤돌아 뛰어갔다. 현준의 열받은 얼굴이 스쳐 지나갔지만 상관없었다. 옆의 여자의 기막혀하는 얼굴도 지나갔다. 계속 현준의 손을 잡고 있던 낯선 남자도 지나갔다. 스무 살 청춘을 다 바쳐 사랑한 자신이 너무나 한심했다. 뛰어가다 우뚝 서서 소리 내어 울었다. 주변의 간판들이 어지럽게 채원의 시선을 사로잡았다. 아무 곳이나 들어가 술이나 진탕 마시고 잊어버리고 싶었다. 아니면 제대로 망가지거나.

채원은 근처 아무 가게나 들어가 자리를 잡고 앉았다. 웨이터가 오자마자 메뉴판도 보지 않고 말했다.

"여기, 아무거나 제일 독한 술로 한 병 줘요. 안주 필요 없어요."

아까 현준이 한 말들이 채원의 머릿속을 훑고 지나갔다. 지겨워. 가난해. 싫어.

하지만 그것보다 아직도 그를 사랑했던 마음이 크게 자리 잡아 더욱 채원을 미치게 하였다. 아무리 나쁜 놈한테 걸린 거라지만 마음까지 금방 사라지게 할 수는 없었다.

채원은 나온 술을 술잔에 따르지도 않고 병나발로 마셨다.

"으윽."

썼다. 정말 무지 썼다. 위가 타들어가는 느낌이었다. 진짜 제일 독한 술로 달라고 했더니 제일 독한 술이 맞나 보다. 다시 심호흡을 하고 벌컥벌컥 마셨다. 채원은 술을 못했다. 그래서 현준을 만나도 술집은 가본 적이 없었다. 여태껏 자신이 살아온 이십대였다. 집, 학교, 현준, 아르바이트. 그녀의 삶은 이렇게 단조로웠다.

채원의 부모님은 경상북도 김천 시골 마을에서 농사를 짓고 채원은 서울로 혼자 올라와 대학을 가고 혼자 돈을 벌었다. 그래도 대학을 좋은 곳으로 가서인지 과외 자리도 심심찮게 들어왔고 그것으로 등록금은 마련할 수 있었다. 어쩌면 아르바이트하느라 현준 이외의 사람은 만나보지 못한 것도 있었다.

같은 대학 봉사 동아리에서 현준을 봤다. 지금 생각하면 그가 무슨 생각으로 봉사 동아리에 들어왔는지는 모르겠지만(그의 인품을 보아 봉사를 할 위인이 아니었다) 거기서 현준을 보고 사귀게 되었다.

처음부터 관심이 있는 것은 아니었다. 다른 선배를 마음에 두고 있던 채원을 따라다니고 귀찮게 하는 그가 신경 쓰였다. 그런데 어느새 선배와의 사이는 멀어지고 그녀의 옆엔 현준이 자리했다. 잘생기고 다정다감하게 채원을 대해주어 채원은 금세 그에게 빠져들었다.

그러다 그는 군대를 가고 사법고시 본다고 또 시간을 보냈다. 사법고시에 붙었을 때는 마치 대학 합격시킨 부모 마음처럼 기뻤다. 그리고 그간 옆에서 바라보기만 했던 자신에 대한 보상도 내심 기대했다. 그런데 연수원에서 돌아오고 난 뒤 그의 대답은 이별이었다.

채원은 다시 술을 들이켰다. 5년의 시간 동안 채원에게 사귀자고 했던 남자들도 있었다. 그러나 다 거절하고 기다렸다. 그랬는데 어떻게 배현준. 그는 말 그대로 쓰면 뱉고 달면 삼키는 남자였다. 나쁜 놈. 너무도 속상하고 억울하고 열받아 눈물이 멈추지 않았다.

"가난? 하! 지도 나랑 똑같으면서!"

현준도 잘살지는 못했다. 그저 그런 장사하시는 부모님 밑에서 운 좋게 개천에 용이나 법대에 들어간 케이스였다. 누가 누굴 가난하다고 해. 우리 부모님 농사짓는 게 가난한 거야? 썩을 놈.

한참 그의 욕을 하며 술을 들이켜던 어느 순간 정신이 띵한 느낌이 들었다. 그리고 술병을 봤다. 벌써 한 병을 다 마셨다. 그리고 갑작스럽게 올라오는 취기가 온몸을 휘감았다.

"에이씨. 뭐야. 벌써 다 마셨네. 여기요! 이거 한 병 더 주세요!"

"그만 마셔요, 아가씨! 이게 얼마나 독한 술인데 그걸 다 마셔요!"

손을 흔드는 채원의 팔을 잡은 남자 목소리에 고개를 들었다.

"어? 아까 그 남자네? 여긴 어쩐 일?"

슬슬 혀가 꼬이며 말이 어눌했지만 채원은 전혀 느끼지 못했다.

"아저씨, 이 술 알아요?"

"보드카를 한 병 다 까고 있네. 정신이 있어요? 술도 못하는 것 같은데 무슨 생각으로 이걸 다 마셨어요?"

"그래요? 괜차느 거 가트네……."

혀가 꼬이고 눈이 몽롱해지는 것이 자꾸 부릅뜨려 해도 시야가 흔들렸다.

"하아. 근데 앞이 자꾸 흐려지네. 왜 이러지."

채원은 눈을 비볐다. 천장은 자꾸 바닥에 달라붙으려고 했다.

"이봐요, 괜찮아요?"

또다시 들리는 남자 목소리에 어렵게 고개를 들었다. 남자가 옆에 앉아 채원을 부축했다. 흐린 시야로 남자의 얼굴이 흐리게 보였다.

"잘 안…… 보여."

채원은 그의 얼굴을 손으로 더듬거렸다.

"에이씨. 뭐야. 어떠케 생긴 거야. 모르게따."

주절대며 그의 얼굴을 잡으며 그의 눈을 바라봤다. 눈앞에 현준이 있었다. 갑자기 채원의 눈에 눈물이 흘렀다.

"정말 많이 사랑했는데. 내 전부를 주어도 아깝지 않았는데. 근데 왜 날…… 떠났니."

"이봐요. 난 그 사람이 아니야."

그가 얼굴을 잡고 있는 채원의 손을 빼려 해도 채원은 얼굴을 꽉 잡았다. 졸지에 그녀의 손안에 갇힌 신세가 되었다.

"날 봐. 다른 사람 보지 말고 날 봐. 널 사랑한단 말이야. 널 사랑한다구!"

남자는 채원의 외침을 들으며 잡으려던 손을 포기하고 체념했다.

"그래. 네 맘대로 떠들어라."

그때 갑자기 그의 입술 위로 여자의 입술이 포개어졌다. 갑작스러운 여자의 입술에 당황했지만 떼어낼 수가 없었다. 당장 떼어내는 게 맞았는데 떼어낼 수 없는 무언가가 남자의 감각을 멈추게했다. 따뜻한 입술이 남자의 입술에 닿자 보드카의 독한 냄새가스며들어 왔다. 그리고 짧았던 그녀의 감촉이 남아 있기도 전에그의 어깨로 채원의 얼굴이 떨어졌다.

잔뜩 긴장한 그의 어깨에 기대 잠을 자고 있는 여자를 보자 갑자기 긴장이 풀리며 헛웃음이 나왔다.

"뭐야. 이 여자."

채원은 무거운 눈꺼풀을 뜨며 기지개를 켰다. 살짝 뜬 눈 앞에 낯선 천장이 보였다. 갑작스레 눈을 크게 뜨고 벌떡 일어나 앉았다. 낯선 침대에 앉아 있는 자신을 발견했다. 대체 여기까지 어떻게 왔지. 일어나려던 채원의 머리가 띵하게 울렸다.

다시 주저앉아 주위를 봤다. 그때 욕실로 추정되는 곳에서 들리는 물소리. 헉. 누군가 있다. 누구지. 도무지 어제 일이 생각이 나지 않았다. 어제 현준에게 이별 통보를 받고 아무 술집이나 들어가 술을 시킨 것까지는 생각이 났다. 그다음은 아무것도 생각이 안 났다. 여전히 머리는 울리고 속은 메스꺼웠지만 여기서 이러고 앉아 있을 순 없었다. 채원은 침대에서 나와 주변을 서성이다가 콘솔 위에 메모지에 무언가 적었다. 그리고 겉옷을 챙겨 살금살금 나와 문을 열었다.

욕실에서 샤워를 하고 나온 남자는 침대가 텅 비어 있는 것을 발견했다. 어디 갔나? 한참을 두리번거리던 남자는 테이블 위에 메모지를 발견했다.

—어떻게 된 사정인지는 모르겠지만 제가 침대에 누워 있네요.

어제 절 여기까지 데려다 주신 것 같은데 감사합니다. 그런데 제가 급히 나가야 돼서요.

이만 실례하겠습니다.

혹시요, 어제 술값 대신 계산하신 건가요? 정말 감사합니다. 제 폰 번호예요.

계좌번호 보내시면 보내 드릴게요.

그럼 이만.

남자는 메모지를 보며 헛웃음이 났다. 완전 제멋대로다. 괜히 낯선 여자 일에 참견했다 하루가 완전히 꼬인 남자였다. 이래서 아무나 도와주고 그러면 안 되는 것이다. 적어도 얼굴은 보고 고맙다고 해야지. 남의 옷에 토악질을 해놓고 종이만 써버리고 가면 끝인가. 인성이 글러 먹었다.

남자는 휴대폰 번호가 적혀 있는 메모지를 구겨서 쓰레기통에 버렸다. 그리고 방을 나가려 문을 열다 다시 닫았다. 이내 쓰레기통으로 와 메모지를 꺼냈다. 남자는 휴대폰을 열어 그 번호를 눌렀다. 그리고 계좌번호를 문자로 보내고 닫았다.

「OO은행 123-13243542-867로 보내요.」

메모지를 주머니에 구겨 넣고는 다시 문을 열고 나섰다.

1. 유치원 그 남자

"아야! 선생님! 성민우가 또 때렸어요!"

블록영역에서 들리는 익숙한 남자애 목소리에 채원이 한숨을 쉬고 뛰어갔다. 거긴 성민우로 불리는 남자애와 아버지 성형외과, 어머니 피부과 의사를 부모로 둔 박서준이란 남자애가 싸우고 있었다. 그리고 서준이의 볼에는 작은 생채기가 나 있었다.

채원은 서준의 얼굴에 난 상처에 또 한바탕의 난리가 머릿속을 훑고 지나가는 듯했다. 서준의 부모님은 직업 스타일답게 아들의 몸에 조금의 상처라도 났다간 노발대발을 했다. 바깥에서 놀다가 자기 발에 넘어져 무릎이 조금 까져도 난리가 났다. 그런 부모인데 얼굴의 생채기는 파장이 컸다.

채원은 가까스로 민우에게 시선을 돌렸다. 저 녀석. 지는 멀쩡하다. 호흡 하나 흐트러지지 않았다. 그러나 눈에는 분노의 눈빛이 들어 있었다.

"네가 먼저 내 장난감 가져갔잖아!"

민우가 서준에게 소리치자 서준이 민우를 밀쳤다.

"그렇다고 때리냐!"

서준이 밀치자 민우가 다시 발차기를 하려는 걸 채원이 막았다.

"성민우! 이 와중에 또 발길질이야! 누가 폭력 쓰랬어!"

"전 잘못한 것 없어요! 저 자식이! 저 자식이 먼저!"

"으앙."

갑자기 서준이 울어버렸다. 채원은 아파오는 머리를 살짝 손으로 문지르고 둘을 구석으로 데려갔다. 다른 아이들한테는 계속 놀이를 하라고 했다.

둘은 여전히 씩씩대며 노려보고 있었다. 외관상으로 보면 누가 보아도 민우가 가해자였다.

"민우야, 장난감 가져갔다고 서준이 때리면 돼?"

"항상 그래요. 박서준 얘는 만날 남의 물건 마음대로 가져가면서 고맙다는 말도 안 해요!"

"그래도 그렇지. 폭력은 무조건 금지야. 알겠어?"

채원의 말에도 민우의 눈빛이 수그러들지 않았다. 이번에는 서준을 바라보았다.

"서준이 넌 친구가 가지고 노는 물건을 가져가면서 고맙다, 빌려간다 이런 말을 안 했어?"

"내가 왜 해야 돼요?"

아, 머리야. 채원은 서준과 대화를 하면 항상 머리가 아파왔다. 지나친 이기주의. 아무리 유아기가 자기중심적 시기라지만 서준은 정도가 심했다.

"그럼 넌 우리 유치원에 왜 다니니? 그냥 집에서 혼자 마음껏 놀지?"

그 말에 서준은 채원을 정말 모르냐는 듯 바라봤다.

"엄마가 다니라고 해서 다니는 거잖아요. 나도 다니기 싫어요. 집에는 이것보다 훨씬 좋은 장난감 천지인데."

"서준아, 집에 있는 좋은 장난감은 너 마음껏 가지고 놀고 여긴 다 같이 써야 되는 유치원이야. 너만 사는 곳이 아니라 다른 아이들도 함께 생활하는 곳이라고. 이런 곳에서는 마음대로 가지고 놀고 싶어도 조금 양보하고 미안해, 고마워, 라고 말하는 거야. 알겠니?"

서준은 선생님의 말에 조금도 이해할 수 없다는 표정으로 서 있었다.

"서준이가 먼저 민우에게 다시 얘기해 봐. 장난감 마음대로 가져가서 미안해, 라고."

"싫어요! 내가 왜 미안하다고 해요? 난 잘못한 거 없어요."

채원은 한 대 쥐어박고 싶은 마음을 꾹 누르고 민우를 봤다.

"그럼 민우가 먼저 사과하면 서준이 너도 사과할 거야?"

"네. 저 자식이 먼저 미안하다고 하면 나도 할게요."

채원은 민우를 향해 무언의 눈짓을 했다. 얼른 사과하고 이 상황을 좀 벗어나자꾸나. 민우야. 그때 민우의 눈에서 눈물이 흘렀다. 그리곤 소리쳤다.

"나도 잘못한 거 없어! 나한테 엄마도 없는 주제에 왜 끼어드냐고 그랬어요! 엉엉."

민우의 울음소리에 반 아이들이 다가왔다. 맙소사. 서준이 저 아이를 어쩌면 좋을꼬. 하필 민우가 가장 예민해하는 소리를 했다.

"서준아, 사실이야? 정말 그렇게 얘기했어?"

"네. 사실이잖아요."

아무렇지도 않은 얼굴로 말하는 서준이의 인성이 걱정이 되었다. 아무리 돈이 많으면 뭐 하나. 저런 인격을 가진 아이가 어떤 어른으로 자랄지는 보지 않아도 예상이 되었다. 그전에 바로잡아야 했다.

"엄마가 없는 게 잘못된 일이야? 그럼 서준이 넌 형, 동생 없으니까 끼어들면 안 되겠네?"

"형, 동생하고 엄마는 다르잖아요."

"같은 거야. 엄마가 없다고 해서 잘못되는 건 아무것도 없어. 알겠니? 오늘은 서준이가 민우에게 너무 큰 잘못을 했구나. 그런 말을 하면 친구가 상처받을 거란 생각은 안 했어?"

서준은 그제야 말을 멈추고 가만히 있었다. 별로 반성하는 기미는 보이지 않았지만 이쯤에서 접자는 눈치였다.

"서준이가 민우에게 사과해. 당장."

채원의 단호한 목소리에 서준은 들릴 듯 말 듯한 목소리로 사과했다.

"미안해."

"뭐가 미안한지 말해야지."

잠시 머뭇거리던 서준이 이내 말하였다.

"내가 엄마 없다고 놀려서 미안해."

"또 미안한 것 있잖아."

"장난감 마음대로 가져가서 미안해."

"그래. 잘했어. 그렇게 하는 거야. 민우 너도 사과해."

"난 박서준 얘가 싫어요!"

그렇게 외치고 민우는 교실 밖으로 나갔다. 쟤 뭐니. 겨우 서준이 달래놨더니 왜 쟤가 또 저러냐고. 왠지 오늘 하루는 너무 길 것 같았다. 채원은 아파오는 머리에 눈을 질끈 감았다.

"서준아, 선생님이 민우랑 얘기하고 다시 대화하자."

채원은 부담임 교사 김선주에게 아이들 놀이 정리와 화장실 다녀오기를 지시한 후 민우를 찾아 나섰다. 민우는 멀리도 못 가 교실 문밖 홀에 비치된 어항 옆에서 울고 있었다.

"민우야."

"선생님도 나빠요. 다 싫어요!"

아이의 울음이 잦아들 때까지 기다리다 민우를 데리고 빈 휴게실로 데려왔다. 민우는 의자에 앉아 눈물을 닦았다. 절대 싸워서 지는 적이 없고 눈물을 보이지 않는 민우가 엄마 얘기만 나오면 이렇게 울음바다가 된다.

민우는 엄마가 없다. 아빠와 단둘이 살고 있다. 형편도 별로 좋지 않은 것 같고 아빠와의 대화도 별로 없는 듯했다. 그래서 더욱 민우는 엄마를 그리워했다. 아이 옷이 일주일 동안 같은 옷 그대로인데 아이 아빤 뭐 하길래 신경도 안 쓰는지 모르겠다.

"다 울었어?"

민우는 말없이 앉아 있었다.

"때린 것 잘못했어? 안 했어?"

"……잘못했어요."

"이따 서준이에게 꼭 사과해."

"그 자식한텐 절대로 사과 안 할 거예요. 정말 싫어요!"

"그래도 서준인 너한테 사과했어. 싫어도 잘못한 일에 대해서는 사과하는 게 맞잖아."

"싫어요!"

정말이지 이제 겨우 여섯 살 호랑이반에서 가장 제어가 안 되는 두 명이었다. 한 명은 과잉보호하는 부모, 한 명은 방임하는 부 아래서 가장 고집 세고 성격 불능인 아이 둘. 그나마 서준 부모는 꼬박꼬박 참석하고 할 일은 하는데 민우 아빠란 사람은 3월이 다 지나가도록 코빼기도 안 보이고 매번 민우 혼자 유치원 차를 타고 이동했다.

말로는 데려다 주고 데려오는 아줌마가 있다고 하는데 누군지도 모르겠고 그래서 면담을 하려고 해도 매번 통화 중이거나 부재 중이어서 여태 한 번도 만난 적이 없다. 채원이 생각하기에는 형편이 안 좋아 누군가가 대신 봐주고 아빠는 일하느라 바쁜 것 같았다. 그러니 이렇게 연락이 안 되지. 아니면 자식 일에 이렇게 무심할까.

"성민우, 네가 고집부린다고 해결되는 게 아니야. 그건 지켜야 하는 우리 반 규칙이야. 알겠어? 이따 꼭 사과해."

민우는 불만 가득한 표정에도 채원의 눈빛이 단호하자 고개를 끄덕였다.

"그리고 아빤 뭐 하시니?"

"아빠요? 집에서 노는데요?"

채원은 민우 아빠란 작자가 너무 마음에 들지 않았다. 놀면서 유치원에 코빼기도 안 비친다니. 정말 노는 게 사실인가 싶었다.

"선생님이 오늘 민우에게 특명을 하나 내리겠어. 잘 지키면 다음 주 꼬마선생님 일주일 시켜줄게."

꼬마선생님이란 말에 민우의 표정이 밝아졌다. 아이들이 좋아하는 것 중에 하나가 선생님처럼 되어서 아이들을 지휘하는 것이었다. 꼬마선생님이란 지위는 아이들 세계에도 작은 권위를 가졌다.

"오늘 집에 가자마자 아빠보고 무조건 유치원으로 선생님 만나러 오시라 그래."

"아빠요? 아빠 바쁜데."

"집에서 논다며."

"그런데 바쁘기도 해요."

뭔 소리야. 아직 어린 민우가 모르는 뭔가 이상한 일을 하는가 보다. 어두운 직업 쪽인가. 그래도 채원은 오늘 끝장을 보고 싶었다.

"무조건 오늘 오시라 그래. 네 꼬마선생님이 걸려 있다."

"아……."

민우의 고개가 끄덕여졌다.

채원은 교무실에서 하원지도를 끝내고 수화기를 집었다. 아까 서준의 볼에 난 생채기를 소독했지만 아이가 집에 가기 전에 얼른 부모에게 알려야 한다. 채원은 심호흡을 하고 번호를 눌렀다.

[네. 선생님.]

"안녕하세요, 서준 어머니. 잘 지내시죠?"

[저야 뭐 병원 일로 바쁘네요. 그런데 무슨 일로?]

"아, 저기 다름 아니라 오늘 서준이가 친구랑 다투다 얼굴에 조금 상처가 났어요."

채원의 말에 수화기 저편의 소리가 단숨에 커졌다.

[뭐라구요? 얼마나요!]

"아주 작은 정도긴 하지만 어머니께서 놀라실 것 같아서 전화 드렸어요. 많이 걱정되시죠? 저도 아주 놀랐어요."

[선생님! 제가 다른 건 다 안 바란다고, 우리 애 다치지만 않게 해달라고 그랬잖아요! 그게 어려운가요?]

"많이 속상하시죠? 저도 많이 속상해요. 잘 본다고 하지만 갑작스럽게 일어난 일에 모두 대처하는 일이 쉬운 게 아니네요. 죄송합니다."

[우리 서준이 얼마나 아팠을까. 그 애 누구예요? 서준이 그렇게 만든 애.]

민우에게도 찾아갈 기세였다.

"반 아이인데요. 제가 알아듣게 타이르고 있는 중입니다. 서준이와 같이 놀다 서준이가 블록을 말도 없이 가져가서 아이가 때렸어요. 서준이가 유치원 물건을 자기 것이라고 생각하는 경향이 있네요. 그래도 폭력은 절대 안 되는 거라고 알아듣게 얘기했습니다."

[어휴. 속상해. 전에도 그 아이 얘기하던데. 혹시 그 성민우란 아인가요? 서준이가 아주 싫어하던데.]

네네, 서로 싫어하더이다. 채원은 속으로 한숨을 쉬었다. 자기 아들이 먼저 블록을 가져간 건 생각 못하시나.

[언제 한번 그 아이를 좀 봐야겠어요. 왜 매번 서준이를 못살게 구는지. 어휴, 정말 속상하네요.]

"아무튼 오늘 서준이 상처 잘 봐주시고 저도 더 주의하며 보겠습니다. 친구에게도 얘기할게요."

[선생님, 잘 좀 봐주세요. 면담 때 말씀드렸듯이 서준이 삼대독자예요. 성민유치원 시스템 그런 거 전 아무 상관 없으니까 아이 안전에만 신경 써주세요.]

"네. 어머니도 서준이에게 좀 더 조심하라고 해주셨으면 좋겠네요. 서준이가 어머니 말씀을 잘 듣거든요. 그럼 이만 끊겠습니다."

전화를 끊고 애꿎은 화살은 민우에게 돌아갔다. 왜 하필 예민한 부모를 둔 서준이를 그리했는지 정말 속상했다. 그렇다고 항시 서준에게만 시선을 고정할 수도 없는 노릇이었다. 그리고 민우 아빠란 사람이 최종적으로 나빴다. 채원은 마음속 화살만은 남에게 돌리고 싶어 민우 아빠를 씹었다.

—정 선생님, 면담실에 민우 아빠 오셨대요.

인터폰으로 들려온 소리에 채원은 컴퓨터로 정리하던 민우의 생활기록부 파일을 들고 면담실로 내려갔다.

성민유치원.

성민대학교, 성민중고등학교, 성민초등학교를 둔 성민학원 재단 부속 유치원이다. 1910년대 '성민'이라는 이름의 남자가 세운 성민학당을 시작으로 지금까지 이어져 오고 있었고 대한민국에서 가장 큰 교육기관을 지니고 있는 거대 사립학원으로서 유치원부터 대학교까지 인재만 갈 수 있는 기관이었다. 그중 성민중고등학교, 성민대학교는 전국 상위 10% 내외의 우수한 인재들만 모여 있는 곳이었다.

성민유치원은 성민대학교 부속 유치원으로 유아 중심의 교육을 하는 기관이었다. 다들 영어를 필수로 가르치는 요즘 같은 시기에 성민유치원은 특기적성을 다 빼고 오로지 활동을 통한 개념탐구에만 중점을 두고 교육하였다. 그럼에도 학부모 대부분이 서로 오려고 입학 경쟁을 벌이는 치열한 곳이었다. 성민유치원을 거쳐 간 아이들이 나중에 학업 성적이 더 우수하다는 연구결과가 속속들이 나오고 있기 때문이었다.

또 저소득층 자녀나 한부모 가정 등의 아이들의 경우 추첨을 통해 선발하여 중고등학교까지 전액 무상으로 교육을 하는 등 사회 공헌에도 이바지하고 있다. 그러나 학부모의 신상은 공개하지 않아 어떤 직업을 갖고 있는지 교사가 알지 못하게 하였다. 교사가 부모의 직업에 대한 편견과 관심을 갖지 않고 아이를 평등하게 대하도록 하는 방안이었다.

그렇지만 아이들과 생활하다 보면 자기 부모가 무슨 일 하는지는 다 나오게 되어 있었다. 그 예로 서준과 민우가 그랬다. 혹은 부모들이 먼저 자기 직업에 대해 이야기하는 편이었다. 성민유치원에 다니는 아이들 대부분이 말 그대로 상류층에 속하였다.

채원은 면담실 문을 열고 들어갔다. 안에서만 보이는 통유리 저편에는 놀이실에서 놀고 있는 민우가 보였다. 민우는 오늘 채원의 말에 집에 가서 특명을 완수한 셈이었다. 자식, 기특하네.

민우가 놀고 있는 곳을 보던 남자의 뒤통수를 보며 헛기침을 했다. 키가 굉장히 컸다. 채원도 큰 편인데 서 있는 뒷모습만 봐도 180은 훌쩍 넘어 보였다. 채원의 헛기침에 그가 돌아봤다.

"아, 민우 선생님?"

"안녕하세요. 민우 담임입니다. 갑자기 찾아오라고 해서 놀라셨죠?"

채원은 사람 좋은 웃음을 지었다. 채원은 학부모를 대할 때 항상 특유의 미소와 제스처를 취해 학부모들 사이에서 인기가 좋았다.

"앉으세요."

"민우 녀석이 선생님 보러 안 가면 자신도 유치원을 안 다니겠다고 으름장을 놔서요."

채원은 앞에 앉는 민우 아빠란 사람을 봤다. 체격도 좋고 피부도 굉장히 깨끗했다. 부드러운 인상과 선이 곧은 얼굴이 한마디로 미남이었다. 외모만 봐서는 부족함이 없는 것 같은데 사람이 얼굴로만 판단할 수 있겠는가. 그리고 얼굴 아래 걸쳐져 있는 옷은 집에서 입는 추리닝이어서 얼굴로만 판단하면 안 된다는 교훈을 다시 한 번 깨우치게 해줬다. 여태 보았던 부모들의 옷차림은 민우 아빠와는 참으로 달랐다.

"안녕하세요. 이렇게 뵈어서 반갑습니다. 민우 아빠 됩니다."

그의 음성은 생각보다 부드럽고 듣기 좋은 중저음이었다.

"바쁘신 것 같은데 제가 오늘 무조건 뵙자고 했어요. 다름 아니라……."

채원이 말을 하려고 하자 그가 다시 입을 열었다.

"한번 찾아뵙긴 해야 했는데 죄송합니다. 원장님께는 예전에 찾아가 뵈어서 다 보았다고 생각했는데 미처 담임선생님을 생각하지 못했습니다. 제가 올해부터 많이 바빠져서 더욱 신경을 못 썼습니다."

뭐야. 담임인 나를 먼저 봐야지 원장님만 보면 무슨 소용이래. 내가 당신 자식 구박하면 어쩌려고.

"네. 저, 민우가요."

그는 민우의 말에 채원을 바라보았다.

"아이들과 잘 어울리지 못하고 혼자 지내요. 오늘도 반 아이와 싸웠어요. 자주 그럽니다. 폭력적인 성향이 다분하고 놀이도 혼자 하려고 하고 사과하는 모습은 보지를 못했어요. 그리고 또."

속사포처럼 민우의 단점을 늘어놓는 채원을 보며 그가 낮게 웃었다.

"네. 계속하세요. 민우가 선생님 속을 꽤나 썩였나 보군요."

채원은 그의 웃음에 잠시 머뭇거렸지만 여기서 물러서면 안 되었다. 오늘 진상 교사로 찍히는 한이 있더라도 민우 아빠의 방임을 고쳐 놓고 말리라.

"흥미를 보이는 활동이 없습니다. 싸움은 엄청 잘하네요. 덕분에 얼굴에 상처 난 적은 한 번도 없습니다."

"당연하지요. 사내로 태어나 맞고 다니는 건 두고 볼 수 없거든요."

"제 논지는 그게 아니라 다른 애들한테 피해를 준다는 거예요. 오늘도 다른 아이가 장난감을 가져갔다고 때려서 다투고요. 사과를 전혀 하지 않았답니다. 덕분에 그 아이 부모가 흥분하며 민우를 나무라더군요."

"우리 민우가 이유 없이 때릴 애가 아닙니다."

아직 댁의 아들에 대해 잘 모르나 보군요. 채원의 속마음이 목구멍까지 올라왔다.

"제가 보기에 아버님이 민우에게 관심이 별로 없는 것 같습니다. 민우 이번 주 내내 같은 옷 입었습니다. 같은 옷이 문제가 아니라 위생 상태를 염려하는 겁니다. 준비물도 챙겨오지 않고요. 학부모 면담 때도 민우 아버님만 못 뵈었습니다. 민우는 활동에는 관심이 없고 참여하려고도 하지 않습니다. 아이들 기질 차이가 있긴 하지만 민우는 어떤 활동에도 관심을 보이지 않고 무관심합니다. 민우가 그런 일로 친구들에게 안 좋은 이미지를 받을 수도 있기 때문에 말씀드리는 겁니다."

"아…… 그렇습니까?"

아, 그렇습니까는 무슨 아, 그렇습니까! 시정하라고. 민우 아빠의 정말로 몰라서 궁금한 듯한 표정에 채원은 낮은 한숨을 쉬었다.

"민우 아버님도 살림이 빠듯하고 먹고살기 바쁘니 민우에게 소홀할 수 있을 거라 생각합니다. 그렇지만 제가 민우에게 듣기로 집에서 놀고 계신다고 하던데 이제부터라도 신경 좀 써주세요. 엄마가 없는 부분에 대해서도 민우는 굉장히 외로워하고 예민해합니다. 그럼 더더욱 아빠의 역할이 중요하다고 생각합니다."

채원의 말을 한참 듣고 있던 그가 살짝 웃었다.

"제가 무슨 일을 한다고 생각하십니까?"

"네?"

"괜찮아요. 말씀해 보세요."

갑작스러운 질문에 채원은 당황했지만 차분히 말했다.

"뭐, 막노동이나 밤 문화에 해당하는?"

"푸하하."

갑자기 웃는 그를 이해할 수 없다는 듯 바라봤지만 그는 계속 웃을 뿐이었다. 한참 웃던 그가 말을 했다.

"아, 이제 이해가 가네요. 선생님께서 왜 그렇게 민우를 불쌍하게 말하는지."

그는 웃음기를 머금은 얼굴로 말을 이었다.

"제 옷을 보고 그런 판단을 내리셨습니까? 선생님한테 조금 실망했네요. 듣기로 성민유치원 교사들은 외모로 사람 판단하지 않는다고 들었는데. 뭐, 어쨌든 선생님이 그렇게 생각하는 건 나름의 이유가 있을 거라고 생각하겠습니다. 오늘 이렇게 입고 온 이유는 나름 직업에 대한 편견을 주지 않게 하려고 한 것인데 아직 우리나라에서 그런 편견은 사라지지 않는 것 같습니다?"

웃으면서 말하는데 이상하게 비꼬는 듯한 이 느낌은 뭘까. 그럼 그 옷차림이 일부러 차려입은 거란 거야 뭐야. 채원은 그의 말에 심기가 꼬였다.

"그리고 그 녀석 불쌍한 녀석 아니에요. 선생님께서 오해하신 부분이 있습니다. 물론 엄마 없는 점은 불쌍할 수 있지만 그건 그 녀석이 감내해야 하는 부분이라. 제가 속사정을 다 말씀드릴 수는 없지만 한 가지 알게 된 건 있습니다. 아직 초등학교도 들어가지 않은 꼬맹이도 외모에 신경 쓰지 않으면 안 되는 현실이 되었다는 것을요. 그리고 아이 엄마에 대해 예민해한다는 건 어떤 녀석이 민우에게 엄마 얘기를 꺼냈다는 뜻이겠지요. 맞습니까?"

채원은 어리둥절하고 얼떨떨한 표정으로 고개를 끄덕였다.

"그 녀석 누군지 몰라도 혼내줘야겠군요. 부모를 가지고 장난치는 건 나쁘다는 걸 어릴 때부터 배워야 합니다."

민우 아빠란 사람에게 한 방 먹은 느낌이 드는 건 왜일까.

"하지만 민우 고 녀석도 성격 좀 고쳐야겠네요. 그래야 우리 민우가 좋아하는 예쁜 선생님 덜 속상하게 하지요. 제가 가! 난! 하긴 하지만 앞으로는 민우에게 좀 더 신경 쓰겠습니다."

'가난'이란 말을 힘주어 말하는 그에게 뭔가 직업적 편견을 심어준 것 같아 마음이 씽 했지만 그래도 자기 처지에 대해 제대로 인식한 것 같아 나름 성과를 거두었다. 옷차림이 어떻든 그가 민우에게 신경을 덜 쓴 건 사실이니까. 그가 신경 쓰겠다니 채원으로서는 할 말을 다한 셈이었다. 그는 뭐가 좋은지 계속 싱글벙글한 미소를 거두지 않았다.

"그리고 민우가 그러더군요. 유치원에서 배우는 것들이 너무 시시하고 유치해서 도무지 같이하고 싶은 마음이 들지 않는다고."

"네?"

채원은 민우 아빠의 말에 기가 막혔다. 여태껏 아무런 참여도 하지 않고 만날 뒤에 앉아 듣지도 않던 민우 녀석이었다.

"아버님께서 뭔가 오해를 하고 계신 것 같은데요."

"선생님께서 잘 모르시는 부분이 있는데 저랑 민우는 자주 대화를 합니다. 거기서 알게 된 사실은 민우가 선생님을 무척 좋아한다는 겁니다. 그래서 선생님과 하는 활동은 좋은데 다른 애들하고 함께하는 것이 싫다고 했습니다. 도무지 수준이 맞지를 않는다고."

아, 네네. 어련하시겠어요. 지금 생각하니 두 부자의 생각이 비슷한 것 같다. 다른 사람과는 어울리려고 하지도 않고 개인주의가 몸에 배어 민우도 그렇게 혼자 생활한 것이었다. 정말이지 민우 아빠란 사람 상식 밖이었다. 더 이상 대화를 이어나가고 싶지 않았다.

"네. 그렇군요. 그렇지만 전 사회생활을 할 때 자신과 맞지 않는 사람과도 잘 어울릴 줄 알아야 바른 인성으로 자랄 수 있다고 생각합니다. 민우는 아직 어리니 충분히 다른 사람과 어울리는 법을 배울 수 있습니다."

그는 채원의 말에 고개를 끄덕이며 웃었다.

"물론이지요. 제가 집에서 민우에게 잘 얘기해 보겠습니다."

"네. 그럼 앞으로 조금씩 달라지는 민우를 기대해 보겠습니다. 저도 잘 지도하겠습니다."

채원의 말에 그가 폰을 내밀었다.

"선생님 번호 좀 가르쳐 주세요."

"죄송하지만 교사 개인 정보는 공개하지 않습니다. 공지사항은 가정통신문을 참고하시면 될 것 같습니다."

채원의 차가운 말에도 그는 여전히 웃음을 머금으며 말을 했다.

"아시다시피 제가 좀 바빠서 매번 가정통신문 참고할 시간이 없네요. 선생님께서 번거로우시겠지만 문자로 좀 남겨주시면 제가 잘 참고하겠습니다."

이렇게까지 말하는데 번호를 안 가르쳐 주기도 뭐해서 하는 수 없이 그의 폰에 번호를 눌렀다.

"정채원 선생님이시라고요?"

"네. 이건 제 번호예요. 뭐 궁금하신 점이나 민우 유치원 생활에 대해 물어보시면 알려 드리겠습니다. 그럼 민우랑 잘 들어가세요."

채원이 일어나 면담실 문을 열려는데 그의 목소리가 들려왔다.

"혹시 우리 어디서 본 적 없나요?"

뭐야. 이 남자. 뻔한 작업 멘트가 오히려 어이없었다. 채원은 다시 예쁜 미소를 지으며 돌아봤다.

"글쎄요. 전 아버님 여기서 처음 뵌 것 같네요."

"아닌데. 우리 어디서 봤는데."

그는 뭔가 알고 있는 듯 의미심장한 말투를 했다. 널 어디서 보냐. 넌 학부모고 난 교사야. 채원은 그가 이렇게 말하는 게 부담스러웠다. 혼자 사는 홀아비여서 아무 여자한테나 들이대나. 그런데 난 애 딸린 홀아비는 거절이다. 난 아직 파릇파릇한 싱글이라고! 그리고 학부모와의 썸은 사양하겠어.

"아버님, 다른 사람과 착각하셨나 봐요. 전 이만 수업 준비로 올라가 봐야 해서요. 그럼 다음에 뵙겠습니다."

"5년 전 명동에서, 술 취해서, 술값 아직 안 갚았는데요?"

그가 두서없이 꺼낸 말을 흘겨 듣다 갑자기 멈칫했다. 5년 전? 명동? 갑자기 드는 생각이 있었지만 채원은 애써 침착하고 평온한 표정을 했다.

"전 전혀 모르겠습니다. 그럼 이만."

그리고 잽싸게 문을 열고 나왔다. 그의 얼굴에서 확신에 찬 비웃음이 얼핏 지나간 것 같았다. 빠른 걸음으로 올라가며 채원은 새록새록 떠오르는 기억에 얼굴이 붉어졌다. 5년이나 지났지만 아직도 그때 기억은 생생하고 그때 이후로 여태까지 남자도 못 사귀고 있으니까 말이다. 그럼 혹시 그때 호텔에 데려다 줬던 남자가 민우 아빠?

채원은 붉어진 얼굴을 식히려 얼굴을 세게 흔들었다. 맙소사. 여기서 학부모로 만나다니. 그때 호텔에서 나오자마자 휴대폰을 찾았지만 어디서 잃어버렸는지 보이지 않았다. 가방, 외투 어디에도 휴대폰이 보이지 않았다. 혹시 호텔방에 놓고 왔는가 싶었지만 다시 들어갈 용기가 도저히 나지 않았다.

채원은 머리를 부여잡고 흔들었다. 아냐. 모른 척해. 끝까지 모른 척. 그때 한 번 본 얼굴을 어떻게 기억해. 그리고 자신은 제대로 보지도 못했다. 채원이 부인하는데 그 남자가 더 어떻게 하겠는가. 채원은 심호흡을 하고 교무실로 들어왔다. 그때 휴대폰에 메시지가 울렸다.

「성윤호입니다. 정채원 선생님. 기억을 못하신다니 억울하네요. 그런데 제가 가난해서 언젠가 술값은 꼭 받아야겠습니다. 선생님께서 기억이 나실 때 주세요. 그리고 우리 민우에게 전보다 더 관심을 주셨으면 좋겠습니다. 말씀드렸듯이 민우가 선생님을 무척 좋아하거든요.」

민우 아빠다. 성윤호. 그의 이름인가 보다. 채원은 여태껏 부모 이름은 알려고 하지도 않고 알고 싶지도 않았다. 그런데 졸지에 민우 아빠의 이름까지 알게 되었다. 메시지에서 드러나는 그의 장난. 채원을 놀리고 있었다. 도대체 저 성윤호란 사람 어떤 남자야.

아, 정말로 기나긴 하루다. 채원은 어느새 해가 저물고 있는 창문을 바라보며 한숨을 쉬었다.

한참 수업 준비를 하고 있을 때 1층 현관에서 휴대폰이 울렸다.
[정채원 선생님. 현관으로 내려와 주세요.]
아침 등원맞이를 하고 있는 교사들에게서 호출이 왔다. 채원은 준비를 마무리하고 내려갔다. 현관 앞으로 가자 그곳에는 멋지게 차려입은 민우와 그 아빠, 윤호가 서 있었다. 그는 채원을 보더니 활짝 웃었다. 그 웃음이 왜 이렇게 사악해 보일까.
"안녕하세요, 선생님."
채원은 그를 보기가 민망했지만 어색하지 않게 예의 친절한 웃음으로 맞이했다.
"안녕하세요. 오늘은 직접 데려다 주셨네요?"
"네. 이제부터 제가 매일 데려다 주고 데려가고 그러려고요. 생각해 보니 선생님 말씀대로 그동안 너무 민우에게 무심했던 것 같아서 이제부터라도 신경 쓸랍니다."
아니요. 그냥 댁 하던 대로 하세요. 제발. 채원은 올라오는 한숨을 삼키고 웃었다.
"아, 그러세요? 잘됐네요. 민우가 좋아하겠어요. 민우야, 오늘 정말 멋지게 입었구나?"
채원의 말에 민우가 활짝 웃으며 좋아했다. 부자의 웃음이 닮았다. 한참 등원하는 아이들로 인해 현관이 혼잡했다. 마침 원장도 원장실에서 나왔다.
"어? 민우 아버님!"

원장의 말투에서 놀라움과 갑작스러움이 나타났다.

"어쩐 일로. 바쁘신 거 아니에요?"

원장은 그가 무슨 일을 하는지 알고 있는 것 같았다. 하긴, 부모들의 신상은 원장만 알고 있었다.

"바쁘긴요. 만날 노는데. 이제부터 등, 하원은 민우랑 같이하려고요. 원장님도 잘 계셨죠? 우리 민우 담임선생님이 이렇게 예쁘신 줄 몰랐네요. 알면 진작 찾아뵐걸."

눈웃음을 치며 채원을 보는 능글맞은 그의 말투가 주변의 등원 지도를 하는 교사들의 귀에도 들어갔다. 그리고 동시에 채원을 놀란 눈으로 바라봤다. 채원은 당황스럽게 그를 바라봤다. 노골적으로 관심을 표현하는 그가 부담스러웠다. 그의 속내가 관심이라기보다는 개인적인 감정인데 다른 사람들은 그 속사정을 모르니 관심이라고 생각할 것이다. 경력 4년 차에 생각지도 못한 복병이 생겨 버렸다.

"우리 정 선생님이야 제가 믿고 있는 교사 중 한 명이죠."

원장의 웃음에 채원이 어색하게 웃어 보였다.

"정 선생님, 그동안 민우 혼자 등원해서 몰랐는데 민우 아버님 스타일 죽이네요."

살짝 그 옆에 서 있는 교사가 귓속말로 속삭였다. 과연, 윤호는 어제 그 추리닝 남자가 맞나 싶을 정도로 고급 슈트를 빼입고 있었다. 괜히 옷 얘기해서 전 재산 다 털어서 산 거 아냐. 그런데 가난하지 않을 수도 있다는 생각이 들었다. 아니면 저런 옷을 어떻게 사 입을 수 있을까. 옷맵시가 났다. 애 아빠 맞나 싶을 정도로 젊어 보이고 군살이 하나 없었다. 도대체 저 남자 정체가 뭘까. 모르겠다. 머리 아프다. 내가 알아서 뭐 하려고.

"민우야, 이제 교실로 가자. 친구들한테 멋진 민우 모습 보여줄까?"

얼른 이 자리를 벗어나려면 민우 아빠를 보내야 했다. 민우의 손을 잡으려는데 뒤에서 낯익은 음성이 들려왔다.

"채원아."

순간 흠칫했지만 천천히 고개를 돌렸다. 역시나, 현준이 서 있었다. 그도 놀란 듯 채원을 바라봤다. 5년 만에 처음이다. 네가 여기 웬일이냐는 눈빛을 하고 있는 채원을 보며 현준이 살짝 웃었다.

"아, 나 성민유치원에 우리 아들 다니거든. 올해 다섯 살."

오 마이 갓. 보기 싫은 얼굴을 여기서 보게 되었다.

"너 여기 유치원 교사야? 전에는 다른 유치원 다녔잖아."

현준의 믿기지 않는다는 말투가 들려왔다.

"그래요. 기회가 닿아서 4년 전부터 여기서 일하고 있습니다."

"어떻게 한 번도 못 봤지? 등하원 때 꼭 내가 데려다 줬는데."

"전 담임교사니까 등하원 지도 안 하거든요. 그리고."

채원은 현준의 말투가 거슬렸다. 이제 그와는 아무 사이도 아닌데 반말부터 하는 그가 매우 거슬렸다. 보는 눈도 많은데 이런 사적인 대화 자체가 하고 싶지 않았다.

"여기는 제 직장이고 유치원입니다. 앞으로는 존댓말 사용해 주세요."

채원은 복잡한 현관에서 다수의 시선들을 뒤로하고 민우의 손을 이끌고 2층으로 올라갔다. 어떻게 여기서 보지.

5년 전에 채원에게 매몰차게 이별을 선언하고 돌아서 다른 여자와 갔던 현준이었다. 그게 5년 전인데 다섯 살 아들이 있다면 그때 그 여자와 결혼을 했나 보다. 그를 잊는 것은 생각보다 쉬웠다. 그렇지만 후유증도 있었으니 그 이후로는 남자를 만날 수가 없었다. 소개팅을 해도, 선을 보아도 남자의 위선만 느껴질 뿐이고 어떤 남성적 매력도 느낄 수가 없었다. 그리고 또다시 버려질까 두려워 사랑을 할 수가 없었다. 무의식중에 꽉 잡은 손이 아팠는지 민우가 소리 내었다.

"아, 아파요, 선생님."

민우의 소리에 서둘러 손을 뺐다.

"미안. 많이 아프니?"

"아뇨. 근데요, 선생님. 나 진짜 멋져요?"

눈을 빛내며 말하는 민우를 보며 채원이 활짝 웃었다.

"그럼. 진짜 멋지다."

진짜로 새 옷을 입은 민우는 사람이 달라 보일 지경이었다. 그리고 이렇게 잘생겼었나. 부잣집 귀공자가 된 느낌이었다. 이래서 옷이 날개란 말이 있나 보다. 그날 민우는 반에서 아이들에게 둘러싸여 인기를 독차지하였다. 여전히 아이들한테 차가운 민우였지만 자신도 내심 좋았는지 얼굴에 웃음은 사라지지 않았다. 이런 거 보면 민우 아빠의 말이 맞긴 한 것 같다.

교사회의가 끝나고 교사들이 제각기 자리로 와 퇴근 준비를 할 때 원장이 채원을 살짝 불렀다. 채원은 원장실을 노크했다.

"원장님."

"아, 정 선생님. 들어와요."

채원은 의자에 앉아 원장을 보았다. 원장은 지그시 웃으며 채원을 바라봤다.

"정채원 선생님. 맡은 반 애들은 다 괜찮아요?"

"아, 뭐 제각기 다양한 성격을 가지고 있는 아이들이니까요. 특별히 힘든 점은 없습니다."

"선생님이 잘하니까 내가 따로 터치할 일은 없는 것 같고 민우는 좀 어때요?"

특별히 민우를 콕 집어 말하는 것 보니까 아침에 현관에서의 느낌이 그냥 지나가는 느낌이 아니란 생각을 했다.

"솔직히 민우 아버님이 조금 방치한다는 느낌을 받아서 어제 면담을 했습니다. 그랬더니 오늘 그렇게 확 빼입고 온 거예요. 저도 사실 좀 놀랐습니다. 그럴 돈이 있나 모르겠어요."

원장도 민우 아빠처럼 웃으며 채원을 바라봤다.

"민우나 민우 아버님의 개인적인 사정을 내가 다 말할 수는 없지만 민우네가 그렇게 불쌍하지는 않으니까 너무 염려 말아요. 그렇지만 선생님이 계속 민우에게 신경 써줬으면 좋겠군요."

원장의 말이 뜬금없긴 했지만 채원은 고개를 끄덕였다.

"네. 민우에게 좀 더 신경 쓰겠습니다."

"호호. 정 선생님이 알아서 잘할 거라 믿어요. 참, 남자 친구는 있어요?"

갑작스러운 호구조사에 이상한 느낌이 들었지만 답을 했다.

"아니요. 없습니다."

채원의 웃음에 원장이 알 듯 모를 듯한 웃음을 지었다.

"그렇군요. 정 선생님 나이를 보니 결혼할 때인 것 같아서 궁금했어요."

"아직 결혼 생각이 없어서요."

채원의 미소에 원장이 더욱 크게 웃었다.

"그래요. 오늘 회의로 늦었을 텐데 얼른 퇴근하세요."

"네. 원장님. 내일 뵙겠습니다."

원장실에서 나오며 이틀간 자신에게 불어닥친 많은 일들에 대해 숨이 차기 시작했다. 그리고 분명한 건 민우 아빠 성윤호란 사람을 만만하게 봐서는 안 된다는 것이었다.

퇴근하는 채원의 폰으로 문자메시지가 왔다. 폰을 보니 또 민우 아빠, 성윤호다.

「퇴근하셨습니까? 오늘은 민우가 사고 치지 않았나요.」

이 남자가 진짜. 지금은 업무 이외 시간이라고. 이 시간까지 내 생활을 침해받고 싶지는 않았다. 채원은 휴대폰을 노려보다 한숨을 쉬었다. 갑은 학부모였다.

「네. 오늘 민우가 입고 온 옷이 아이들한테 큰 인기를 끌었네요. 아버님 말이 맞습니다. 외모도 중요한 유치원 시기네요. 그럼 쉬세요.」

문자를 끝내고자 마침표를 찍었건만 그에게서 또 문자가 왔다.

「네. 매일 오늘처럼 옷을 입고 오진 못하겠지만 귀가 후에 민우 녀석이 신나하는 것을 보니 돈이 좋긴 좋다는 생각을 했습니다. 열심히 돈 벌어야겠어요.」

웃으라고 쓴 내용인 것 같지만 채원은 일부러 답하지 않았다. 돈이나 버세요. 그런데 또다시 문자가 왔다.

「그런데 정말 술값 기억 안 나십니까? 그날 보드카 한 병 다 마셨는

데. 아, 궁금할까 봐 그러는데 제가 좀 기억력이 좋습니다. 특히 손해 보
는 건 절대 못 잊거든요.」

윽. 정말 이 남자. 끝까지 물고 늘어질 기세인가 보다. 그렇다면
나도 끝까지 모르쇠다.

「오늘 민우는 잘 지냈습니까? 집에 와서 보니 기분이 좋았던 것 같습
니다.」
「안녕하세요. 오늘 민우가 처음으로 친구들 앞에서 발표를 했는데 친
구들이 좋아해 주었습니다. 그랬더니 하루 종일 기분이 좋더라구요. 제가
보기에 민우는 유치원 활동이 시시했던 것이 아니라 친구들의 관심이 필
요했던 것 같아요. 이렇게 좋아하는 모습을 보니까 민우가 아직은 아이
라는 생각을 했습니다.」

「오늘은 민우가 기분이 좋지 않네요. 유치원에서 무슨 일이 있었습니까?」
「안녕하세요. 오늘 예전에 싸웠던 친구랑 다시 다퉜습니다. 예전처럼
때린 건 아니지만 민우가 친구를 무시하는 말을 하더라구요. 친구한테
머리도 나쁜 게 잘난 척한다고 했습니다. 그런 말은 친구들한테 상처가
된다고 잘 교육시켜 주십시오.」

「오늘 민우가 준비물이 필요하다고 하네요. 무슨 준비물입니까?」
「안녕하세요. 이번 주부터 꽃에 대해서 활동합니다. 꽃씨를 직접 심어
보고 키울 계획입니다. 민우가 잘 심을 수 있는 씨앗을 준비해 주세요.」

「오늘 민우가 꼬마선생님을 했다고 합니다. 잘했습니까?」

「안녕하세요. 네. 민우가 친구들을 잘 지휘하네요. 누구한테 배운 건지는 모르겠지만 리더십이 있습니다. 이렇게 잘하는데 그동안 왜 혼자 놀려고만 했는지 모르겠어요. 역시 민우 아버님 면담하기 잘했나 봐요. 그 뒤로 민우가 조금씩 달라지는 것 같습니다. 아버님이 잘 지도해 주시나 봐요.」

그는 면담 이후로 쭉 민우를 데려다 주고 데려간다고 등하원 하는 교사들이 전달하였다. 매일 혼자 오던 민우의 얼굴이 아빠가 데려다 준 뒤부터는 많이 밝아지고 인사도 잘한다고 하니 면담 효과가 있긴 한 것 같았다.

내일은 토요일이지만 가족 등반대회 행사가 있어 유치원 전체 가족이 등산을 하는 일정이었다. 등산을 하고 난 후 오후엔 성민 초등학교 운동장에서 가벼운 레크리에이션 행사를 진행하기로 하였다. 채원은 가정통신문을 보냈지만 아무래도 윤호가 보지 않을 것 같아 문자도 함께 보냈다.

「안녕하세요. 내일 가족 등반대회 있는 것 아시죠? 9시 반까지 청계산 등산로 입구에서 집결입니다.」

항상 윤호의 문자가 먼저 왔었는데 오늘은 채원이 먼저 문자를 보냈다. 그녀의 문자에 답을 한 적은 한 번도 없었다. 그래서 오늘도 그는 답이 없을 것 같았다.

채원은 휴대폰을 가방에 넣고 현관문을 열고 들어왔다. 연한 핑크빛 파스텔 톤의 벽지가 채원을 맞이했다. 채원 혼자 사는 작은 원룸이지만 여기서 3년 넘게 생활하고 나름 애정이 깃들어 있는 곳이었다. 내일 강행군을 하려면 얼른 씻고 자야 하는데 여간 귀찮은 게 아니다.

채원은 소파에 벌러덩 누웠다. 매일 귀찮게 오던 문자가 오지 않자 괜히 신경이 쓰였다. 휴대폰을 가방에서 꺼내 들여다봐도 새로운 메시지는 없었다. 채원은 휴대폰을 테이블에 내려놓고 벌떡 일어서 욕실로 씻으러 갔다.

내일 가족등반을 하면 보고 싶지 않은 현준도 봐야 했다. 그때 한 번 현관에서 본 뒤로는 보지 못했다. 그가 올지 안 올지는 모르겠지만 오게 된다면 신경이 쓰일 것 같았다. 그에게 애정이 남아 있거나 그런 건 전혀 아니었지만 원치 않은 사람을 계속 봐야 하는 건 곤혹이었다. 그는 가정을 이루고 아이까지 갖게 되었다. 그동안 채원 자신은 일만 하는 인생이었다. 갑자기 자신의 단조로운 인생이 애처롭게 느껴졌다. 원인이 어찌 됐든 결과는 채원의 외로움이었다.

채원은 거울 앞에 서 자신의 벗은 몸을 쓸어내렸다. 남자를 만나지도 못하고 만나도 아무 느낌 없는 자신을 만든 배현준이란 남자가 정말 싫었다. 자신은 이렇게 버려졌는데 그는 잘살고 있었다. 채원은 우울해지려는 기분을 추슬러 고개를 세게 저었다.

샤워를 끝내고 나오자 휴대폰 메시지가 울렸다. 채원은 빠른 발걸음으로 걸어가 집었다.

「너무 늦게 문자를 보내서 죄송합니다. 오늘은 좀 바쁜 일들이 많아서 폰을 지금 봤습니다. 네. 알고 있습니다. 민우가 내내 말하더군요. 그럼 내일 입구에서 뵙겠습니다. 쉬세요.」

별다른 말이 없는 문자인데도 문자 자체에 미소가 지어졌다. 처음으로 그가 채원의 문자에 답을 보냈다. 어느새 채원은 매일 그의 문자를 기다리고 있었다. 이런 감정이 뭔지는 모르겠지만 그냥 엄마 없는 민우에 대한 연민에서 비롯된 거라 생각했다. 그를 몇 번이나 봤다고 설레겠는가. 그냥 SNS 버디였다.

2. 조금씩 조금씩

아침 9시 30분. 채원은 한 시간 전부터 도착해서 가족들 명단을 확인하고 이름표를 나눠 주었다. 분홍 티에 청바지, 하얀 캡 모자. 교사들이 전부 같은 복장을 하고 있는 것이 채원은 항상 불만이었지만 나름 공동체를 추구한다는데 안 할 수가 없었다.

집합 시간이 다가오자 속속들이 가족들이 왔다. 올해는 날씨가 좋아서인지 많은 가족들이 참석하였다.

"강아지반 배형주요."

이름표를 찾아 고개를 들던 채원의 표정이 굳어졌다. 현준이다. 그 옆에 아내. 형주. 아내는 역시나 예전에 봤던 그 여자였다. 예전 모습 그대로 고귀한 자태를 내뿜었다. 그 여자는 자신을 기억 못하는 듯했다. 현준은 채원을 묘한 눈빛으로 바라봤다.

"정채원 선생님, 수고하십니다."

싫다. 그의 목소리가 듣기 싫었다. 얼마나 친하다고 그런 말을 하는지. 역시, 아직 그의 얼굴을 제대로 보는 건 무리였나 보다. 채원의 표정이 좋지 않자 옆자리 교사가 불렀다.

"정 선생님, 괜찮아요? 얼굴이 별로 안 좋은데."

"아뇨. 괜찮아요."

채원은 괜찮다는 듯 웃으며 현준에게서 시선을 돌렸다. 그는 자리를 옮겨 구석으로 가면서도 계속 채원을 바라봤다. 그의 시선이 불쾌했다. 왜 저렇게 쳐다보는 거야.

똑똑. 누군가 테이블을 두드려서 채원은 멍하던 정신을 차려 앞을 보았다. 성윤호다. 녹색 계열의 등산복 차림의 그가 아들과 서 있었다. 이름만 들어도 다 아는 고급 등산복이 그와 잘 어울렸다.

"조금 늦었습니다. 민우 이 녀석이 늦잠을 자는 바람에."

"아빠가 늦게 일어났잖아."

민우는 윤호의 말에 발끈하며 소리쳤다. 서로 늦게 일어났다고 티격태격하는 모습에 미소가 지어졌다. 채원 앞에서 잘 보이고 싶었나 보다. 두 부자의 다툼이 지금 채원에게는 위로가 되었다. 어쨌든 현준 생각은 하지 않아도 되니까. 채원이 그에게 작은 소리로 속삭였다.

"민우 아버님, 너무 돈을 펑펑 쓰는 거 아니에요? 일전에 제가 말씀드린 건 민우를 챙겨주라는 의미였지 옷을 막 사라는 건 아니었어요. 이 옷 비싼 거 아니에요?"

채원의 자못 심각한 말에 그의 입꼬리가 올라갔다.

"정 선생님한테 잘 보이려고 입었습니다. 괜찮습니까?"

저런 멘트를 아무렇지도 않게 한다. 아들도 옆에 있는데. 내가 그한테 뭐라도 되는 것처럼.

"저한테 잘 보여서 뭐 하시려고요. 전 아무거나 입어도 괜찮으니까 돈 아끼세요. 가난한 것 맞아요?"

채원의 말에 그는 쏟아지려는 웃음을 참고 가까스로 고개를 끄덕였다. 채원은 뭔가 조금 이상한 느낌이 들기도 했지만 나름 분위기를 내고 온 사람에게 더 말하는 것은 주제넘는 것 같아 접었다.

그가 호랑이반이 모여 있는 곳으로 가는데 채원의 시선이 따라갔다. 솔직히 그의 외모가 자꾸만 눈에 띄었다. 첫날 추리닝을 입었을 때도 어렴풋이 느꼈지만 슈트를 쫙 빼입고 이렇게 멋진 등산복을 입으니 그가 잘생겼다고 새삼 더 느끼게 되었다. 키도 크고 체격도 받쳐 주니 어떤 옷이든 소화가 되고 어울렸다. 막노동으로 인생을 살기엔 많이 아까운 사람이었다. 젊은 나이에 좀 더 바람직한 일을 해도 좋겠건만.

원장의 간단한 인사말을 시작으로 등산을 시작했다. 어린아이들을 고려해서 등산 코스는 가벼운 도보 수준이었고 1시간가량 걸렸다. 군데군데 교사들이 간식거리를 준비해 주고 최종 지점에서는 선물을 나눠 주었다.

채원은 최종 지점에서 메달과 선물을 나눠 주기로 하였다. 가족들이 출발 신호에 맞추어 산을 올라 적당히 여유를 띠자 긴장이 조금 풀리는 것 같았다. 한산한 틈에 얼른 화장실을 다녀오려고 입구에 들어가는데 현준이 뒤에서 불렀다. 못 들은 척하려고 걸어가는데 그가 어느새 와서 채원의 팔을 잡았다. 그녀는 할 수 없이 서서 그를 돌아봤다.

"지금 뭐 하시는 거예요! 등산하셔야 하는 거 아닌가요? 여기서 이러고 있어도 됩니까?"

채원의 차가운 말에 그가 웃었다.

"와이프랑 아들만 보냈어. 내가 굳이 따라 올라가야 할 이유도 없고."

"등산할 때 아빠가 얼마나 필요한지 모르나 보네요. 그리고 오늘 대회는 전 가족 등산입니다."

다시 화장실로 들어가려는 그녀를 또다시 잡았다. 왜 자꾸 잡는 거야. 그의 손길이 싫었다.

"간만에 만났는데 너랑 얘기할 시간이 너무 없는 것 같아서."

그의 말이 기분 나빠 휙 돌아봤다.

"우리는 더 이상 사적인 대화를 할 사이가 아닌 걸로 아는데요."

"맞아. 그랬긴 하지. 그런데."

"그리고 존댓말 쓰세요. 나 이 유치원 교사예요."

그 말에 그가 입꼬리를 올리며 비웃었다. 정말 기분 나빴다. 여전히 사람 무시하고 자기 멋대로 행동했다. 사람은 역시 변하지 않나 보다. 이런 사람을 한때나마 사랑했던 자신이 정말 한심하고 바보같이 느껴졌다. 그리고 헤어지자고 해줘서 이제는 고마울 지경이었다.

"애인 있어?"

"내가 왜 그걸 말해줘야 돼요!"

"없어?"

그의 말에 채원은 그를 노려봤다. 애인이 있든 말든 이 남자가 무슨 상관인가.

"무슨 말이 하고 싶은 거예요?"

"그냥. 5년이나 지났는데 남자도 만나고 결혼도 해야 하는 나이잖아. 궁금해서 물어본 건데 뭘 그리 정색해."

웃으며 말하는 그의 얼굴이 왜 비열하게 느껴질까. 정말 조금도 가까이 있고 싶지 않은데 채원의 팔을 잡은 그의 손아귀가 세서 빼기가 힘들었다.

"이거 좀 놓고 말해!"

"지금 생각해 보니 너만 한 여자가 없었어. 지금 와이프. 돈은 많지만 정말 여자로서의 매력이 없거든. 그때는 너도 알잖아. 나 빈털터리였던 거. 성공하려면 비빌 곳이 필요했어. 그래서 장인어른 로펌에 들어가려고 만난 거지, 와이프한테는 애정 없었어. 사실 나 너 정말 사랑했다. 우리 속궁합도 정말 잘 맞았잖아."

그의 말이 정말 구역질났다. 사랑? 그때 매몰차게 돈 봉투 날리고 갔던 남자가 하는 말 맞아? 속궁합? 이 사람과 살을 맞대었다는 것도 수치스러웠다. 그리고 5년이나 지난 지금 갑자기 이런 말을 꺼내는 게 자신이 얼마나 쉬워 보였으면 그랬겠는가. 아내도 아닌 사람에게 속궁합을 들먹거리다니. 완전 성희롱이었다.

"미쳤어? 성희롱 죄로 고소당하기 싫으면 다신 그딴 말 입에 올리지 마."

채원은 너무 어이가 없어 눈물이 맺혔다. 그녀의 눈시울이 빨개지자 놀란 현준이 손을 들어 닦아주려 했다. 그의 손길이 싫어 고개를 돌리려는 그때 옆에서 또 다른 손이 채원의 손목을 이끌었다.

"정채원 선생님. 여기 계셨군요! 다들 도착해서 담임선생님 기다리고 있는데."

성윤호. 어떻게 여기 왔는지 모르겠지만 그가 다짜고짜 채원의 손목을 이끄는 바람에 현준이 손을 놓았다. 윤호의 손에 이끌려 그 자리를 벗어났다. 앞에서 이끄는 그의 뒷모습을 타고 음성이 들려왔다.

"5년 전 그 남자 맞죠?"

"네?"

"아직도 미련이 남았어요? 거기서 계속 붙잡혀 있게?"

아무 말도 못하는 채원을 향해 돌아봤다. 채원의 얼굴이 붉어져 있었고 눈물이 그렁그렁하였다. 그는 손을 놓고 손수건을 건넸다. 채원은 그가 내민 손수건을 받아 얼른 눈물을 닦았다. 젠장. 학부모 앞에서 눈물이나 보이고. 최악이다.

"제 눈 아직도 빨간가요? 얼른 가서 선물 줘야 하는데."

채원의 말에 그가 한숨을 쉬었다. 이 상황에서 무슨 선물 타령이야.

"안 빨개요. 괜찮아요."

"네. 저…… 지금 일은 모른 척해주세요. 민우 아버님한테 정말 죄송합니다."

꾸벅 인사하고 앞서 가는 채원을 윤호가 복잡한 눈으로 바라봤다.

점심을 끝내고 가벼운 운동회가 진행되었다. 말을 잘하는 교사가 사회를 보며 가족끼리 빙 둘러앉아 있는 운동장에 대고 쉼 없

조금씩 조금씩 51

이 흥을 끌어 올렸다. 5살, 6살, 7살 아이들이 이날만큼은 부모랑 있어서 잘하고 싶은 마음이 드는지 평소보다 열심히 참여하였다. 몇몇 부모는 등반대회에 수고한다고 교사들에게 커피를 돌리고 어떤 부모는 아이들에게 아이스크림을 샀다. 이런 거 보면 자기만 안다는 요즘 부모들이 다 그런 건 아니라는 생각이 들었다.

아까부터 계속 느껴지는 현준의 눈빛이 영 거슬렸지만 채원은 아무렇지도 않은 듯 행동했다. 옆에 앉은 아내는 우아함이 몸에 배인 듯 그늘 아래에 앉아서도 부채로 햇볕 쪽을 가리고 있었다.

역시나 운동회의 백미는 아빠들의 줄다리기였다. 기존에 짜여진 팀 구성대로 나눠 아빠들 중에 지원자를 받았다. 성팀과 민팀. 공교롭게도 윤호와 현준이 서로 다른 팀의 맨 앞에 서 있었다. 맨 앞에 사람이 잘 받쳐 줘야 뒤에서 끌 때에 편리하기 때문에 주로 힘 센 사람들이 앞에 포진되어 있었다. 채원이 보기에는 둘 다 호리호리해서 잘할 수 있을지 의문이었다. 그리고 은연중에 윤호를 응원하는 자신을 발견하여 흠칫 놀랐다.

호루라기 소리에 서로 자기편으로 당기는 아빠들의 '으랏차' 구호와 주변에서 응원하는 가족들로 장내가 시끌벅적하였다. 맨 앞에서 당기는 윤호가 생각보다 쉽게 끌어당기며 힘을 발휘하고 있었다. 줄을 당기는 팔에 솟은 힘줄. 여자들은 그런 힘줄에 은근히 섹시함을 느낀다고 하더니 정말인 것 같았다. 예전에는 웬수 같기만 하던 윤호가 완전 멋져 보였다. 채원은 자기 눈을 비비고 다시 바라보며 은근한 미소를 지었다. 결과는 윤호의 승리.

얏호! 소리치려던 채원은 얼른 표정을 가다듬었다. 두 번이나 자리를 바꿔가며 했는데 결과는 모두 윤호가 있는 성팀이 이겼다.

옆에서 아빠들 경기를 지켜보고 있던 교사들이 일제히 윤호를 입에 올렸다.

"어쩜 민우 아빠 힘이 장사네요."

"그러게요. 민우 아빠가 혼자서 다 한 거나 마찬가지잖아요. 그렇게 안 보이던데."

"아까 팔에 힘줄 봤어요? 젊은 아빠라 그런가 완전 설레더라니까요."

교사들이 웃으며 말장난을 하는데 옆에서 듣고 있던 채원도 공감을 했다. 사람이 달라 보일 지경이었다. 역시 막노동을 해서 그런가. 힘쓰는 일이 남달랐다.

오후 일정이 끝나고 가족들이 해산할 때 교사들은 제일 바빴다. 준비한 것들을 다 정리하고 치워서 원에 가져가야 하는데 이런 걸 도와주는 부모들은 극히 드물었다.

채원이 다른 교사들과 함께 이곳저곳을 돌며 쓰레기와 행사용품을 정리하고 있을 때 윤호가 민우와 함께 다가와 물건을 날랐다. 곳곳에서 다른 교사들이 고마움의 환호를 내뱉자 그가 활짝 웃으며 손을 올렸다. 열심히 도와주는 그를 보며 채원은 처음으로 그가 고맙고 기특했다. 그가 행사 꾸러미를 양손 가득 들고 있는 채원에게 다가왔다.

"그걸 다 들고 있어요? 이리 줘요. 힘이 남아돕니까? 이런 건 남자를 시켜야지."

"남자가 어디 있어요. 유치원에. 여기선 여자도 맥가이버가 돼야 한다구요."

채원도 그의 말에 맞장구를 쳐주며 고마운 마음을 돌려서 표현하였다.

"고마우면 고맙다고 하지."

그가 구시렁대며 가자 살짝 웃던 채원은 그의 뒤통수에 대고 작게 말했다.

"고마워요."

"고마우면 밥 사요. 나 가난하잖아."

잊을 만하면 저런다. 정말 밉지 않으면서 미운 이 감정은 도대체 뭘까.

"끝나고 밥 먹으러 가요."

그 말이 끝나기 무섭게 그가 돌아봤다.

"정말?"

채원이 고개를 끄덕이자 그가 싱긋 웃었다.

"앗싸, 오늘 저녁값 굳었다. 민우가 좋아하겠네요. 선생님하고 함께 밥 먹는다고 하면."

"저 학부모랑 밥 먹는 건 처음이에요. 그러니 동네방네 소문내고 그러진 마세요."

채원의 말에 그가 손으로 오케이 모양을 하며 앞서 걸어갔다. 참 성격이 쾌활하고 다정다감하다. 이런 남자가 왜 아내도 없이 혼자일까. 너무 가난해서 여자들이 싫다고 하나. 근데 아무리 봐도 하고 다니는 행색이 가난한 것과는 거리가 먼 것 같았다.

윤호와 채원, 민우는 삼겹살집으로 향했다. 삼겹살집 앞에서 윤호는 고개를 가로저었다.

"여자가 먼저 삼겹살집으로 가자고 하는 경우는 참 드문데."

"삼겹살 싫어요?"

"그게 아니라 뭐, 패밀리 레스토랑이나 일식집 그런 거 좋아할 것 같은데 삼겹살이라서 좀 놀랐어요."

"일하고 난 뒤에는 기름기로 목을 촉촉하게 적셔주어야 한다고요. 그리고 여자는 삼겹살 좋아하지 말란 법 있나? 민우야, 싫어?"

"아니요. 좋아요!"

민우는 채원에게 활짝 웃으며 먼저 들어갔다. 채원은 그에게 그거 보라는 듯 새침한 눈빛을 보내며 따라 들어갔다. 셋은 조금 한산한 방 쪽으로 자리를 잡고 앉았다. 나란히 앉은 부자를 보자 채원은 갑자기 자신이 여기에 낀 것이 이상하게 느껴졌다. 오늘만이다. 정말 오늘만. 다신 이런 자리 만들지 말자.

"오늘 도와주셔서 감사했어요. 덕분에 일이 일찍 끝났네요."

채원의 말에 그는 그저 웃었다.

"아까 줄다리기 할 때 보니까 힘이 세시던데요."

"막노동하니까 힘이 세죠."

아무런 표정 없이 말하는데 그 얼굴 속에 무슨 생각이 들어 있는지 종잡을 수 없었다. 아무리 봐도 채원을 놀리는 것 같은 느낌이 들었다.

막상 마주 앉으니 할 말이 없어 어색했다. 학부모로서 대해야 하는 그에게 해야 할 말이 별로 없었기 때문이다. 고기가 나올 때까지 모두 조용히 앉아 있던 차에 고기는 시기적절하게 등장하였다. 윤호는 집게와 가위로 능숙하게 고기를 자르고 구웠다.

"정 선생님, 좋아하는 삼겹살 얼른 드세요. 많이 먹고 목구멍에 기름칠해야 말도 잘 나오지요."

또 놀리는 말투다. 그런데 기분이 나쁘지는 않았다. 민우는 고기가 나오자 바쁘게 먹더니 어느 순간 다 먹었는지 혼자 놀이하였다. 그는 먹지 않고 굽기만 하는 것 같았다.

"이리 주세요. 제가 할게요. 드세요."

그는 집게를 잡은 채로 채원을 보았다.

"전 괜찮으니 많이 드세요. 오늘 보니까 아침부터 많이 힘들었을 텐데. 아까 본의 아니게 손목을 잡았는데 무슨 손목이 그리 얇습니까. 잘못하다간 부러지겠어요. 그리 얇아서 애들을 안을 수나 있겠어요?"

그의 말투에서 걱정이 묻어났다. 채원은 자신을 걱정하는 말을 들어본 게 언젠지 까마득했다. 그래서 괜히 심장이 두근거렸다.

"잘 먹고 다니니 걱정 마세요. 그리고 이래 봬도 애들 번쩍번쩍 잘 안아요."

그까짓 것 아무것도 아니라는 듯 웃는 채원을 윤호가 뚫어지게 바라봤다. 무슨 생각을 하는 걸까.

"궁금한 거 한 가지만 질문할게요."

채원은 그의 말에 살짝 고개를 끄덕였다.

"그 남자 아직도 미련 있습니까?"

갑작스러운 그의 말에 채원은 굳은 표정을 지었다.

"무슨 말이에요?"

"아직도 좋아하냐는 거예요."

채원은 왜 그에게 말을 해야 하는지 의문이었다.

"제가 민우 아버님께 답해야 하는 말은 아니라고 생각하는데요. 조금 무례하다고 생각합니다."

채원의 굳은 표정을 봤는지 그가 조금 부드러운 말투로 말을 했다.

"그래요. 이건 주제넘다고 생각할지도 모릅니다. 하지만 무례를 무릅쓰고 물어볼게요. 나한텐 꽤나 중요한 일이니까."

그의 눈빛이 진지했다. 채원은 이 남자 앞에서 별의별 일을 다 보인다고 생각했다. 어쩌다 옛 애인 이야기까지 터놓는 사이가 됐을까.

"좋아하지 않아요. 내가 미쳤나요. 아직도 그 남자를 좋아하고 있게."

"정말? 그럼 오케이. 아까 보니까 그 남자가 선생님 괴롭히는 것 같던데. 곤란한 상황이었던 것 맞죠?"

어디서부터 보았는지는 모르겠지만 윤호는 채원의 감정을 느끼고 있었다.

"그런데요?"

"선생님만 좋다면 앞으로 그 남자가 접근 못하도록 제가 돕겠습니다. 그 남자가 말 걸고 아는 척하는 것 싫잖아요."

그의 말이 고마웠지만 더 이상 그의 도움을 받는 것이 부담스러웠다. 5년 전에 호텔 사건도 있는데 또다시 끼어들게 하고 싶지는 않았다.

"어떻게 도와주실 건데요? 바리케이드라도 칠 건가요?"

"그거 좋네. 하하."

윤호의 웃음소리가 시원했다.

"그러면야 좋겠지만 그건 안 되고 또다시 그 사람이 남자 얘기 꺼내오면 저 만나고 있다고 하세요. 제가 보기에 그 남자 앞으로 계속 선생님 괴롭힐 것 같은데 그럴 때마다 만날 당하고 있을 수 없잖습니까. 혹시 그 남자가 나쁜 짓 하려거나 이상한 걸 물어보면 저한테 꼭 알려주시고요."

그의 말이 장난인지 진심인지 헷갈리기 시작했다. 장난치고는 과도한 관심이라고 생각했다.

"민우 아버님. 저도 한 가지 여쭤보고 싶은데 혹시 저한테 관심 있으세요?"

채원의 말에 윤호가 몰랐냐는 듯 한숨을 쉬었다.

"관심이 있으니까 매일 문자 보내고 그러지 관심도 없는데 왜 그럽니까? 정말 몰랐습니까?"

윤호가 살짝 열받은 표정으로 채원을 흘겼다. 설마 진짜로 관심이 있을 줄이야. 그저 술값에 대한 복수라고만 생각했다. 그동안 남자를 안 만나서인지 완전 감 떨어졌다.

"오해 말아요. 그렇다고 뭐 좋아한다거나 그런 감정은 아니니까. 그냥 선생님 이상의 단순한 관심? 정도로 해두죠."

그 말에 알 수 없는 두근거림을 느꼈지만 내색하지 않고 말을 꺼냈다.

"민우 아버님. 말씀은 고마운데 전 학부모와는 어떠한 사적 관계도 맺지 않습니다. 원하지도 않고요. 저한테 그런 제안을 해주시고 도와주시는 마음은 감사합니다. 그런데 그 이상은 사양하겠습니다."

채원의 무 자르듯 딱 자른 말에 자존심 상했지만 윤호는 그녀에게 관심이 갔다. 이상했다. 이상하게 자꾸 관심이 갔다. 5년 전에 만났다면 절대 자신의 스타일이 아닌 이 여자가 지금은 자꾸만 그의 신경을 쓰이게 했다.

처음 면담실에서 채원을 봤을 때 어디서 본 것 같은 인상이었는데 그녀와 말을 하면서 5년 전 그 여자인 걸 알아차렸다. 계좌번호 알려달라던 여자가 입 싹 닫고 사라져 버려서 얼마나 괘씸하고 상종 못할 인간이라고 생각했던가. 살다 살다 그런 황당한 여자는 처음이었다.

그런데 민우 담임으로 그 여자가 떡하니 있었다. 그러자 열받던 마음은 눈 녹듯이 사라지고 반가운 마음만 들었다. 왜 그런지 모르겠지만 그냥 반가웠다. 아니면 윤호는 다시 5년 전으로 돌아가고 싶었는지도 모른다. 채원을 만난 이후 5년 동안 그에게 일어난 일들이 실로 감당하기 힘들었기 때문에 평온했던 이전으로 돌아가고 싶었는지도 모른다.

이 여자는 더 이상 예전의 그 촌스러운 여자가 아니었다. 예뻤던 그 얼굴은 여전했고 세련되고 성숙함까지 더해져 시선을 빼앗았다. 하지만 무엇보다 5년 전 얼굴을 아직도 기억하고 있는 자신이 더 신기했다.

이 만남이 단순히 그냥 우연일까. 윤호는 좀 더 그녀와 가까워지고 싶었다. 그래서 그녀의 번호도 알아내고 사적인 질문을 하고 싶은 마음도 애써 숨겨가며 민우 얘기로 그녀와 문자를 주고받았다. 이 감정이 사랑은 아니지만 채원을 보면 미소가 나오고 기분이 좋아졌다. 그런데 그녀는 얄밉게도 자신을 밀어내고 있었다. 학부모란 이유로.

"그 말은 제가 학부모가 아니면 만날 수도 있다는 얘기입니까?"

윤호의 진지한 말에 채원은 머뭇거렸지만 그가 학부모가 아닐

수는 없기 때문에 고개를 끄덕였다.

"그렇다고 해두죠. 그리고 솔직히 전 이제 남자는 믿지 못해요. 예전에 일도 있고 남자 없이도 잘살고 있기 때문에 굳이 남자와 관계를 유지하고 싶지 않습니다. 민우 아버님이 학부모라는 이유도 있지만 저는 이제 남자를 만나지 않습니다. 제가 지금 이걸 왜 민우 아버님한테 얘기하는지도 모르겠지만 오늘 저 도와주신 것도 있고 예쁜 제자 민우를 봐서라도 확실하게 하고 싶어 말하는 거예요."

채원의 거절을 들으며 윤호는 이유 모를 열이 받았지만 한발 물러났다.

"정채원 선생님. 뭔가 오해하시는 것 같은데 저랑 진짜로 연애를 하라는 게 아니라 그 남자한테 연애하는 척을 하라는 겁니다. 그래야 그가 물러날 것 아닙니까."

그의 말을 가만히 들으니 일리는 있었다. 현준이 앞으로 어떻게 나올지 모르겠고 채원을 보호해 줄 형식상의 남자가 필요한 건 사실이었다. 굳이 윤호를 끌어들이지 않는 방법이 제일 최선이지만.

"정말 그래도 되겠어요? 민우 아버님 기분 나쁘지 않으세요? 그 남자한테 거짓을 말해야 하는데 그런 일로 신경 쓰고 오해받아야 하잖아요."

"제가 먼저 제안한 것 아닙니까. 전 괜찮습니다. 그럼 받아들이는 걸로 알겠습니다?"

그가 물컵을 들어 일부러 채원의 잔에 소리 나게 '짠'을 하고 마셨다. 뭐 하나 받아주는데도 이렇게 시간이 걸리다니 외모만큼 성격도 예쁘진 않은 것 같다. 윤호는 속으로 구시렁댔다.

"그런데요. 한 가지 더 여쭤보고 싶어요."

웬일로 채원이 먼저 말을 꺼냈다. 그는 계속 말해보라는 눈짓을 했다.

"정말로 가난한 것 맞으세요?"

그녀의 말이 무슨 뜻인지 몰라 한쪽 눈썹이 살짝 올라갔다.

"아니…… 솔직히 하고 다니는 것도 그렇고 가난한 사람 같지 않아서요. 원장님과도 아는 사이 같고."

그 말에 그가 싱긋 웃고 컵을 내려놨다.

"저보고 가난하다고 그런 건 선생님이십니다."

"그야, 민우에게 같은 옷만 입히고 신경을 안 쓰니까 돈이 없어서 그런 건가 생각한 거지요. 그런데 아무리 생각해도 지금 입고 있는 옷은 가난한 사람이 입을 수 있는 금액이 아닌 것 같아서요. 얼핏 봐도 백은 훨씬 넘는 것 같은데."

"아, 이 옷? 내가 산 건 아니라서 얼만지는 모르겠는데 이게 비싼 옷이었구나. 내가 이런 옷을 무슨 돈으로 사겠어요. 저 가난해요."

가난하단 사람 표정이 전혀 가난한 것 같지는 않지만 본인이 가난하다는데 더 의심할 수는 없었다. 천성이 낙천적인 사람인가 보다.

"그럼 원장님과는 어떻게 아는."

"뭐, 인연이 닿아서 알게 되었습니다. 특별한 관계이거나 그렇진 않습니다."

채원은 고개를 끄덕였다. 민우는 어느새 바닥에 옆으로 누워 잠이 들어 있었다. 피곤했겠지. 윤호는 민우를 업고 고깃집을 나왔다.

"오늘 감사했습니다. 피곤하실 텐데 얼른 들어가 쉬세요."

채원은 웃으며 고개를 숙이고 얼른 뒤돌아갔다. 자꾸 함께 있다가는 정말 별의별 이야기가 다 나올 것 같았다. 그리고 5년 전 일도 자신이 맞다고 다 말해 버릴 것 같았다. 채원은 자꾸만 가슴을 콕콕 찌르는 이상한 감정을 애써 모른 척했다.

주말을 보낸 월요일 자유선택 놀이 시간. 오늘도 채원은 아이들이 놀이하는 것을 관찰하면서 기록하였다. 그런데 앙숙이던 민우와 서준이 같이 놀이를 하고 있었다. 웬일이래. 평소 서로 못 잡아먹어 안달이던 둘이 오늘은 웃으며 장난감을 가지고 놀고 있다. 갑작스레 변한 아이들을 보며 신기해하고 있는데 서준이 민우에게 말했다.

"너네 아빠 진짜 멋지더라."

"당연하지!"

으스대는 민우에게 서준이 눈을 빛내며 말했다.

"그날 산에 올라가는 날 너네 아빠가 나 번쩍 안아주고 놀아줬잖아. 우리 아빠 팔이 생명이라면서 날 안아준 적 한 번도 없는데."

"우리 아빠 힘 진짜 쎄!"

"좋겠다! 다음에 만나면 또 안아달라고 해야지."

등산 갔던 날 그런 일이 있었나 보다. 어쨌든 반에서 항상 골칫거리이던 둘이 사이좋게 지내는 모습을 보니 그간의 근심이 싹 내려가는 것 같았다. 이것도 윤호 덕분일까.

퇴근을 하면서 채원은 윤호에게 문자를 보낼까 고민하며 휴대폰을 만지작거렸다. 오전에 아이들 이야기도 해주고 싶고 무엇보다 삼겹살 먹던 날 이후로 그에게서는 문자가 없었다. 꼭 기다렸다고는 할 수 없지만 매일 오다가 갑자기 안 오니까 허전하고 심심했다. 그렇다고 먼저 보내기에는 그동안 내뱉은 말들이 있어 도저히 할 수 없었다. 망설이던 손을 다시 집어넣고 걸어가는데 앞에서 오던 현준과 마주치고 말았다. 아, 젠장. 채원은 시선을 내리깔고 옆으로 지나가려고 했다.

"채원아."

그가 또 이름을 불렀다. 정말 싫다. 내 이름 왜 부르고 난리야.

"퇴근해?"

그를 보지 않고 앞만 보았다.

"그래."

"바쁜 것 아니면 어디서 잠깐 얘기라도 할래?"

그의 말에 채원은 어이없어 쳐다보았다. 이 남자랑 확실하게 끝을 맺어야 할 것 같았다. 아님 계속 채원을 못살게 굴 것 같았다.

"그래. 나도 마침 할 말 있어."

채원은 커피 전문점 테이블에 앉아 앞에 앉은 현준을 보았다. 혹시 몰라 윤호에게 문자를 보내놨다.

「바쁘실 텐데 오늘 제가 옛 남자를 만나게 됐어요. 괜찮으시면 유치원 아래 큰 길에 OO 커피숍으로 좀 와주세요.」

뭔가 안 풀리는 일이 있는지 그의 얼굴이 어두웠다. 현준은 채원을 보더니 싱긋 웃었다.

"다시 봐도 너 진짜 신기해. 이 유치원에 있을 줄은."

"넌 몰랐나 본데 내 실력 무시하고 내 직업 무시한 건 너밖에 없어. 내가 못 있을 데 있는 것도 아닌데 뭐가 놀라워? 하고 싶은 말이 그거야?"

채원의 날카로운 말에 현준이 재밌다는 얼굴을 했다.

"5년 동안 꽤 많이 시크해졌네. 남자 친구 있어? 전에 물어봤는데 답이 없었잖아."

역시나. 예상하는 답변이 나왔다. 넌 언제나 한결같구나. 예전이나 지금이나 대화 수준이 똑같았다.

"있어. 그게 왜 궁금해?"

"난 우리가 다시 만난 건 뭔가 인연이라고 생각해. 넌 그렇지 않아?"

그의 말에 채원은 코웃음을 쳤다.

"뭔가 착각하는 것 같은데 우린 옛날에 헤어진 사이야. 나한테 뭐 바라는 거 있어? 너 되게 낯설다."

현준은 채원을 그윽한 눈으로 바라봤다.

"바라는 거 있다. 우리 다시 만나자."

너무나 뜬금없는 그의 말에 채원은 오히려 말문이 막혔다. 그리고 헛웃음이 나왔다.

"왜. 와이프가 이제 경제적으로 별 매력이 없어? 기가 막혀. 배현준, 나도 바라는 거 있어. 다신 나 아는 척하지 마. 아직도 널 사랑하고 있다고 생각하나 본데 난 이제 너 따위 잊은 지 오래야. 그러니 다신 그런 말 하지 마. 정말 역겨우니까."

채원이 차갑게 일어서는데 현준이 팔을 확 잡았다.

"네가 싫다 해도 넌 날 만나게 되어 있어. 넌 절대 날 거부할 수 없거든. 너도 느끼잖아. 나만큼 잠자리가 맞는 사람도 없다는 걸.

안 그래? 서로 즐길 것만 즐기자는 거야. 사랑의 감정을 운운하는 게 아니라."

그의 눈빛은 위협적이기까지 했다. 한마디로 섹스 파트너를 하자는 말이었다. 정말 상종 못할 인간이다. 여기서 더 있다가는 말도 안 통하는 이 남자랑 뭔 일이 날 것 같아 팔을 확 뺐다.

"더러워. 만지지 마. 그리고 말했지. 나 애인 있다고."

그 말에 현준이 비웃었다.

"내가 널 몰라? 5년이나 만났는데. 넌 거짓말하면 얼굴에 다 티나. 너 만나는 사람 없잖아. 그러면서 뭘 그리 튕겨."

어쩜 하는 말 하나하나가 전부 최악이며 저질일까. 채원의 얼굴이 붉어지려는 찰나 누군가 채원의 허리를 감쌌다. 고개를 돌리니 윤호였다. 그는 예전에 그 추리닝을 입고 채원에게 웃어 보이며 그녀의 허리를 둘렀다.

"많이 기다렸어요? 내가 조금 늦었죠."

"윤호 씨!"

채원은 얼른 그에게 팔짱을 꼈다. 현준은 의외의 상대에 멈칫했지만 채원에게서 시선을 떼지 않았다.

"이 사람 유치원 학부모 아니야? 전에 화장실 앞에서 너 데려갔던."

현준의 표정이 흥미로운 듯 얇은 미소가 번졌다. 그가 소문을 내면 어쩌나 걱정이 되었지만 지금은 저놈을 먼저 떼어내야 했다.

"맞습니다. 학부모. 뭐 문제 됩니까?"

"하, 뭐야. 정채원. 나한테는 벌레 보는 눈빛 하더니 너도 유부남이랑 놀아나는 거야? 너도 정말 갈 데까지 갔구나."

비웃고 모멸감을 주는 현준의 말에 채원은 분노로 아랫입술을 살짝 깨물었다. 저런 남자를 한때나마 사랑했다니. 미쳤구나 싶었다. 아무리 윤호가 아내가 없다고 해도 자신이 먼저 그런 말을 꺼내면 안 되기에 머뭇거렸는데 가만히 듣고 있던 그가 입을 열었다.

"가만 들어보니 우리 채원 씨한테 만나자는 얘길 했나 보군요. 당신을 보니 절대 좋은 소리는 안 나왔을 것 같고. 그런데 난 당신과는 상황이 다릅니다. 당신은 아내가 있지만 난 아내가 없으니까요. 아내는 이미 오래전에 죽었으니까 난 아무런 결격 사유가 안 되는데?"

능글거리며 부드럽게 웃는 윤호를 현준이 노려보았다. 그러더니 윤호를 위아래로 훑어보았다.

"그래도 채원아. 이런 후줄근한 남자보다는 내가 차라리 백배 낫지 않아? 이젠 너도 미래를 생각해야지."

채원은 계속 저질스러운 말을 하는 현준이 몸서리쳐지게 싫었다. 윤호가 죽은 아내 얘기까지 꺼내며 말을 했건만 저놈은 후줄근하다는 소리로 윤호의 신경을 긁는 소리를 해댔다. 여기선 채원이 나서야 했다. 그에게 이런 모멸감을 주고 싶진 않았다.

"내 미래가 왜 너야. 말이 되는 소리를 해! 난 너랑 잠시도 함께 있고 싶지 않아. 그리고 말이 나왔으니 확실하게 말해줄게. 속궁합? 미안해서 어쩌니. 너보다 잘 맞는 잠자리 상대 이미 있는데. 이 남자랑 자보니 넌 정말 피라미더라. 그런 실력으로 뭐? 잘 맞아? 웃기는 소리 하고 있네. 넌 좋았을지 몰라도 난 최악이었어. 나 남자 있으니까 다신 말 걸지 마. 알겠어?"

열받은 목소리로 내뱉는 그 멘트가 부끄러운 내용임에도 채원은 얼굴이 시뻘건 채로 현준에게 소리쳤다. 채원의 말에 자존심 상한 표정을 한 현준이 또다시 무언가 말을 하려고 하는 순간 채원의 말에 소리 없이 웃던 윤호가 먼저 입을 열었다. 현준을 보는 그의 표정에 싸늘한 한기가 돌았다.

"거기까지만. 당신의 쓰레기 음성 스테레오도 거기까지만 허용해 주는 거야. 앞으로 한 번만 더 내 여자하고 말하거나 내 여자 건드리면 그땐 각오하는 게 좋을 거야. 가요, 채원 씨."

윤호는 그에게 경고하고 채원을 이끌었다. 얼떨떨해 있는 현준을 뒤로하고 커피숍을 나와 버스 정류장까지 올 때까지 둘은 아무말이 없었다. 정류장 앞에서 윤호가 앞서 가던 채원에게 말했다.

"기왕 나온 김에 저녁이나 먹으러 갈까요?"

윤호의 말에 채원은 고개를 가로저었다. 사실 지금 채원의 심리 상태는 그와 도저히 마주 보고 있을 수 없었다. 현준과 한 대화도 충격이었지만 자신의 입으로 내뱉은 말들을 커피숍을 나와서야 인식했기 때문이다. 덕분에 현준이 한 모욕적인 말들은 기억 저편으로 사라진 지 오래였다.

"전 그냥 집에 갈게요. 오늘 고마웠어요."

그리고 뒤도 돌아보지 않고 오는 버스를 탔다. 어떡해. 이제 저 남자를 어떻게 봐. 무슨 생각으로 그런 말을 꺼낸 거야. 얼마나 나를 이상하게 생각할까. 완전 미친 여자라고 생각할 거야. 속궁합? 잠자리? 정채원 미쳤다!

집에 와서도 채원은 아까의 말들로 넋을 잃었다. 그때 폰에서 진동이 울렸다. 깜짝 놀라던 채원은 느리게 폰을 봤다. 성윤호다.

어떡하지. 받지 말까. 그럼 앞으로 그를 더 못 볼 것 같았다. 그는 그래도 민우 아빤데 좋든 싫든 1년 동안은 계속 봐야 하는 사이다.

"여보…… 세요."

[아까 한 말은 정말 신선했습니다. 채원 씨.]

헉. 매도 먼저 맞는 게 낫다고 채원은 먼저 말을 꺼냈다. 음성이 떨려왔다.

"아까 제가 그런 말을 한 건…… 그놈이 자꾸 이상한 말을 꺼내서 저도 모르게 나온 거예요. 절대 제 본심이 아니니까 오해하지 마세요. 그리고 죄송해요. 졸지에 이상한 사람 만들어서."

[뭐가요? 난 채원 씨가 '윤호 씨'라고 부른 거 말한 건데.]

윤호의 말에 채원은 그에게 당했다는 느낌을 받았다. 채원을 놀리고 있었다.

[근데 채원 씨는 다른 걸 생각하셨나 보군요.]

젠장. 자신만 이상한 사람 돼버렸다.

[저도 궁금합니다. 채원 씨랑 속궁합이 잘 맞을지.]

"하나도 안 궁금해요! 그리고 평생 속궁합 맞출 일 없으니까 걱정하지 마세요!"

채원이 소리치자 그의 웃음소리가 휴대폰 너머로 들려왔다. 한참 웃던 그는 나지막한 음성으로 말하였다.

[오늘 놀라셨을 텐데 얼른 쉬세요. 그리고 앞으로 그 남자가 한 번만 더 채원 씨한테 그러면 바로 얘기해요. 내가 혼내줄 테니까.]

"근데…… 저보고 왜 채원 씨라고 해요?"

[그럼 사귀는 사이인데 선생님은 좀 그렇잖아요?]

"우리 진짜 사귀는 거 아니잖아요."

[가짜로 사귀어도 난 채원 씨가 훨씬 부르기도 좋고 듣기도 좋은데요? 채원 씨도 밖에선 날 그렇게 불러도 됩니다.]

그의 능글맞은 말에 채원은 한숨을 쉬었다. 어떻게 하면 채원을 놀릴까 윤호의 머릿속이 굴러가는 소리가 여기까지 들렸다.

"이만 끊을게요."

종료 버튼을 누르고서도 채원은 쉽게 앉지 못했다. 미쳤어, 미쳤어. 어쩌자고 그런 말을 해서. 이제 속궁합 얘긴 평생 놀림감이 될 것 같다.

어릴 때 5월은 빨간 날이 많아 학교에 가지 않아도 되고 이벤트가 많아 좋아하는 달이었다. 그런데 채원이 유치원 교사가 되고 보니까 5월이 유치원 행사 중 가장 많은 비중을 차지하고 이젠 제일 싫어하는 달이 되어버렸다. 빨간 날이라고 그 행사를 안 하는 게 아니기 때문에 앞뒤로 준비하고 진행하는 일들이 꽤 신경 쓰였다.

내일은 어린이날이라 쉬기 때문에 하루 전인 오늘은 원 차원에서 어린이날 행사를 진행하였다. 오전부터 재미있는 게임을 진행하고 점심도 아이들이 특별히 좋아하는 음식으로 선정하고 오후에도 인형극을 초빙하여 관람하는 등 바쁜 일정을 보냈다. 덕분에 아이들은 하루 종일 얼굴에서 즐거움이 떠나지 않아 보였다.

어린이날 선물을 미리 부모들한테 받아서 교사들이 나눠 주고 부모들은 따로 선물을 주지 않도록 하는 원 방침에 따라 하원하기 전 채원은 호랑이반 아이들을 모아놓고 선물을 나눠 주었다.

"오늘은 부모님들이 선물을 준비해 주셨네. '나중에 또 주세요.' 그런 말 하지 말고 오늘 집에 가면 '고맙습니다.'라고 인사하자. 이름을 부르면 나와서 받아가도록 해. 예쁜 편지에 글도 쓰여 있는데 글씨 읽을 수 있는 사람은 읽어도 된단다. 자, 박서준."

서준이 나와 부모가 준 커다란 선물과 편지를 들고 다시 자기 자리로 들어갔다. 원래 아이들이 선물을 주면 크든 작든 입이 벌어지는데 서준이는 선물을 항시 받아와서인지 감흥이 별로 없는 듯했다. 서준은 자리에 가서 편지를 꺼내 읽기 시작했다.

다른 아이들 이름을 불러 나눠 주고 마지막으로 민우도 불렀다. 민우 아빠는 제일 작은 포장지의 선물을 준비하였다. 다른 아이들과 부피 면에서 차이가 나 민우가 속상해할까 걱정했는데 다행히 민우는 기뻐하는 것 같았다.

채원은 아이들을 둘러보며 저마다 선물을 뜯고 편지를 확인하며 좋아하는 모습을 보았다. 편지를 못 읽는 아이는 대신 읽어주기도 하였다. 그러다 민우가 읽고 있는 편지를 슬쩍 보게 되었다. 손에는 목에 걸 수 있는 작은 펜던트가 들려 있었다.

―사랑하는 민우야.

아빠 아들로 살아가느라 고생이 많다. 다른 아이들처럼 옷도 잘 못 챙기고 신경을 못 써줘서 미안하지만 넌 너대로 좋은 점이 많으니까 복받은 거라 생각해.

할아버지가 이제는 민우 보고 싶다고 하신다. 주말에 할아버지, 할머니네 집에 놀러 가자.

작년에는 커다란 로봇 선물해 줬는데 이번에는 작은 펜던트여서 실망했지?

그래도 이 펜던트는 민우에게 아주 소중한 물건이니 잘 간직하고 항상 지니고 있어.

그 펜던트에 있는 사진이 누군지 이미 민우는 알고 있지만 나중에는 정말 그리운 물건이 될 거야. 그러니 잃어버리지 말고. 알았지?

오늘 외식하자~ 사랑하는 아들. 아빠가.

윤호의 편지에 많은 의미가 함축되어 있는 것 같았지만 민우는 무슨 소리인지 다 알아듣는 듯 아무 표정 없이 읽어갔다. 그리고 펜던트를 열어보았다. 채원은 펜던트 안에 사진을 보기 싫어 자리를 떴다. 보나마나 민우 엄마겠지.

편지 내용을 보니 윤호는 아직도 민우 엄마를 많이 그리워하는 것 같았다. 그러면서 자신한테 관심 있다고 하는 건 무슨 속셈인 건지. 채원은 민우 엄마가 왠지 미워졌다. 그건 그냥 윤호와 민우를 버려두고 갔기 때문이라고 스스로 정리하였다.

어버이날 이야기 나누기 시간. 며칠 전 나의 가족을 조사해 오라고 활동지와 함께 집으로 보낸 것을 오늘은 발표하는 날이었다. 가족에 대한 주제 활동을 하는 중에 가족의 구성원에 대해 친구들과 비교해 보는 것이었다. 저마다 자기 가족과 친척에 대해 활동지에 적어온 대로 열심히 발표하였다.

대부분 아빠, 엄마, 나, 형제로 구성되어 있고 할아버지, 할머니랑 같이 사는 아이들도 간혹 있었다. 그런데 민우 차례가 되자 채원은 은근히 걱정이 되었다. 모르면 모르겠는데 민우 사정을 알고 있는지라 민우가 발표하는 순간 아이들 반응이 걱정되었다.

아무리 유치원 시기부터 가족 구성원의 편견을 없애는 것이 중요하다지만 눈에 보이는 차이를 아이들이 편견 없이 받아들이는 데에는 이미 후천적 환경, 즉 어른의 시각이 물들어 있어 쉽지 않았다.

민우는 앞에 나와 활동지에 적힌 내용을 읽었다.

"우리 집은 아빠, 나 이렇게 둘만 삽니다. 엄마는 내가 아주 어릴 때 돌아가셔서 없어요. 그리고 나는 할아버지, 할머니도 있습니다. 나랑 다른 집에 사는 데 집이 엄청 커요."

'엄청'이란 말에 팔로 큰 원을 그리며 말하는 민우의 얼굴에 자랑이 드러나 있었다.

"그리고 큰아빠랑 큰엄마는 내가 한 살 때 돌아가셨습니다. 그래서 우리 집은 할아버지, 할머니, 아빠, 나 이렇게 넷이 있습니다. 아 참! 나는 외할아버지도 있습니다."

민우가 당당히 말해서인지 아이들 모두 별다른 표정 없이 듣고 있었다. 그러다 역시나 서준이 말을 꺼냈다.

"엄마도 없으면 맛있는 음식이랑 목욕은 누가 시켜줘?"

서준의 질문에 민우가 말했다.

"아빠가 해주지. 우리 아빠 요리 잘해. 우리 아빠는 못하는 게 없어. 다 잘해."

민우의 자랑에 서준이 삐죽거리며 말했다.

"엄마도 없으면서 뭘."

서준의 말에도 웬일인지 민우가 가만히 있었다. 채원은 잘했다고 얼른 자리로 들어가라고 했다. 서준은 자기 아빠가 민우 아빠만큼 못해준다는 걸 알고 샘이 나서 일부러 그런 말을 꺼낸 것 같았다.

"민우는 엄마가 없지만 그래도 아빠가 엄마 역할까지 다 해주니까 완전 슈퍼맨이다. 그치? 민우 아빠를 만나면 슈퍼맨 아저씨라고 이야기해 주면 좋겠다."

채원이 결론을 지어주자 아이들도 고개를 끄덕이며 수긍하였다. 이래서 아이들은 바른 교육이 필요한 거다.

그나저나 민우네 집은 어쩌다 그렇게 줄초상을 겪었을까. 윤호 아내부터 그의 형, 형수까지. 윤호 아버지 어머니도 참 착잡한 심정이겠다. 윤호의 형이 죽은 걸 보면 그의 부모님이 믿을 건 그밖에 없을 텐데 막노동 그런 것 그만하고 제대로 된 직장에 다녀야 하지 않을까.

채원은 자신의 생각이 사소한 곳까지 미치자 불현듯 고개를 저었다. 내가 무슨 상관이야. 정채원, 그건 네가 신경 쓸 문제가 아니야. 더 이상 참견하지 마. 그러나 채원이 부정하면 할수록 이상하게 마음이 바늘로 찔리는 것처럼 콕콕 쑤셨다.

하원 지도를 하고 교무실로 와 책상 달력을 보았다. 정신없이 보내다 보니 내일이 어버이날이었다. 그동안 시골에 계시는 부모님한테 찾아가 보지도 못했다. 그러고 보니 요새 정신없이 바빠서 전화도 못한 걸 알았다.

채원은 서울로 대학을 오고 나서 김천엔 다섯 번도 안 갔다. 작년에도 여름방학 때 한 번 간 것이 다였다. 멀기도 했지만 채원 스스로도 농사짓는 부모님이 떳떳하지 못하다고 생각했다. 넓지도 않은 작은 땅마지기를 겨우 농사지으며 하루하루 근근이 살아가 시는 부모님.

어릴 때는 채원도 그런 부모님이 부끄러웠다. 학교에 가면 시골 학교였어도 대부분 아이들이 과수원을 하거나 논도 크게 가지고 있었다. 그리고 농사를 해도 품종 개량을 하여 사업 구상을 하는 등 나름 돈이 되게 하였다. 그런데 채원의 부모님은 그저 순박하 게 농사지으며 땅이 주는 환경대로 살아가셨다. 채원은 그런 환경 이 싫어 미친 듯이 공부했다.

나는 무조건 서울 갈 거야, 가서 떵떵거리며 살 거야.

그래서 학교는 소원대로 서울에 원하는 대학에 왔지만 지금 자 신도 부모님과 같이 하루 벌어 하루 먹고사는 신세를 면치 못하 고 있었다. 물론 적당히 벌어 적당히 생활하는 지금이 나쁜 것은 아니지만 어릴 때 채원은 서울 가면 무조건 부자가 되는 줄 알았 다.

그런데 여긴 시골보다 더 가난한 곳이었다. 잘사는 사람은 정말 잘살고 못 사는 사람은 시골에서 농사짓는 사람보다도 못한 환경 이었다. 이런 양극화된 사회에 있다 보니 차츰 그녀의 부모님을 이해하게 되었고 나쁜 남자를 사귀면서 돈이 다가 아니라는 생각 도 가질 수 있게 되었다. 그런 점에선 현준도 나름 도움이 된 것일 까.

[여보세요.]

"엄마, 나 채원이."

[아이고, 우리 딸. 잘 지내는고.]

"응. 나야 잘 지내지. 엄마는 아픈 곳 없고?"

[내도 건강하지 뭘.]

"아버지도 건강하시지?"

채원의 말에 수화기 저편에서 갑자기 정적이 흘렀다.

"여보세요?"

[아, 그라모. 느그 아부지도 건강하시다.]

"요즘 모내기한다고 너무 무리하지 말고 몸 챙겨."

[알긋다. 니만 잘 지내믄 우덜은 아무렇지도 않다.]

"그래. 참, 모내기 끝내면 서울 한 번 와. 엄마, 아버지 서울 한 번도 온 적 없잖아."

[그라믄 우리 딸이 구경시켜 주는 기가?]

엄마의 미소가 여기까지 보이는 듯했다.

"그래. 맛있는 것도 먹으러 가고 놀러 가자. 아버지랑 시간 내서 서울 올라와."

[그랴. 알긋다. 내 그리 아마.]

전화를 끊고 채원은 부모님의 짠한 모습에 눈시울이 붉어졌다. 예전엔 외면하기만 했던 부모님. 부끄러웠던 나의 엄마, 아빠. 하지만 이렇게 살아 계시는 것 자체가 기쁨인 걸 이제는 어렴풋이 느꼈다. 자신을 낳아준 부모님, 피로 엮인 혈연은 절대 끊을 수가 없는 것이었다.

마음이 울적했다. 그러나 다른 사람 앞에서 철저히 자기 관리를 하는 채원은 자신의 이런 모습을 누군가 볼까 봐 얼른 감정을 달랬다. 그런데 오늘따라 마음이 따라주지 않았다. 자리에서 일어서던 채원은 휴대폰 진동에 정신을 차리고 화면을 보았다. 윤호의 문자다.

「정채원 선생님. 며칠 후면 스승의 날인데 받고 싶은 선물 있습니까? 말만 하세요. 다 사줄게요.」

그의 문자에 마법이 스르륵 풀리는 것처럼 웃음이 피어났다.

「가난하면서 뭘 사줘요. 본인이나 챙기세요.」

「가난하다고 되게 무시하시네. 열심히 벌어서 사주면 되지요!」

채원은 만면에 웃음기를 머금고 문자버튼을 계속 눌렀다.

「마음은 고맙지만 유치원 자체적으로 선물 금지예요. 그러니 마음만 받을게요.」

「마음? 내 마음이 뭔 줄 알고?」

그의 문자에 넋 놓고 답변을 하다 문득 우리가 지금 하고 있는 행동이 사귀는 거랑 뭐가 다른지 고민이 되었다. 홀아비는 절대 사양이라고 해놓고 이 남자를 이렇게 흔들어도 될까.

「바쁜가 봅니다? 나도 지금 일하고 있으니 나중에 다시 합시다.」

채원이 답이 없자 그가 또 문자를 보냈다. 정말 애 딸린 홀아비, 학부모인 것만 빼면 만나보고 싶은 남자이기도 하지만 채원은 그의 환경이 걸렸다. 미혼인 자신이 그와 잘 어울려서 만날 수 있을지. 유치원 교사들의 시선은 견뎌낼 수 있을지. 삶이 부유하지 않은 그에게 질리지 않을지. 이미 남자에 대한 환상을 지운 자신이 윤호를 믿을 수 있을지. 그에게 진심으로 사랑의 감정을 느낄 수 있을지.

이 질문에 스스로 답을 내릴 수 있을 때까지 자신은 그에게 어떤 감정도 내비쳐서는 안 된다. 그건 윤호에 대한 예의가 아니었다.

시간은 잔물결처럼 소소하게 흘러 어느새 일주일이 지났다. 스승의 날 아침부터 원장실의 서무교사 지윤이 교실을 돌아다니며 소식을 전하고 있었다. 지윤은 교실에서 아이들 맞이를 하는 채원에게 다가와 살짝 말을 하였다.

"정 선생님, 오늘 유치원 마치고 63빌딩 레스토랑 저녁 식사 후 한강 유람선 타러 가요. 이사장님이 무슨 바람이 불어서인지는 모르겠지만 우리 교사들 저녁에 마음껏 즐기라고 법인카드 주셨대요."

신나하며 말을 하는 지윤을 보니 미소가 지어졌다. 이번에 새내기로 들어와서인지 회식과 모임에 적극적이었다.

"그러게요. 이사장님이 웬일이래요. 유치원 교사까지 신경 쓰고."

"그러니까요."

지윤은 콧노래를 부르며 다른 반으로 소식을 전하러 떠났다. 오늘 스승의 날이라고 이사장이 신경을 썼나 보다. 정말 웬일이래. 채원은 어깨를 으쓱하고 반으로 들어오는 아이들을 웃으며 맞이하였다.

자유선택 놀이 시간에 놀이하는 아이들을 관찰하던 채원은 오늘따라 놀이도 하지 않고 구석에 앉아만 있는 민우를 발견했다. 민우에게 다가가 앉았다.

"오늘은 놀이 안 해?"

채원을 힐끔 돌아보는 민우의 눈이 글썽글썽하였다. 채원이 놀라서 물었다.

"왜 그래. 어디 아퍼?"

"아니요."

글썽한 눈으로 고개만 젓는 민우가 이상했다. 절대 우는 아이가 아닌데 다른 아이들 있는 곳에서 이렇게 울다니 무슨 일이 있나 보다.

"선생님한테 무슨 일인지 말해줄 수 있니? 혹시 또 서준이 때문이야?"

민우는 고개만 저었다. 한참을 말도 안 하고 앉아만 있던 민우가 채원을 바라보았다.

"선생님."

"그래. 말하고 싶을 때 말해."

"난 왜 태어났을까요. 할아버지, 할머니는 날 싫어해요."

뜬금없는 말이지만 전에 할아버지 집에 간다고 했던 것 같은데 그 일 때문인가.

"그게 무슨 말이야. 할아버지, 할머니가 민우를 왜 싫어해. 이렇게 귀여운 손자를."

"할아버지는 나만 보면 무서운 눈을 하고 날 보지도 않아요. 그래서 아빠랑 할아버지가 싸웠어요. 나 때문이에요."

오랜만에 간 것 같은데 그간 사이가 좋지 않았나 보다. 민우네 가정이 순탄치 않은 건 사실인 것 같았다.

"아니야. 아빠랑 할아버지랑 싸운 건 그냥 그 일 때문이지 민우가 싫어서가 아니야. 장담할 수 있어. 선생님이 아빠한테 물어볼게."

채원이 달래는 말에 민우가 머뭇거리더니 다시 채원을 바라봤다.

"그리고 할머니는 자꾸 아빠한테 선을 보라고 해요. 저번에 집에 왔을 때도 아빠한테 그랬는데 이번에도 또 그랬어요. 선생님, 선이 뭐예요?"

선이란 말에 채원의 심장이 작게 흔들렸다. 선. 남녀가 결혼을 위해 만나는 자리.

"할머니가 민우한테 새엄마를 만들어주고 싶으신가 보구나."

"그쵸? 여자 만나는 거죠? 그럴 줄 알았어. 아빠는 아니라고 아무것도 아니라고 하는데 난 여자 만나는 건 줄 알았어. 난 새엄마 따위 필요 없어요. 내 엄마는 하나야!"

"민우는 새엄마 싫어?"

민우의 고개가 세게 끄덕여졌다. 정말 싫은가 보다.

"우리 엄마 말고는 다 싫어요!"

"그럼 아빠는 뭐라고 했는데?"

사실 이게 채원의 본심이었다. 참나. 아이한테 구차하게 물어보다니. 정채원 정말 싫다.

"아빤 당연히 싫다고 하죠. 아빤 엄마 말고 다른 여자는 싫다고 했어요."

"그래. 아빠 마음이 그러면 할머니가 더 뭐라고 못하실 거야."

채원은 민우를 달래면서도 자신의 감정이 신경 쓰였다. 그는 아직도 아내를 잊지 못하고 있다.

"그래서 그렇게 속상했어? 아빠가 할아버지 할머니랑 싸워서?"

"할아버지 할머니 집은 대따 커요. 그렇게 큰 집은 처음이에요. 그래서 매일 놀러 가고 싶은데 할아버지가 날 보고 싶지 않다고 했대요. 그래서 그동안은 할아버지가 집에 없을 때에만 갔어요. 난 할아버지 표정이 너무 무서워서 겁이 나요. 할아버지가 날 예뻐해 주면 좋겠어요."

집이 얼마나 크기에 민우가 저리 말할까. 아마 민우 집이 워낙 작다 보니 조금만 큰 집을 가도 크다고 느끼는 것 같았다.

아이는 아이였다. 사랑받길 원하는 민우의 마음이 이해갔다. 더욱이 가족이 별로 없는 민우는 더욱 사랑이 그리웠을 것이다. 채원은 민우를 안아주며 어린 민우의 쓸쓸함을 다독여 줬다. 외로움은 어른만 느끼는 감정이 아니었다. 아이는 사람의 애정을 더욱 민감하게 느끼는 존재였다.

퇴근 후 교사들끼리 회식을 위해 63빌딩으로 모였다.

"오늘 모임은 이사장님이 특별히 선생님들 고생하신다고 마련해 주신 것입니다. 오늘은 아이들 생각 조금 접고 즐기다 가셨으면 좋겠네요."

원장이 웃으며 말했다. 레스토랑 테이블을 교사들이 길게 둘러싸고 앉아 고기를 썰었다. 누가 보면 조금 웃긴 광경이라고 생각하겠지만 이런 자리가 실로 오랜만이라 재미있었다.

채원의 옆에 앉은 교사 윤보경이 속삭였다.

"이사장이 웬일이래요. 작년엔 신경도 안 쓰시더니."

"그러게요."

채원도 작년까진 깜깜하던 이사장이 무슨 심경의 변화로 유치원 교사 나부랭이한테도 신경을 썼는지 의문이었다.

교사들은 직업병을 가지고 있었다. 아이들이 있는 자리에서는 아이들 대화, 아이들이 없는 자리에서도 아이들 대화를 주로 하였다. 그러면서 씹을 아이는 씹고 자랑할 아이는 자랑하였다. 유람선을 타며 5월의 강바람을 맞으면서도 교사들은 쉴 새 없이 입을 열었다.

"요즘 우리 반 난리 났어요. 배형주 때문에."

보경의 말에 교사들이 시선을 집중했다.

"형주 아빠 매번 등하원 해줘서 다들 얼굴 알죠? 그 집이 로펌 운영하면서 우리 반에서 거의 일등 부자인데 요즘 휘청휘청하나 봐요."

배형주라면 현준 아들이었다. 채원은 보경의 말에 희미하게 웃었다. 그가 채원에게 관심을 보인 이유가 있었다. 믿고 있던 처가가 끈 떨어질 위기에 처하니 또다시 매몰차졌나 보다. 그나저나 어쩌다 로펌이 휘청거릴 정도가 됐을까.

"그래서 요새 만날 부부싸움을 하는지 형주가 유치원에 오면 아이들한테 똑같이 화풀이를 하는 거예요. 다른 애들 때리고 밀치고. 덕분에 다른 학부모들 원성이 자자해요."

보경이 골칫거리라는 듯 머리를 짚었다. 못난 아비 둬서 아들이 고생하는가 보다. 채원은 현준이 왠지 딱했다. 부를 좇더니 결국 부에 의해 망하는 신세가 되었다. 한때나마 정을 나눴던 사이로서 그의 치열하고 속물적인 성격이 안타까웠다.

"그 아빠 엄청 자상하던데. 현관에서 지도할 때 보니까 훈남이고 목소리도 좋고. 옷도 잘 입잖아요. 유치원 아빠들 중에 형주 아빠만 한 사람 없지 않나요?"

"왜, 거 있잖아요. 민우 아빠."

어떤 교사의 말에 모두 아— 동의를 하였다.

"진짜 그 아빠 몇 살인지 궁금해요. 정 선생님 반 아빠죠?"

다른 교사들의 시선이 일제히 채원을 향했다. 채원이 고개를 숙였다. 그에게 다들 이렇게나 관심을 갖고 있는 줄은 몰랐다.

"민우 아빠가 괜찮아요? 난 능글맞고 별로던데."

채원은 일부러 윤호를 깎아내리는 말을 했다.

"그래도 잘생겼지. 특히 중저음의 목소리랑 민우한테 하는 자상함은 정말 다른 아빠들이 따라오기 부족하죠."

"작년에 민우가 우리 반이었는데 그때 전 민우 아빠 한 번도 못 봤어요."

보경이 신기하다는 듯 말을 이었다.

"저도 민우를 방임하는 건 아닌가 싶을 정도로 그 아빠가 민우한테 신경을 안 썼거든요. 그런데 신기한 건 신경을 안 썼는데도 민우가 지 할 건 알아서 했다는 거예요. 그러니 뭐, 저로선 따로 아빠한테 연락할 필요가 없었죠. 그런데 요즘 유치원 오고 갈 때랑 저번에 등반대회 때 보니까 이런 아빠인 줄 왜 몰랐을까 싶어요. 이렇게 괜찮은 아빠인 줄 알았으면 저도 면담 좀 해볼 걸 그랬나 봐요."

보경이 킥킥거리며 수다를 계속했다.

"그런데 민우 아빠가 정 선생님한테 관심 있는 것 같던데."

보경이 놀리듯 채원을 바라봤다.

"맞아요. 현관에서 항상 누군가 찾는 거 같던데 그게 정 선생님인 것 같아요."

"에이, 괜히 그렇게들 생각하는 거예요. 그 아빠가 원래 잘 챙기는 성격인 것 같아요."

채원은 손사래를 치며 부정했지만 원인 모를 뿌듯함이 느껴졌다.

"민우 아빠 홀아비라면서요? 그 나이에 어쩌다 벌써 홀아비인 거예요?"

"부인이 일찍 죽었나 봐요."

채원의 말에 다른 교사들이 하나같이 안타까운 표정을 지었다.

"정말 안됐다. 아들도 아들이지만 남편은 무슨 죄야."

"그러게요. 그럼 이참에 민우 아빠랑 잘해봐요, 정 선생님. 안될 것도 없는 관계인데."

채원은 보경의 말에 쓴웃음을 지었다. 담임교사만 열 명이 넘는 유치원에 남자, 그것도 자기들이 아는 남자랑 사귄다고 하면 어떤 소문이 돌지 안 봐도 뻔했다. 여자들의 입이 한결같이 무겁지는 않기 때문이다.

"저한텐 그냥 학부모예요."

그런 말을 하는 스스로가 위선처럼 느껴졌지만 감정을 다 표현할 수는 없었다. 강바람을 맞으며 스스로 드는 생각에 고개를 저었다.

선착장을 내려오며 오늘의 일정을 끝내고 각자 집으로 가기 위해 전철역으로 들어갔다. 진동 소리에 채원이 휴대폰을 봤다.

「스승의 날은 잘 보내고 있습니까? 우리 따로 이차 갈까요?」

윤호의 문자에 채원은 다른 교사들을 살펴본 뒤 문자를 했다.

「어디신데요?」

「내가 채원 씨 있는 곳으로 가겠습니다.」

「전 여의나루역이에요.」

「그대로 있어요.」

채원은 윤호의 문자에 복잡 미묘한 감정을 느꼈다. 유람선에서 교사들과 그의 이야기를 했는데 이렇게 문자가 와버려서 윤호가 신선하게 다가왔다.

다른 교사들에게는 먼저 가라고 한 뒤 다시 개찰구를 나와 비어 있는 의자에 앉았다. 매일 유치원 끝나고 집에 오면 하루의 피로가 밀려와 쓰러져 잠을 잤는데 오늘은 윤호를 본다는 생각에 잠이 달아났다. 현준을 본 뒤로 이 주일 만에 보는 것이다.

조금 기다리려니 윤호가 개찰구에서 나왔다. 채원이 앉아 있는 곳으로 오는 그를 보는 채원의 심장이 두근거렸다. 편안해 보이는 다크블루 셔츠에 크림색 면바지를 입고 오는 윤호가 별것 아닌데도 멋져 보였다. 아까 유람선에서 교사들의 말을 들어서일까 오늘 그는 유독 잘생겨 보였다.

"많이 기다렸어요?"

그의 말에 채원이 고개를 저었다. 일주일 만에 보는데 이렇게 반갑다니. 큰일 났다. 채원은 윤호를 따라가면서 자신의 감정에 울고 싶어졌다. 다신 남자를 못 만날 줄 알았는데 심장이 이렇게 떨린다.

채원과 윤호는 분위기 있어 보이는 바에 앉았다. 5년 전에 인사불성이 된 이후로 술은 입에도 대지 않았지만 그래도 나가자고 하긴 싫었다. 예전에 일들을 다시 상기시키고 싶진 않았으니까. 여태껏 잘 숨겼는데 이제 와 알릴 필요는 없었다.

"채원 씨는 술을 못하니까 달달한 칵테일 마셔요."

윤호가 웃으며 하는 말에 뭔가 뼈가 있는 것 같았다. 그러면 내가 말할 줄 알고. 절대 아니올시다.

마주 보고 앉아 있는데 윤호의 얼굴이 알게 모르게 어두운 것 같았다. 항상 부드러운 미소를 짓던 그가 어두운 얼굴을 하니 어울리지 않았다. 그러다 문득 오전에 민우가 했던 말들이 생각나자 채원의 마음이 차가워졌다.

"저 나와 있는 줄 어떻게 아셨어요?"

"아…… 그냥 스승의 날인데 선생님들끼리 회식하지 않을까 생각했습니다. 잘 보냈습니까?"

"네. 저희 이사장님이 이번에 특별히 신경 써주셨네요. 예전엔 안 그러더니 무슨 바람이 불었는지는 모르겠지만."

채원은 웃으며 이사장을 씹었다. 채원의 말에 윤호는 소리 없는 미소를 지었다.

"이제라도 교사들 잘 챙겨야겠다고 생각했나 보지요."

다시 술잔에 입을 대는 그를 보며 채원도 앞에 놓인 칵테일 잔을 집어 살짝 입을 댔다. 달달한 것이 생각보다 괜찮았다.

"조금씩 마셔요. 또 예전처럼 필름 끊기지 말고."

그의 말에 채원은 처음 듣는 말처럼 바라봤다.

"무슨 소린지 모르겠네요."

"모르는 척하시겠다?"

그의 눈빛이 집요해서 채원은 시선을 돌렸다.

"그런데 갑자기 왜 저랑 술을 마시고 싶으신 건지."

채원의 말에 윤호는 다시금 술을 마셨다. 술잔에 비친 윤호의 얼굴이 빛나 보였다. 미쳤구나, 정채원.

"그냥…… 예전에 사랑했던 여자가 정말 사랑이었는지 요샌 조금 헷갈려서."

그의 반말 섞인 음성이 차분히 들려오자 채원은 숨을 들이셨다. 민우 엄마 애긴가.

"그 당시 좋았다면 그건 사랑이 아닐까요?"

"그럼 채원 씬 그 당시 그 남자를 사랑했다?"

채원도 그 말에 억울했지만 인정하지 않을 수 없었다.

"그래요. 인정하고 싶지 않지만 사랑했어요. 그러니 그렇게 술을 마셨지요. 마시지도 못하는 술을."

말하는 순간 자책했지만 이미 내뱉은 말이었다. 그의 얼굴에 장난이 스며들었다.

"거봐. 알면서 여태까지 모른 척했다니까. 술 마시고 계산 안 한 거 기억납니까?"

채원은 머뭇거리다 더 이상 모른 척하는 건 예의가 아닌 것 같아서 포기하는 심정으로 고개를 주억거렸다.

"그래요. 기억이 납니다. 술을 진탕 마시고 필름이 끊겨서 호텔 방에 누워 있었지요. 도대체 술값이 얼마예요? 갚을게요."

윤호는 그녀의 말에 회심의 미소를 지으며 얼굴을 채원 가까이 가져갔다.

"다른 건 기억 안 나요?"

채원은 이 남자가 무슨 속셈으로 말하는지 모르겠어서 그저 머리를 굴렸다.

"제가 또 무슨 사고 쳤어요?"

정말 기억이 안 났으니 머리를 굴려봤자 생각나는 게 없었다.

그녀의 말에 그는 채원을 뚫어지게 바라봤다. 그의 시선이 입술에 닿아 있었다. 채원은 긴장하여 침을 꼴깍 삼켰다. 가까이서 윤호를 보니 더욱 숨이 막혔다. 그는 살짝 웃더니 몸을 떼었다.

"큰 사고 쳤지요."

그리고 다시 술을 마시는 그를 보자 채원은 내심 걱정이 되었다. 도대체 무슨 일이 있었던 걸까. 자신이 윤호에게 이상한 짓을 했나.

"술값 보낼 테니까 금액 알려주세요."

"돈 말고 다른 걸로 갚으면 안 됩니까?"

그의 말에 채원은 얼굴을 갸웃거렸다. 윤호는 잠시 채원을 말없이 보더니 천천히 입을 열었다.

"우리 정식으로 만나봅시다."

그의 말은 가슴을 뛰게 했지만 민우의 말이 생각이 나 마냥 기쁘지는 않았다.

"전 학부모 싫다고 했잖아요. 그리고 이제 남자는 안 만난다고."

"어차피 사랑에 대한 감정이 느껴지지 않는다면 누구든 상관없지 않아요? 그냥 이것저것 생각하지 말고 자유롭게 연애하는 거예요. 그러다 보면 옛 사랑도 잊고 사랑도 다시 찾아오지 않을까?"

그의 말에 뭔가 다른 뜻이 느껴져 윤호를 지그시 바라봤다.

"무슨 일 있어요?"

채원의 말에 윤호는 감정을 들킨 듯 놀라 했지만 이내 웃었다.

"내가 무슨 일이 있겠어요."

"오전에 민우한테 조금 들었어요. 오늘 민우 놀이도 하지 않고 계속 울더라고요. 할아버지랑 할머니랑 아빠랑 싸웠다고. 자기를 싫어한다고 생각해요. 민우가."

채원의 말에 윤호가 놀란 표정을 지었다.

"민우가 그런 얘기를 채원 씨한테 합니까?"

"민우 아버님은 잘 모르겠지만 민우랑 전 비밀이 없는 사이예요."

채원의 웃음이 예뻐 보였다.

"다행이네요. 그 녀석. 사랑도 제대로 받아보지 못해서 항상 미안했는데 이렇게 사랑해 주는 선생님이 옆에 있어서."

그러더니 다시 술을 마셨다. 꽤나 마신 것 같은데 윤호는 멈출 생각이 없는가 보다. 한참 마시던 그가 다시 채원을 바라봤다.

"채원 씨는 내가 학부모가 아니면 괜찮다고 했는데 정말 내가 학부모 아니면 괜찮습니까?"

그의 말이 뜬금없었지만 살짝 고개를 끄덕였다.

"그래요. 솔직히 아내랑 자식이 있었던 남자보단 미혼 남자가 낫죠."

채원의 말에 그가 웃음을 흘렸다.

"미혼 남자. 난 미혼 남자가 되나?"

그의 혼잣말을 들으며 채원은 그가 무슨 비밀이 있음을 직감했다. 윤호의 가정사를 채원이 관여하는 건 하고 싶지 않았는데 자연스럽게 궁금해졌다.

"윤호 씨."

윤호는 천천히 채원을 향해 고개를 들었다.

"민우는 내 자식이 아니에요."

그의 갑작스러운 말을 채원은 종잡을 수 없었다.

"네?"

"우리 형 아들이에요. 난 형이 죽고 난 뒤로 대신 키워주고 있는 거고."

채원은 갑작스럽게 비밀을 터놓는 윤호의 말이 엄청나고 충격적이었지만 형 아들을 왜 그가 키우고 있는지가 더 궁금했다.

정채원. 너 뭐니. 민우가 그의 아들이 아니라니까 안심하는 것 좀 봐. 정말 싫다.

"민우는 날 아빠로 생각해요. 민우가 한 살 때 형, 형수가 사고로 죽어서 내가 데리고 있었는데 민우가 날 잘 따르는 거예요. 그래서 내가 키우고 있어요. 아버지는 형하고 형수가 그렇게 되고 나서 민우를 보지 않았어요. 거기다 결혼도 안 한 내가 아빠 한다고 하니까 내 앞길까지 막는다 생각하셔서 민우를 더욱 싫어하셨죠. 그런데 난⋯⋯."

말을 못 잇고 다시 술을 마시는 그를 숨을 죽이며 바라봤다.

"내가 왜 희생하면서까지 민우를 키워야 하는지 궁금하죠?"

채원의 마음을 읽기라도 한 듯 그가 자연스럽게 말을 이끌어갔다. 그의 음성은 떨렸지만 차분했고 슬펐다.

"내가 사랑했던 여자 서지수, 우리 형수. 내 첫사랑. 아버지 친한 친구분 딸이라서 어릴 때부터 우리랑 같이 자랐어요. 항상 붙어 다니고 같이 놀고. 정말 예뻤습니다, 지수는. 그런데 내가 어릴 때부터 사랑한 그 여자는 형의 아내가 되었어요. 지수는 언제나 형만 보았죠. 같은 중, 고등학교, 대학교를 다닌 지수의 시선은 항상 형이었어요. 내가 사랑하고 있다는 걸 대학 시절에 지수도 알

앉지만 그 아이 마음은 이미 형으로 가득 찼어요."

그의 옛 사랑. 그 사람은 채원이 상상하던 것을 넘어섰다. 채원의 심장이 미친 듯이 뛰었지만 그의 말을 계속 들어보고 싶었다.

"그런데 결혼한 후에 민우가 태어나고 나서 형은 지수를 의심하기 시작했어요. 내가 지수를 사랑하고 있다는 것을 알게 됐거든요. 나랑 대화하다가 나도 미친놈처럼 지수 얘기를 흘려버렸어요. 내 감정은 어느 누구도 알아서는 안 되는 것이었는데 그 순간은 누구라도 알길 원했나 봐요. 완전 미쳤던 거지. 이미 끝난 사랑인데 바보같이. 그 뒤로 형은 민우가 내 자식이란 생각 때문에 지수와 계속 심하게 싸웠죠. 형만 바라보는 지수가 그런 여자가 아닌데 형은 지수를 믿지 못했어요. 기어이 집을 나가는 형을 형수가 쫓아 나가 같이 차를 타고 가다 사고가 나서 즉사했어요. 나 때문에. 잘살고 있는 두 사람이 나란 존재 때문에 죽어버렸어요. 내가 아무런 말 안 했으면 두 사람 지금도 행복하게 살고 있었을 텐데. 아버지는 형수가 바람피우다 형한테 걸린 거라고 알고 계셔서 민우도 딴 남자 자식이라고 생각하셨어요. 유전자 검사하면 바로 알수 있는 일이었는데 아버지는 혹시라도 정말 민우가 딴 남자 자식이라고 나올까 봐 검사도 하지 못하게 했어요. 그런데도 마음으론 민우를 받아들이지 못하셨죠. 나 때문인데. 다 나 때문인데. 가엾은 여자 서지수."

윤호의 음성이 떨려왔다. 그의 첫사랑은 생각보다 견고했고 가슴 아팠다. 사랑한 여자가 이루어질 수 없는 금기의 사랑이었는데 얼마나 더 애틋했을까. 그런 여자가 떡하니 마음속에 있는데 자신보고 만나자고 했다. 채원한테 한 말은 그저 장난이었을까.

"지수만 바라본 세월이 20년. 그날 당신을 처음 만났던 크리스마스이브 이후로 내 삶이 급격히 변했어요. 12월 마지막 날 형과 형수가 사고가 났으니까 그 뒤로 내 삶은 온통 고통과 죄책감, 미안함, 절망 이런 것뿐이었어요. 그리고 난 죄책감 때문에라도 민우를 거둬야 했죠. 안 그럼 불쌍한 민우, 아빠 엄마 없이 고아원에 가게 될 지경이었거든요. 그리고 난 다시는 사랑을 못할 줄 알았어요. 나한테 여자는 지수 하나뿐이었으니까."

윤호는 또다시 술을 연거푸 마셨다. 채원이 알기로 저거 양주인데 저렇게 마시면 엄청 쓸 텐데. 윤호는 열심히 마시던 술잔을 내리고 채원을 바라봤다. 그의 눈빛이 애절했다.

"그런데 처음으로 지수한테서 벗어나고 싶은 마음이 들었어요. 당신을 면담실에서 다시 만나고 나서부터, 당신이 민우 선생님이란 걸 안 순간부터."

그가 살짝 짓는 미소에 채원의 심장이 물결에 요동치듯 흔들렸다.

"사실 나도 아직 내 감정을 잘 모르겠어요. 아직도 지수를 사랑하고 있는 건지. 아님 이제는 그냥 옛 과거일 뿐 더 이상 아무 감정도 아닌지. 하지만 분명한 건 당신을 보면 좋고 재밌고 설레는 이 감정. 그래서 확인하고 싶어요. 우리 만나면서 사랑을 다시 할 수 있는지 찾아봅시다. 당신도 그렇고 우린 사랑에게 많이 화내고 있잖아요."

그의 말에 채원도 술이 고파졌다. 그의 엄청난 비밀을 듣고 나서도 머릿속으로 받아들이기까지 시간이 걸렸다.

"우리가 다시 사랑을 찾을 수 있을까요?"

채원의 조용한 말에 그가 슬며시 고개를 들었다. 그리고 웃었다.

"다시 사랑을 찾는다면 그땐 절대 놓치지 않을 겁니다."

그의 말에 또다시 심장이 두근거렸다. 그가 살며시 잡은 손이 따뜻했다. 얼마 만에 느껴보는 타인의 체온인지 채원은 그의 손을 놓기가 싫어졌다.

윤호는 많이 취했다. 의식은 있는데 자신이 무슨 말을 하는지도 모를 것이다. 내일 일어나면 그는 자신이 한 말에 후회하고 있을지도.

채원이 안아 일으키려 했지만 너무 무거워 할 수 없이 바에 있는 직원을 불렀다. 계산을 하고 택시를 탈 때까지도 직원이 데려다 줘서 겨우 태울 수 있었다. 택시 안에서 문득 예전에 자신을 어떻게 업어 호텔까지 데려왔는지 윤호가 새삼 고맙게 느껴졌다. 낯선 여자 무시하고 가도 됐을 텐데 신경 써준 그의 마음이 이제야와 닿았다.

채원의 어깨에 기대 자고 있는 윤호를 내려 봤다. 정말 이 남자랑 만나면서 사랑을 다시 찾을 수 있을까. 떨리는 이 가슴만으로 사랑을 할 수 있을까. 5년 전에 윤호를 만나고 다시 학부모로 만난 것이 우연이 아니라 운명이었으면 하는 바람이 채원 마음속에 자리 잡았다.

5년 전과 비슷한 상황이다. 똑같이 호텔로 데려가야 하나. 채원은 고민하다 자신의 원룸으로 데려갔다. 택시 기사한테 부탁해서 같이 올라온 뒤에 침대에 털썩 던졌다. 그렇게 안 보이는데 굉장히 무겁다. 채원은 뻗어서 자고 있는 그의 양말과 겉옷을 벗겨주고 이불을 덮어주었다.

"이걸로 5년 전 빚은 갚은 겁니다."

채원은 자고 있는 윤호에게 혼잣말을 하고 욕실로 씻으러 갔다.
저도 모르게 미소 지으며.

4. 사랑의 시작

낯선 이불의 느낌에 윤호의 눈이 떠졌다. 얼마나 잤는지 창밖으로 햇살이 들어오고 있었다. 목이 타는 느낌에 침대에 앉았다. 핑크 톤의 벽지에 아기자기한 소품들. 여자의 집이다. 채원의 집이다. 윤호는 새삼 신기한 듯 다시 주변을 둘러봤다. 거실이 보이는 간이 벽 사이로 여자의 움직임이 느껴졌다.

"채원 씨?"

그의 음성에 채원이 고개를 내밀었다.

"일어났어요? 잘 잤어요?"

"어젠 제가 많이 취했나 봅니다."

그는 머리를 긁적이며 걸어나왔다. 채원은 부엌에서 요리를 하고 있었다.

"채원 씨, 출근 안 해요?"

그의 말에 채원이 웃으며 힐끔 봤다.

"유치원 교사는 주 오일 근무하지 말란 법 있나요. 오늘 토요일이에요."

아, 윤호의 끄덕임도 잠시 그가 눈을 부릅떴다.

"지금 몇 시죠?"

"열두 시 되어가고 있네요."

채원이 벽시계를 보며 밥을 펐다.

"맙소사. 오늘 중요한 업무 있었는데 잊고 있었다. 나 잠깐 전화 좀."

그는 현관을 나가면서 전화를 했다. 탁. 그가 현관을 나가자 채원은 비로소 긴장하던 심장을 내려놓았다. 윤호의 목소리를 듣는 순간 이상하게 몸이 굳으며 심장이 사정없이 떨렸다. 남자를 집에 데려온 것도 처음이지만 남자를 집에 데려온 채원을 이상하게 생각하고 있는 것은 아닌지.

채원이 음식들을 정갈하게 준비하고 의자에 앉는데 윤호가 다시 들어왔다. 그는 앞에 놓인 의자에 너무나 자연스럽게 앉으면서 침을 삼켰다.

"맛있겠다. 나 배고팠는데. 잘 먹을게요."

그는 수저를 들어 밥을 먹기 시작했다. 그의 먹는 모습을 보자 지금 상황이 어른 소꿉놀이 같았다. 채원은 깨작깨작 먹으며 그의 움직임을 살폈다.

"술 많이 마셨는데 어제 본인이 무슨 말 했는지는 기억나요?"

채원의 질문에 윤호는 살짝 웃었다.

"내가 채원 씨입니까? 난 본인이 한 일도 모르쇠 하는 비정한 놈 아닙니다. 기억나요."

기억난다면 그가 채원에게 한 비밀도 다 기억나는 것이다. 그리고 그 뒤에 한 말도.

"저도 술 취했을 때 일 다 기억난다구요. 이상한 사람 취급하네요."

채원의 뾰로통한 말에 그가 밥을 먹다 말고 채원을 바라봤다.

"정말? 그날 일이 기억난다고요?"

"그럼요."

당연하다는 눈빛을 하는 채원을 보며 의미심장하게 웃었다.

"그럼 무슨 일이 있었는지 말해봐요."

하지만 아는 게 있나. 기억나는 건 호텔에서 일어난 뒤밖에 없으니까. 채원의 고민하는 얼굴을 보았는지 윤호가 그럴 줄 알았다는 듯 웃었다.

"모르면서 아는 척은."

채원은 정말 궁금해졌다. 도대체 무슨 일을 저질렀길래 저 남자가 저렇게 장난을 칠까. 다시는 미치도록 술 마시지 않겠노라 다짐했다.

"모르겠네요. 무슨 일이 있었던 건가요? 사실 제가 궁금합니다."

"알면 후회할 텐데?"

그의 장난스러운 음성에 살짝 열이 받았다.

"후회 안 해요!"

"그날 내 옷에 먹은 것 다 토했어요."

헉. 채원은 믿을 수 없다는 눈빛을 지었다. 술 취하더니 진상 진상 이런 진상도 없었다. 채원은 쥐구멍이라도 숨고 싶은 심정을 가까스로 달랬다.

"그런데 압권은."

뭐야. 또 있어? 그게 다가 아니야?

윤호의 얼굴이 채원 가까이로 다가왔다. 그러더니 채원의 턱을 살짝 잡았다.

"이거야."

윤호의 입술이 채원의 입술에 닿았다. 너무도 갑작스러운 남자의 따뜻한 입술이 느껴지자 채원은 온몸에 온기가 퍼지는 것 같았다. 따스함이 다 퍼지기도 전에 그의 입술이 떨어졌다.

"나한테 이렇게 했어요."

채원의 굳어 있는 얼굴을 살짝 어루만지며 그가 손을 뗐다. 그러더니 다시 밥을 먹기 시작했다. 채원은 한참을 멍하니 있다가 가까스로 정신을 붙잡았다. 채원의 입술에 닿은 그의 입술 감촉이 남아 있었다. 심장이 미친 듯이 뛰었다. 그리고 다짐했다. 다신 절대 술 마시지 않기로.

"걱정 말아요. 비밀이니까."

그가 눈웃음치는 얼굴이 얄미웠다. 채원을 들었다 놨다 했다.

"원래 그렇게 짓궂어요?"

"채원 씨가 장난치고 싶게 하는 거지. 내 잘못이 아니야."

채원은 차라리 화제를 돌리는 게 나을 것 같았다. 아니면 저 남자가 계속이고 놀릴 것이다.

"그런데 집에 민우 혼자 있는 것 아니에요? 아빠가 밤새 안 들어오면 무서워하지 않아요?"

채원의 말에 그는 숟가락을 바쁘게 오가며 웃었다.

"집에서 민우 봐주시는 아주머니 있어요. 그리고 워낙 내가 안 들어간 날이 많아서 이제 민우 녀석도 그러려니 해요. 그리고 사내자식이 무서움 타고 그러면 안 되죠."

"어머나. 민우가 얼마나 외로울까. 정말 못됐네요. 그게 여섯 살 아이한테 할 소리예요? 방임 맞네."

윤호의 말에 채원은 문득 그의 직업이 궁금해졌다.

"그런데 진짜 무슨 일 해요?"

윤호는 식사를 끝내고 물을 마셨다. 채원의 말에 그저 웃으며 일어섰다.

"막노동."

그리곤 자기 식기를 개수대에 갖다 놨다.

"아무리 봐도 막노동 아닌 것 같아요."

채원도 따라 일어서며 음식을 정리했다. 윤호는 자연스럽게 고무장갑을 꼈다.

"무슨 일 할 것 같은데?"

어쭈. 은근슬쩍 말도 놓으시겠다?

"글쎄요. 전혀 감이 안 와요."

"그럼 나도 안 알려줄래요."

그리고 하하 웃어버렸다.

"윤호 씨는 내가 뭐 하는지 낱낱이 알면서 왜 나는 알면 안 돼요?"

"음 그건…… 내 마음."

장난치는 그의 음성이 얄미워 한껏 째려주며 남은 반찬을 냉장고에 넣었다.

"뭐, 별로 재미없는 일을 하고 있습니다. 나중에 알려줄게요."

윤호는 더는 말하지 않겠다는 듯 설거지를 시작했다. 윤호는 아무래도 직업을 숨기는 것 같았다. 왜 그런지는 모르겠지만 채원에게 말하지 않는 건 아무래도 직업이 뿌듯하지 못한 것 같았다.

"할아버지, 할머니도 있는데 이제는 제대로 된 직업을 가지는 게 좋지 않을까요? 나중에 민우를 위해서라도."

채원의 말에 그가 또 뒤를 돌아 그녀를 보며 싱긋 웃었다.

"우리 민우가 진짜 선생님 좋아하나 봅니다. 자기 개인 이야기는 절대 남에게 안 하는데 채원 씨한테는 다 말하는 거 보니까. 그런데 그런 얘기는 안 합디까? 아빠는 뭐든 다 잘한다고."

그러고 보니 정말 그런 말을 했다. 채원이 고개를 끄덕이자 윤호는 그럴 줄 알았다는 듯 웃었다.

"내가 또 집안일에서부터 설거지, 빨래, 청소 다 잘합니다. 아, 난 정말 일등 신랑감인데."

스스로 칭찬하는 윤호를 살짝 비웃었다.

"그런 건 나도 잘해요."

"그래요? 그럼 채원 씨도 일등 신붓감이네."

뭐가 좋은지 계속 웃는 그를 보자 채원도 입가에 미소가 돌았다.

"원래 내 부전공이 익스트림이에요. 겨울엔 스키, 여름엔 웨이크보드. 산악트래킹도 좋고. 탈 줄 알아요?"

"아니요. 그건 못하네요."

채원은 스포츠에는 젬병이었다. 윤호는 이겼다는 기쁨에 즐거워하는 것 같았다.

"여름에 놀러 가요. 가르쳐 줄게요. 쉬워요."

그가 설거지를 끝내고 나와 거실로 왔다. 그리고 외투를 집었다.

여태 꺼내지 못한 말. 하지만 채원은 도저히 먼저 꺼내지 못했다. 문가로 가던 그가 현관에서 돌아봤다. 그의 눈빛에 따스함이 들어 있었다.

"오늘 아침 잘 먹었어요. 몇 년 만에 아침인지 몸이 다 건강해지는 느낌입니다. 그리고 재워줘서 고마워요."

윤호의 말에 채원은 용기를 내어 고개를 들었다.

"당연히 어제 한 말 유효한 거지요. 취소할까 봐서요? 내가 말했잖아. 사랑을 찾아보자고."

윤호는 채원이 무슨 생각을 하는지 다 알고 있는 것 같았다. 그가 먼저 말해주니 마음이 편했다.

"원에는."

"학부모랑 만나고 있다고 하면 물어뜯을까 봐 겁나요?"

윤호의 잔잔한 미소에 채원이 한숨을 쉬며 고개를 끄덕였다.

"내가 정말로 사랑한다고 느낄 때 그때 말하고 싶어요. 그때까진 신중하고 싶어요."

"그래요. 그럼."

"이제 더는 비밀 없는 건가요?"

채원의 물음에 그가 갸웃거렸다. 무슨 뜻이냐는 듯.

"이제 더는 감추는 것 없냐고요. 민우가 윤호 씨 아들 아니라는 거 그거 말고 더 충격적인 말은 없어요?"

채원의 음성이 조금은 떨렸다.

"난 말이죠. 예전에 현준이를 만나면서 내 모든 에너지를 다 썼나 봐요. 온전히 믿던 그에게 철저히 버림받아서인지 비밀, 배신, 거짓 그런 거에 관대하지 못해요. 오늘 이후로 더 이상 윤호 씨도 비밀이 없었으면 좋겠어요."

가만히 듣고 있던 윤호가 채원의 손을 살짝 잡았다. 그의 손이 따뜻해서 채원의 마음을 녹이는 것 같았다.

"비밀 없어요. 난 앞으로 채원 씨한테 최선을 다할 겁니다. 그러니 채원 씨도 마음을 열어요. 그래야 얼른 사랑이랑 화해하지요."

그의 말에 정말 신기하게 당장이라도 사랑이랑 화해하자고 악수하고 싶은 마음이 들었다. 윤호가 나간 자리에 그의 향기가 계속 머물렀다.

채원은 다시 한 번 남자를 믿어보려 한다. 윤호라는 성 안에 자신을 들여보내 본다. 현준과 헤어진 후로 깨졌던 결계가 다시금 채원의 마음속에 서서히 스며들고 있다. 그래서 너무나 삭막한 서울, 그리고 자신의 단조로운 인생을 녹이는 보호막이 되고 있다.

오랜만에 한가한 주말이라 채원은 종일 누워 있다가 해가 중천에 떠서야 일어났다. 오늘은 석 달 만에 친구를 만나기로 했다. 둘다 3월 개학을 하고 바쁘게 지내다 보니 지금에서야 짬이 났다. 채원이 준비를 하고 약속 장소로 가는데 문자가 왔다.

「잘 지내고 있어요? 날씨가 굉장히 좋네요. 데이트하고 싶게.」

윤호다. 그의 문자에 미소가 지어졌다.

「데이트하면 되지요.」

채원의 문자에 몇 초 지나지 않아 그에게 답변이 왔다.

「정말? 어디서?」

「저 지금 친구 만나러 명동 가요. 이따 저녁에 잠깐 볼까요?」

「우와. 진짜 채원 씨 강심장이다. 예전에 그런 일이 있는데 명동에 발길이 닿니까?」

「사람이 죄지, 명동이 무슨 죄겠어요. 이제 화해해야지요.」

채원의 말에 한동안 답이 없더니 다시 문자가 왔다.

「내가 사람 하나는 참 잘 본다니까. 이따 7시에 남산 가는 방향 명동 지하철 출구에서 만나요. 요즘 꽃들이 한창인데 이럴 때 많이 봐야죠.」

그리고 보니 채원의 주변으로 알록달록한 꽃들이 예쁘게 피어 있었다. 그렇구나. 꽃이 피는 봄이었구나. 벚꽃이며 장미 등 꽃의 존재를 5년 동안이나 잊고 지냈다.

이상했다. 남자를 만나기 전에는 잘살 것 같았는데 이렇게 남자를 만나니 이제는 남자를 만나야 잘살 것 같았다. 그리고 실로 오랜만에 느껴보는 연애 감정에 온 세상이 다 예뻐 보였다.

밀리오레 앞에서 기다리려니 친구 윤주가 뛰어왔다.

"미안. 많이 기다렸어?"

"아니. 나도 방금 막 왔어."

"가자. 이게 얼마 만에 보는 거냐."

정말 친한 친구 사이인데 요즘 연락도 못할 만큼 바쁘게 지냈다. 윤주는 성민대학교 초등교육과를 나와 성민초등학교 교사를 하고 있었다. 우리나라에서 유일하게 초등교육과를 가지고 있는 성민대학교에서 윤주는 성적도 우수하여 성민초등학교 임용에 일 순위로 뽑히게 되었다.

채원과 윤주는 봉사 동아리에서 만나 친해졌다. 그래서 윤주는 채원이 현준과 지내온 시간도 다 알고 있었고 헤어진 과정을 다 지켜봐 왔다.

"어쩜 바로 옆에 붙어 있는데도 얼굴 한 번을 못 보냐."

"그러게. 나도 진짜 바빴어."

파스타 OOO집에 앉으며 바쁘게 수다를 이어갔다. 윤주는 채원을 보더니 이상하게 웃었다.

"너 좋은 일 있어? 얼굴이 좋아 보인다?"

"그래?"

어색하게 웃는 채원을 보며 윤주가 수상하다는 듯 바라봤다.

"뭐야. 얼른 이실직고하셔."

"나 남자 만난다."

"정말?"

윤주가 소리치는 음성이 너무 커서 주위 사람들이 쳐다봤다. 둘은 고개를 살짝 숙여 웃었다.

"정말 정채원이 남자를 만나? 웬일이래."

윤주는 현준에게 차인 이후로 남자를 만나지 못하고 있는 채원을 잘 알고 있었다. 남자에 대한 관심도 없고 만날 생각도 않는 그녀가 남자를 만나고 있다니 신기할 따름이었다.

"어제부터 만나기로 했어. 그래서 아직 잘 몰라. 그냥 그 남자도 그렇고 나도 사랑을 찾아보기로 했어. 만나서 좋으면 계속 만나는 거고, 아니면 마는 거고."

"그게 뭐야. 무조건 잘돼야지. 네가 그런 마음 드는 것 자체가 어디 흔한 일이냐. 누군데?"

파스타가 나와 수저를 바쁘게 오가면서도 윤주의 질문은 계속

되었다.

"우리 반 아이 학부모."

채원의 말에 윤주가 놀란 듯 바라봤다. 그녀의 표정에는 여러 가지 심정이 복합적으로 담겨 있었다. 채원은 그럴 줄 알았다는 듯 웃었다.

"너무 그렇게 얼굴에 티가 나니까 내가 다 민망하다. 학부모는 맞는데 부인은 없고, 그리고 본질은 그 남자 아이가 아니야. 삼촌인 거야."

"아, 그래? 나 놀라서 심장이 벌렁거린 것 봐."

"무슨 일 하는지는 잘 모르겠어. 잘 안 알려주거든. 아무래도 그렇게 좋은 일 하는 것 같지는 않아. 그래서 더는 안 물어보려고."

"남자는 괜찮고? 아니다. 네가 남자를 만날 정도면 안 봐도 알겠네."

윤주의 말에 채원은 자신이 얼마나 남자를 싫어했는지 다시금 느낄 수 있었다.

"그리고 우리 원에 배현준 아들도 다닌다."

윤주는 채원의 말에 연거푸 놀라서 먹던 음식을 캑캑댔다. 음료수를 마시며 채원을 바라봤다.

"이번에 다섯 살 반으로 입학했나 봐. 잘살고 있더라고. 들리는 소문엔 요즘 회사가 휘청거린다는 것 같은데 모르지 뭐."

"넌 괜찮아?"

윤주의 괜찮냐는 말은 정말 그 자식 얼굴을 보고 지낼 수 있겠냐는 뜻이었다.

"당연하지. 내가 피할 이유가 뭐가 있어."

윤주는 두 달간 채원에게 일어난 일들이 엄청나 혀를 내둘렀다.

"어쩜 그런 악연이 있냐. 너희는 진짜 악연인가 봐. 예전에 동아리에서도 너 좋다는 선배 이간질시키고 자기가 사귄 거잖아. 진짜 그놈은 인생에 도움이 안 되는구나."

자기 일처럼 열받아 하는 윤주가 이해갔다. 그녀도 채원 옆에서 같이 느끼고 생활했기에 모를 수 없었다. 채원을 쫓아다닌 것만 여러 번 목격했고 사귀고 나서도 채원의 일거수일투족을 감시했다. 그러더니 사시가 붙고 나서는 헌신짝 버리듯 버린 것이다.

"넌 어때. 요즘 초등학교 애들이 보통 아니라던데."

"말도 마. 엄청 기어오르지. 요즘 사회적으로 체벌이 금지되어서인지 학교에서도 엄청 신경 쓰더라고. 이사장이 작년엔 안 그러더니 올해부터는 학교 개혁하겠다고 수시로 감사 나온다고 했대. 우리 여태껏 이사장 얼굴 한 번도 못 봤는데 이제 보는 건가 했지. 그런데 이번에 첫 번째로 나올 때 보니까 자기 아래 실장 보내더라고. 그래서 이번에도 못 봤어. 암튼 그래서 요새 감사로 긴장 타고 있다."

"그러게. 우리도 이사장이 이번에 무슨 바람이 불었는지 스승의 날에 크게 쏘더라."

"그래? 우리도 호텔 뷔페 먹었는데. 진짜 무슨 일이지? 듣기로 완전 재수 없다고 하는데 올해는 좀 자신을 돌아보게 됐나?"

"이사장 본 적 있어?"

채원의 물음에 윤주는 손사래를 쳤다.

"예전에 여기 붙고 나서 전체 교사들 오티할 때 강당 멀찍이서 한 번 본 게 다야. 근데 그때 봤던 이사장이 지금 이사장이 아니라던데? 아무튼 지금 이사장 보기가 하늘에 별 따기라잖아. 그런데 우리 교장이 이사장 보고 온 날이면 만날 깨져서 온다는 소문이 야."

"그렇군. 영 싸가지 없나 보다."

윤주는 그 말은 더 하기 싫은 듯 다시 채원을 보며 눈을 빛냈다.

"그나저나 네 애인은 어때. 잘생겼어?"

그런 말초적인 질문을 하다니 웃겼다.

"그냥 호감 있게 생긴 거지 뭐."

"한 번 보고 싶다."

눈을 빛내며 말하는 윤주의 등을 쳤다.

"네 애인한테 대한 예의가 아니지 않아?"

"몰라. 그놈. 내년에 결혼할 놈이 아직도 대학 강사하고 있으니 언제까지 내가 기다려야 하냐."

윤주도 대학에서 만난 남자랑 오랫동안 사귀어 결혼할 사이가 되었다. 그런데 남자가 아직 시간 강사 생활을 하다 보니 쉽게 결정을 못하겠나 보다.

"너무 그렇게 돈을 바라보진 마. 둘이 맞으면 되지 머."

채원의 말에 윤주는 어깨를 으쓱하며 고개를 끄덕였다.

"이따 잠깐 볼 건데 너도 볼래? 오랜만이잖아."

"아냐. 나도 이따 데이트."

"어머, 그 남자?"

윤주의 말에 채원이 웃으며 고개를 끄덕였다.

"나도 보고 싶어. 멀리서 잠깐만 볼게."

그녀의 말이 웃겨 채원이 소리 내어 웃었다.

"뭘 도둑년처럼 그래. 이따 잠깐 인사해. 소개해 줄게."

둘은 거리를 나와 명동역으로 걸어갔다. 어느새 7시가 다 되어
갔다. 입구에 다다라 기다리려는데 전철역 아래에서 올라오는 윤
호를 발견했다.

"어. 저기 오네. 저 남자."

채원은 올라오는 윤호에게 손을 들어 보이며 가리켰다. 윤주는
그를 보더니 입을 쩌억 벌렸다.

"어머나. 이 가시나. 저게 호감 있는 정도야? 완전 킹카네."

윤주가 호들갑을 떨며 소리치자 채원도 기분이 좋아 그저 웃었
다.

"그런데 어디서 본 것 같기도 하고. 잘생겨서 그런가?"

윤주의 말에 채원은 왠지 모를 뿌듯함이 몰려왔다. 잘생긴 남자
가 내 연인이라우.

윤호가 다가와 섰다. 멀리서 채원의 손길에 그냥 기분이 좋아졌
다.

"오래 기다렸어요?"

"아니요. 지금 막 왔어요. 여긴 제 친구."

"아, 안녕하십니까."

윤호가 살짝 미소 지으며 인사하자 윤주가 활짝 웃었다.

"채원이 친구예요. 채원이가 남자 생겼다고 해서 따라와 봤어
요. 그랬더니 이렇게…… 괜찮은 남잔 줄 몰랐네요."

윤주가 어깨를 으쓱하며 웃자 채원도 큭큭 웃었다.

"너 오버야."

"오버는 무슨. 있는 그대로야. 저기요, 우리 채원이 잘 좀 보살펴 주세요. 사랑 못 받고 자란 불쌍한 아이예요."

물가에 내놓은 부모마냥 걱정하는 윤주가 웃기면서도 고마웠다. 채원을 생각해 주는 몇 안 되는 소중한 사람 중 하나였다.

"나중에 또 봐."

인사를 하며 먼저 걸어갔다. 옆에서 나란히 걷는 윤호가 신경 쓰이면서도 기분이 좋았다.

"친한 친군가 봐요."

"네. 대학 친구예요. 저 친구는 성민초등학교 교사."

"아, 그래요? 성민의 인연이 꽤나 많네요. 채원 씨는."

"그러게요."

웃는 채원의 손을 윤호가 살짝 잡았다. 그의 손길에 채원의 시선이 손을 향했다.

"이상하네요. 다신 남자 손 못 잡을 줄 알았는데 이렇게 자연스럽다니."

"남자 손이 아니라 연인 손이니까."

그의 음성이 참으로 다정했다. 해가 완전히 져서 가로등에 의지한 남산이지만 길가에 꽃들은 또 전등으로 보는 맛이 있어서 그 자체가 그냥 아름다웠다.

남산으로 가는 길에는 수많은 연인들이 오가고 있었다. 지금은 5년 전 현준에게 받은 상처가 말끔히 사라져 가는 것 같았다. 그만큼 모든 것이 행복하기까지 했다. 윤호가 입은 소매를 살짝 접은 흰색 셔츠에 진청바지가 눈에 띄었다. 참 편안하게 옷 잘 입는 것 같다.

그러다 채원은 남산 올라가는 계단 아래서 멈칫 서버렸다. 위로 끝없이 펼쳐져 있는 것 같은 계단인데 채원은 약간 굽 높은 구두에 무릎 위에 플레어스커트를 입고 있었다. 이 복장으로 계단을 올라가는 건 무리일 것 같았다.

"우리 케이블카 타요."

채원의 말에 윤호가 돌아봤다.

"왜요?"

"그냥 너무 먼 것 같아서요."

"생각보다 안 멀어요. 그냥 올라가도 되는데. 힘들어서요? 왜 그러지? 이쯤은 거뜬할 것 같은 체격인데."

윤호가 웃으며 말하지만 차마 옷 때문이라고 말할 수는 없었다. 나도 자존심이 있지.

"그래요. 그냥 올라가요."

채원이 약간 토라져서 먼저 계단을 올라갔다. 채원을 따라 올라가는 윤호의 얼굴에 미소가 퍼졌다.

"케이블카는 너무 금방 끝나잖아. 이렇게 계단을 올라가면 오랫동안 볼 수 있잖아요."

그의 달래는 말에도 채원은 뒤가 신경 쓰였다. 계단을 올라오는 사람들이 많지는 않은데 그래도 여자는 항상 신경 쓰였다. 오늘 산을 탈 거란 생각은 아예 못했기에 채원은 자신의 복장을 원망했다. 그러다 보니 얼마 못 가 급격히 체력이 저하되었다. 가쁜 숨을 내쉬며 힘겹게 오르는데도 이 남자는 뭐 하는지 뒤에서 따라 올라오고만 있었다.

"뭐 해요. 오랫동안 보자면서 뒤에서 오면 어떻게 봐요!"

채원이 소리치자 그의 목소리가 뒤에서 들려왔다.

"채원 씨가 너무 뒤를 신경 쓰는 것 같아서 내가 다른 놈들 못 보게 막고 있습니다. 그러니 신경 쓰지 말고 가요."

윤호의 말에 채원은 갑자기 섰다. 헉. 그럼 다 알고 있었다는 말이다. 정말 채원 놀리는 데 재미 들린 것 같다. 그가 뒤에서 보는 게 더 신경 쓰인다는 건 모르나.

채원은 뒤돌아 그를 보고 섰다.

"같이 가요. 난 얼굴 보고 싶어요."

그 말에 그가 다시 옆으로 왔다.

"정말? 내 얼굴 보고 싶지 않은 표정인데?"

"보고 싶으니까 그냥 갑시다."

채원이 다시 발걸음을 옮기려는데 갑자기 붕 뜨는 느낌에 소릴 질렀다.

"뭐예요!"

윤호가 채원의 어깨와 다리에 팔을 넣어 앞으로 안아 들었다.

"내려놔요. 무거워요."

윤호는 채원을 안아 들고 계단을 오르며 입을 열었다.

"무겁긴 하지만 내가 힘세니까 괜찮아요."

"그래도……."

"얼굴 보면서 가자면서요. 이래야 얼굴을 보지."

그의 말에 얼굴을 바라보다 다시 고개를 돌렸다. 얼굴을 보기에는 너무 가까운 거리였다. 채원은 올라가는 내내 앞에 땅만 보았다. 윤호의 시선이 깊이 느껴졌지만 애써 모르는 척했다.

정상에 올라오자 윤호는 바로 내려놓았다. 어쩜 정상까지 한 번도 안 쉬고 안고 올라올 수 있지. 진짜 힘이 장사다.

"미안해요. 무겁죠? 오늘 남산 온다는 건 아예 생각을 못해서 복장이 좀 그러네요."

채원의 말에 윤호가 다시 채원의 손을 잡고 끌며 웃었다.

"무겁긴 뭐가 무거워요. 내가 말했잖아. 채원 씨 많이 먹어야 한 다고. 그리고 미안하긴 뭐가 미안해. 복장 그런 게 미안한 거예요? 난 좋기만 한데. 너무 피해의식 있다."

그랬구나. 채원도 모르는 사이에 그녀는 항상 미안해, 화 풀어, 잘못했어를 입에 달고 살았다.

"이제부터는 미안하지도 말고 주저하지도 말아요. 채원 씨 감 정 그대로 바깥으로 전부 다 내뱉어도 괜찮아요. 내가 또 그런 거 잘 받아치니까 걱정 말고."

윤호의 장난스러운 멘트에 채원의 미소가 깊게 지어졌다. 팔각 정을 지나며 서늘한 밤하늘 아래 꽃들을 감상했다. 장미의 진한 붉은색과 아카시아의 진한 향기가 코끝을 자극하며 채원의 감각 을 마비시키는 것 같았다.

"참, 윤호 씨. 나이가 몇이에요?"

채원의 말에 그가 살짝 웃었다.

"몇 살일 것 같습니까?"

"글쎄요. 보기엔 나랑 별 차이 없을 것 같은데 민우 보면 또 모 르겠고."

"올해 서른다섯입니다. 채원 씨는? 아, 스물아홉이었지?"

"어? 어떻게 알아요?"

채원의 놀란 듯한 표정에 그가 어색하게 웃었다.

"내가 나이를 기가 막히게 잘 맞혀요. 원래."

아무래도 아닌 것 같은데 능글맞게 넘어가니 모르는 척했다. 그런데 서른다섯이라니. 전혀 그렇게 보이진 않았다. 아님 채원이 남자를 오랫동안 못 봐 감을 잃었을 수도.

"그거 알아요? 나 꽃 보러 다니는 남자 아닙니다."

그의 말에 채원이 의외라는 듯 바라봤다.

"내가 보기엔 완전 잘 다닐 것 같은데."

"남자 중에 꽃놀이 좋아하는 놈이 몇이나 되겠어요. 다 애인이 가자니까 가는 거지."

"어, 그래요? 그럼 이번엔 왜 먼저 가자고 했어요?"

그 말에 윤호가 채원을 똑바로 바라봤다. 흩날리는 아카시아의 꽃잎과 사무치도록 진한 향기가 주변을 감쌌다. 그의 눈빛에 진심이 담겨 있었다.

"당신이 좋으니까."

5. 서로에게 다가가다

채원은 아이들이 놀이하는 것을 관찰하면서 어제 남산에서 윤
호가 한 말이 계속 떠올라 미소가 사라지지 않았다.

"당신이 좋으니까."

이미 알고 있는 사실이지만 직접 입을 통해 들으니 설레는 강도
가 달랐다. 만난 지 이틀 만에 채원은 윤호에게 깊이 빠져들었다.
그런 말 하나하나에 반응하다니. 그러면서 그동안 남자를 외면하
고 차가웠던 자신이 스스로 이중적이라고 느껴졌다. 채원의 싱글
벙글한 표정에 같이 아이들 관찰하던 보조교사 선주가 웃으며 채
원을 바라봤다.

"정 선생님, 무슨 좋은 일 있으세요?"

"네? 아, 아뇨. 그냥 봄이라 그런지 기분이 좋아지네요."

"선생님 여태까지 웃는 것 한 번도 본 적이 없는데 이렇게 보니까 제가 다 기분이 좋아지네요."

"하하, 그래요?"

채원은 주변에서도 느껴질 만큼 자신이 표정 관리를 못했나 싶어 자책했지만 그마저도 기분이 좋았다. 정채원, 미쳤구나.

채원은 아이들을 보다 책을 읽고 있는 민우를 보고 다가갔다. 민우는 채원이 옆에 있다는 것도 모르고 열심히 책을 읽고 있었다. 집중력 하나는 최고다. 민우를 보며 윤호가 말했던 비밀이 떠오르자 다시금 민우의 얼굴을 보게 되었다. 모를 땐 몰랐는데 알고 나니 민우와 윤호가 닮은 것 같지가 않았다. 느낌인지는 모르겠지만 눈매만 비슷할 뿐 그다지 닮았다고 할 수가 없었다. 민우는 비로소 책을 덮고 나자 옆에 채원이 있다는 것을 알아차린 것 같았다.

"선생님, 언제부터 여기 있었어요?"

"민우가 열심히 책 읽고 있을 때부터."

채원이 웃자 민우가 멋쩍게 웃었다. 민우의 목에 걸린 펜던트가 빛에 반사되어 빛났다.

"할아버지, 할머니랑은 화해 좀 했어?"

민우는 채원의 말에 다시금 시무룩해졌다.

"할아버지는 내가 예쁘다가도 밉나 봐요. 날 안아주면서도 한숨을 팍팍 쉬어요."

그럴 수밖에 없지 않니. 자식이 그렇게 죽어버렸는데 어느 부모가 괜찮겠어. 그렇지만 이제는 할아버지가 민우를 받아들여야 한다고 생각했다.

"외할아버지는 날 엄청 예뻐하는데. 난 우리 외할아버지가 훨씬 더 좋아요."

민우의 외할아버지라면 민우 엄마? 서지수 아버지? 그래도 외할아버지와는 연락을 주고받았나 보다.

"다행이다. 우리 민우 예뻐하시는 할아버지 계셔서."

민우는 기분이 좋은 듯 활짝 웃었다.

"외할아버지는 교수님이에요. 집에는 책이 엄청 많아요. 나도 이다음에 교수님이 될 거예요. 그래서 책 많이 읽어야지."

민우 외할아버지라도 민우를 보살펴서 다행이라 생각했다.

"할머니는 계속 아빠한테 선보라고 하지만 이젠 조금 포기한 느낌도 들어요. 그건 잘됐어요."

"민우는 아빠한테 엄마가 생기면 싫어?"

민우의 고개가 세차게 끄덕여졌다.

"난 우리 엄마 말고는 다 싫어요. 난 딴 엄마 필요 없어요. 아빠하고 잘살면 돼요."

그래. 얼마나 엄마가 보고 싶겠니. 그런데 엄마 얼굴은 기억이나 하면서 하는 말인가.

"그 펜던트는 봤니?"

"네. 우리 큰아빠 큰엄마예요. 왜 아빠가 나한테 아빠 사진도 아니면서 이걸 줬는지는 모르겠지만 아빠가 잘 간직하라니 잘 간직하려고요. 그런데 참 이상해요. 큰아빠 큰엄마는 얼굴도 기억 안 나는데 사진 보면 바로 어제 본 것처럼 생각이 나요."

이래서 핏줄의 힘은 꺾을 수가 없는 것인가 보다. 그러다 문득 펜던트의 민우 아빠, 엄마가 궁금해졌다. 무엇보다 윤호가 오랫동안 가슴앓이를 했던 그녀의 모습이 궁금했다.

"선생님도 궁금한데 봐도 돼?"

민우는 잠시 멈칫하더니 크게 인심 쓴다는 듯 웃었다.

"원래 아무도 안 보여주는 건데 선생님한테는 특별히 보여줄게요."

민우가 펜던트를 열어 안을 보이자 채원의 고개도 기울어졌다. 작은 펜던트 안에 작은 사진 안에는 잘생긴 남, 여가 들어 있었다.

맙소사. 펜던트 속 윤호의 첫사랑은 생각보다 더 아름다웠다. 그가 왜 그리 오랫동안 잊지 못했는지 이해가 될 정도로 눈부신 미모를 자랑하였다. 그녀의 사진을 보자 채원의 기분이 급격히 다운되었다. 도저히 채원은 상대가 되지 않았다. 그동안 윤호에게 잘난 척하고 무시했던 일이 기억나자 도로 없었던 일로 기억을 지워 버리고 싶을 만큼 자신의 입이 원망스러웠다. 어쩌자고 그랬어. 얼마나 나를 비웃었을까.

괜히 봤다. 역시 그런 건 보면 안 되는 것이었다. 채원은 울상을 지었다.

윤호는 채원이 다른 교사들에게 소문이 날까 봐 걱정하는 것을 배려하는 차원에서 주중에는 거의 마주치지 않았다. 그저 문자를 주고받을 뿐이었고 주말에만 데이트하는 정도였다. 그런데 주말에도 그의 집에 일이 있거나 바쁜 일이 있으면 보지 못할 때가 많았다. 그래서 실제로 채원이 윤호의 얼굴을 보는 건 몇 번 되지 않았다. 남산 갔을 때 빼고 두 번밖에 못 봤으니까 말이다.

학부모일 땐 몰랐는데 연인이 되고 보니 이젠 얼굴을 안 보면 얼굴이 궁금해지고 보고 싶은 마음은 점점 커져 갔다. 그래도 윤호는 그 와중에 나름의 애정을 표현하였다. 그중 가장 인상 깊었던 것은 그의 도시락이었다.

소풍을 가면 학부모 중에 인심 좋은 사람들이 교사들 것까지 싸오곤 했다. 그럼 은근히 도시락의 개수로 학부모에게서의 인기 척도를 가늠할 수 있어 도시락은 교사들끼리도 신경이 쓰이는 부분이었다. 그런 면에서 채원은 항상 도시락이 넘쳐 났다. 그렇게 까다로운 서준의 부모도 소풍 때면 꼭 수제 샌드위치를 보냈다.

채원은 낑낑대며 교실로 바구니를 들고 오는 민우를 보고 달려가 받아 들었다.

"이게 뭐야?"

"아빠가 선생님 주래요. 오늘 우리 아침부터 김밥 만드느라 엄청 일찍 일어났어요."

"아빠가 직접 만든 거야?"

민우가 뿌듯한지 고개를 세차게 끄덕였다. 무거운 짐을 들어서 얼굴이 빨개진 민우가 예뻐 보였다. 뭐가 들었길래 이렇게 무거워. 채원은 바구니 안을 들여다봤다. 삼단 찬합 도시락과 보온병, 쿠키 한 꾸러미가 들어 있었다. 그리고 작은 쪽지.

—내가 전에 말했나? 나 요리 잘한다고. 오늘 새벽부터 일어나서 만든 거니까 꼭 다 먹어요.

그의 쪽지에 미소가 지어졌다.

"고마워. 아빠한테 고맙다고 전해줘."

도시락을 열어보니 일단은 김밥이 보기 좋게 나열되어 있었고 이단은 치킨 강정이 있었고 삼단은 오렌지와 체리가 먹기 좋게 썰어져 있었다. 나보다 낫네. 채원은 윤호의 정성에 괜히 심장이 두근거렸다.

윤호의 도시락은 점심에 교사들 사이에서 인기 폭발이었다. 모양도 모양이지만 맛도 일품이라며 저마다 엄지를 치켜들었다. 민우 아빠 요리도 잘하냐면서 윤호에 대한 호감도가 급상승하였다. 서로들 윤호의 도시락에만 손이 가느라 정작 채원은 한두 개밖에 먹지 못했다.

바쁜 소풍을 끝내고 힘겨운 몸을 이끌고 퇴근하는데 그에게서 문자가 왔다.

「내 음식 솜씨 어때요?」

「맛있었어요. 그런데 미안해요. 윤호 씨 도시락이 너무 인기가 많아서 다른 선생님들이 다 먹어버렸어요.」

「내가 그거 만들려고 몇 시에 일어난 줄 알아요? 너무하다.」

「미안요. 하지만 또 만들어주면 그땐 남김없이 다 먹어줄게요.」

「나보고 또 만들라고? 그건 좀 곤란한데.」

「아잉. 또 만들어줘요~ 먹고 싶어요~ 응응? ^^」

채원은 고민을 하다 애교 섞인 문자를 보냈다. 스스로도 참으로 오글거렸지만 미친 척하고 보냈다. 그런데 계속 바로바로 오던 문자가 오지 않았다. 너무 닭살이었나. 이런 스타일 별로 안 좋아하나.

「우리 못 본 지 너무 오래되었다. 그쵸?」

채원이 한 번 더 용기 내어서 문자를 썼다. 나름 채원의 애정 표시였다.

「정확히 이 주 전에 보고 끝. 너무 보고 싶다. 퇴근 중이에요?」

'퇴근 중.'

채원이 문자를 쓰며 언덕을 내려가는데 갑작스럽게 휘갈겨 잡는 손목이 있었으니 그는 현준이었다. 채원은 깜짝 놀라다 현준인 것을 알고 한숨을 쉬었다. 아들 데리러 오던 중이었나. 이렇게 길에서 다시 마주치고 싶지는 않은데 이 유치원에 다니는 이상 어디서든 만나게 될 상황이었다. 앞으로 퇴근 시간마저 조절해야 하나 싶었다.

"정채원. 채원아."

현준은 채원을 보며 계속 이름을 불러댔다. 그의 눈빛에 무엇이 담겨 있는지 도통 알 수가 없었다. 그렇지만 한 가지 확실한 건 지금 현준과 붙어 있는 건 위험하다는 것이었다.

"내가 전에 말했지. 한 번만 더 날 아는 척했다간 가만 안 둔다고."

"가만 안 두면 어쩔 건데."

"뭐?"

현준의 위협적인 목소리에 채원의 몸이 급격히 떨렸다. 소름에 가까운 끔찍함을 느꼈다.

"말했잖아. 난 아직 네가 좋다고. 널 다시 안고 싶어."

"정말 배현준 너 제대로 미쳤구나!"

채원의 눈빛에서 경멸이 쏟아졌다. 이 자식은 정말 구제불능이었다.

"어떻게 해야 멈출래? 너 미친 거야. 단단히 미쳤어. 좋다는 로펌 들어가서 조금 위태로우니까 금세 바람피우겠다는 건가 본데, 너 정말 그렇게 살지 마. 네 와이프랑 아들도 생각해야지! 내가 한때의 정으로 충고하는 거야."

"너 따위가 뭔데!"

현준은 로펌이란 단어가 나오자마자 표정이 살벌해지며 채원을 죽일 듯이 노려봤다.

"넌 내 장난감이야. 예전에도 그랬고 앞으로도! 넌 나한테서 벗어날 수 없어."

채원은 막무가내인 현준이 미치도록 진절머리 났다. 잘 다니고 있는 유치원을 그만둬야 하나 심각하게 고민할 만큼 현준을 보기가 싫었다. 그의 털끝 하나도 마주치고 싶지 않았다.

"배현준. 네가 이러면 이럴수록 너한테 악감정만 생길 뿐이야. 이러지 말고 제발 가정에 충실해. 네 아들한테 미안하지도 않아? 이젠 아버지로 살아가는 것이 네가 살아야 할 길이야."

채원이 최대한 마음을 다스리며 부드러운 말투로 말했건만 현준은 코웃음을 칠 뿐이었다. 채원은 더 이상 대화를 이어나가고 싶지 않아 걸음을 옮기려 발을 떼었다. 그러자 갑작스럽게 현준이 채원의 어깨를 끌어당겼다.

"감히 내 말이 끝나지도 않았는데 움직여!"

짝. 현준이 내려친 팔이 정확히 채원의 뺨에 떨어졌다. 날카로운 부딪힘 소리에 채원의 고개가 한껏 돌아갔다. 있는 대로 감정을 실었는지 채원의 뺨이 금세 벌겋게 부어올랐다.

"채원 씨!"

채원을 부르는 익숙한 소리에 눈을 질끈 감았다. 손끝이 떨려왔다. 맞았다는 사실보다 연인에게 이런 모습을 보이는 것이 더욱 수치스러웠다.

윤호는 급히 달려와 현준에게 그대로 주먹을 날리고 사정없이 휘둘렀다. 무방비한 상태에서 당하자 현준은 힘을 못 쓰고 그대로 나뒹굴었다.

"너 이 새끼. 내가 한 번만 더 이 여자 건들면 가만두지 않는다 그랬지!"

"너 뭐야! 이거 폭행죄로 확 고소해 버릴 거야! 너 채원이 반 학부모지!"

"폭행죄? 그전에 내가 먼저 네놈 쇠고랑 차게 해줄 거니까 각오해. 아주 박살을 내줄 테니까!"

한참을 때려도 그의 분이 풀리지 않았다.

"윤호 씨, 그만…… 해요."

가까스로 말을 내뱉은 채원의 목소리에 윤호는 그대로 주먹을 멈추고 채원을 보았다. 맞은 채원을 보자 자신이 맞은 것처럼 아파왔다. 심장을 누군가 쥐어짜는 듯 아프게 눌렀다. 그리고 정말 이성을 잃을 것 같았다. 뺨을 맞은 충격 때문인지 채원은 그 자리에 멍하니 서 있었다. 윤호는 그대로 다가와 채원을 안았다. 한없이 떨고 있는 모습이 안타까웠다.

"집에 갑시다."

그의 이끌림으로 걸음을 옮기며 바닥에 드러누워 씩씩대고 있는 현준을 살짝 보았다. 사람을 저리 만들었다고 따지고 들어 괜히 윤호만 곤란하게 하는 건 아닌지 모르겠다. 집에 도착할 때까지 그는 아무 말 없이 걷기만 했다. 간간이 채원의 시선에 소리 없는 미소만 지을 뿐이었다. 하지만 그 미소가 차가웠다.

"얼음주머니 같은 거 있어요?"

"아뇨. 없는데."

채원의 말에 윤호는 부엌으로 발을 옮겼다. 왜 아무것도 묻지 않을까. 왜 화내지 않을까. 채원은 다시금 뺨이 욱신거려 소파에 놓인 손거울을 들어 얼굴을 보았다. 맙소사. 얼굴이 심하게 부어 있었다. 벌건 부위에 퍼런 멍까지 보기 좋게 얼굴을 색칠해 났다. 채원은 아프다는 것보다 이런 몰골을 윤호에게 보여줘야 하는 것이 더 싫었다. 잠시 뒤에 나온 윤호의 손에는 얼음이 담긴 비닐주머니가 들려 있었다. 채원은 급히 손으로 왼쪽 뺨을 가렸다.

"내가 할게요. 이리 주세요."

윤호는 자기 얼굴을 가리는 채원을 보자 낮은 한숨을 쉬고 다가왔다.

"내가 할 거야. 봐 봐요."

그는 막무가내로 손을 내리고 채원 옆에 자리 잡고 앉았다. 차가운 얼음주머니가 채원의 뺨에 닿자 그녀가 움츠러들었다.

"조금 아파도 이러고 있으면 붓기가 좀 가라앉을 거예요."

"네."

그는 또 침묵하였다.

"유치원에 오던 길이었어요?"

채원의 말에 그가 부드러운 미소를 지었다.

"그렇게 살살 녹는 예쁜 문자를 보냈는데 어찌 가만있을 수 있겠소. 마침 유치원에 오던 길이었는데 그 문자에 걸음이 더 빨라지더이다."

"다행이다. 아깐 정말 무서웠는데……."

윤호의 얼굴이 급격히 굳어졌다.

"다신 맞고 다니지 마요. 한 번만 더 맞으면 정말 화냅니다. 내가 조금만 늦게 왔으면 어떻게 됐을지 생각만 해도 아찔합니다."

윤호가 처음 보는 차가운 얼굴로 채원을 봤다.

"어떻게 그딴 남자랑 5년이나 사귀었어요? 그런 미친놈을."

"미안해요. 그땐 이 정도로 쓰레기는 아니었는데……."

채원이 가라앉은 목소리로 작게 미안하다고 하자 윤호의 가슴 한구석이 아려왔다. 채원의 아픈 모습을 보는 것 자체가 곤욕이었다.

"그 자식 가만 안 둘 겁니다. 감히 내 여자를 건드리고도 무사할 수 있는지. 진짜 지옥이 뭔지 제대로 알게 해줄 거예요."

윤호가 하는 말 중에 '감히 내 여자를' 이란 말만 채원의 머릿속에 맴돌았다. 그러자 얼굴이 황급히 붉어지더니 심장이 미친 듯이 뛰었다. 맞은 것보다 지금 얼굴이 더 얼얼한 것 같았다.

"너무 좋아한다."

윤호가 씨익 웃자 채원도 왼쪽 뺨을 어루만지며 바보같이 웃었다. 정말로 너무 좋았다.

"저 내일 어떻게 출근하죠. 이 상태로 원에 가면 이상하게 볼 텐데."

"그럼 얼른 자요. 잘 자야 그나마 붓기가 금방 빠지지."

그의 말에 고개를 끄덕이며 몸을 일으키려다 윤호를 바라봤다. 윤호의 눈이 걱정으로 가득 차 있었다.

"오늘 너무 고마워요. 오전에 김밥 싸느라 힘들었을 텐데 이 시간까지 쉬지도 못하고. 정말 미안해요."

채원의 말이 끝나기가 무섭게 윤호가 채원의 입술에 입술을 맞추었다. 채원의 머리를 손으로 받치며 조금의 틈도 주지 않았다. 그의 따뜻함이 채원의 입술을 간질간질 꽃잎을 만지듯 매만졌다. 윤호의 향기가 입술을 타고 새어 들어와 채원의 정신을 흔들었다. 그의 입술은 채원의 입술을 집어삼킬 듯 격렬하더니 썰물 빠지듯 떨어졌다. 멈추었던 숨이 한꺼번에 쏟아졌다.

"한 번만 더 미안하다고 하면 그땐 나도 책임 못 집니다. 오늘은 환자니까 이쯤에서 접겠소."

그의 능글맞은 말투에 얼었던 몸이 사르르 녹아내렸다. 그의 입술이 정말 좋았다. 뽐 맞더니 미쳤나 보다.

"그런데 정말 피곤하기는 하다. 나 자고 가도 돼요?"

윤호는 채원의 말을 듣기도 전에 채원을 안아 들고 침대로 가 내려놓았다. 그리고 다짜고짜 옆에 누웠다.

"아, 좋다. 채원 씨 침대 좋은 거 쓰나 봐요. 예전에도 느꼈지만 진짜 편하네."

그러더니 앉아 있던 채원을 쓰러뜨려 옆에 눕혀 안았다. 윤호의 감은 눈을 보는데 심장이 콩닥콩닥 뛰어 들킬 것 같았다. 너무 가까웠다. 이 상태로 잘 수가 있을까.

"여기서 자요. 전 소파에서 자도 되니까."

채원이 일어나려 하자 그가 채원을 꼼짝 못하게 눌렀다. 채원의 힘으로 그를 벗어나기란 역부족이었다.

"확 덮치기 전에 그냥 얌전히 자요. 나 참고 있는 중이니까."

여전히 감은 눈으로 덤덤하게 말하는데 그의 만면에는 미소가 띠어져 있었다.

"나 환자예요."

채원의 조용한 말에 그가 하하 웃었다.

"누가 뭐래?"

그러더니 다시 채원을 안아왔다.

"나 너무 졸려요. 이제 그만 자면 안 됩니까?"

그의 졸음이 가득한 음성에 채원도 눈을 감았다. 좋아하는 남자가 옆에 있는데 잠이 올라나 모르겠다. 하지만 얼마 지나지 않아 채원은 깊이 잠이 들었다. 그의 품은 생각보다 더 따뜻했다. 어릴 때 엄마 품에 잠들었을 때처럼 채원의 상처를 치료하는 포근함이었다.

채원이 잠들자 윤호가 다시 눈을 떴다. 그녀의 부은 왼쪽 뺨을 어루만졌다. 그러다 입술에 손이 닿았다. 미안하다는 말은 핑계였다. 채원의 입술이 탐이 났다. 저 붉은 입술을 꼭 맛보고 싶었다. 5년 전 채원을 어떻게 기억하고 있었는지 이제야 알 것 같았다. 그때 그는 채원의 입술이 좋았던 거다. 윤호에게 닿은 그녀의 입술이 마법을 부려 그를 꼼짝 못하게 만들었다. 윤호는 좀 더 채원을 안고 싶은 마음을 누르고 침대에서 일어나 휴대폰과 지갑을 챙겼다. 그리고 어딘가로 전화를 걸었다.

"아, 변호사님. 한참 주무시는데 죄송합니다. 긴히 할 얘기가 있는데 오전에 제 방으로 좀 와주세요."

그리고 채원의 집 문을 열고 나섰다.

"정 선생님, 안녕하세요. 어? 얼굴이 왜 그래요. 무슨 일 있었어요?"

채원이 출근하던 길에 만난 교사가 물었다.

"어제 발을 헛디뎌서 얼굴을 세게 부딪쳤어요. 그랬더니 이렇게 금방 빨개지네요."

"아이고, 엄청 아팠겠다. 괜찮아요?"

"네. 얼음찜질했더니 금방 가라앉았어요."

채원의 둘러댄 말에 교사는 별다른 의심 없이 넘어갔다.

채원이 오전에 일어나 보니 윤호는 이미 나가고 없었다. 거울을 보니 다행히 부기가 많이 가라앉아 있었다. 그래서 교사들은 채원의 얼굴에 대해 별다른 말 없이 지나갔다. 오히려 하루 종일 아이들한테 시달렸다. 왜 얼굴이 빨가냐는 둥, 원숭이 얼굴이라는 둥, 아프지 말라고 나름 위로를 하는 둥 아이들은 원에 있는 내내 채원에게 여러 번 다가와서 관심을 보였다.

아이들은 참 신기했다. 일반적으로 어른들은 상대방이 외모가 변해도 스타일이 달라져도 관심이 없으면 눈여겨보지 않는데 아이들은 어른의 조그만 변화에도 민감하게 받아들였다. 이런 이유로 채원은 아이들이 좋았다.

아이들 귀가 후 교사 회의로 회의실에 원장 이하 교사들이 모두 모였다. 옆에 앉은 보경이 한숨을 쉬며 말했다.

"정말 요즘 형주 때문에 미치겠어요. 갈수록 폭력적이고 말도 안 들고. 평소엔 형주 아빠가 자주 데려오고 데려가더니 요즘엔 볼 수가 없어요. 그래서 말도 못하고 있어요."

현준 이야기에 채원의 미간이 살짝 구겨졌다. 이제 그 자식 이야기는 흘려듣기도 싫었다.

"오늘 형주 아빠 봤는데 얼굴이 말이 아니더라구요."

등원 지도를 했던 교사가 흥분하여 말을 했다.

"얼굴 군데군데 멍들고 피나고 터졌던데, 진짜 무슨 일 있나 봐요."

윤호가 그렇게 만들어놨지만 조금도 미안하지 않았다.

원장의 회의 시작으로 모두 조용해졌다.

"어제 소풍 다녀오느라 모두 수고하셨어요. 내일은 토요일이니까 오늘 회의를 좀 길게 할게요."

회의가 길어진다는 말에 젊은 교사들이 보이지 않는 한숨을 쉬었다. 간단한 전달사항과 보고를 하고 난 후 본격적으로 말이 이어졌다.

"이번에 우리 유치원이 교육부에서 최우수 유치원으로 선정된 건 다들 아시죠?"

원장의 말에 모두가 고개를 끄덕였다.

"그래서 이번에 시범 수업을 진행합니다. 교육부에서 장학사 및 각 대학 교수들이 참관하러 올 겁니다. 시범 수업으로 진행된 프로젝트가 좋은 평가를 받으면 올해 2학기에 책을 내고 내년 1학기부터 성민대학교 교육과정에 프로그램으로 들어가게 됩니다."

엄청난 일이다. 교사가 한 수업이 성민대 프로그램으로 들어가면 곧 다른 대학에서도 적용한다는 말이었다. 하지만 부담 또한 상당했다. 기대보다 저조하면 성민대학교에 대한 실망도 크기 때문에 책임이 막중했다.

"모든 교사들이 전부 시범 수업을 준비할 필요는 없다고 생각합니다. 내 생각에는 두 명으로 하면 좋겠는데 혹시 하고 싶은 지원자 있으면 고려해 보죠."

모두 조용했다. 시범 수업을 하려면 계획부터 준비, 실행과정이 만만치 않았고 야근은 필수였다. 채원도 하고 싶은 마음은 들었지만 부담 또한 컸다.

"지원자가 없는가 보군요. 그럼 지원자가 없으니 내가 생각한 사람을 말해야겠군요. 난 이번 프로젝트를 진행하려면 어느 정도 경력도 있어야 하고 원에서의 실력이나 평가도 좋아야 한다고 생각합니다. 그래서 독수리반 민현재 선생님하고 호랑이반 정채원 선생님이 맡아줬으면 좋겠어요."

채원을 부른 호명에 채원의 눈이 커졌다.

"둘 다 내가 신임하는 선생님들이고 그동안 성민에서의 경력도 있으니 이번 프로젝트를 맡겨볼 생각입니다. 이의 있습니까?"

원장의 말에 현재는 은근히 기대하고 있었는지 얼굴에 미소를 띠었다. 현재라면 성민에서 경력도 채원보다 많고 실력도 훨씬 나았다. 채원은 걱정이 되었지만 한편으로 도전의식이 생겼다. 채원과 현재의 얼굴 표정을 읽었는지 원장이 만족한 웃음을 지었다.

"좋아요. 둘 다 잘할 거라고 생각합니다. 두 사람은 다음 주까지 기획안을 제출하세요. 그리고 다른 선생님들도 여기 두 선생님 많이 도와주고요."

회의는 끝이 났다. 현재가 채원에게 다가왔다.

"축하해요. 이번 프로젝트 맡은 것."

현재는 웃으면서 말했는데 왠지 모를 차가움이 느껴졌다.

"아휴. 제가 맡아도 되는 건지 모르겠어요. 엄청난 일인데."

"엄청나죠. 대학 교재에 실리는 건데. 우리 두 사람 중 한 작품만 올라가는 건 알죠?"

그렇다는 건 경쟁이라는 소리였다. 그래서 차가웠구나.

"아무튼 선의의 경쟁 해봐요."

현재가 웃으며 먼저 회의실을 나갔다. 경력 7년 차의 베테랑이었다. 수업 아이디어만 해도 수백 가지일 텐데 채원이 상대가 될까.

"축하해요, 정 선생님. 많이 도와줄게요."

옆에 교사들이 축하한다는 말을 해주자 비로소 긴장이 조금 풀렸다. 퇴근하는 길에 윤호의 전화가 왔다.

[얼굴은 좀 어때요?]

"많이 좋아졌어요. 윤호 씨 덕분이에요."

[고마우면 내일 데이트합시다. 우리 2주 만에 제대로 된 데이트하는 건데.]

윤호의 음성에 채원의 얼굴에 미소가 지어졌다.

"좋아요. 내일 낮에 봐요."

[오케이. 퇴근하는 중입니까?]

"네. 아! 나 오늘 대단한 일 있었어요."

[무슨 일?]

"이번에 우리 유치원이 시범 수업을 하는데 내가 프로젝트를 맡게 되었어요."

[우와, 진짜?]

"네. 원장님이 시킨 거긴 하지만 막 긴장되고 설레어요."

채원의 씩씩한 목소리가 수화기를 타고 윤호에게 흘러들었다.

[정말 멋지다. 그런 건 아무나 못하는 거 아니에요?]

그의 칭찬을 들으니 괜히 어깨가 으쓱해졌다.

"당연하지요. 윤호 씨 애인이니까 할 수 있는 거라구요."

채원은 기분이 좋아져 감정을 그대로 내비쳤다. 윤호의 웃음소리가 들렸다. 아차, 내가 너무 앞서 갔나.

"사실은 둘 중에 한 명만 뽑히는 거예요. 잘될지는 아직 몰라요."

채원의 목소리가 살짝 가라앉자 윤호의 음성이 들렸다.

[내 애인이라면 당연히 잘할 거예요.]

그의 음성이 따뜻했다.

[아, 정말 보고 싶다. 오늘은 좀 많은 일들이 있었더니 더 보고 싶네.]

"그래요? 흠, 보고 싶어도 내일까지 참아요."

전화를 끊고 나서도 채원은 미소가 사라지지 않았다. 그를 만나는 지금 이 순간이 너무나 행복했다.

채원은 아침 일찍 일어나 공들여 화장을 하고 매일 묶었던 머리도 드라이어로 말아 내렸다. 오랜만의 데이트인데 예쁘게 보이고 싶었다. 하늘거리는 꽃무늬 프린트된 시폰 원피스를 입었다. 그러다 문득 혼자 들떠 있는 자신이 어색해서 다시 벗어버렸다. 그리곤 크림색 블라우스에 청바지로 바꿔 입었다.

예전의 채원이라면 서슴없이 입었을 예쁜 옷이 이제는 자꾸 주저하게 된다. 윤호는 좋은데 아직 그를 온전히 믿을 수 없는 이유였다. 그를 믿긴 하지만 채원은 스스로를 먼저 방어했다. 이 질병이 사라지려면 어찌해야 하나.

약속 장소까지 바쁘게 가는데 전화가 울렸다.

"여보세요."

[채원이가. 애미다.]

그 말에 다시 휴대폰을 보았다. 확인도 안 하고 받았다.

"응 엄마. 전화한다는 걸 요즘 바빠서 자꾸 잊었다. 미안해."

[아니다. 니 바쁜 거 다 아는데 뭘. 그나저나 우리 지금 서울이다.]

서울? 채원은 서울이란 말에 급히 걸음을 멈췄다.

"정말? 말을 하고 올라오지!"

[니가 아무 때나 와도 된다 캤자나.]

"그래도…… 너무 갑자기 오니까 그렇지. 지금 어디야?"

[여가 고속터미널이다.]

"기다려. 아버지도 같이 있어?"

[하모. 같이 있재.]

"내가 그리로 갈게. 어디 의자에 앉아 쉬고 계셔."

채원은 한숨을 쉬고 전화를 끊었다. 서울이 어디라고 말도 없이 그냥 올라오셨대. 길도 모르면서.

오늘 데이트도 접어야 했다. 채원은 부모님이 온다는데 싫다고 할 수는 없었지만 데이트가 좋 날 것 같자 약간 맥이 풀렸다. 채원의 전화에 그가 바로 받았다.

[벌써 도착했어요? 나 아직 집인데.]

"아, 그래요? 잘됐다. 오늘 못 볼 것 같아요. 그러니 나오지 마세요."

[엥? 갑자기 왜.]

그의 음성에서도 맥이 풀린 느낌이 들었다.

"우리 부모님이 올라오셨다네요. 오늘 갑자기 말도 없이 오셔서 저도 지금 알았네요. 미안해요."

[어디서 보는데요?]

"일단 고속터미널로 가려구요."

[그럼 잘됐네. 우리 집에서 고속터미널 가까우니 거기로 갈게요.]

내 말 못 들었나. 부모님 만난다고.

"우리 부모님 만난다니까요."

[그러니까 내가 간다구요. 나도 이 기회에 채원 씨 부모님 한 번 뵈면 좋잖아요.]

좋긴 뭐가. 우리 부모님 패션도 영 촌스러울 테고 갑작스럽게 타인에게 소개시켜 주기에는 아직 마음의 준비가 되지 않았다.

"그냥 다음에……."

[이따 봐요.]

그리고 끊어버렸다. 채원은 끊어진 전화를 한참 동안 멍하니 바라봤다. 뭔가 자신만 치부를 다 드러낸 것 같아 마음에 들지 않았다.

고속터미널로 가니 부모님은 로비 의자에 앉아 기다리고 있었다. 작년 여름방학 때 집에 간 뒤로 처음 보는 것이었다. 그러고 보면 자신도 참 불효자였다.

"엄마, 아버지!"

채원은 부모님이 있는 곳으로 뛰어갔다. 아버지는 작년보다 더 늙어 보였다. 순박하신 분들답게 옷 입는 모양도 헐렁한 티에 매년 입는 외출복이었다. 그 모습을 보니 괜히 눈시울이 붉어졌다. 나 여태 뭐 하고 산 거야. 부모님 옷 한 벌 안 사드리고.

"전화하고 오지. 이렇게 기다리잖아."

채원을 보자 부모님의 얼굴에서 미소가 지어졌다.

"이렇게 보믄 되았지 멀."

"서울이 얼마나 복잡한데. 이왕 이렇게 서울 온 김에 검진도 한 번 받아요."

채원의 말에 아버지는 당치도 않다는 듯 소리를 높였다.

"뭐 하러 그런 데다 돈을 쓰노. 내는 괘안으니 헛짓하지 말그라. 내 그리 일렀거늘."

아버지는 엄마를 보며 눈에 힘을 줬다. 아버지는 엄마가 바쁜 딸내미한테 가자고 한 것을 영 마음에 들어 하지 않는 눈치였다.

"채원 씨!"

가까이서 들리는 목소리. 익숙한 음성이다. 채원은 자신을 부르는 음성에 흠칫 하고 고개를 돌렸다. 역시나 윤호였다. 기어이 오셨구만.

채원은 가까스로 웃어 보이며 뛰어오는 윤호를 보았다. 멋지게 차려입은 윤호를 보자 더욱 마음에 들지 않았다. 윤호는 다가오자마자 채원 부모님께 꾸벅 인사를 했다.

"안녕하세요. 처음 뵙겠습니다."

"누고?"

엄마가 궁금한 듯 눈을 빛내며 채원을 돌아봤다.

"아…… 내가 만나는 사람."

그 말에 엄마, 선자의 얼굴이 급격히 밝아졌다. 선자도 채원이 예전에 만나던 남자에게 차인 것을 어렴풋이 알고 있었다. 그리고 그 뒤로 남자도 못 만나고 시집이나 갈지 걱정이 되었는데 남자를 만나고 있다니 여간 기쁜 게 아니었다.

"맞나. 참말로 고맙구먼."

선자는 덥석 윤호의 손을 잡았다. 채원은 머리가 지끈거렸지만 애써 참았다. 윤호는 뭐가 좋은지 계속 웃으며 선자의 손을 맞잡았다.

"이왕 왔으니 같이 다닐래요?"

채원의 말에 그는 말없이 고개를 끄덕이며 채원의 부모를 보며 말을 했다.

"제가 모실게요."

윤호를 따라가는 부모님을 보면서 채원은 남모를 한숨을 쉬고 뒤따랐다.

하루 종일 부모님과 윤호와 함께하다 보니 어느새 날은 어둑어둑해졌다. 그리고 걷다 보니 그녀의 집 앞이었다. 건물 앞에서 윤호를 향해 돌아섰다.

"오늘 같이 놀아서 재밌었어요. 조심해서 가세요."

채원의 담담한 말에 선자가 등을 떠밀었다.

"니는 우째 사람이 그러노. 데려다 주고 오그라."

선자가 채원을 미는 바람에 윤호의 가슴에 콕 머리가 닿았다. 윤호는 그런 그녀를 미소 띤 얼굴로 바라봤다.

"그럼 먼저 올라가 계세요."

"아버님, 어머님 다음에 또 뵙겠습니다."

윤호가 꾸벅하고 인사하자 선자는 뭐가 그리 좋은지 함박웃음을 지었다. 지하철역까지 오는 동안 서로 말 한마디 없었지만 이 시간도 그저 좋았다. 그들 곁으로 6월의 살짝 더운 바람이 휘감고 지나갔다.

"우리 부모님 많이 당황스럽죠?"

윤호의 침묵이 새삼 어색하여 채원은 조심스레 말을 꺼냈다. 그가 무슨 소리냐는 듯 채원을 바라봤다.

"그냥, 윤호 씨는 서울에서 깨끗하게 자라서 시골에 사시는 우리 부모님 적응하기 힘들지 않았어요?"

채원의 말에 그가 채원의 이마에 살짝 꿀밤을 놨다.

"이런 말 되게 못됐다."

그러더니 채원의 손을 살짝 잡아왔다.

"아까 정말로 나 혼자 보내려고 했으면 울었을 거요. 손도 내가 먼저 잡고 말이야."

그의 웃음기 섞인 투정이 다정했다.

"채원 씨 부모님 되게 좋은 분들이세요. 정감 있고 따뜻하고. 우리 부모님과는 매우 다르세요."

"내 고향은 김천이에요. 아주 시골. 거기서 농사짓는 부모님한테서 태어났어요. 못되게도 농사짓는 부모님이 부끄러웠어요. 그래서 미친 듯이 공부해서 서울로 대학을 왔죠. 부모님도 안 보고 살고 싶었어요. 난 왜 그렇게 서울에 오고 싶었을까요. 그래 봤자 아무것도 얻은 게 없는데."

"얻은 게 왜 없어요. 나 있잖아."

그의 말에 웃음이 났다. 맞는 말이었다.

"난 시골에서 자란 채원 씨가 부러워요. 도시에서만 자라서 찌들은 나보다 훨씬 나아요."

그의 말을 듣자 한 번도 자랑스러웠던 적 없던 고향이 갑자기 달라 보였다. 윤호와 만나면서 채원은 스스로가 달라져 가고 있음을 느꼈다.

"참, 나 한 달간 채원 씨 못 볼 것 같아요."

그의 말에 채원의 눈이 커졌다.

"왜요?"

"좀 바쁜 일들이 많아서 볼 시간이 없을 것 같아요. 여기저기 다녀와야 할 곳도 많고."

윤호의 말에 채원은 힘이 다 빠져나가는 느낌이었다. 이 사람을 만나지 않은 예전에 채원은 어떻게 살았는지 모를 정도로 그에게 빠져들고 있었다.

"그래요? 한 달이나 못 본다니 너무하네요. 그런데 나도 이번에 프로젝트 맡아서 정신없이 바쁠 것 같긴 해요. 휴일에도 나가야 할지 모르고."

"그럼 매우 보고 싶겠지만 꾹 참았다 다시 만날 땐 꼭 놀러 갑시다. 약속."

윤호가 그녀의 새끼손가락을 걸자 채원도 살짝 웃었다. 그가 무슨 일을 하는지 이제 그런 건 궁금하지 않았다. 도무지 종잡을 수 없긴 하지만 때 되면 윤호가 가르쳐 줄 것이고 그가 정말 막노동을 한다 해도 이제는 아무렇지 않을 것 같았다.

"그리고 배현준 그 자식은 더 이상 걱정 말아요. 이제 채원 씨 앞에 나타나지 않을 겁니다."

윤호의 말이 뜬금없었지만 고개를 끄덕였다. 다행이었다. 윤호도 없는데 계속 현준이 추근대면 미칠 것 같았다.

윤호를 바래다주고 집에 도착하자 아버지 민철은 소파에 누워 눈을 감고 있었다. 채원은 신발을 조용히 벗고 들어와 선자에게 작게 소리 내었다.

"아버지 주무셔?"

"피곤하셨는갑다."

선자는 민철을 물끄러미 보더니 작게 한숨을 쉬고 채원에게로 시선을 돌렸다.

"그 청년 괜안터라. 착하고 다정하고. 잘 만나보그라."

선자의 말에 아, 하며 채원이 웃었다.

"괜찮아?"

"니도 인자 좋은 사람 만나가 시집가야재."

선자가 채원의 손을 다독이며 웃었다.

"채원아, 미안하대이. 평생 우리 채원이 좋은 옷 한 번 몬 입히고 살았는데 이리 혼자서 잘 커줘서 내는 참말로 니 볼 면목이 읍다."

"무슨 말이 그래."

채원의 눈에 눈물이 고였다. 지금 채원이 하고 싶은 말을 선자가 대신하고 있다. 평생 부모님 옷 한 번 못 사줬는데.

"잘살고 잘 지내그라. 아부지랑 애미 바람은 그저 니 행복뿐이다. 서울 올라와 오늘 니 지내는 거 보니 내하고 니 아부지하고 한시름 놨다. 우리 딸 참말로 대견하다."

목소리가 떨리는 선자의 손을 꽉 잡으며 채원도 목구멍까지 차

오른 울음을 간신히 참았다.

정신없이 바쁜 한 달을 보내고 어느새 시범 수업 날이 되었다. 그동안 거의 매일같이 야근하며 주말에도 원에 나가 일을 해야 했다. 윤호도 정말 바쁜지 가끔 전화만 오고 얼굴을 보지 못했다. 그를 못 본 한 달이 왜 이렇게 더디 지나가는지 당장이라도 달려가 얼굴을 보고 싶었지만 꾹 참았다.

채원은 아침 일찍 등원하여 시범 수업을 위한 마지막 점검을 하였다. 교실 환경 구성부터 시작해서 아이들과 할 활동에 대한 부분도 머릿속에 시뮬레이션을 그려 보았다. 그런데 도무지 떨려서 생각을 진행할 수가 없었다. 채원은 교실에서 서성이다 독수리반 현재에게 갔다.

"선생님, 잘 준비하셨어요?"

"아, 정 선생님. 이제는 그냥 전쟁터 나가야죠 뭐."

그러면서 웃는 현재도 살짝 떨리는 모양새였다.

"정 선생님도 오늘 잘하고."

현재의 격려를 들으며 다시 교실로 왔다. 어느덧 아이들이 차츰 등원을 하였다. 오늘 많은 사람들이 와서 볼 거라고 했더니 다들 집에다 이야기했는지 쫙 빼입고 온 아이들이 많았다. 그런데 어쩌니. 너네들 오늘 다 소품 입고 있어야 할 텐데.

오전 10시. 교육청 아래 장학사들을 포함하여 각 대학 교수들이 참석하였다.

채원이 준비한 수업은 노래극이었다. 일명 뮤지컬. 두세 편의 동화를 서로 연결하여 아이들이 연기를 하면서 대사는 노랫말처럼 가락을 넣었다. 그리고 극의 중간중간 함께 노래를 부르며 춤을 추는 부분도 있었다.

이 노래극에 사용되는 악기는 피아노 빼고 모든 악기가 아이들이 직접 만든 소리 악기였다. 빗소리가 필요하면 콩을 흘러내리게 하는 비닐통, 콩 껍질이 까지는 소리도 작은 캐스터네츠를 이용한 악기였다. 노랫말도 아이들이 직접 만들어 대사에 필요한 부분을 간단한 가락으로 바꿔 불렀다. 그리고 오늘을 위해 그동안 수업한 부분들은 교실 벽면과 테이블에 게시하고 전시하였다. 노래극에 사용될 동화는 잭과 콩나무, 콩쥐 팥쥐, 해와 달이 된 오누이였다.

사람들이 준비되어 있는 의자에 어느 정도 앉자 채원은 수업을 시작하였다. 오늘 수업은 채원이 나서서 하는 것 없이 오로지 피아노로 시작, 전개, 끝을 맞춰주고 노래극 할 동안 사이드 음을 넣는 게 다였다. 모든 일정은 아이들이 스스로 진행하였다. 채원의 피아노 음을 시작으로 준비하고 있던 아이들이 일제히 소리를 내었다.

"오늘 오신 분들 안녕하세요. 우리의 공연을 재미있게 봐주세요."

이 역시 가락을 넣어서 시작하였다. 모든 말과 소리에는 음이 있었다. 공연이 진행되는 동안 아이들은 마치 마법에라도 걸린 듯 너무나 자연스럽게 연기를 하고 노래를 하며 악기를 다루었다. 세 가지의 동화를 서로 연결되게 각색한 것도 아이들이고 여섯 살은 공연하기 힘들다는 인식을 깨고 적극적으로 노래극을 하는 것도 아이들이었다. 채원은 다시금 아이들의 열정과 가능성을 엿볼 수 있었다. 마지막 움직임을 끝으로 공연이 끝나자 채원은 재빨리 아이들에게 다가왔다.

"모두 잘했어. 공연했던 소품들은 나중에 다시 활용할 수 있으니까 동극영역에 놓도록 하고 우리가 공연했던 부분에 대한 소감을 그림이나 글로 써보는 시간을 갖자."

채원의 말에 아이들은 동극 옷을 벗어 한쪽에 놓고 책상으로 와 활동을 시작하였다. 이튿에 채원은 마이크를 들었다.

"안녕하십니까. 호랑이반 정채원 교사입니다. 오늘 이렇게 노래극이 나오기까지 저의 강압이나 강제적 율동 동작은 하나도 없었습니다. 이 모든 활동은 아이들이 직접 만들고 창작하였습니다. 여섯 살 아이들은 아직 구조화된 극을 하기 힘들다는 편견을 깨고 어린아이들도 가벼운 노래극은 충분히 할 수 있다는 것을 수업을 준비하며 느낄 수 있었습니다. 그래서 5세부터 7세까지 연령에 맞는 동화와 노래, 극 전개를 도입한다면 충분히 프로그램으로 자리 잡을 수 있으리라 생각합니다. 프로젝트의 전개 과정은 책자에 나와 있으니 참고하시면 되겠습니다. 감사합니다."

채원의 마지막 말에 앉아 있거나 서 있는 사람들이 일제히 박수를 쳤다. 채원도 웃었다. 결과가 어떨지는 모르겠지만 자신은 최선을 다했고 즐겼으니 후회는 없었다.

아이들이 하원하고 녹초가 된 채원이 교무실 의자에 널브러져 앉아 있었다.

"정 선생님, 오늘 수업 최고였어요!"

보경이 교무실에 들어오며 소리쳤다. 채원은 그녀를 보며 웃었다.

"정말요?"

"솔직히 전 민 선생님 수업보다 선생님 것이 훨씬 좋았어요. 민 선생님 전통 세시풍속 활동도 좋긴 한데 임팩트 있는 것은 선생님 수업이었어요."

살짝 손을 입에 대고 말하는 보경이 귀여워 보였다. 아, 이러면 안 되는데. 자꾸 기대하게 되잖아. 채원의 마음이 자꾸 설레었다.

보경도 퇴근 준비를 하려는지 책상을 정리하다 문득 생각이 난 듯 채원에게 하소연을 했다.

"우리 반 배형주 말이에요."

배형주의 배, 자만 들어도 채원은 싫었다. 아직도 뺨 맞던 날이 생각나 치가 떨렸다. 채원의 얼굴 표정이 좋지 않았으나 보경은 못 봤는지 계속 떠들었다.

"형주네 로펌 완전히 부도날 상황인가 봐요. 형주 아빠는 지금 배임 및 횡령 혐의로 검찰 조사 받고 있다네요."

그 말은 나름 충격이었다. 채원에게 폭력을 휘두르던 한 달 전엔 멀쩡했던 사람이 갑자기 검찰 조사를 받다니.

"그 말 사실이에요? 검찰 조사 받는다는 것."

채원의 말에 보경은 고개를 끄덕였다.

"한 한 달 전부턴가 형주 아빠가 등하원에 안 보이길래 무슨 일이 있나 했는데 며칠 전에 부인이 원에 다녀갔어요. 아이를 더는 원에 보낼 수 없을 것 같다면서. 그래서 제가 왜 그러냐고 물었더니 회사가 많이 어려워 문 닫을 처지에 있고 남편도 지금 검찰 조사를 받아 정신없어서 아이를 원에 맡길 수가 없대요."

"그래요? 안됐네요."

"형주 엄마 사람이 차갑고 도도했는데 이런 이야기 들으니까 많이 안됐더라구요."

　채원은 갑작스러운 현준의 나락이 의아했지만 죄를 지었으니 벌을 받는 거라 생각했다. 그녀의 마음이 한결 가벼워지는 6월의 마지막 날이었다.

7월의 무더위가 본격적으로 시작하면서 유치원도 방학을 맞이하였다. 아이들이 방학을 하면 부모들은 그때부터 한두 달 동안 집에서 아이들과 온종일 씨름을 하기 때문에 방학에 대한 시선이 곱지 않지만 그래도 원 방침인데 어쩌겠는가. 채원도 왠지 후련한 기분에 한껏 업되어 있었다. 아이들 하원을 시키는데 민우가 다가왔다.

"선생님 말이 맞았어요."

"응? 뭐가?"

"할아버지는 날 싫어하는 게 아니었어요."

뜬금없는 말이었지만 할아버지가 민우에 대한 감정을 풀었다는 소리였다.

"정말? 그럼 잘됐네."

"그쵸? 이제부터는 자주자주 놀러 오라고 했어요. 할아버지가 웃는 모습을 보니까 너무 기뻐요. 고맙습니다, 선생님. 방학인데 언제 우리 집에 놀러 오세요. 우리 아빠가 해주는 음식도 먹구요."

민우의 말에 살짝 머뭇거렸지만 꼬맹이가 알아서 집으로 초대를 한다니 채원으로서는 땡큐였다.

"고마워. 초대 기대할게."

"아빠보고 선생님한테 연락하라고 할게요."

유치원 버스를 타고 하원하는 민우를 보았다. 요즘은 윤호가 등, 하원을 해주지 못하는가 보다.

방학을 하고 며칠간 채원은 늦게 일어나고 군것질로 배를 채우며 나름 여유 있는 시간을 보냈다. 이게 얼마 만에 휴식이던가. 한창 뒹굴거리며 티브이를 보고 있는데 전화벨 소리가 요란하게 울렸다. 윤호다. 얼굴을 본 건 한 달 전이고 보름 전에 한 통화가 전부였으니 실로 오래간만이었다.

"여보세요."

[와 진짜. 내가 연락 안 한다고 채원 씨도 안 하기입니까?]

"아…… 내 연락 기다렸어요? 난 또 나 잊은 줄 알았지."

채원의 장난스러운 말에 그가 소리쳤다.

[잊을라다가 당신이 너무 그리워서 연락하는 겁니다!]

그 말에 채원의 입 꼬리가 쓰윽 올라갔다.

[뭐 해요? 나 팽개치고.]

"그냥. 오랜만에 여유? 를 즐기고 있는 중이죠."

[좋겠다. 심심하면 우리 집 놀러 올래요?]

그의 말에 채원은 누워 있던 자세를 고쳐 바르게 앉았다.

"지금요?"

[그럼 나중일까 봐? 민우가 채원 씨한테 말했다는데. 놀러 오라고.]

아, 그랬긴 했다. 하지만 진짜로 오라고 할 줄은 몰랐다.

"난 윤호 씨 집 어딘지 몰라요."

[내가 불러주는 주소로 택시 타고 와요.]

그의 전화를 끊고 채원은 갑자기 멍해진 기분을 느낄 새도 없이 부리나케 욕실로 뛰어갔다. 지금 채원의 몰골을 본다면 윤호는 굿바이를 선언할지도 몰랐다.

옷장 앞에서 많은 고민을 하다 오늘만큼은 조금 예쁘게 보이고 싶어서 가슴라인으로 레이스가 살짝 달린 연핑크 원피스를 골라 입었다. 무릎 위로 타이트하게 채원의 몸매가 그대로 드러나는 옷이라서 입고 나서려니 왠지 걸렸지만 그냥 고! 하기로 했다. 하얀 하이힐을 신고 집을 나와 윤호가 가르쳐 준 곳으로 택시를 타고 갔다.

택시가 멈춘 곳에 내렸다. 서초동의 고급 빌라. 빌라 앞에 서니 윤호와 민우는 가난한 게 절대 아니라는 결론에 머물렀다. 그동안 자신의 가난 발언을 듣고 얼마나 기가 막혔을까. 막노동을 언급하며 깎아내릴 때 얼마나 한심했을까. 무슨 일을 하는지는 모르겠지만 이제는 그냥 신경 쓰지 않으려고 한다. 직업은 정말 아무 상관 없었다.

벨을 눌러 그의 집 문 앞에 서자 왠지 모를 긴장이 되었다. 윤호의 집, 아니, 남자의 집은 처음이다. 문이 열리는 사이로 활짝 웃고 있는 윤호와 민우가 보였다. 윤호는 검정 티에 면바지를 입고 있었지만 그냥 그마저도 멋있어 보였다.

"우와, 우리 선생님 진짜 예쁘게 입었네. 그치, 민우야?"

윤호가 씨익 웃으며 말하는데 칭찬인지 욕인지 헷갈렸다. 그동안은 예쁘지 않게 입었다는 거야, 뭐야.

"윤호 씨는 출근 안 했어요? 나야 방학이지만."

"뭐, 난 방학은 아니지만 방학이고 싶어서."

그의 말이 도무지 이해할 수 없었다. 우리 좀 쉽게 쉽게 대화합시다.

채원은 안으로 들어서며 집의 내부를 훑어보았다. 생각보다 넓지는 않지만 남자 둘이 살기에 적당히 넓고 아늑했다. 그리고 남자의 집이라고는 생각하지 못할 정도로 깨끗하고 정돈되어 있었다. 그러자 문득 채원의 집에 어질러져 있던 옷가지와 쓰레기 꾸러미가 생각이 났다. 집에 가면 청소부터 하자.

채원이 들어서기가 무섭게 민우가 손을 끌고 말했다.

"내가 선생님 구경시켜 줄게. 아빠는 하던 거 마저 해."

민우의 손에 끌려가며 윤호를 보자 윤호는 어깨를 으쓱하고 웃었다.

"한발 늦었네. 꼬맹이한테."

그의 말에 채원도 살짝 웃었다.

민우는 방이며 욕실, 윤호의 서재도 구경시켜 주며 이곳저곳을 돌아다녔다. 채원이 와서 신이 난 것 같았다. 욕실도 깨끗했고 윤호의 서재라고 알려준 곳에는 정말 많은 책들이 한쪽 벽면으로 가득했다. 채원은 졸업한 뒤로 책과는 결별을 선언했었는데 윤호는 책과 친한가 보다.

그러다 민우는 자기 방에 들어가 채원 앞에서 연신 이것저것 장난감을 자랑하며 웃고 떠들었다. 조그만 남자애가 사는 방이지만 깨끗하게 정돈된 것이 원체 어지르는 스타일들이 아닌 것 같았다. 그리고 민우의 방에 수많은 장난감들을 보자 예전에 서준이랑 싸우면서 왜 민우가 서준이를 무시했는지 이제야 이유를 알 것 같았다. 서준이가 얼마나 가소로웠을까. 한참 민우의 놀이를 받아주며 함께 놀이하는데 윤호가 문을 열었다.

"나와요. 저녁 먹읍시다."

그가 나가는데 왠지 지금 이 상황이 낯설면서도 소꿉놀이 코스프레 같아 웃음이 나왔다. 그럼 자신과 윤호는 엄마, 아빠인 건가. 생각이 거기에 미치자 채원의 얼굴이 빨개져 얼른 고개를 저었다.

부엌에는 갖가지 음식들이 가득 들어차 있었다. 일단 기본으로 스테이크가 있으며 가운데에는 감자튀김 바구니, 그리고 샐러드 드레싱, 거기다 와인까지 곁들여 있었다.

"이걸 다 윤호 씨가 한 거예요? 아주머니가 도와준 거 아니고요?"

채원의 말에 윤호는 말없이 웃었다. 대체 이 남자 못하는 게 뭐야. 민우가 아빠는 못하는 게 없다더니 정말 그런가.

맛도 일품이었다. 어떻게 보면 채원보다 더 솜씨가 좋았다.

"맛은 어때요?"

"정말 맛있어요. 이걸 어떻게 한 거예요?"

"자알. 아빠 짱이지?"

윤호의 말에 민우가 엄지를 치켜세우며 웃었다.

"선생님, 아빠 음식은 진짜 맛있어요. 자주 해주지 못하는 게 단점이지만."

"진짜 대단해요. 나중에 할 거 없으면 음식점이나 차려요."

"음, 그건 안 돼요. 내 음식은 내가 사랑하는 사람들한테만 할 건데 아무나 먹어버리면 가치가 떨어지잖아."

그가 웃으며 하는 말투에 여전히 능글스러움이 묻어났다. 저녁을 먹고 거실에 앉아 이야기를 하는 중에도 민우는 연신 윤호의 칭찬을 계속했다. 아빠는 멋지다는 둥, 아빠는 똑똑하다는 둥, 읽는 책도 많다는 둥, 나랑 이야기도 많이 한다는 둥. 민우의 이야기를 가만히 듣던 채원이 윤호를 돌아보며 말했다.

"민우가 아빠를 진짜 좋아하네요. 아들 참 잘 키웠어요."

그녀의 말에 윤호는 말없이 웃으며 민우의 머리를 흐트러뜨렸다.

"당신 말대로 아직 방임 수준입니다. 이 녀석에게는."

"이렇게 좋은 집에 살면서 그동안 가난하다고 속이다니. 가난의 정의를 잘못 알고 계시는 것 같네요."

채원이 약간 새침하게 투덜대자 윤호가 재밌다는 듯 웃었다.

"채원 씨가 먼저 나 가난하다고 했잖아."

"그땐 정황상 그래 보였는데 아무래도 내가 속은 것 같아요. 맞죠. 나 속았죠?"

채원이 얼굴을 가까이 들이대고 말하자 그가 어색하게 웃었다.

"집이 좋다고 다 잘사는 건 아니잖아요. 내 마음은 정말 가난했어요."

"그렇게 따지면 난 거리 부랑자였겠네."

채원이 토라지자 윤호가 살짝 그녀의 손을 잡았다. 채원이 화들짝 놀라 민우를 바라보자 민우는 하루에 할 말을 한꺼번에 다 쏟아내었는지 어느새 소파에 누워 잠이 들어 있었다.

"민우도 있는데 깜짝 놀랐잖아요."

"나한테는 엄청 도도하면서 민우한테는 꼼짝 못하네."

그가 씨익 웃으며 일어서더니 민우를 가볍게 안아 들고 방으로 들어갔다. 채원은 방으로 들어가는 그를 보며 괜히 긴장이 되었다. 이제 밤도 깊었는데 집에 가긴 가야 하는데 둘만 있는 시간이 참으로 오랜만이라 더 오래 있고 싶은 마음도 들었다. 이걸 윤호가 어떻게 생각할지 모르겠다. 윤호는 방문을 조심스레 닫고 거실로 나왔다. 그러더니 자연스럽게 채원의 옆에 앉았다. 그리고 너무나 고의적으로 채원을 돌아봤다.

"어떻게 방학했으면서 연락도 안 할 수가 있어요?"

침을 꼴깍 삼키던 채원의 긴장이 약간 풀렸다.

"그건…… 윤호 씨 애 좀 태우라고."

채원이 살짝 웃자 윤호가 채원의 뺨을 살짝 꼬집었다.

"진짜 애태웠어. 하루가 일 년 같았으니까."

그러면서 채원을 살며시 안았다. 그의 품에 들어온 채원의 심장이 미친 듯이 뛰었다.

"보고 싶었단 말도 안 해주고."

"보고 싶었어요. 정말 많이."

"엎드려 절 받기네."

윤호의 말투가 투덜댔지만 그래도 채원을 놓아주지는 않았다.

"그러게 재깍재깍 날 보러 왔으면 이렇게 힘들지 않았잖아요.

다 윤호 씨가 너무 바빠서 그런 거라고요. 보고 싶다면서 한 달 동안 얼굴 한 번 내비치지 않으니 나도 별수 있나요. 내 탓이 아니에요."

종알종알 입술을 움직이는 채원의 말에 그가 안은 팔을 푸르며 얼굴을 바라봤다. 그리고 채원의 귓가에 머리를 뒤로 넘겨주었다.

"이렇게 예쁘게 입고 이런 사랑스러운 얼굴로 이런 얄미운 말을 하면 내가 어떤 생각이 드는 줄 알아요?"

그의 눈빛이 그윽했다. 채원은 그의 눈빛에 시선을 뗄 수가 없어 고정한 채로 가까스로 입을 열었다.

"모르겠어요."

"먹어버릴 거야."

그 말을 끝으로 그의 입술이 채원에게 닿았다. 오랫동안 기다렸던 그의 입술이 닿자 머리끝부터 발끝까지 전율이 찌릿하게 흘렀다. 그의 입술은 집어삼킬 듯 채원을 놓아주지 않고 더욱 강하게 밀고 들어왔다. 조금 열린 채원의 입술 사이로 그의 뜨겁고 기다란 혀가 침범하였다. 채원의 고른 치아를 훑고 들어온 뜨거운 덩어리는 채원의 혀를 잡기 위해 바쁘게 움직였다. 정말로 채원을 먹어버릴 듯 그의 모든 신경과 감각은 채원의 혀를 물고 빨았다. 윤호의 팔에 안겨 소파에 기대어 그의 체중을 온전히 받는 채원의 발가락이 꿈틀거렸다.

"하아. 윤호 씨."

채원의 가까스로 내뱉은 음성에도 윤호는 들리지 않는 듯 채원의 감각을 마비시켰다. 쪽. 가볍게 입술에 뽀뽀를 하던 윤호의 입술이 다시금 채원을 파고들었다. 놓아주기 싫은 듯 그의 입술은 그녀의 윗입술을 핥고 물었다가 다시 아랫입술을 빨아들였다. 겨우 입술을 떼고 나서도 윤호는 채원의 얼굴을 계속 붙잡고 있었다.

"미치겠어. 채원 씨 입술이 너무 좋아."

바로 닿을 듯한 거리의 윤호에게서 거친 입김이 나오자 채원은 이미 별나라로 떠난 정신이 돌아오지 않는 것 같았다. 자신을 보고 있는 윤호의 눈빛이 너무나 뜨거웠다.

"미운 말 자주 해야겠어요. 그래야 윤호 씨가 날 사랑해 주지."

겨우 꺼낸 채원의 말에 그가 그녀의 이마에 다시 살짝 쪽, 입을 맞췄다.

"미운 말 안 해도 언제나 사랑해 줄게요."

그는 여전히 채원을 안은 채로 놓아주기 싫은 듯 떨어지지 않았다.

"자고 가요."

윤호의 말은 지극히 평범했지만 듣는 채원의 입장에서는 엄청난 의미가 담긴 말이었다.

"그러고 싶지만 내일 김천에 내려가야 해요. 방학한 김에 부모님도 뵙고."

"그래요? 잘됐다. 그럼 나랑 내일 같이 가요."

"윤호 씨도 간다구요?"

"나 계속 채원 씨 시골집 가보고 싶었어요. 당신이 말하는 시골이 어떤 곳인지도 궁금하고. 그러니 내일 내 차 타고 가요. 오늘은 여기서 자고. 늦었잖아."

채원은 그의 말에 소리 없이 고개를 끄덕였다. 윤호가 어떻게 받아들일지는 모르겠지만 지금 이 순간 그에게 모든 걸 내맡겨도 좋을 만큼 채원은 그와 떨어지기가 싫었다.

윤호는 자기 방을 내어주었다. 방 안이 온통 화이트로 칠해진 것처럼 침대부터 테이블, 소파 모든 것이 깔끔하고 아늑했다.

"채원 씨 침대보다는 별로지만 푹 자요."

"참, 나 옷도 없는데."

"내일 채원 씨 집에 잠깐 들러서 갈아입고 갑시다."

"민우는……."

"왜요. 민우 떼어놓고 가요?"

웃으며 장난치는 그의 말에 채원은 왠지 정곡이 찔린 듯했지만 애써 부정했다.

"아니요. 전 상관없어요."

"우리 데이트에 민우가 끼는 건 나도 싫다. 내일 아버지 집에 맡기고 와야지."

윤호의 말에 채원이 그를 살며시 바라봤다.

"아버지랑은 화해했어요?"

그는 어색하게 웃었다.

"화해하고 말고가 어딨어요. 부자지간에. 그냥 이젠 아버지도 민우의 존재를 받아들이기로 하신 것 같아요. 어딜 봐도 형 닮았거든."

그가 소리 내어 웃는 음성이 듣기 좋았다. 채원은 감춰뒀던 궁금증을 물었다.

"어머니는 선보라고 안 하세요?"

채원의 말에 윤호가 살짝 놀란 듯 바라봤다.

"정말 이제는 민우 앞에서 말을 못하겠다. 다 일러바칠 것 같아."

윤호가 고개를 절레절레 저으며 말했다.

"만나는 사람 있다고 했어요. 그랬더니 어머니도 더 말씀 없네요."

윤호의 말에 채원은 안심하는 자신을 발견했다. 큰일이다. 질투와 안도. 채원의 감정을 송두리째 흔드는 윤호가 겁이 났다. 그녀의 표정을 읽었는지 윤호가 웃었다. 그 웃음이 부드러웠다.

"말했잖아. 당신이 느끼는 모든 감정을 전부 쏟아내도 된다고. 날 질투해도 좋고 예뻐해도 좋고 무엇이든 지금 그 감정을 숨기지 말아요. 그리고 겁내지 말아요. 내가 있으니까."

그의 입술이 살짝 채원의 입술에 닿았다 떨어졌다. 찰나의 순간이지만 그 입맞춤은 세상 어떤 것보다도 따뜻하고 부드러웠다.

"잘 자요."

채원은 불을 끄며 나가는 윤호를 보자 알 수 없는 허전함을 느끼며 누웠다. 그리고 스스로 너무 멀리까지 갔다는 생각에 부끄러워졌다. 윤호는 전혀 생각 안 하는데.

날이 밝아 윤호가 민우를 아버지 집에 데려다 주러 간 사이 채원도 급히 대방동 원룸으로 택시를 타고 왔다. 집에 함께 가자는 걸 말렸다. 지금 채원의 집은 절대 그에게 보여주고 싶지 않았다.

간단히 여벌 옷을 챙기고 나시에 반바지를 입은 후 계단을 내려왔다. 빵빵. 경적 소리에 고개를 돌려보니 윤호가 낯선 차에서 내렸다.

"타요."

"윤호 씨 차예요?"

그는 말없이 웃으며 채원의 짐을 뒷좌석에 실었다. 그의 손에 끌려 조수석에 타면서 채원은 그를 흘겨보았다.

"이렇게 좋은 차도 있으면서 매번 뚜벅이 데이트한 거네. 와, 배신이다."

"차 타는 게 뭐 좋나. 이렇게 운전해야 돼서 채원 씨 손도 못 잡고 가는데."

그의 말에 채원의 시선이 운전대 위에 그의 손으로 향했다. 조심스레 그의 손을 잡았다.

"운전하는데 방해돼서 불편하면 언제든 빼요."

윤호는 싱긋 웃더니 채원의 손을 다시 잡아 운전대 위에 얹었다. 그의 손이 따뜻했다. 이런 게 연애지. 이런 감정이 사랑이 아니면 뭐란 말이야.

김천을 내려가는 도중 휴게소에 잠깐 들러 아침을 먹었다. 휴게소 하면 뭐니 뭐니 해도 호두과자와 통감자구이가 아닐까. 방금 밥 먹은 채원이 또 먹을 것을 사 들자 윤호가 혀를 내둘렀다.

"생긴 건 그렇게 안 보이는데 채원 씨 위가 큽니다."

"그런 말 못 들었어요? 밥 배 따로 있고 간식 배 따로 있다. 여자 다 그런데?"

그걸 왜 모르냐는 듯 윤호를 살짝 흘겨보는 채원이 귀여워 그의 입가에 미소가 번졌다.

"정채원 선생님!"

갑작스런 채원을 부르는 소리에 채원이 깜짝 놀라 돌아봤다. 거기엔 친구들과 놀러 온 것으로 보이는 보경이 서 있었다. 보경은 반갑다는 듯 다가오다 옆에 서 있는 윤호를 보고 놀란 표정을 지었다.

"윤 선생님, 여기서 만나네. 놀러 가요?"

"네. 친구들이랑. 그런데 옆에는……."

보경의 시선이 노골적으로 그에게 닿아 있었다. 윤호는 보경이 눈을 마주치자 살짝 목례를 하였다. 채원은 고민하다 보경을 바라봤다.

"민우 아버님이에요. 우리…… 만나고 있어요."

채원의 잔잔한 말에 보경이 충격이라는 듯 채원을 바라봤다. 아무리 자신이 잘해보라고 했다지만 정말 학부모와 만나고 있을 줄은 몰랐다는 표정이었다.

"아직은 좀 조심스러우니까 윤 선생님도 비밀로 해줬으면 좋겠어요."

채원의 말에 보경이 크게 고개를 끄덕이며 걱정 말라는 듯 웃었다.

"당연하지요. 나만 알게요."

친구들과 걸어가는 보경을 보며 채원이 얕은 한숨을 쉬었다.

"왜요?"

"아마 원에 소문 다 날 거예요. 윤 선생님 입이 좀 가벼운 사람이라, 약속했지만 왠지 믿음이 안 가네요."

채원이 살짝 웃자 윤호가 손을 잡고 이끌었다.

"소문나면 싫어요?"

그의 말에 채원이 윤호를 바라봤다. 얼마 전까지만 해도 소문에 민감했는데 그런 감정이 눈 녹듯이 사라졌다.

"이젠 상관없어요."

웃는 채원이 예뻐 그녀의 입술에 가볍게 입을 맞췄다. 한참을 달려간 차가 김천 시내에 도착하자 빈손이라는 게 생각났다.

"잠깐만 옷가게 좀 들렀다 가요."

지난번에 봤던 허름한 외출복 말고 새 옷을 하나 장만해 드리고 싶었다. 외출이 잦은 분들이 아니니 집에서 입기에 편한 옷으로 두세 벌을 몽땅 샀다. 양손에 쇼핑백을 두세 개 들자 옆에서 함께 지켜보던 윤호가 대신 들어줬다.

"나도 뭐 사가야 할 것 같은데. 부모님 뭐 좋아하세요?"

"이 옷 윤호 씨가 샀다고 하고 대신 전해줘요."

"내가 따로 살게요. 채원 씨가 산 옷인데 어떻게 그럽니까."

윤호가 당황하자 채원의 눈이 반달 모양으로 휘었다.

"우리 부모님 과일 좋아하세요. 그런데 시골은 과일 흔해요. 옆집 수박도 돈 안 내고 그냥 먹으니까. 그러니 살 만한 게 없네요. 그러니 윤호 씨가 이 옷 줘요."

윤호는 뭔가 찜찜한 얼굴을 지울 수 없었으나 채원이 웃으며 괜찮다고 하자 더는 말할 수가 없었다. 어느덧 목적지에 다다르자 그가 긴장된다는 듯 말했다.

"나 괜찮아요? 부모님이 좋아하실라나."

"괜찮아요. 멋있어요."

채원이 웃으며 그의 등을 살짝 다독였다. 조용한 농촌 마을. 일층짜리 양옥 건물이 군데군데 있을 뿐 넓은 땅 가운데 집들은 그냥 쉼터에 불과했다. 본격적으로 더워지는 12시가 되자 햇볕은 더욱 쨍쨍하고 하늘은 파랬다.

"우와. 진짜 파랗다."

윤호가 하늘을 올려다보며 감탄 섞인 음성을 내뱉었다.

"이런 좋은 곳에서 자랐다니. 채원 씨 복 받았네요."

윤호가 이런 시골 마을에 대해 편견 없이 받아줘서 채원은 감사할 따름이었다. 기다란 논길을 지나 한참 가자 조금은 작은 한옥 집이 나왔다. 차에서 내린 채원이 대문 앞에서 집 안을 기웃거리는데 안에서 고추를 바닥에 널고 있는 엄마가 보였다. 채원은 빠르게 안으로 걸어 들어갔다.

"엄마!"

익숙한 음성에 돌아보는 선자의 얼굴에서 놀라움과 반가움이 한꺼번에 쏟아졌다.

"어마, 채원이 아이가."

선자는 고추를 널다 만 손으로 채원에게 뛰어와 안았다.

"잘 지내셨어요? 요즘 너무 더워서 농사일하기 힘드실 텐데."

"우리 만키로 튼실한 농사꾼들이야 이깟 더위쯤 암것도 아닌기라."

채원은 반가워하는 선자의 얼굴에서 따스함을 느꼈다.

"윤호 씨, 들어와요."

채원의 말에 밖에서 서성이던 윤호가 멈칫하더니 대문 안으로 성큼성큼 들어왔다.

"안녕하세요, 어머니. 성윤호입니다."

윤호가 허리 숙여 인사하자 선자는 또 한 번 놀란 듯 서 있다가 금세 다가가 그의 손을 덥석 잡았다.

"아이고, 우리 성 서방 왔는가."

윤호가 쇼핑백을 앞으로 내밀었다.

"이거, 좋아하실지 모르겠지만 몇 벌 샀어요."

윤호가 내미는 쇼핑백을 보자 선자의 얼굴이 놀란 표정이었다.

"뭐 이런 걸 사오나. 그냥 오재."

"그래도 빈손으로 오기 좀 그래서."

윤호가 씨익 웃으며 쇼핑백을 선자의 손에 걸어주었다.

"다음부터는 그냥 오그라."

말은 그래도 선자의 얼굴에 웃음꽃이 피었다.

"아버지는?"

아버지를 묻는 말에 선자가 흠칫 놀랐다.

"지금 방에서 주무신다. 피곤하신지 오전 일 하고 누우셨다."

"그래. 들어가 볼게."

방에 들어가 주무시고 계시는 아버지 얼굴을 보았다. 한 달 전보다 얼굴이 더 어두웠다. 인기척을 느꼈는지 민철이 눈을 떴다.

"누고?"

"아버지, 저 왔어요."

"아, 니 왔나."

민철은 몸을 일으켜 앉았다.

"아버지, 어디 아프세요? 안색이 안 좋은데."

"아니다. 요새 좀 피곤해서 그런갑다."

걱정스러운 채원의 눈을 보자 민철이 웃었다.

"니 애비 건강한 거 빼면 시체 아니드나. 괜안타. 그런데 우짠 일로 왔나."

"딸이 부모님 집에 왔는데 일은 무슨. 윤호 씨도 왔어요. 오늘 농사일 좀 거들러."

"바쁜 사람을 왜 오라카노."

놀란 민철에게 웃어 보이며 채원은 일어섰다.

"일일 자원봉사. 쉬고 계세요."

윤호는 아버지가 일할 때 입던 몸뻬 바지로 갈아입혀졌다. 키가 큰 그의 몸에 아버지의 옷은 턱없이 작았다. 아버지 발목 너머까지 오는 바지가 그의 무릎에 간신히 걸쳐져 있었다. 채원은 그의 우스꽝스러운 모습에 웃음이 나왔지만 이내 웃음을 멈추고 밀짚모자를 건넸다.

"뙤약볕이니 알아서 컨디션 조절하기."

윤호는 조금 긴장이 된 얼굴로 채원을 따라나섰다. 그때부터 윤호의 수난시대였으니 논에 김매기를 해볼 일이 없던 그가 논에 들어가 우렁이을 방사하거나 잡초를 뽑는 일이 쉬운 것이 아니었다. 겨우겨우 한 줄 뽑아 나가면 옆 칸에 또 잡초들이 줄지어 서 있었다. 잡초랑 벼를 혼동하면 안 되기에 신경 쓰느라 시간이 더 오래 걸렸다. 겨우겨우 뽑고 나와 비닐하우스에서 고추를 따고 있는 채원에게 다가갔다.

"왔어요? 이제 고추 따요. 빨간색으로 따면 돼요."

그 말에 또 윤호는 말없이 고개를 끄덕이고 쭈그리고 앉아 고추를 땄다. 한여름의 비닐하우스에 들어가 보았는가. 열이 그대로 스며들어 비닐하우스 온도는 바깥 온도보다 더 높았다. 윤호의 얼굴에서 땀이 비 오듯 떨어지니 목에 걸친 수건은 필수였고 없었다면 큰일 날 뻔했다. 고추를 따고 한 바구니 들고 나오려니 어찌 소식을 듣고 왔는지 아주머니 한 부대가 비닐하우스 앞에서 윤호를 보며 시끄럽게 떠들어댔다.

"아이고, 우리 채원이 애인이라 카든대. 훤칠하니 잘생겼구마!"

"그라믄 채원이랑 결혼하는기가."

벌써 열 발 이상 앞서 나가는 아주머니들을 보며 채원은 쓴웃음을 지었다.

"아참! 우리 비닐하우스에 수박 뽑을 일손이 부족한데 총각이 좀 뽑아줄 수 있는가?"

옆집 아주머니의 능청스러운 말에도 윤호는 어찌 된 일인지 싫은 내색 한 번 없이 웃으며 고개를 끄덕였다.

"열심히 일하겠습니다!"

수박 비닐하우스에서 무거운 수박 꼭지를 자르고 수레에 담고 옮기고 또 옮겼다. 일손이 부족한 농촌에 젊은 사람 한 명이 오니까 서로 도와달라고 아우성이었다. 채원은 괜히 데려왔나 싶어 걱정이 되었다. 한참 수박 나르는 일을 도와주자 그 집 아주머니가 냉장고에 넣어뒀던 시원한 수박 한 통을 들고 왔다.

"채원아, 고생하는 니 애인 좀 챙겨주그라."

"네. 고맙습니다."

채원이 웃으며 수박을 들으려는데 윤호가 대신 들고 앞서 갔다.

"빨리 가서 수박 먹고 싶어요."

그의 목소리에 힘든 기색이 역력했다. 뒤따르던 채원은 그의 모습에 부드러운 미소를 지었다. 무거운 수박을 대신 들고 가는 윤호. 머리끝부터 발끝, 처음부터 끝까지 하나하나 신경 써주는 윤호가 고맙고 참으로 사랑스러웠다.

채원은 아직도 남아 있는 오두막으로 수박과 칼을 들고 올라갔다. 윤호는 오자마자 오두막 위에 벌러덩 누워 버렸다.

"이렇게 힘든 일들을 진짜 다 어머니, 아버지가 하신다구요? 말도 안 돼."

윤호가 고개를 저으며 헥헥거리자 채원도 걱정스럽게 그를 바라봤다.

"많이 힘들죠? 젊은 사람들이 워낙 농촌에 없으니 농사짓는 사람들은 다 나이 드신 분들이죠 뭐. 그래도 오늘 많이 힘들었을 텐데 그분들 앞에서 힘든 내색 하나 없이 해줘서 너무 고마워요."

채원의 말에 그가 감았던 눈을 떠 채원을 바라봤다. 그의 잘생긴 입꼬리가 위로 올라갔다.

"내가 또 힘이 장사니까 괜찮아요. 그리고 힘 좋은 내가 도움이 된다는데 열심히 도와야죠. 매번 하는 것도 아닌데."

어쩜 남자가 하는 말마다 저리 멋진 말만 할까. 윤호의 부모님은 자식 교육을 참 잘 시켰다는 생각을 했다. 요즘 젊은 사람들이 어른들이 부탁한다고 해도 하기 싫은 일을 덥석 하는 경우는 정말 드문데 윤호는 참 인성이 바르다는 생각을 했다. 그러고 보니 예전에 윤호와 면담을 할 때도 채원은 그가 가치관이 뚜렷하다는 느낌을 받았었다.

"그런데 여기 참 시원하네요."

윤호의 음성이 들려 다시 생각에서 빠져나와 그를 봤다. 정말로 오두막은 햇볕 쨍쨍인 바깥과는 달리 시원한 바람이 불어 딴 세상 같았다. 어느새 6시가 지나서 해가 많이 기울어진 오후의 들녘을 바라보자니 각박한 세상 근심이 사라지는 것 같았다. 한여름의 들녘이 이렇게 아름다웠었나. 채원은 새삼스러운 감정이 윤호가 함께 있어서라는 생각이 들었다. 수박을 잘라서 윤호에게 주자 그가 덥석 잡고 먹었다.

"우와. 진짜 맛있다!"

정말 맛있는 듯 거의 반 통을 혼자서 다 먹을 때까지 윤호는 말한마디 없이 수박을 섭취하였다. 목이 많이 말랐나 보네. 채원은 하하 어색하게 웃으며 그에게 연신 수박을 잘라주었다.

"달죠?"

"네. 최고로 맛있는 수박이네요. 이렇게 맛있는 수박은 처음입니다."

"왜 그런 줄 알아요?"

모르겠다는 눈빛으로 바라보는 윤호의 얼굴 가까이로 채원이 다가갔다.

"땀을 흘렸으니까."

그리곤 윤호의 이마에 땀을 손으로 닦아주었다.

"오늘 고생했어요. 정말 고마워요."

석양빛에 반사되어 비추는 채원의 웃음이 너무 예뻐 윤호는 저도 모르게 침을 꼴깍 삼켰다.

민철과 선자는 윤호가 왔다고 삼계탕을 끓여 먹이고 옥수수, 감자 등 먹을거리를 끊임없이 내다 놨다. 마당의 평상에 앉아 이것저것 먹으려니 어느새 날이 저물었다. 하늘에 별이 까만 밤을 수놓았다. 밤이 되면 사방이 온통 깜깜하여 밖으로 나갈 엄두가 안나는 시골 마을. 집집마다 불은 일찍 꺼지고 온 동네가 고요하였다. 윤호는 이런 낯선 환경이 어색하면서도 신기하고 재밌었다.

그리고 아름답기까지 했다.

방 두 개 중 큰 방을 윤호에게 내주고 자리를 정돈해 준 후 나오자 선자가 채원의 등짝을 팡팡 쳐댔다.

"이것아, 오늘 고생한 사람 옆에 있어줘야재. 쏙 나오면 어째!"

"엄마, 지금 그 말이 무슨 뜻인 줄 알아? 다 큰 남자랑 같이 자라고?"

"다 컸어도 오늘 우리 도와줬는데 어째 니는 그리 무심하노! 퍼뜩 들어가라!"

선자가 들여보내 할 수 없이 방 안으로 들어갔다. 윤호는 다시 그의 옷으로 갈아입은 후 휴대폰으로 문자를 보내고 있었다. 채원이 들어오자 그가 부드럽게 웃었다.

"어머니가 들어가라 하시지요?"

채원이 말없이 고개를 끄덕이자 그가 콧노래를 부르며 계속 휴대폰을 보았다.

"이제 아버지, 어머니는 내 편인데 채원 씨 어떡해요?"

채원을 놀리듯 말했지만 싫지 않았다.

"괜찮아요. 등 대봐요. 내가 안마해 줄게요."

채원이 그의 등 뒤로 가 어깨를 살며시 주물렀다. 그는 여전히 휴대폰을 보면서 기분 좋은 소리를 냈다.

"와, 진짜 시원하다. 채원 씨 안마 잘하네요."

그의 기분 좋은 신음 소리가 다소 민망했지만 좋아하니 더 열심히 하게 됐다.

"누구한테 보내는 거예요?"

"하나는 아버지한테 보내고 하나는 밀린 일처리 보내는 중이에요."

"오늘 여기 오느라 일 못해서 어떡해요."

그가 살짝 고개를 돌려 웃었다.

"원래 일 잘 안 하니까 괜찮아요. 나 날라리 직장인이거든."

"민우는 잘 있대요?"

"응. 이제는 아버지랑 숨바꼭질하면서 놀이할 정도니 뭐, 잘 지내는 거죠?"

그의 미소에 채원도 저절로 미소가 지어졌다.

"이제 그만해요. 손 아파요."

그의 말에도 계속해 주고 싶었다. 오늘 너무 고생한 윤호에게 이런 것이라도 해주고 싶었다. 채원은 그의 등에 살짝 얼굴을 기댔다.

"고마워요. 이렇게 다정한 사람이 곁에 있어서 얼마나 좋은지 몰라요. 그동안 나 어떻게 혼자 지냈을까요. 지금 생각하면 너무 소름 돋아요."

갑자기 윤호가 안마하는 채원의 손을 내리고 바닥에 깔린 모시요 위에 머리를 괴고 누웠다. 그리고 채원을 보며 자기 옆자리를 팡팡 손으로 두드렸다. 채원은 살짝 고민하다 벽에 스위치를 눌러 불을 끄고 어두운 공간에서 찾아들어 갔다. 그의 손길이 어둠 속에서 채원의 손목을 잡아 이끌었다. 그 바람에 그의 품으로 와락 안겨 버렸다.

"아, 이제야 좀 살 것 같네."

윤호는 채원을 꼭 껴안으며 머리를 쓰다듬었다.

"이상하다. 한여름인데 이렇게 바짝 안고 있어도 하나도 안 덥

다니. 나 미쳤나 봐요."

윤호의 말에 채원이 그의 품에서 쿡쿡 웃었다.

"나도 미친 것 같아요."

윤호가 채원에게 살짝 입맞춤을 했다.

"우리 때문에 아버지 어머니 좁은 방 쓰시는 거죠?"

채원이 작게 고개를 끄덕였다.

"너무 죄송하네. 난 아무 방이나 자면 되는데."

"두 분 다 윤호 씨를 많이 좋아하시네요. 우리 부모님은 사람 한 번 좋아하면 한없이 퍼주는 분들이니까."

채원의 말을 들으며 그의 눈꺼풀이 서서히 감겼다.

"나 너무 졸려요."

윤호의 졸음 가득한 음성에 채원은 긴장한 숨을 내려놓았다.

"그럼 자요. 잘 자요."

채원의 말을 들었는지 그가 깊은 잠에 빠져들었다. 채원이 살짝 그의 볼을 잡아당겨도 전혀 느껴지지 않는 듯했다. 자면서도 채원을 안고 있는 팔의 힘이 세 자세를 한 번 바꾸기가 힘이 들었다. 채원은 팔을 들어 자고 있는 그의 머리칼을 넘겨주었다. 그리고 드러나는 얼굴을 온전히 감상할 수 있어 살짝 미소가 지어졌다. 아름답다. 그의 입술이 탐이 났다. 그래서 살짝 입을 맞추었다. 너무나 따뜻한 윤호의 입술. 언제 느껴도 정말 좋았다.

"사랑해요."

스스로 꺼내는 이 말에 눈물이 볼을 타고 흘러내렸다. 자신의 감정을 인식했다. 사랑을 다시 찾았다. 채원의 사랑이었다. 다시 금 미친 듯이 뛰는 심장 소리를 줄이려 아무리 노력해도 한 번 터진 심장은 멈출 줄을 몰랐다.

    채원은 서울로 오는 차 안에서 내내 잠이 들었다. 곤히 잠든 채원의 얼굴에 미소가 짙게 드리워졌다.

7. 키다리 아저씨

무더위의 시즌답게 8월 초는 너무 더웠다. 밖은 말 그대로 찜통이었다. 이제 이 주일 후면 개학이고 다음 주에는 2학기 준비하러 원에 나가야 했다. 고로 쉴 수 있는 시간은 이번 주가 다였다. 하루 종일 소파에 누워 에이컨 바람을 쐬고 있는데 휴대폰 벨소리가 울렸다.

"여보세요."

[정채원 선생님. 나 원장이에요.]

"아! 원장님!"

채원이 반사적으로 소파에 뉘인 몸을 일으켰다.

[갑자기 연락해서 놀랐나 보네.]

정말로 놀라긴 했지만 그렇다고 할 수 있으랴.

"아니에요. 그런데 어쩐 일로."

[아, 오늘 시간 괜찮으면 청담동 00음식점으로 올래요? 정 선생님 저번에 프로젝트한 것도 그렇고 수고했다고 밥 사주고 싶다는 분이 계셔서.]

"알겠습니다. 그리로 가겠습니다."

전화를 끊고 채원은 부리나케 씻고 준비를 했다. 약속장소에 나가보니 마침 현재도 오고 있었다. 서로 마주 보며 어색하게 웃었다.

"민 선생님도 원장님 전화 받고 오신 거예요?"

"네. 정 선생님도 그런가 보네요."

원장이 프로젝트 이야기를 꺼냈으니 현재가 오지 않는 것이 오히려 이상한 것이었다. 안에 들어가 기다리고 있으려니 원장과 어떤 장년의 여인이 같이 룸 안으로 들어왔다.

"아, 먼저들 와 있었네요. 앉아요."

"이 사람들이 그때 그 프로젝트 한 선생님들이에요?"

옆에 여인이 말을 꺼내며 자리에 앉았다. 옆에 여인은 이제는 환갑이 넘었을 나이인 것 같은데 아직도 피부가 곱고 무엇보다 굉장한 미인이었다. 그리고 고고한 자태는 범접할 수 없는 우아함을 담고 있었다.

"인사들 해요. 여기는 성민대 국문과 학과장님. 사실 나랑 친해서 이것저것 많이 엿듣고 있는데 우리 원 이야기를 했더니 두 사람 꼭 보고 싶다고 해서 나오라고 했어요. 괜찮지요?"

"네. 감사할 따름입니다."

현재가 기다렸다는 듯 웃으며 말을 해서 채원도 웃으며 고개를 끄덕였다.

퓨전 중국식 요리가 나와 테이블을 빙빙 돌려가며 먹는 것이 채원과는 별로 맞지 않았지만 내색하지는 않았다. 음식은 자고로 내 앞에 놓고 편하게 먹는 것이 최고였다.

"정 선생님은 음식이 별로 맞지 않나 봐요?"

학과장의 질문에 채원이 화들짝 놀랐지만 이내 웃었다.

"아니에요. 맛있어요. 사실 이런 음식이 좀 낯설어서 그런데 색다르고 재밌네요."

채원의 미소에 학과장의 얼굴에도 잔잔한 미소가 지어졌다.

"이번에 프로젝트 결과 나와서 뽑힌 사람은 내년부터 과 학생들을 가르치게 될 거예요."

갑작스러운 원장의 말에 채원과 현재의 눈이 휘둥그레졌다. 그 말인즉슨 대학생들을 가르치는 교수가 된다는 소리였다. 강사 수준이겠지만 그래도 대학에서 교편을 잡는 건 쉬운 일이 아니었기에 정말로 눈이 휘둥그레질 만한 뉴스였다.

현재는 석사학위를 받아서 자격이 될지 몰라도 채원은 학사 나온 후로는 공부와는 담을 쌓고 지냈다. 대학원의 학비가 만만치 않은 것은 물론이고 석사를 나와 할 수 있는 일이 넓지는 않았기 때문이다. 그런데 이런 기회가 생기고 보니 뭐든 미리미리 해놓는 게 기회를 놓치지 않는 일이란 생각을 했다. 아니면 이미 현재로 내정해 놓고 채원에게 미안해서 일부러 그렇게 말한 걸까.

"정식 교수가 되려면 절차가 필요하지만 적어도 본인들이 한 프로젝트를 다른 사람들이 가르치는 건 말이 안 되지요. 그래서 대표이사장님, 총장님, 이사장님 모두 모인 가운데 결정한 사안입니다. 물론 이 모든 건 평가 결과가 흡족할 때의 일입니다."

채원은 원장의 말을 들으며 점점 자신과는 멀어진 이야기란 기분이 들었다. 그래서 조금 씁쓸했지만 받아들여야 했다. 현재의 수업이 훨씬 좋았나 보다.

"그러니 2학기에도 더 열심히 해주길 바랍니다."

아까부터 채원을 유심히 바라보는 학과장이 계속 신경 쓰여 눈을 마주쳤다. 채원이 바라보자 학과장은 들켰다는 듯 어색하게 웃었다.

"이름이 정채원 선생님이라고요?"

"네."

"참 예쁘게 생겼네. 부모님은 무슨 일 하세요?"

갑작스럽게 채원의 부모를 묻는 질문에 그녀는 뭔가 이상한 느낌을 받았다. 그리고 잘 알지도 못하는 사람에게 부모를 물어보는 학과장에게 뭔가 불편한 감정을 느꼈다.

"시골에서 농사지으세요."

채원의 단정한 말에 학과장도 눈치챘는지 급히 손을 저었다.

"아, 미안해요. 내가 갑자기 부모님 물어서 당황했지요? 속마음이 튀어 나와서 그만. 실례했네요."

"아니에요. 제가 편해서 그러신 거니 오히려 제가 감사하죠."

채원의 미소에 학과장의 눈꼬리가 아래로 더 깊게 휘어졌다. 속마음에 왜 우리 부모님을 담고 있었는지는 모르겠지만 채원을 나쁘게 보는 건 아닌 것 같으니 그녀로서는 불만을 품을 수 없었다.

음식점에서 나와 원장, 학과장과 헤어지고 현재와 둘이 길을 걸어가는데 현재가 부채를 연신 움직이며 상기된 목소리를 내뱉었다.

"생각만 해도 꿈만 같아요. 대학에서 학생들을 가르친다는 건 생각만 해봤지 정말로 하게 될 줄은 몰랐는데."

"축하해요. 민 선생님 프로젝트가 채택된 것 같아요."

채원이 축하를 건네자 현재도 웃으며 받았다.

"고마워요. 그냥 아직 결과도 안 나왔는데 괜히 두근거리네요. 참! 아까 그 학과장님 누군지 알아요? 정 선생님에게 꽤 관심이 있으신 것 같던데."

"아니요. 전혀 모르는데 너무 아는 척을 해서 제가 다 민망했어요. 민 선생님은 누군지 아세요?"

"국문과 학과장님 나 대학 다닐 때도 몇 번 봤었는데 카리스마 짱이세요. 대학생들을 그냥 휘어잡으신다네요. 그런데 오늘 모습 보고 좀 놀랐어요. 너무 다소곳해서서."

"그래요? 알고 계셨구나. 난 처음 뵌 분이라. 다른 과 교수님들은 제 관심 밖이었어요."

채원이 민망하게 웃자 현재는 빅 뉴스거리라는 듯 계속 말을 이었다.

"알 만한 사람은 다 아는데, 아까 그 학과장님이 성민재단 대표 이사장님 부인이세요. 그래서 아까 원장님이 우리한테 한 말이 아마 거짓은 아닐 거예요. 오늘 그분이 나오신 건 거의 기정사실이란 의미예요."

"그래요? 민 선생님은 그런 거 잘 아시네요."

"내 친구가 우리 이사장님 집무실에서 일하는데 그러더라고요. 그 친구는 유아교육 안 하고 사무직으로 빠졌어요. 그래서 오가면서 사람들 하는 이야기를 주워듣다 보니 많이 알고 있더라고요.

우리 이사장님이 작년까지는 출근도 거의 안 하고 자택에서 업무 보고받고 일 처리하느라 얼굴을 모르고 지냈다더니 올해는 꾸준히 나온다고 하네요. 무슨 바람이 불어서인지는 모르겠지만 꾸준히 나오는 덕분에 업무량이 배로 늘어나 매번 야근한다고. 그리고 한 싸가지 해서 조금이라도 부족한 서류를 올리거나 일 처리가 느슨하면 바로 태클 들어온다고 힘들다네요. 그렇긴 해도 저번에 스승의 날 때 법인카드 준 것처럼 뭔가 변화의 바람이 불은 건 확실한 것 같아요."

"그렇구나. 그런데 대표이사장님은 뭐고 이사장님은 또 뭐예요? 그냥 이사장님 한 분으로 통일하지 뭘 두 사람씩이나 자릴 만든대요?"

채원의 말에 현재는 순진하다는 눈빛으로 바라봤다.

"정 선생님 정말 아무것도 모르는구나. 순진한 건지. 우리 이사장님이 유치원, 초등, 중고등만 맡고 계신 건 알고 있죠?"

"아…… 그랬어요?"

채원의 헤헤 웃는 소리에 현재가 한숨 섞인 음성을 내뱉었다.

"이 큰 성민학원을 한 사람이 어떻게 다 이끌어가요. 역부족이죠. 그러니 대표이사장님이 총괄하시되 대학은 따로 진행되는 일들이 워낙 많으니 총장님이 관할하시고 상대적으로 일관된 교육 체계인 초, 중등은 지금 이사장님이 맡으시는 거예요. 그래야 일이 좀 더 체계화되고 분업화되지요."

현재의 말에 채원은 말없이 고개를 끄덕였다. 정말 먼 나라 이야기 같았다. 우리나라 제일 큰 사립재단의 대표님에 그 부인은 또 국문과 학과장이고, 대표이사장에 이사장이 또 있고, 그들 이야기를 자기 일처럼 알고 있는 현재도, 채원에게는 너무 먼 사람들이었다. 현재와 헤어지고 지하철역으로 들어오는데 전화가 왔다.

[보고 싶어요.]

다짜고짜 보고 싶다는 윤호의 말에 웃음이 나왔다. 그때 김천을 다녀온 후로 채원과 윤호는 부쩍 더 가까워졌다. 하고 싶은 말 마음대로 꺼내고 애정 표현도 서슴없이 하였다. 채원이 김천에 종종 내려가 있으면 윤호도 틈나는 대로 내려와 민철과 선자의 기분을 맞춰주고 동네 농사일도 거들었다. 둘만 있을 때는 서슴없이 채원을 안고 입 맞추며 채원의 마음을 송두리째 빼앗았다.

그럼에도 불구하고 윤호는 채원과 둘만 있는 공간에서도 그녀를 덮치지 않았다. 참는다거나 조마조마한 표정도 없이 윤호는 항상 평온한 상태였다. 채원이 섹스에 미친 것도 아닌데 윤호가 이렇게 나오니 채원으로서는 자신에 대한 매력 정도를 하향 평가할 수밖에 없었다. 아님 아직도 지수에 대한 미련을 온전히 못 버려서일까.

[날씨 무덥던데 밖인가 봐요?]

"네. 원장님이 불러서 점심 얻어먹었어요. 무슨 국문과 학과장님인지 그런 사람도 나왔더라고요."

[국문과 학과장님?]

"네. 원장님과 친해서 나오신 거래요. 같이 갔던 선생님이 그러는데 그분이 성민재단 대표이사장님 부인이시라네요."

채원의 말에 한동안 수화기 저편에서 말이 없었다.

"아무튼 그분이 자꾸 저한테 이상한 눈빛 보내서 곤란했어요."

[궁금한 게 많으신 분이라서 그럴 겁니다. 궁금한 걸 못 참는 분이시거든요.]

"윤호 씨도 아는 분이에요?"

[아는 분이라……. 너무 잘 아는 분이죠.]

"아, 그래요?"

윤호가 잘 아는 사람이라. 누구지. 혹시 윤호 씨 어머니인가. 그런 생각이 미치자 채원은 스스로 고개를 저었다. 터무니없는 상상이었다. 그때 휴대폰으로 통화대기 중이란 표시가 떴다.

"아, 윤호 씨. 나 전화 왔어요. 퇴근하고 이따 저녁에 놀이터에서 잠깐 볼까요?"

[그래요. 그럼.]

윤호의 전화를 끊고 대기 중 버튼을 눌렀다.

"여보세요."

[정채원 씨?]

여자 목소리다. 낮은 목소리의 여자의 음성에서 지친 기색이 역력했다.

"누구세요?"

한동안 말이 없던 수화기 저편에서 숨소리가 들렸다.

[나 현준 씨 와이프예요. 좀 만났으면 합니다.]

현준의 와이프와 만나기로 한 커피숍 앞에서 채원은 심호흡을 하였다. 평생 마주치고 싶지 않은 사람들인데 올해는 왜 이렇게 자주 부딪히는지 모르겠다. 악연은 악연인가 보다.

커피숍 안으로 들어가 사람을 찾는데 창가 쪽 끝자리에 홀로 앉아 있는 여자를 발견하였다. 여자는 채원을 의식했는지 고개를 들어 올려다보았다. 여자의 얼굴에서 흐려진 멍 자국과 군데군데 긁힌 상처가 보였다. 예전에 채원이 봤던 그 도도한 여자 맞나 싶었다. 채원이 마주앉자 여자가 입을 열었다.

"예전에 등반대회 때 봤을 때 어디서 보았다 생각했는데 현준 씨 옛 여자 친구였죠?"

여자의 물음에 답하기도 싫었다. 여자 친구였던 과거도 싫으니까.

"절 왜 보자고 한 거예요. 우리가 볼 이유는 없는 것 같은데요."

채원의 말에 여자는 잠시 뜸을 들이더니 이윽고 작은 목소리를 내었다.

"사실 지금 저희 집이 많이 어려워요. 회사는 부도날 지경에 놓여 있고 남편은 죄를 지어 구치소에 수감되어 있고. 다음 주가 첫 공판인데 채원 씨한테 부탁하러 왔어요."

"부탁이요?"

"성윤호 씨를 좀 막아주세요."

그녀의 입에서 흘러나온 이름이 너무나 갑작스러웠다. 이 사람이 윤호를 어떻게 알지.

"무슨 소린지 모르겠네요."

여자는 정말 모르냐는 눈빛이었다.

"세륜 법무법인. 법조계에서는 유명한 로펌이에요. 우리 아버지 회사입니다. 그런데 성윤호 씨가 기업이나 개인의 변호사 수임을 전부 막아 회사가 문 닫을 처지에 놓여 있어요. 남편 횡령 배임 죄도 성윤호 씨가 뒤에서 조사한 거라고 알고 있습니다."

"그걸 윤호 씨가 한 거라구요?"

채원이 놀라서 바라보자 여자는 한숨을 쉬었다. 그녀의 눈빛이 많이 바래 있었다.

"성윤호 씨 무서운 사람이에요. 어떻게 당신 때문에 자신과는 아무 상관도 없는 일을 저지르는지."

이 여자가 하는 말이 정확히 무슨 말인지 모르겠지만 확실히 해야 했다.

"이봐요. 난 뭐가 뭔지 모르겠지만 부탁할 일 있으면 성윤호 씨한테 가서 직접 말하세요. 윤호 씨가 하는 일은 저하고는 무관한 일이에요."

채원의 말에 여자의 눈빛이 상처로 가득했다.

"이미 찾아갔어요. 한 번만 봐달라고도 했고 회사 자금은 좀 트이게 해달라고 했는데 꿈적도 않습니다. 정말 성윤호 씨 너무하다고 생각합니다. 알아요. 우리 남편 죄 지었습니다. 우리 집안에 원수 같은 사람입니다. 그렇지만 인지상정이 있는데 제가 그렇게 사정을 했는데도 어쩜 매몰차게……."

"잘못을 저질렀으면 벌을 받는 것이 마땅한 것 아닌가요? 당신도 변호사라면서요. 그리고 배현준 때문에 당신 집안이 망할 처지인데 아직도 그 남자를 두둔하고 싶어요?"

여자는 채원의 말에 아랫입술을 지그시 깨물었다. 지금 보니 현준과 결혼한 이유를 알 것 같다. 유유상종이라고 비슷한 인격을 가지고 있으니 서로 마음이 맞았던 거였다. 그리고 여자가 배현준을 많이 사랑하고 있다는 것을 느꼈다. 저렇게 맞고 다니면서도 말이다.

"애초에 이런 남자인 줄 모르고 결혼한 당신 책임이에요. 5년 전에 내가 그랬을 거예요. 당신도 경제적으로 매력 없으면 언제든 끈 떨어질 거라고. 그때 당신은 내 말 듣지 않았어요. 배현준과 함께 날 비웃으면서 한심하게 바라봤죠. 이렇게 보니 그간 그놈에게 많이 맞은 것 같습니다. 자기 여자를 때리는 남자는 상종하지 말라고 어떤 남자가 그러더군요. 그리고 그 어떤 남자가 잘못을 한 사람에게 죄를 부여하는 것일 뿐입니다. 성윤호 씨가 너무한 부분은 하나도 없습니다. 그러니 당신도 여기서 이러지 말고 이제라도 정신 차리고 배현준 새사람 만들 생각이나 하세요. 정 못하겠으면 갈라서던가."

채원은 더 이상 말할 가치를 못 느껴 일어나려 하자 여자가 급히 소리쳤다.

"나도 알아요! 다 알고 있어요! 배현준 그 사람 나랑 결혼해서도 한 번도 내 남자인 적 없어요. 내 돈 보고 결혼한 거 알아요. 알고 결혼한 거예요. 나도 미쳤지, 눈에 콩깍지가 씌었지만 좋았어요. 지금도 좋아요. 우리 집안이 그 지경이 되었는데도 그가 좋아요. 우리 형주. 다섯 살밖에 안 된 형주에게는 끔찍하게 사랑을 주는 남편이니까. 난 그것만으로도 좋았어요. 그이가 당신 만났다는 것도 알고 있어요. 당신 때렸다는 것도 알고 있어요. 부탁할게요. 제가 대신 사과할게요. 채원 씨가 이 문제를 좀 해결해 주세요. 그 사람에게 말 좀 해주세요. 네?"

채원은 여자의 말에 어이가 없었지만 차분히 말하였다.

"부탁하는 사람의 자세가 그거예요? 가정교육 엉망이네. 그리고 정확히 말할게요. 난 배현준 그 남자 보는 것도 치가 떨린 사람이에요. 절대로 풀어주고 싶은 마음도 없습니다. 배현준이 회사 돈을 마음대로 쓰고 비리를 저질렀다면 그에 합당한 벌도 받아야 한다고 생각합니다. 그런데 부탁이라니요. 정말 변호사 맞아요? 로펌이 망하는 이유가 있었네요. 한 가지 더. 당신이 그를 좋아하든 말든 나랑은 아무 상관 없어요. 그러니 마음껏 좋아하세요. 다만 지금처럼 막무가내이고 돈만 좇는 이기적인 남자 완전히 바꾸지 않으면 그 남자는 절대로 당신을 바라보지 않을 거예요. 당신 돈만 보다가 돈이 사라지면 뒤도 보지 않고 떠나겠죠."

그리고 커피숍을 나왔다. 사람의 인생은 저마다 다르다. 채원이라면 죽어도 같이 살고 싶지 않은 그런 남자 뭐가 좋다고 보고 싶지도 않을 옛 여자한테까지 찾아와 구걸을 할까. 그것도 도도함의 극치를 달리던 사람이. 커피숍을 나올 때 여자의 얼굴에서 회한 섞인 절망감을 보았다. 그녀의 눈물도. 여자를 보면 동정심이 생기다가도 현준을 보면 그러고 싶은 마음이 싹 달아났다. 채원의 인생에서 현준은 그저 빼버리고 싶은 기억이었다.

날이 완전히 어두워진 여름밤의 공기를 마시며 천천히 집으로 향했다. 밤 10시가 넘은 시간. 더운 공기는 여전했지만 낮보다는 조금 시원해진 느낌이었다. 낮에 워낙 더워서 그런가.

퇴근 후에 보자고 했는데 벌써 10시가 넘어 있었다. 종종 채원의 동네 놀이터에서 얼굴을 보곤 했는데 이 시간까지 답문이 없어서 그가 있는 건지 아리송했다. 혹시나 하는 마음에 놀이터로 갔다. 거긴 그네에 기대앉아 눈을 감고 있는 윤호가 있었다.

채원은 가다가 멈칫하고 그대로 그를 바라보았다. 그가 앉아 있는 모습 그 자체가 그야말로 그림이었다. 그네의 높이가 긴 다리를 감당하지 못해 그의 다리가 길게 뻗어 있었다. 티셔츠에 면바지의 평범한 캐주얼 차림이었는데도 채원은 윤호의 모든 것이 빛나고 멋져 보였다. 채원의 마음속 심장은 윤호를 온전히 보고자 미친 듯이 뛰었다. 언제부터 기다린 걸까. 언제부터 그런 준비를 했던 것일까.

채원은 조심스레 등 뒤로 다가가 그네에 앉아 있는 윤호를 살며시 안았다. 갑작스러운 느낌이었지만 이내 윤호의 얼굴에 미소가 지어졌다. 여전히 눈을 감은 채로 입을 열었다.

"퇴근하고 보자고 해서 부리나케 왔더니 밤이 다 돼서야 얼굴 보여주네."

조금은 투덜대는 말투였지만 아무래도 좋았다. 무더운 여름밤이었지만 그를 안고 있는데도 하나도 덥지가 않았다. 한줄기 바람이 불면 시원하기 그지없었다.

"나 안 오면 전화를 하든가 그냥 가지 뭐 하러 지금까지 기다리고 있어요. 내가 언제 올 줄 알고."

채원의 말에도 그는 그저 눈을 감고 미소 지을 뿐이었다.

"고마워요. 항상 고맙고 언제나 고마워요."

"갑자기 무슨 소리?"

"나 대신 배현준 그놈을 그렇게 박살 내줘서. 나 대신 힘든 일 다 짊어져 줘서. 날 보호해 줘서."

채원의 말을 들으며 놀란 듯한 그의 표정이 다시금 평온해졌다. 그의 입가에 잔잔한 미소가 번졌다.

"다 알아버렸군요. 왼손이 하는 일 오른손이 모르게 하려고 했는데."

"그럼 내가 오른손이에요?"

"나는 왼손 하죠 뭐. 오른손 지켜주는 왼손."

채원이 안은 팔을 푸르고 그의 앞으로 왔다. 그네에 앉은 채로 여전히 올려다보는 그의 눈빛이 따스했다.

"나한테 말해주지. 혼자 그렇게 일 처리하느라 얼마나 힘들었어요. 난 아무것도 모르고 윤호 씨 그렇게 바쁠 동안 놀면서 지냈는데."

채원의 약간 가라앉은 목소리에 윤호가 채원의 가늘고 긴 손을 잡았다.

"변호사님이 다 하고 난 옆에서 거들기만 했어요. 그래서 하나도 안 힘들었어. 그리고 채원 씨가 그렇게 힘들어하는 기억인데 뭐 하러 그런 부담까지 짊어지게 해요. 그런 건 다 믿고 있는 남자한테 맡기면 돼요. 그리고 말했잖아. 내 여자 건드리면 가만 안 둔다고. 내 여자 채원 씨를 힘들게 하는 놈은 절대 용서 못해요. 그 자식한테도 이미 말했었어요. 지옥이 뭔지 맛보게 해줄 거라고. 아직 멀었어요. 진짜 지옥은."

윤호의 목소리가 차갑게 들렸지만 그 또한 채원은 그저 좋았다.

"윤호 씨 되게 무섭다."

채원이 작게 웃자 윤호가 채원의 허리를 당겨 안았다. 그리고 그녀의 배에 머리를 기댔다.

"다음 주가 그 자식 1차 공판이래요."

"아마 오래 징역 살아야 할 겁니다. 횡령, 배임이라는 건 굉장히 무서운 죄거든."

"절대 용서할 생각 없죠?"

채원의 물음에 그가 고개를 들어 채원을 바라봤다. 무슨 뜻이냐는 듯.

"오늘 배현준 와이프를 만났는데 나한테 부탁하더라고요. 회사 자금 좀 돌게 도와달라고."

채원의 말에 윤호가 다시 차갑게 웃었다.

"그 여자가 당신한테도 찾아갔어요? 참 반성할 줄 모르는 족속들입니다. 그 사람들. 아마 나 아니었어도 언젠가 부도가 났을 회사였어요. 회사가 이미 곪을 때로 곪았고 온갖 비리가 숨겨져 있더군요. 그런데도 뻔뻔하게 도와달라는 말을 하고."

윤호가 이렇게 사람을 싫어할 수 있을까 싶을 정도로 그 여자를 깎아내리고 있었다.

"그럼 윤호 씨 뜻대로 해요. 배현준 그 자식도 죗값을 받고 잘못을 뉘우쳐야 돼요. 회사도 썩었다면 파내는 게 맞죠."

"나 잘했다고 칭찬해 줘요. 당신 칭찬이 듣고 싶어."

윤호의 나지막한 음성이 참으로 섹시하면서도 애절했다. 채원은 그의 말에 살짝 고개를 숙여 윤호의 얼굴을 잡았다. 그리고 그의 입술 위에 자신의 입술을 포개었다. 따듯한 그의 입술이 달콤한 사탕처럼 채원의 입맛을 계속 다시게 했다.

"우리 애인 최고."

쪽.

"잘했어요."

쪽.

"고맙고 미안해요."

쪽.

"사랑해요."

마지막 입맞춤에서 채원의 눈물이 볼을 타고 흘러내렸다. 어찌된 일인지 '사랑'이란 말을 하면 여지없이 채원의 눈에서 눈물이 흘러내린다. 아마 다시는 사랑을 하지 못할 거라고 생각해서 더 그런 것 같다.

채원의 허리를 안는 그의 팔에 힘이 들어가 숨쉬기가 힘들 정도로 답답했지만 빠져나오고 싶은 마음은 없었다. 계속 그에게 안겨 있고 싶었다. 채원의 입술을 느끼며 윤호가 길게 숨을 내쉬었다.

"미치겠다. 이렇게 예쁜데 어찌 사랑하지 않을 수가 있겠어."

그도 날 사랑하는 걸까. 날 첫사랑보다 더 사랑하는 걸까. 채원은 그의 말을 듣고 다시금 입을 맞춰왔다.

8. 비밀은 없다 (1)

2학기 준비를 위해 오전에 유치원으로 출근을 하였다. 어제 윤호가 전화로 한 말이 떠올랐다.

[내일 지수 생일인데 같이 다녀올래요? 매년 지수 생일이면 민우 데리고 형, 형수 있는 곳 다녀왔어요. 올해는 당신도 함께하고 싶어서.]

그가 사랑해 마지않았던 옛 사랑 지수를 채원이 드디어 마주하는 건가 싶었다. 저녁에 보자고 하고 오전 출근을 위해 원으로 나온 참이었다.

유치원 현관으로 들어서자 몇몇 교사들이 채원을 보고 웃으며 다가왔다.

"정 선생님, 나왔어요?"

채원을 맞이하는 교사들의 표정에서 뭔가 이상한 기류의 느낌을 받았다. 채원도 살짝 웃으며 이상한 기류를 물었다.

"무슨 좋은 일 있어요?"

"에이. 좋은 소식은 저희가 아니라 정 선생님이죠."

그녀들의 말이 무슨 뜻인지 몰라 한참을 가만히 서 있었다.

"민우 아빠랑 연애하신다면서요!"

채원은 그 말에 올 것이 왔다는 듯 머리가 지끈거렸다. 보경과 비밀로 약속한 것이었는데. 그녀가 약속을 지킬 거라고 믿지는 않았지만 이렇게 쉽게 털릴 줄이야.

채원은 약간 허탈했지만 다시 아무렇지 않게 웃었다.

"네. 만나고 있네요."

"어머. 그러면서 그동안 뭘 그렇게 아니라고 발뺌하셨어요."

교사들은 재미있는 건수를 잡은 듯 연신 장난기 가득한 표정으로 채원을 놀렸다. 채원과 마주치는 사람들마다 모두 그 말을 꺼냈다. 그러다 보경과 마주쳤다. 보경은 깜짝 놀라는 듯 머뭇거리다 이내 환하게 웃었다.

"선생님, 기분 나쁘세요? 저도 모르게 그만. 사실 정 선생님 미모에 왜 남자 친구가 없을까, 보는 저희들이 다 안타까웠거든요. 그런데 이렇게 만나는 사람이 있으니 너무 기뻐서 그만 말해 버렸어요. 죄송해요."

예쁘게 웃으며 애교를 부리는 보경이 밉지 않았다. 정말로 윤호랑 사귀는 걸 다른 사람이 알아도 이젠 괜찮았으니까.

"괜찮아요. 잘 말하셨어요."

채원은 웃어 보이고 회의실로 들어갔다. 휴식을 보내고 간만에 모이는 것이라 교사들 모두 얼굴에 생기가 돌았다. 화제는 단연 채원의 연애였다. 그것도 학부모 민우 아빠와의 연애. 말이 아 다르고 어 다르다고 윤호와의 연애와 학부모와의 연애는 새삼 다르게 느껴졌다. 절대 안 될 것도 없는 관계인데.

원장의 인사말로 회의가 시작되었다.

"방학 잘 보내셨나요? 또 바쁜 2학기가 시작될 것 같으니 남은 기간 동안이라도 못다 쉰 휴식 다 취하고 오세요. 이번 2학기에는 다들 알다시피 민현재 선생님과 정채원 선생님 수업 중 한 가지를 채택하고 곧장 수업 실연을 하여 책을 낼 계획입니다. 평가 결과는 8월 말에 교육부에서 대학교로 알려주면 대학에서 우리에게 연락을 할 것입니다. 그러니 민 선생님과 정 선생님은 2학기에 진행될 수업에 대한 계획을 세우시고 다른 선생님들도 2학기 활동에 대한 세부 계획과 프로그램을 계획해서 다음 주까지 제출하세요."

또다시 바쁜 일이 시작된다는 생각에 교사들의 얼굴에서 한숨이 섞여 나왔다.

"그리고 이사장님이 이번에 수고한 민 선생님과 정 선생님에게 모범교사 표창을 하고 싶다고 합니다. 모범교사 표창은 매년 9월 성민재단 전체 교사를 대상으로 주는 상인 거 다들 알고 계시죠?"

원장의 말에 교사들이 고개를 끄덕였다. 모범교사 표창은 매년 각 학교의 교사 한 명씩을 뽑아주는 상이었고 오래된 전통이라 권위가 있었다. 그래서 상을 받으면 교사의 이력에 반영이 되어 승진 시에도 도움이 되었다.

"그동안 우리 유치원은 애석하게도 표창을 못 받았는데 이사장님이 올해부터 유치원도 표창에 포함시키겠다고 하셨습니다. 올해는 특별히 두 선생님이 고생을 하셨으니 두 분께 다 주고 싶다고 하십니다. 두 선생님은 그날 성민대학교 대강당으로 가시면 됩니다. 다른 선생님들도 더욱 분발해서 내년엔 표창을 받도록 합시다."

주변에서 교사들의 부러움이 섞인 환호 소리가 채원의 귀로 들렸다. 난생처음 표창을 받아본다. 악착같이 살아온 세월에 대한 조금의 보상을 받는 것 같아 채원의 마음이 어쩐지 설레었다.

교실의 묵혔던 청소를 끝내고 한껏 먼지를 뒤집어쓴 채원이 퇴근하려고 원을 나설 때였다. 현관문 안으로 민우가 달려왔다. 마침 구두를 신던 채원은 놀라서 민우를 보았다.

"선생님! 얼른 가요!"

민우는 뭐가 신났는지 연신 얼굴에 웃음꽃을 피웠다. 민우가 왔다는 것은 윤호가 왔다는 것이었다. 하필 오늘. 원 내 교사들이 모두 알아버린 이때에. 채원은 급히 민우를 데리고 나가려고 했다.

"민우야!"

채원의 뒤에서 들리는 싱싱한 여자들 목소리에 채원은 눈을 질끈 감았다.

"여긴 어쩐 일이야!"

교사들이 우르르 현관으로 몰려왔다. 민우는 교사들이 다가오자 꾸벅 인사를 하며 웃었다.

"우리 선생님 데리러 왔어요. 큰아빠, 큰엄마 보러 갈 거거든요."

민우의 말에 교사들의 입에서 저마다 환호가 섞인 웃음소리가 들렸다. 벌써 그런 사이냐는 둥, 정 선생님은 좋겠다는 둥, 애인 없는 사람 서러워서 살겠냐는 둥 부러움 반 시샘 반을 섞은 말들을 내뱉었다.

"그럼 밖에 아빠 계시니?"

"네. 아빠 밖에 있어요. 아빠!"

민우는 문에 대고 큰 소리로 불렀다. 민우가 부르는 소리에 밖에 있던 윤호가 자동문을 열었다. 그리고 곧 교사들이 대거 로비에 포진해 있는 것을 보자 헉 하고 쓴웃음을 지었다. 한쪽에서 손으로 이마를 짚고 있는 채원이 보였다. 민우에게 선생님도 같이 추모원 가자고 했더니 그럼 유치원에 들러서 같이 가자고 하는 바람에 할 수 없이 오게 된 것이었다. 유치원에 오자마자 다짜고짜 안으로 들어가는 민우를 막지 못했다. 그런데 이렇게 딱 마주칠 줄이야.

"민우 아버님, 축하드려요!"

보경이 웃으며 소리치자 윤호가 어색한 듯 웃으며 인사를 했다.

"안녕하십니까."

"와. 민우도 그렇고 민우 아버님도 그렇고 오늘 무슨 날인가 봐요. 이렇게 멋지게 차려입으시고."

아니나 다를까. 정말 민우와 윤호는 한껏 멋을 낸 모양새였다. 윤호의 검정 슈트와 넥타이, 그리고 민우의 체크무늬 세미 정장이 그들의 얼굴을 한층 더 빛나게 만들었다.

"네. 어디 좀 가려고요."

윤호의 미소에 교사들의 얼굴이 살짝 붉어졌다.

"우리 정 선생님하고 잘 지내세요."

보경의 말에 채원이 꾸벅 인사를 하며 얼른 민우의 손을 잡고 나왔다. 더는 교사들의 안줏거리가 되고 싶지 않았다. 뒤에서 어떤 말들이 나올지는 모르겠지만 아마 채원의 내숭을 안주 삼겠지.

솔직히 그녀는 교사들이 모르기를 바랐다. 윤호와 만나고 있다는 것을 들키는 게 싫은 게 아니라 조용하던 삶에 큰 파장이 밀려오는 게 두려웠다. 이러다 헤어지기라도 하면 교사들 사이에서 채원에 대한 시선이 또 달라지기에 채원은 그냥 조용하게 지내고 싶었다. 뒤에서 윤호가 나오는지 그런 건 신경 쓰지 못하고 그저 민우를 이끌고 나왔다.

"다른 선생님들이 다 알았나 봐요?"

그가 천진난만하게 웃으며 말하자 채원이 살짝 눈을 흘기며 한숨을 쉬었다.

"유치원으로 민우를 데리고 오면 당연히 알아채겠죠?"

"에이. 난 민우가 하도 졸라서 온 겁니다. 화내려면 민우한테 화내요."

민우의 탓으로 돌리다니. 채원은 윤호를 한껏 째려보고 민우를 보며 웃었다. 아무것도 모르고 여전히 싱글벙글한 민우의 얼굴을 보자 도저히 화를 내고 싶은 마음이 들지 않았다.

"고마워. 선생님 데리러 와줘서."

"와. 나한테 하는 거랑 완전 다르네."

윤호가 구시렁거리며 채원의 팔을 잡고 끌었다.

"여기서 계속 있으면 아까 퇴근하려고 서 있던 교사들이 쏟아져 나올 텐데."

윤호의 말에 채원은 얼른 대기하고 있던 차의 뒷좌석에 앉았다.

민우도 채원의 옆으로 와 앉아 습관이 된 듯 자연스럽게 안전벨트를 맸다. 슈트를 멋지게 차려입은 거 보니 추모원에 가는 일은 두 부자에게는 중대한 일인 게 틀림없었다.

추모원에 내려 유골이 안치되어 있는 납골당 안으로 들어갔다. 채원은 봉묘 문화에 익숙하여 사실 납골당은 처음 와보는 것이었다. 성묘를 갔지 납골당으로 오지는 않았기 때문이다.

납골당 안에는 깨끗한 중앙 홀을 마주하며 1실, 2실 등 홀이 나누어져 있었다. 그중 채원이 향하고 있는 곳은 1실로 얼핏 보아도 개인당 넓이가 넓어 보이는 곳이었다. 땅으로 치자면 평수 넓은 곳? 민우는 많이 와본 듯 익숙하게 먼저 앞서 걸어갔다. 뒤에서 윤호와 채원이 따라가자 민우는 먼저 쏙 들어가 버렸다.

"우리 형, 형수님이에요."

유골보다는 그 앞에 장식되어져 있는 것들이 먼저 눈에 들어왔다. 부부의 각각의 사진과 함께 찍은 사진. 그리고 아기 신발, 꽃 등이 예쁘게 들어서 있었다. 채원은 사진 속 부부의 모습을 보며 고개를 숙였다.

"안녕하세요. 처음 뵙겠습니다."

채원의 말에 민우도 함께 고개를 숙였다. 민우의 머리보다 높은 위치여서 민우가 까치발을 하며 올려다보자 윤호가 언제나 그랬듯이 팔로 안아 올려주었다.

"야호. 이제야 잘 보인다. 큰엄마, 생신 축하드려요."

민우는 유리관을 짚으며 안에 사진을 유심히 보았다. 사진 속 지수는 다시 보아도 정말 아름다웠다. 그냥 예쁘다는 수준을 넘어서는 미모였다. 여신이 강림했으면 지금 그녀와 같을 것이라는 느낌이 들 정도로 온몸에서 고귀함과 우아함이 철철 흘러넘쳤고 살짝 짓는 미소는 모나리자의 미소보다도 더욱 야릇했다.

"큰엄마 정말 예쁘다."

민우가 무심결에 내뱉은 말에 채원의 심장 한 켠이 욱신거렸다. 정말 예쁜 큰엄마가 사실은 너의 엄마란다. 이 아름다운 여인이 너의 엄마야.

"이상해요. 난 우리 엄마 얼굴도 기억 안 나는데 큰엄마가 우리 엄마였으면 좋겠단 생각을 해요. 다른 엄마는 싫은데 큰엄마는 좋아. 내 엄마였으면 좋겠어요."

민우의 말에 윤호의 얼굴이 약간 어두워졌다. 그는 의식하지 않으려 하는 것 같았지만 채원이 보기에 그는 지수의 유골 앞에서 계속 표정이 한결같았다. 웃지도 않고 슬픈 것 같지도 않았지만 평소 그의 얼굴은 절대 아니었다.

여전히 지수를 보면 아팠던 감정이 떠오르는 걸까. 아직 채원의 존재는 그녀를 덮기에 많이 부족한 걸까. 거기까지 생각이 미치자 채원은 조용히 납골당 1실 안을 나와 넓은 중앙 홀의 한쪽에 마련되어 있는 의자에 앉았다. 두 부자가 조용히 대화를 나눌 시간이 필요할 것 같았다.

채원이 의자에 앉아 있으려니 윤호가 자판기에서 뽑은 음료수를 들고 다가왔다. 채원에게 건네며 옆에 나란히 앉았다.

"민우는요?"

"조금 더 있겠대요. 녀석. 이제는 왠지 자신도 모르게 끌리나 봐요. 자주 오는데 올 때 마다 점점 더 빠져들더라고요. 그리운 뭔가

가 있겠죠."

윤호의 나지막한 음성에 채원이 돌아봤다.

"윤호 씨는요?"

채원의 물음에 윤호가 깜짝 놀란 듯 채원을 바라봤다. 그리고
이내 웃었다.

"아직도 지수한테서 벗어나지 못했을까 봐 겁나요?"

"음…… 겁난다기보다는 그런 아름다운 여자를 사랑했던 윤호
씨가 너무도 당연하게 느껴지는데요? 겁나진 않고 부러워요."

채원의 미소에 그가 채원의 손을 살며시 잡았다.

"내가 아직 잊지 못했다면 당신을 여기 데려오지 않았겠죠. 내
가 오늘 당신을 여기 데려온 건 이제 지수에게 내 옛사랑이 끝났
음을, 그리고 이제 내 곁에 이 여인이 있음을 알리기 위해서예요.
지수가 웃어주네요. 내 사랑이 멋지다고. 내 여인이 사랑스럽다
고."

윤호의 미소 섞인 음성에 채원이 그의 흘러내린 머리칼을 넘겨
주었다.

"나보다 훨씬 예쁜 여인이 눈에 밟히지 않겠어요?"

채원의 농담이 말도 안 된다는 듯 그녀의 뺨을 살짝 꼬집었다.

"바보. 당신이 지수보다 훨씬 예뻐요. 완전 바보다."

그의 말에 자신도 모르게 안도하는 스스로가 가증스러웠다.

"빈말이라도 그리 말해줘서 고맙네요."

"빈말 아닌데? 난 빈말 같은 거 안 해요."

잘할 것 같지만 그렇다고 하니 넘어가 줘야지. 그는 채원을 보
며 여전히 부드러운 미소를 지었다. 그의 미소는 언제 보아도 따

뜻했다.

"오늘은 채원 씨한테 조금 더 편안하게 다가가고 싶어요. 지금이라면 채원 씨가 날 왜곡하지 않고 받아들일 것 같아."

윤호의 미소에 채원도 따라 웃었다.

"윤호 오빠!"

갑자기 어디선가 들리는 여자의 목소리에 둘은 화들짝 놀라 소리의 진원지를 바라보았다. 그곳에는 민우의 손을 잡고 걸어오는 여자가 한 손을 흔들고 있었다. 핑크 계열의 시폰 원피스를 입고 생머리를 길게 늘어뜨린 여자는 보는 사람으로 하여금 시선을 끌게 하였다. 귀엽게 생긴 발랄한 인상의 여자를 보면서 채원은 얼른 일어섰다. 그들 곁으로 다가오는 민우의 표정이 심상치 않았다.

"유라야."

윤호도 역시 살짝 놀란 듯 일어섰다.

"여긴 어쩐 일이야?"

"어머. 내가 지수 언니 생일도 모를 거라고 생각했어? 섭섭하다! 인사하려고 왔는데 오빠도 와 있었네?"

"그랬어? 너 호주에 있던 거 아니었어?"

"나 지난주에 들어왔어. 한남동 집에 갔더니 오빠 요즘 무척 바쁘다고 하더라?"

그들의 대화를 들으며 채원은 자신이 모르는 그들만의 역사가 있는 것 같은 느낌이 들었다. 목소리에서 건강미와 에너지가 넘치는 여자는 윤호에게서 채원에게로 시선을 돌렸다.

"그런데 누구?"

"아…… 우리 민우 선생님."

윤호는 약간 머뭇거리다 민우를 바라보곤 그리 말하였다. 민우 선생님이란 말에 '유라' 라는 여자는 놀라는 듯했다.

"유치원 선생님을 왜 여기 데려왔어?"

"내가 우리 선생님 좋아하니까 데려온 거야!"

민우가 갑작스럽게 유라에게 소리치는 바람에 모두의 시선이 민우에게 쏠렸다. 민우는 아까부터 유라를 보며 씩씩대고 있었다. 그런 민우가 귀엽다는 듯 유라가 민우의 머리를 흐트러뜨렸다.

"너 이모한테 그렇게 소리 지르면 어떡해."

"아줌마 싫어!"

민우는 유라에게 소리치고는 먼저 걸어갔다.

"채원 씨, 여기서 조금 기다려요. 민우 데려올게요. 유라 너는 차 가져왔어?"

"나? 아니, 나 버스타고 왔지."

유라의 표정이 급히 변하며 고개를 저었다.

"그럼 기다려. 같이 차 타고 가."

윤호가 민우를 따라가며 유라와 채원에게 어색하게 웃어 보였다. 낯선 여자와 둘만 있는 공간이 영 어색했다. 채원은 다시 의자에 앉았다.

"윤호 오빠랑 어떤 사이예요?"

갑작스럽게 물어오는 유라의 말에 채원은 살짝 놀랐지만 이내 말의 뜻을 파악하였다. 무슨 의도로 물어본 걸까. 채원이 아무 말도 못하고 있자 유라가 채원을 돌아보며 살짝 웃었다. 그러나 그 웃음은 차가웠다.

"윤호 오빠랑 사귀고 있어요?"

그녀의 말은 참으로 직설적이면서도 감정이 여과 없이 드러났다. 어떻게 너 따위와 사귀고 있냐는 말이었다.

"사귀고 있습니다."

"민우도 알아요?"

"아니요. 민우는 아직."

채원의 말의 어느 지점에서 희망을 얻었는지 유라의 얼굴이 밝아지며 한쪽 입꼬리를 올렸다.

"민우는 원체 자기 엄마 말고는 다 싫어해요. 아빠가 여자 만나고 있다는 거 알면 엄청 싫어할걸요?"

유라의 무례한 말에 채원의 미간이 살짝 구겨졌다. 도대체 윤호와 어떤 관계이기에 자세한 속사정까지 알고 있는지.

"그리고 윤호 오빠가 지수 언니를 잊었을 거라고 생각해요? 아니요. 오빠는 지수 언니를 평생 못 잊을 거예요. 나 같아도 못 잊어. 그렇게 사랑한 여자를 어떻게 잊어. 아마 평생 가슴에 묻고 살아가겠지."

채원은 더 듣고 싶지 않아 자리에서 일어섰다.

"저한테 왜 그런 얘기를 하는지 모르겠군요. 윤호 씨와 무슨 사이입니까?"

채원의 말투가 사무적으로 변했다. 그것은 당신과는 더 이상 친하게 지내고 싶지 않아요, 라는 뜻이었다.

"아주 어렸을 때부터 알고 지낸 사이예요. 지호 오빠, 윤호 오빠, 지수 언니랑 나. 어릴 때부터 함께 다녀서 많이 친해요. 모르는 게 없죠."

유라의 당당한 말투에서 채원은 왠지 모를 피곤함을 느꼈다.

보아하니 유라가 윤호를 좋아하고 있는 것 같았다. 그래서 채원을 아니꼽게 느끼는 것 같았다. 채원은 유라에게서 시선을 돌려 다른 곳을 바라봤다. 때마침 윤호와 민우가 등장하여 채원은 구세주를 만난 느낌이었다. 민우는 아까보다는 기분이 풀린 듯 다가와 유라에게 사과했다.

"아까는 내가 소리쳐서 미안."

전혀 미안하지 않은 표정이었지만 입에서 사과가 나오는 것 보니 윤호가 사과하라고 시킨 것 같았다.

"괜찮아. 뭐 그런 걸로 사과하고 그래."

유라는 쿨하게 웃으며 민우의 손을 잡았다. 윤호의 차로 갈 때까지 서로 침묵 아닌 침묵이 흘렀다. 어쩌다 보니 채원과 민우는 뒷좌석에, 유라는 앞좌석에 타게 되었다.

"오빠 차 되게 오랜만에 타보네."

유라가 신이 난 듯 웃으며 안전벨트를 맸다. 차를 몰고 가는 중에도 그녀는 계속 신이 난 듯 떠들었다. 1년 반 만에 보는 건데 오빠 느낌이 좀 달라졌다는 둥. 호주는 정말 경치가 끝내준다는 둥. 한국에서 대학원 박사과정 더 준비하려고 한다는 둥. 그간의 삶을 모두 윤호에게 쏟아붓고 있었다. 윤호는 유라의 말을 들으며 간간이 웃음을 보냈다. 차 안에서 그녀의 목소리만 맴도는 것 같았다.

"난 저 아줌마가 되게 싫어요."

민우가 채원의 귀에 속상이며 작게 말을 하였다. 채원이 바라보자 민우는 심통이 난 듯 계속 채원의 귓가를 간지럽게 했다.

"자꾸 우리 아빠한테 집적대요."

아이의 입에서 '집적'이란 단어가 나와 채원은 새삼 놀랐지만 가만히 있었다. 그래. 선생님이 느끼기에도 좀 집적대는 것 같구나.

"우리 엄마보다도 못생긴 주제에 어디 우리 아빠랑 결혼하려고."

민우의 혼잣말을 들으며 채원은 이 상황이 웃기기도 하고 웃지 못할 만큼 진지하기도 했다. 네 엄마 얼굴은 알면서 하는 말이니. 전에 윤호가 한 말이 생각났다. 민우가 진실을 받아들일 나이가 될 때까지는 엄마 얼굴을 보여주지 않을 거라서 아직 자기 엄마 얼굴도 모른다고 하였다. 그런데도 민우는 은연중에 엄마 얼굴을 상상했는가 보다. 민우의 엄마 사랑은 생각보다 더 강력했다.

삼성동에 사는 유라가 가장 먼저 내려 윤호를 바라봤다.

"오늘 데려다 줘서 고마워, 오빠. 언제 시간 내서 한번 보자."

"그래. 잘 들어가라."

윤호가 웃으며 말하자 유라도 흡족한 듯 문을 닫았다. 차는 이내 빠져나와 윤호의 집을 향해 갔다.

"민우야, 아빠 선생님 데려다 주고 갈 테니까 먼저 집에서 쉬고 있어."

민우의 응, 이란 소리에 윤호가 작게 미소 지었다. 서초동 빌라에 서서 윤호가 집까지 민우를 올려다 주고 오는 동안 채원은 차에 앉아 오늘 일어난 일들에 대해 생각했다. 아침부터 교사들에게 신상이 털리고 윤호를 따라간 추모원에서는 야무진 여자를 만나 피곤해지고. 역시 추모원은 따라오는 게 아니었나. 채원이 이것저

것 생각하는데 갑자기 차 문이 열렸다.

"여기 타지 말고 앞에 타요."

그가 문을 열어 생각에서 빠져나와 얼떨결에 다시 조수석으로 걸어갔다.

"아까부터 이렇게 타고 싶은 거 참느라 죽는 줄 알았네."

운전석에 앉아 시동을 거는 그의 장난기 가득한 말에도 왠지 채원은 웃음이 나지 않았다.

"민우 앞에서 당당히 채원 씨 말하지 못해서 미안해요. 민우한테도 조만간 말하려고요. 민우의 아빠, 엄마에 대해."

그의 말에 채원이 놀라서 바라봤다. 그건 아직 어린 민우에게 상처가 되지 않을까. 여태 말하지 않고 있었는데 굳이 지금에서 말할 필요는 없었다.

"민우 아직 어린데."

"나도 알아요. 하지만 그렇게 안 하면 자꾸 채원 씨를 감추게 되니까. 난 차라리 말하고 떳떳하고 싶어요."

그의 말에 채원은 살짝 웃음이 났다.

"난 괜찮아요. 나 감춘다고 해서 하나도 속상하지 않아요. 그러니까 민우에게 갑작스럽게 그렇게 알리지 말아요. 민우가 얼마나 상처받겠어요. 아빠가 아빠가 아니라는 걸 알면. 나중에 민우가 좀 철이 들었을 때 말하는 게 좋지 않을까요. 내 걱정은 말아요."

채원의 말에 윤호가 채원의 손을 살짝 잡았다. 그가 잡은 손이 따뜻했다.

"당신이 내 사랑이어서 정말 다행입니다. 다른 남자와 손잡는 모습을 상상만 해도 온몸에 소름이 돋아요."

윤호의 말에 다시금 심장이 뛰었다.

"전 그보다 아까 '유라'라는 여자가 더 궁금한데요."

채원의 음성이 약간 차가워지자 윤호의 입꼬리가 올라갔다.

"우리 아버지랑 지수 아버지, 유라 아버지가 모두 친한 사이셨어요. 채원 씨도 아는지 모르겠는데 이전에 송민수 교육부 장관님이 있었어요. 그분이 유라 아버지예요. 아무튼 유라는 내 친동생이나 마찬가지예요. 워낙 어릴 때부터 봐와서 여동생 같은 느낌. 형이랑 형수랑 다 같이 자주 모여 놀아서 워낙 친하게 지냈어요."

"유라는 그렇게 생각 안 하는 것 같은데?"

채원이 의심의 눈초리로 윤호를 바라보자 그가 다시 웃으며 채원의 손을 잡았다.

"운전에 집중하세요."

채원은 윤호의 손을 빼고 팔짱을 꼈다. 채원의 음성이 약간 토라졌다는 것을 느꼈는지 윤호가 채원의 얼굴을 언뜻언뜻 바라보았다.

"설마 내가 유라랑 좋아한다고 생각하는 건 아니죠?"

왠지 그 생각을 하던 참이었지만 정말 그렇게 생각한다고 말하고 싶지는 않았다. 채원이 입을 다물고 있자 그가 하하 소리 내어 웃었다.

"유라는 그냥 여동생이에요. 유라가 워낙 어릴 때부터 날 잘 따라서 채원 씨가 그렇게 느끼는 겁니다. 그리고 나랑 여섯 살 차이다. 내가 좋아하는 마음이 생기겠어요?"

"잘 모르는 것 같은데 나도 당신하고 여섯 살 차이예요."

채원의 새초롬한 말에 그는 연신 웃음소리를 내었다. 그런데 이상하게도 웃음소리가 싫지 않았다.

"당신하고 유라는 완전 다르지. 여자랑 여동생이 같나?"

윤호도 더는 말하지 않고 운전에 집중했다. 채원도 알고 있다. 윤호가 유라에게 일말의 관심도 없다는 것을. 그러나 유라의 성격을 얼핏 본 채원으로서는 그녀가 쉽게 물러나지 않을 거라는 생각이 들었다. 차는 어느덧 대방동 채원의 집 앞에 섰다. 윤호는 브레이크를 걸며 채원을 바라봤다.

"오늘 내키지 않는데도 와줘서 고마웠어요."

"아니에요. 솔직히 좀 낯설긴 했지만 나도 한 번은 와야 하지 않겠어요? 그래야 얼른 그분들하고 친해지죠."

채원의 미소에 그의 손이 채원의 왼쪽 뺨을 어루만졌다.

"어쩜 하는 말마다 이리 예쁠까."

그의 손가락이 채원의 입술을 슬쩍 훑으며 아래로 내려왔다.

"음…… 사실은 아까 말하려고 했는데 유라가 나타나는 바람에 말하지 못했다."

윤호의 말에 채원이 갸웃거리며 윤호의 말을 생각해 보았다. 그녀의 표정을 봤는지 윤호가 살짝 웃었다.

"그동안 나한테 궁금한 것 많았잖아요. 그동안 채원 씨가 궁금해했던 거 다 말해줄게요. 들으면 아마 배신감 느낄지도 몰라. 채원 씨 입장에서는. 하지만 배신감 느낄 줄 알면서도 말하지 못한 건 채원 씨가 나에 대해 다르게 생각할 것 같아서 그런 거니까 날 너무 미워하지는 말아요."

"궁금했던 거 다 말해봐요. 들어줄게요."

채원이 눈을 빛내며 윤호를 바라보았다. 그 모습이 귀여워 윤호의 입에서 웃음이 새어 나왔다.

"채원 씨가 예전에 막노동하냐고 내 직업에 대해 궁금해했잖아요. 이제 와서 하는 소리지만 내 직업이 내 나이와 어울리지 않아요. 같은 업종 모임 가면 다 나보다 훨씬 연세 많은 어르신들이 대부분이라 왠지 내가 낙하산 같다는 생각이 들었어요. 그래서 가능하면 아랫사람 시켰고 중요한 일 아니면 내가 직접 다니는 경우는 없었어. 그래서 채원 씨한테도 제대로 말하지 못했어요."

윤호의 말이 도무지 무슨 뜻인지는 모르겠지만 대강 직업을 알리고 싶어하지 않는다는 소리로 들렸다. 그건 예전부터 윤호에게서 느끼던 거였으니 새삼 놀랄 일도 아니었다.

"또 젊은 경영인들 모임을 나가면 내 직업을 듣고 여자나 남자할 것 없이 부담스러운 관심을 보이는 것이 싫었어요. 모임이야어쩔 수 없이 해야 하는 일이라지만 내가 사랑하는 사람까지 그런관계로 만나고 싶지는 않았고 그러다 보니 채원 씨한테도 본의 아니게 비밀이 되어버렸네요. 그런데 채원 씨한테 이렇게 말하는 이유는 이제 당신은 날 그 자체로 바라봐 줄 거라 믿어서예요."

그가 하는 말에 알 수 없는 심장의 두근거림을 느꼈지만 채원은계속하라는 눈빛으로 말없이 바라봤다.

"지난주에 만났던 국문과 학과장님 우리 어머니세요."

"네?"

그건 정말 놀랐는지 채원의 표정이 놀라움으로 가득 찼다. 믿어지지 않는다는 얼굴이었다. 윤호는 약간 쓴웃음을 지으며 말하였다.

"내가 만나는 사람 있다고 했더니 어머니께서 누구냐고 보고 싶다고 그러셔서 그저 우리 유치원 선생님이라고 살짝 말한 건데 어떻게 알고 찾아가신 것 같아요. 아마 유치원 원장님께서 알려주신 것 같아요."

윤호의 말을 들으며 채원은 머릿속으로 잠깐 지나갔던 터무니없던 상상이 사실인 것이 더 놀라웠다. 어떻게 그런 일이. 그럼 성민재단 대표이사장님이라는 분이 아버지라는 소리였다. 채원이 스스로 생각할 때까지 기다린 윤호가 흔들리는 눈빛으로 바라보는 채원을 보고 서서히 입을 열었다.

"성민. 우리 증조 할아버지세요. 성재환. 우리 아버지세요. 지금 성민재단 대표이사장님."

윤호의 말을 들으며 채원의 눈이 점점 커졌다.

"그럼…… 윤호 씨는……"

"유아, 초등, 중고등을 맡고 있는 이사장이에요."

그의 나지막한 말에 채원은 가까스로 붙잡고 있던 정신이 멀리 달아나는 것을 느꼈다. 이사장. 말로만 듣던 이사장.

혼란스러운 눈빛으로 여전히 말도 못 꺼내며 윤호만 바라보는 채원이 안쓰러워 그녀의 가냘픈 어깨를 살짝 잡았다.

"괜찮아요?"

채원은 어깨에 올린 윤호의 손을 내리고 머리를 짚었다. 오늘 일어난 일들 중에 가장 쇼킹한 말이었다.

"저기…… 내가 지금 너무 혼란스러워서 그런데 일단 내리고 집에 가서 생각 좀 할게요. 지금은 뭐가 뭔지 모르겠네요. 가세요."

그리고 윤호의 말을 듣기도 전에 차에서 내려 건물 안으로 들어왔다. 계단을 올라가면서도 방금 전 윤호의 말이 믿기지 않아 연신 고개를 가로저었다. 집으로 들어와 씻을 생각도 없이 소파에 털썩 기대앉았다. 그리고 새록새록 떠오르는 기억들을 떠올리자 허탈한 웃음이 나왔다.

원장님이 왜 윤호를 보며 그렇게 긴장했는지, 윤호의 명품 옷이 어떻게 된 사연인 건지, 스승의 날에는 어떻게 교사들 회식을 알고 있었는지, 윤호의 집과 민우의 대화 속 할아버지 할머니 집이 왜 그렇게 좋은지, 학과장님이 왜 낯이 익은지, 그 모든 궁금증의 답은 윤호의 직업이었다.

윤호는 채원이 상상하던 것과는 전혀 다른 사람이었다. 그냥 은연중에 회사 다니는 사람이겠지, 좀 좋은 직장을 다니나 보다, 부모님이 잘사나 보다 정도로만 생각했지 이렇게 채원이 다니고 있는 곳에 이사장일 줄은 몰랐다. 자신은 그런 윤호에게 가난이 어쩌고, 직업이 어쩌고 그런 말들을 꺼내놨던 것이다. 채원은 또다시 머리가 지끈거려 손으로 짚었다.

그가 왜 사실을 말하지 않은 건지 괘씸했다. 아무리 윤호가 이제 와서 말할 수밖에 없는 사정을 이야기했지만 이렇게 알리기엔 그의 비밀이 너무 컸다. 배신감이었다. 그를 이해하려고 해도 이사장은 역시 너무 먼 직업이었다.

채원은 소파에 그대로 누워 혼란스러운 마음을 달랬다. 이제 어떻게 해야 하지. 그를 어떻게 받아들여야 하지. 그의 비밀은 컸고 생각보다 배신감이 컸지만 그럼에도 그의 얼굴이 보고 싶었다. 괘씸한 마음과는 다르게 지금 이 순간 윤호의 얼굴이 너무나 보고 싶었다.

채원은 가까스로 일어나 휴대폰 번호를 눌렀다. 신호가 가자 기다렸다는 듯 상대방이 받았다.

[네. 채원 씨.]

"어디예요?"

[나 아직 채원 씨 집 앞.]

"안 갔어요?"

[그렇게 쌩 가버렸는데 내가 어떻게 가요.]

채원이 벽시계를 보자 이미 한 시간이 지나 있었다. 아직 안 갔구나.

기다려요, 채원은 전화를 끊고 현관을 나와 계단을 내려와 건물 밖으로 나왔다. 윤호는 언제부터 내려서 있었는지 그의 잘빠진 차에 기댄 채 채원 집 방향을 바라보고 있었다. 건물에서 나오는 채원을 보자 윤호가 다시 몸을 일으켜 섰다.

채원은 잠시 멈춰 서서 윤호를 봤다. 모를 땐 몰랐는데 다시 바라보니 윤호의 모든 것이 달라 보였다. 오늘따라 멋진 슈트를 입고 고급 차에 어울려 있어서인지는 모르겠지만 평소 채원이 알던 그와 많이 달라 보였다. 왠지 채원과는 다른 세상 사람 같았다.

천천히 그에게 다가갔다. 그는 채원의 기분을 다 이해하는지 안타깝고도 미안한 얼굴을 하고 있었다. 채원은 그의 얼굴을 보자 울고 싶어졌다. 분명 괘씸하고 분노해야 하는데 하나도 밉지가 않았다 .

"잠깐 놀이터로 갈까요?"

채원이 먼저 앞장서서 걸어갔다. 뒤에서 그가 따라오는 것 같았지만 도저히 나란히 걸을 수가 없었다. 이제 자신은 어떻게 윤호를 대해야 하지. 이전처럼 똑같이 얼굴 보며 말할 수 있을까. 어떻게 보면 그는 먼 직장 상사였다.

채원은 놀이터의 한 쌍의 그네 중 한 그네로 가 앉았다. 윤호도 그 옆에 그네에 나란히 앉았다. 앉아서도 채원은 먼저 말을 꺼내지 못하고 흔들리는 그네만 앞뒤로 살짝 움직일 뿐이었다. 무슨 말을 어떻게 시작해야 할지 도무지 생각이 나지 않았기 때문이다.

"많이 놀랐어요? 이래서 내 직업 말하기가 어려웠어요. 채원 씨가 많이 놀랄까 봐."

윤호의 부드러운 음성을 들으며 채원은 용기 내어 그를 바라봤다. 윤호의 음성이 낯설지 않아 그건 그나마 다행이었다. 그의 매력인 부드러운 목소리마저 달라졌다면 채원은 도저히 그를 볼 수 없을 것 같았다.

"윤호 씨가 이사장님이면 제가 달라져야 하는 부분이 있을까요?"

그가 무슨 뜻이냐는 듯 눈빛이 흔들렸다.

"사실 지금도 내가 무슨 말을 하고 있는지 어떤 감정인지조차 인식할 수 없을 만큼 혼란스러워요. 그러니 내 말을 알아서 잘 해석하길 바라요."

그가 고개를 작게 끄덕였다.

"내가 예전에 윤호 씨한테 말했죠. 난 비밀, 거짓말 이런 거 싫다고. 그때 삼겹살집에서도, 내 집에서도 윤호 씨는 전혀 이사장이라는 낌새를 느낄 수가 없었어요. 나한테 가난하다고 했고 막노동이나 한다면서 내가 전혀 다른 방향은 생각할 수 없도록 막은 거나 마찬가지예요. 처음 면담실에서 추리닝 차림으로 사람 헷갈리게 한 것도 그렇고. 그만큼 철저히 비밀로 했다는 게 솔직히 좀 열받고 화가 나네요."

채원의 차분하고 차가운 말을 들으며 윤호는 심장이 심하게 뜀을 느꼈다. 그녀의 입에서 비난 섞인 말이 나오자 그의 심장이 빠르게 움직이며 두려운 생각이 들었다. 채원이 어떤 말을 할지 도무지 알아챌 수가 없었다. 그녀의 표정을 읽을 수가 없었다. 채원은 땅을 보며 발을 바닥에 톡톡 두드리다 다시 말을 이었다.

"물론 나한테 사실대로 말했다면 아마 난 윤호 씨랑 만나지 못했을 거예요. 그래요. 윤호 씨가 비밀로 할 수밖에 없을 만큼 당신 자리가 너무 부담스러워요. 윤호 씨를 어떻게 봐야 할지 내가 계속 만날 수 있을지 걱정이 돼요."

그녀의 고개가 다시 들어지더니 천천히 윤호를 바라보았다. 그리고 작게 미소 지었다.

"하지만 이렇게 윤호 씨를 보고 있으면 이제라도 말을 해준 당신한테 화나는 감정보다 고마운 감정이 먼저 들어요. 윤호 씨 입장에서도 꺼내기 힘든 말이었을 텐데 날 위해 다 알려준 거니 고마운 일이죠. 당신의 직업은 너무 부담스럽지만 그것 말고는 내가 알던 그 남자 그대로니까."

채원의 말에 윤호가 그네에서 일어나 그녀의 앞으로 다가왔다. 그리고 구부리고 앉아 채원의 눈높이에 키를 맞췄다.

"당신이 얼마나 놀랐을지 충분히 느끼고 있어요. 그리고 채원 씨 입에서 무서운 말이 나올까 봐 두려워서 심장이 미친 듯이 뛰어요."

그가 채원의 손을 자신의 심장 가까운 가슴으로 가져가 댔다. 그의 심장이 쿵쿵 뛰고 있었다.

"원래는 면담 날 말하려고 했어. 민우가 선생님이 아빠 오라고 했다는 말을 듣고 일부러 편하게 입었어요. 평소 입는 옷 입고 갔다가는 내 비밀이 드러날 수도 있을 것 같아서. 하지만 상황이 어쩔 수 없다면 말해야지, 생각했어요. 그리고 채원 씨가 민우에 대해 단점을 늘어놓자 나도 열이 받아서 내가 이사장이다, 라고 말하려고 했어요. 그런데 채원 씨가 나에 대해 가난하다고 생각하니 이사장이라는 말을 못하겠더라고. 그리고 한편으로는 나와 민우에 대해 가난하다고 생각하는 채원 씨가 앞으로 우리에게 어떻게 대할지 궁금하기도 했어요."

윤호의 부드러운 미소에 채원이 살짝 눈을 흘겼다. 그렇지만 한쪽 입꼬리도 함께 올라갔다.

"못됐다. 그렇게 감쪽같이 속이고. 내가 가난하다고 막노동하냐고 했을 때 얼마나 기가 막혔을까."

"재밌었어요. 신선했고. 나에 대해 그렇게 말하는 사람 채원 씨가 처음이었어요. 그리고 정말로 가난하고 싶을 만큼 채원 씨의 기대에 부응하고 싶기도 했고."

채원이 그의 어깨를 살짝 치며 웃었다. 그러다 두 손으로 얼굴을 가렸다.

"나 이제 어떻게 윤호 씨 봐요. 당신 보면 이사장이 떠올라요. 어떡해."

채원이 가린 손을 윤호가 가만히 내렸다. 그리고 잔뜩 붉어진 그녀의 얼굴을 잡아 살며시 입을 맞췄다. 그의 부드러운 입술이 채원의 입술을 다독여 주었다. 채원을 잡고 있는 손이 미세하게 떨리는 게 느껴졌다. 그의 입술이 살짝 떨리는 게 느껴졌다. 그도 많이 긴장했나 보다. 그도 많이 걱정했나 보다.

"내가 이사장이라고 해서 변하는 건 아무것도 없어요. 난 여전히 채원 씨 남자예요. 이렇게 당신 입술에 입 맞추고 있는 남자."

그의 입술을 느끼며 채원은 아득해지는 정신을 붙잡기 위해 노력했다. 비밀, 거짓말에 관대하지 못한 자신을 이렇게 바꿔 버린 이 남자. 그 어떤 거짓말을 하더라도 용서가 될 것만 같은 채원의 사랑이었다.

"오늘 이후로 나도 좀 편해질 것 같아요. 2학기부터는 공식 석상에 많이 나갈 것 같아서 언제든 채원 씨가 볼 수 있는 상황이었는데 미리 알려서 다행이에요."

"이사장이라는 걸 숨기지 않아도 낙하산이라고 생각하는 사람 아무도 없어요. 그러니 숨기지 말아요."

윤호는 채원의 어깨를 안아 가슴에 묻고 그녀의 뒷머리를 쓰다듬었다.

"원래 이사장은 형이었어요. 난 전문 경영인 준비를 하고 있었는데 형이 사고가 나는 바람에 갑작스럽게 4년 전부터 내가 맡은 거예요. 그래서 채원 씨 만나기 전까지는 집무실에 나간 적이 별로 없어요. 다 집에서 업무 보고 대리인 통해서 보내고. 작년까지도 내 마음은 너무 황폐했기 때문에 만나는 사람도 적었어요. 그러다 보니 스스로 낙하산이라는 생각을 했나 봐. 그런데 채원 씨를 만나고 나서부터 내 스스로가 변하고 있는 걸 느껴요. 다시 예전의 나로 돌아간 느낌이 들고 멈췄던 생명력이 샘솟는 느낌이야."

다시 그녀를 깊이 안았다. 그녀의 체향이 윤호의 마음을 뒤흔들었다.

채원은 전화벨 소리에 잠이 든 채로 휴대폰을 받았다.

"여보세요."

[채원아! 빅 뉴스, 빅 뉴스!]

수화기 너머로 흥분한 목소리에 채원은 졸린 눈을 비비고 휴대폰을 바라봤다. 윤주다.

"오랜만이다. 잘 지내고 있어?"

[잘 지내는 게 지금 중요한 게 아니야. 네 애인 누군지 알아?]

윤주의 호들갑스러운 음성에 채원의 잠결이 서서히 달아났다.

"무슨 일이야?"

[우리 지금 초중등 교사 세미나 와 있거든? 그런데 글쎄 강연장에 나타난 사람이 누군지 아니?]

"누군데."

채원은 하품을 하며 일어나 앉았다.

[네 애인. 그런데 네 애인이 이사장이래!]

윤주의 말에 채원의 정신이 곧바로 돌아왔다.

"그래?"

[뭐야. 반응이 왜 그래. 너 알고 있었어?]

"나도 며칠 전에 알았어."

채원은 꽤 담담한 말투로 말을 했지만 윤주가 알았단 사실에 심장이 두근거렸다. 비밀이라더니 어느새 다른 사람들도 다 아는 것 같아서 김이 빠졌다.

[진짜 대박이다. 너 남자 하나 기차게 잘 물었다.]

"내가 멍멍이냐? 물긴 뭘 물어."

[네 애인 말하는 것도 왜 이렇게 멋지니. 아니, 멋진 게 아니라 설득력 짱이야. 우리 졸지에 농촌 농활하게 생겼다.]

윤주의 뜬금없는 말에 채원의 고개가 갸웃거렸다.

[인간의 근원인 땅이 버림받는 현대인들의 삶을 꼬집으면서 우리 아이들에게 땅의 생명력, 생명체의 성장에 대해서 느낄 수 있도록 농촌 프로젝트를 진행하시겠단다. 2학기부터 시작하고 초등학생부터 고등학생까지 농촌과 연계하여 농사를 봉사활동으로 전환하시겠대.]

윤주의 말을 들으며 채원은 윤호가 김천에서 느꼈던 감정을 실제로 쏟아내고 있다는 것을 느낄 수 있었다. 그때 시골에서 윤호는 많은 것을 느꼈나 보다.

[아니, 이사장님 작년에는 조용하시더니 올해는 왜 이렇게 일을 벌이시는지 모르겠어. 농활하면 아이들이 얼마나 하겠니. 다 교사들이 하는 거지. 그런데 강연장에서 어느 누구 하나 못하겠다고 하는 사람이 없었어. 얼마나 설득력 있게 사람들에게 말하는지 그 자리에서는 다들 고개를 끄덕였다니까. 네가 애인한테 대신 좀 말해줘. 교사들 숨 좀 쉬게 해달라고.]

윤주의 푸념을 들으며 채원은 입가에 미소가 고였다.

"난 윤호 씨 멋지다고 생각해. 그렇게 생각한 걸 그대로 행동하는 사람 처음 봤어. 농촌 경제, 농촌 상황 지금 문제가 많은데 아이들이 어릴 때부터 보고 자라고 직접 체험해서 적어도 이 땅의 농산물이나 생명에 대해 감사하게 받아들이게는 해야 하지 않겠어?"

채원의 말을 들으며 윤주가 소리 내어 웃었다.

[누가 교사 아니랄까 봐 가르치려 드네그려. 네 말이 다 맞아. 사실 네 말이 다 맞지 뭐. 그냥 교사들이 힘드니까 그런 거지. 아무튼 부럽다, 가시나. 너 나중에 크게 한턱 쏴.]

"그래. 만나기나 하자."

[나 12월 말에 결혼한다.]

"정말? 당겨졌어?"

[나 임신했다.]

헉. 속도위반을 했단 말이냐.

[걱정 마. 속도위반을 아는 사람 너뿐이고 나중에 알게 된다고 해도 그때는 결혼한 뒤니까 상관없어.]

항상 씩씩하고 당당한 친구의 밝은 목소리에 그래도 채원은 안심이 되었다.

"축하해. 둘 다. 남편이랑 잘살아."

[고맙다. 아무튼 나중에 다시 봐.]

전화를 끊고 채원의 입가에 다시금 미소가 피어났다. 윤주는 윤주대로 삶을 만들어가고 있었다. 다소 당황스럽지만 윤주다웠다. 그리고 윤호. 내 이사장님. 학생들한테 농사일을 거들게 한다니 너무하다는 생각도 들었지만 그다웠다. 그리고 그런 내 남자가 너무 멋졌다.

「언제나 멋진 내님. 더운데 힘내세요. 당신을 존경합니다. 누가 뭐라고 해도 난 당신 응원할게요.」

채원이 씻고 나오자 문자가 와 있었다.

「내 마음 알아주는 건 당신뿐이오. 사랑하오.」

그의 문자에 채원의 입꼬리가 한껏 위로 올라갔다. 윤호가 이사
장이란 건 의식하지 않기로 했다. 윤호는 그저 윤호일 뿐이었다.

9. 가랑비에 옷 젖듯 너에게 젖어들다

어느덧 2학기를 알리는 개학을 맞이하였다. 유치원은 다시 아이들로 북적였고 교사들은 쉴 없이 움직였다. 조용했던 유치원 공간에 아이들의 생기 넘치는 목소리는 에너지를 자아내기에 충분했다. 아이들은 방학 동안 지냈던 일들을 무수히 쏟아내었다. 해외로 놀러 갔던 이야기. 놀이동산에 갔던 이야기. 아빠 엄마 따라 이곳저곳을 돌아다녔던 이야기들로 한동안 북적였다.

하원을 하고 원장이 현재와 채원을 불렀다. 드디어 발표가 나는 날이었다. 둘은 긴장을 하며 원장실 문을 열었다. 원장은 마침 전화를 끊던 참에 둘을 보고 웃으며 소파로 안내했다.

"조금 전에 대학에서 전화가 왔습니다. 평가 결과가 나왔다는 군요."

원장의 말에 채원은 마른침을 꿀꺽 삼켰다. 원장의 만면에는 미소가 피어져 있었다.

"이번 시범 수업의 평가는 민현재 선생님 95점. 정채원 선생님 98점으로 나왔습니다. 두 분 다 굉장히 높은 점수입니다. 대학에서도 두 선생님에게 감사의 인사말을 전해주었습니다. 수고했다고 사례금과 함께 앞으로 프로그램을 지도할 책임 교사에 대해서도 알려주었습니다. 이번에 대학 교재에 실릴 수업은 정채원 선생님의 노래극입니다."

원장의 말에 채원의 심장이 두근 반 세근 반으로 뛰었다. 놀라기도 했고 믿기지가 않았다. 전혀 예상하지 않았는데 평가 점수가 현재보다 높아서 의아했었다. 그러더니 대학 교재의 프로그램으로 자신의 것이 채택되었다. 이게 정녕 사실인지 혼란스러웠지만 가슴 깊숙이 벅차오르는 감정을 느꼈다.

"민현재 선생님도 너무 수고했어요. 대학 교재는 아니지만 전통 세시풍속 프로젝트도 계속 진행하여 우리 유치원 특성화 프로그램으로 진행할 예정입니다. 민 선생님, 많이 아쉽죠?"

원장의 미소에 현재가 웃어 보이며 말을 했다.

"괜찮습니다. 정 선생님 수업이 더 훌륭했었던 것 같습니다."

현재의 미소에 채원은 다소 미안한 마음이 들었다. 채원보다 더 기대를 한 사람은 현재라 결과를 받아들이기가 쉽지 않았을 텐데 얼굴이 평온해 보였다. 원장실에서 나오자 채원이 현재를 돌아보며 웃었다.

"죄송해요, 민 선생님. 기대 많이 하셨는데 실망이 크시죠."

채원의 말에 현재가 얼굴을 굳히며 바라보았다. 조금 전 원장실에서 웃음을 짓던 사람의 얼굴이 아니라 채원은 살짝 놀란 가슴을 달랬다. 그녀의 입에서 떨어져 나오는 음성이 차가웠다.

"죄송하다고 해서 그 평가가 바뀌나요. 나보다 좋은 평가를 받은 정 선생님 수업에 대해 언제 한번 보도록 할게요. 축하할 일인데 솔직히 지금 축하해 주고 싶은 마음이 들지 않네요. 이해해 줘요."

그리고 먼저 걸어갔다. 채원은 현재의 차가움에 몸이 떨려오는 것을 느꼈다. 그녀의 반응이 속상하긴 하지만 현재가 화낼 만한 상황이라 이해가 갔다. 자신이었어도 속상했을 것이다. 아무리 기대하지 않았다 해도.

교무실에서 다른 교사들의 축하의 말을 듣고 있으려니 현재가 먼저 가방을 들고 교무실을 나갔다.

"제가 말했잖아요. 민 선생님 수업보다 정 선생님 것이 훨씬 좋았다고."

보경의 말에 살짝 웃어줬지만 마냥 기뻐하기에는 눈치가 보였다. 현재는 자신보다 경력 많은 선배 교사였다. 앞으로 당분간은 현재를 마주칠 때 어색할 것 같았다.

채원의 수업은 급물살을 타고 빠르게 진행되었다. 출판사에서 책에 대한 방향을 잡아가고 수업에 대한 전체적인 시안과 내용을 채원이 채워 넣도록 계획하였다. 책의 앞부분에 들어가는 약간의 이론 부분과 수업 실제 부분을 채원이 일일이 다뤄야 했다. 덕분에 채원은 유치원이 끝나면 성민대학교 도서관에 가서 책을 찾거나 각종 논문들을 수집하느라 매번 늦게 퇴근하였다.

한 번 집중하면 끝장을 내고야 마는 성격의 채원은 이론 부분에 대해 정확히 하고 싶었다. 석사도 마치지 못한 자신을 대학생들이나 다른 대학 교수들이 무시할 수도 있었기 때문에 더욱 제대로 준비해야 했다.

저녁도 거르고 책을 보고 있는데 똑똑, 책상을 두드리는 소리에 깜짝 놀라 고개를 들었다.

"윤호 씨, 여긴 어떻게 왔어요?"

도서관에 있다는 말도 안 했는데 어떻게 왔는지 모르겠다. 윤호는 부드러운 미소를 짓고 채원의 옆에 앉았다. 오늘도 멋진 모습을 한 그를 보자 채원의 심장이 두근거렸다. 그의 슈트 입은 모습이 이제는 낯설지 않았다. 어느샌가 윤호는 캐주얼보다 슈트 입은 모습을 더 많이 보여주는 것 같았다.

"채원 씨는 모르겠지만 당신 스파이 많아요. 뭐 하고 다니는지 다 알고 있습니다."

그러면서 책상에 엎드려 채원을 바라봤다. 윤호의 얼굴이 많이 피곤해 보였다.

"힘들면 집에 가서 쉬지 왜 왔어요."

윤호가 채원의 허리를 감아왔다.

"이렇게 하려고."

채원의 허리를 감은 팔이 간지러워 웃음이 나왔다. 여긴 공공장소라고.

"나 좀 더 봐야 해요."

"더 봐요. 난 이러고 있을게."

그러더니 눈을 감았다. 채원은 감은 팔이 신경 쓰였지만 다시 고개를 돌리고 책을 보았다. 한참 책을 읽고 있는데 그의 손이 채원의 옆머리를 귀 뒤로 넘겨주었다.

"우리 애인 공부하는 모습도 참 예쁘네."

그의 말에 채원은 책에서 눈을 떼어 고개를 돌렸다. 그 틈에 그의 입술이 채원에게 닿았다. 아무리 열람실 구석이고 학생들이 없다고 해도 여긴 확 트인 공간이었다. 누가 보면 어쩌려고. 채원이 놀란 눈으로 얼굴을 빼려 하자 윤호가 더욱 채원의 머리를 가둬두고 움직이지 못하게 입술을 부딪혀 왔다. 살짝 떨어진 그의 입술이 너무 가까웠다.

"움직이면 더 티 날 텐데."

윤호의 장난스러운 음성에 채원의 얼굴이 붉어졌다.

"여기서 이러시면 안 됩니다."

채원의 긴장한 듯 조용하고 떨리는 음성에 그가 살짝 웃었다.

"너무 좋은 걸 어떡해."

"완전 바보네."

채원이 살짝 눈을 흘기자 그가 다시 책상에 머리를 기대고 엎드렸다.

"나 바보 맞아."

그를 바라보는 채원의 눈빛이 사랑스러움으로 가득 찼다. 얼른 끝내고 오늘은 일찍 가야겠다. 도저히 책이 눈에 들어오지 않았다. 채원은 아직 정리하지 못한 부분만 체크하고 책을 정리했다.

윤호는 어느새 책상에 엎드려 잠이 들어 있었다. 요새 그도 바쁘게 지내고 있어 얼굴 못 볼 때가 더 많았다. 그의 얼굴을 손끝으로 살짝 어루만졌다. 매일매일이 행복하고 설레는 요즘. 그를 만나지 못했다면 어쩔 뻔했을까.

갑자기 윤호가 채원의 팔을 잡아 내리고 눈을 떴다.

"저녁 먹었어요?"

"아뇨. 아직."

"잘 챙겨 먹어요. 이리 팔목이 얇아서 어떡해요."

"지금 먹으러 가요."

채원은 책을 반납하고 열람실을 나왔다.

"책 내느라 바쁜 거예요?"

윤호의 말에 채원이 미소를 지었다.

"네. 바쁘지만 전혀 힘들지가 않아요. 나 너무 들떴나 봐."

"들떠도 돼요. 책도 내고 너무 대견하다."

"아휴. 책이라고 해봤자 대학 교재 수준이에요. 그리고 아직 너
무 부족해요."

윤호가 채원의 손을 잡아끌었다.

"대학 교재 쓰는 사람들 다 교수님들인 거 알죠? 대학 교수님들
이 부족한 사람들은 아니잖아요. 채원 씨가 난 너무 자랑스러운
데?"

"그렇게 칭찬했는데 내가 나무에서 떨어지면 어쩌려고 그래요.
조심하세요. 내가 성민대학교에 해를 끼칠지 어떻게 알아요."

그러면서 말하는 채원의 음성에 웃음이 섞여 있었다. 말은 그리
해도 윤호가 칭찬을 해주니 세상 어떤 것도 부럽지 않았다.

"대학교는 내 관할 아니니까 상관없어요."

푸하하. 채원의 웃음소리가 시원했다. 그 웃음이 예뻐 윤호는
채원의 손을 더욱 꽉 잡았다.

신촌역 앞에 포장마차에서 라면에 어묵, 떡볶이를 시켜 허겁지

겁 먹었다. 둘 다 배가 고팠던 터라 말도 없이 먹는 데에만 집중했다. 그러다 둘의 머리가 살짝 부딪혔다. 그들의 젓가락이 향한 곳은 하나 남은 떡볶이였다.

서로 먹으려고 때 아닌 젓가락 쟁탈전이 벌어졌다. 그러나 윤호의 힘은 셌다. 채원의 젓가락을 휙 제치더니 떡볶이를 집어 들었다. 채원은 아쉽기도 하고 그가 얄미워 새침해졌다. 윤호의 젓가락이 입속을 향해 가서 채원은 시선을 돌려 어묵을 봤다. 그때 채원의 입속으로 떡볶이 조각이 쏙 들어왔다. 그가 떡볶이를 치아로 반을 잘라 반은 채원에게 넣어준 것이었다.

"떡볶이 한쪽도 나눠 먹는 사이."

윤호가 씨익 웃으며 라면을 먹기 시작했다. 뭔가 밉기도 하면서 도저히 미워할 수 없는 남자였다. 슈트를 입고 포장마차에 앉아 있는 그에게 조금 미안한 마음이 들었다. 옷이 어울리는 곳으로 갔어야 했나.

포장마차에서 나와 윤호의 차로 집까지 편하게 왔다. 도서관에서 나오면 전철을 타고 힘겹게 집에 오곤 했는데 차가 있으니 좋긴 좋았다. 이래서 사람들이 차를 타는가 보다.

채원은 어느새 잠이 들어 있었다. 윤호는 차를 세우고 채원을 깨우려다 그대로 그냥 뒀다. 피곤했는지 전혀 일어날 생각을 하지 않았다. 자고 있는 채원의 모습이 너무 아름다웠다. 윤호의 눈에 콩깍지가 씌었는지 모르겠지만 채원의 모든 것이 다 사랑스럽고 예뻐 보였다. 자는 모습을 보는 것마저도 세상의 모든 것을 다 가진 것보다 행복했다. 함께하고 싶은 마음은 이미 오래전부터 계속되어 왔다. 이제는 정말로 함께하고 싶었다. 민우에게도 조만간 채원을 소개할 생각이다.

차가 멈추었다는 것을 느꼈는지 채원의 눈이 살짝 떠지더니 이내 크게 떠졌다. 그리고 무심결에 옆을 보다 자신을 보고 있는 윤호를 보며 흠칫 놀랐다. 언제부터 보고 있었던 거지. 침 흘리면서 잔 거 아냐.

"데려다 줘서 고마워요. 덕분에 편하게 왔어요."

"이번 주말에 뭐 해요?"

"주말에요? 특별한 일 없는데요?"

"그럼 우리 본가에 함께 갑시다."

윤호의 말에 채원은 잠잠하던 심장이 크게 떨리는 것을 느꼈다. 왜 갑자기 부모님께 가는 거지.

"아버지, 어머니께 소개하고 싶어요. 채원 씨 궁금해하시기도 하고."

"그래도 찾아뵙는 건……."

"너무 이르다고 생각해요?"

그의 말에 채원이 살짝 고개를 끄덕였다.

"전 아직 아무런 준비도 못했는데 아무 대책 없이 부모님 뵙긴 좀 그래요. 제가 더 당당해지면 그때 뵙고 싶어요. 윤호 씨 부모님 무서워요."

"바보. 뭘 그렇게 긴장하고 그래요. 내가 채원 씨 부모님 뵌 것처럼 채원 씨도 그냥 우리 부모님 보는 건데요. 당당할 필요가 뭐가 있어."

채원이 아무 말 못하고 있자 윤호가 고개를 끄덕이며 대답을 강요했다.

"그래요. 주말에 부모님 뵈어요."

채원이 작게 웃으며 말하자 윤호가 채원을 와락 안았다.

"부모님이 좋아하실 거예요."

일주일이 빠르게 지나 주말이 되었다. 윤호의 차를 타고 내린 곳은 부유층이 사는 것 같은 높다란 담장이 줄지어 서 있는 동네였다. 높다란 담장 중 한곳에 멈춰 서서 대문을 바라봤다. 윤호는 차를 대기하고 있던 집안 기사에게 맡기고 채원 옆으로 와 그녀의 어깨를 감싸 안으로 끌었다. 같이 온 민우는 먼저 벨을 누르고 열린 대문 사이로 쌩 들어가 버렸다. 채원은 심호흡을 하고 들어가려다 다시 윤호를 보았다.

"오늘 부모님 뵙는 건 그냥 얼굴 보는 것뿐이죠?"

채원의 말투에서 확실히 선을 긋는 것이 느껴져 윤호는 그녀가 살짝 얄미워졌다.

"그렇다니까."

"민우에게는 날 어떻게 설명했어요?"

"우리 예쁜 선생님 할아버지 할머니한테 소개하고 싶다고 했죠."

"민우 눈치가 엄청 빠른데 이상해하지 않아요?"

"잘 모르나 본데 민우가 선생님을 무척 좋아해요. 그래서 나보다 더 소개하고 싶은가 봐요."

채원은 고개를 끄덕이고 손에 들린 과일 바구니를 더욱 꽉 움켜쥐었다.

대문을 열자 안에는 생각했던 것보다 더 넓은 정원이 눈에 들어왔다. 잔디밭에서 축구를 해도 될 정도로 널따란 공간에 정원목이 우거져 있었다. 채원은 앞서 가는 윤호를 따라가면서 연신 집의 크기에 눈이 휘둥그레졌다. 2층 정도 되는 크기의 집이지만 얼핏 봐도 넓이가 상당했다.

말 그대로 대저택이었다. 민우가 팔을 크게 돌리며 '엄청' 크다고 했던 말뜻이 이제야 이해가 갔다. 거짓말 보태지 않고 민우의 표현대로 엄청났다. 현관문이 열리자 채원의 심장도 크게 열리며 두근거렸다. 안으로 들어가자 나이가 지긋이 든 두 부부가 채원을 맞이하였다.

"어서 와요, 채원 씨."

지난번에 보았던 학과장을 이렇게 마주치니 다시금 윤호가 이사장이라는 사실이 와 닿는 것 같았다. 윤호의 어머니, 희연은 미소를 띠우며 채원을 맞이하였다. 채원도 웃으며 고개를 숙여 인사했다.

"안녕하세요. 처음 뵙겠습니다. 학과장님은 저번에 한 번 뵈었네요."

채원의 미소에 아무런 말도 하지 않던 윤호의 아버지가 한마디 꺼냈다.

"왔으면 밥 먹으러 가지. 자네 기다리느라 우리 밥도 못 먹고 있었네."

그리고 먼저 식당으로 걸어가는 재환을 보며 채원이 불안한 눈빛으로 윤호를 바라봤다. 그는 채원의 눈빛에 부드러운 미소로 답했다. 그리고 손을 잡아 식당으로 이끌었다.

"아버지식 환영 인사예요. 우리 아버지는 마음에 드는 사람 있으면 밥 먹자고 하세요."

식당에서 윤호의 옆에 나란히 앉아 마주 보고 있는 부모님을 보자니 밥이 넘어가지 않는 것 같았다. 뭔가 거창한 거 먹고사나 궁금했는데 밥, 국, 반찬 등 일반적인 음식들이었다.

윤호의 부모님을 보니 그가 누구를 닮았는지 알 수 있었다. 윤호보다 차가운 인상이지만 그의 아버지, 재환은 윤호의 얼굴을 온전히 담고 있었다. 아니다, 윤호가 재환의 얼굴을 담은 것이지. 굉장한 미모의 부모님들이셨다. 이 사람들을 보자 김천에 있는 채원의 부모님과 비교가 되어 괜스레 마음이 가라앉았다. 부모님이 외적으로 떨어지는 건 아니었지만 좋은 집에서 고고하게 생활하여 피부가 곱고 우아한 자태를 뽐내는 저들과는 사뭇 달랐다.

재환 옆에서 시종일관 웃으며 자신을 바라보는 희연에게 웃어 보였다. 저렇게 웃으시는 걸로 보아 채원이 마음에 들지 않는 것은 아닌 것 같았다.

"밥은 깨작깨작 먹는 게 아니고 복스럽게 먹어야지. 그렇게 먹으면 있던 복도 날아가."

재환의 갑작스러운 말에 채원은 이내 네, 고개를 끄덕이고 밥을 먹었다. 낯선 사람 앞에서 밥을 먹는 일을 상상해 보라. 절대 편안히 먹을 수 없으리라.

채원은 무슨 맛으로 먹는지도 모르고 재환이 보고 있다는 생각에 열심히 먹었다. 식사가 끝나갈 무렵 재환이 물을 마시더니 채원을 바라봤다.

"아가씨 살 좀 더 쪄야겠어. 그래 가지고 애는 낳을 수 있겠나."

재환의 말이 뜬금없었지만 채원은 미소 지으며 고개를 끄덕였다.

"아기 낳기에는 전혀 무리 없는 몸입니다."

채원의 말에 잠자코 듣고 있던 윤호가 푸하, 소리 내어 웃었다. 그리고 채원을 보며 더욱 크게 웃었다. 채원은 이 상황에서 갑자기 웃어버리는 윤호가 당황스럽고 얄미웠지만 내색하지 않고 계속 미소를 지었다. 혼자 그렇게 웃으시겠다? 이따 봅시다!

재환의 얼굴에서 언뜻 미소가 비치는 듯하더니 이내 다시 무표정으로 돌아왔다. 그리고 자리에서 일어섰다.

"내가 있어서 식사 제대로 못했을 텐데 마저 들게나. 민우야, 다 먹었으면 할아버지 방으로 가서 놀까?"

재환이 어느새 다 먹고 어른들을 바라보고 있는 민우를 보며 웃었다. 그 웃음이 인자하고 따뜻했다. 민우는 좋다고 의자에서 내려와 재환을 따라갔다.

"어휴, 저 양반은 다짜고짜 그런 말을 꺼내고 그런다니."

희연이 기분 좋은 한숨을 내쉬며 채원을 바라봤다.

"이해해요. 바깥양반이 좀 짓궂은 면이 있어요."

짓궂은 면은 아드님도 보통이 아니십니다. 채원은 쓴웃음이 나왔지만 또다시 표정 관리를 했다.

"내년부터 대학 프로그램으로 채원 씨 수업이 들어간다면서요? 축하해요."

"감사합니다. 아직 많이 부족해요. 더 노력해야 돼요. 그리고 말씀 낮추세요."

"천천히. 전에 한 번 봤을 때 나 때문에 당황했죠?"

"네? 아, 아뇨. 그때는 누군지 전혀 몰라 뵈어서 인사도 제대로 드리지 못했습니다. 죄송합니다."

채원의 말에 희연의 눈매가 아래로 깊게 휘어졌다.

"아니야. 뭐가 죄송해. 당연한 반응이었어요."

희연은 뭐가 좋은지 얼굴에 미소를 거두지 않고 밥을 먹었다. 찰칵. 저 멀리서 현관문이 열리는 소리에 채원은 무심코 현관 쪽을 바라보다 신나게 걸어 들어오는 유라를 보고 살짝 굳어졌다. 유라도 식당으로 오다 채원이 앉아 있는 것을 보고 멈칫하더니 이내 웃으며 들어왔다.

"어머니, 저 왔어요!"

"아, 유라 왔어? 점심 먹었어?"

"아니요. 아직. 저 밥 좀 주세요."

예쁘게 웃으며 유라는 자연스럽게 의자에 앉았다. 유라의 등장에 채원은 미소 짓던 표정을 거두고 무표정으로 돌아갔다. 자연스럽게 윤호의 집을 드나드는 여자인가 보다. 도대체 어떤 사이일까. 어려서부터 가깝게 지내는 사이라 그런가.

"넌 황금 같은 주말에 어디 놀러 안 가고 왜 여기로 오냐."

윤호가 가까운 사이 대하듯 유라에게 툭툭 내뱉었다.

"우리 어머니 보러 왔지."

그러면서 희연을 보며 예쁘게 미소 지었다. 희연도 유라를 보며 활짝 웃었다.

"난 시커먼 아들만 있어서 요런 예쁜 딸 하나 있었으면 좋겠네."

"아이, 어머니. 저 지금도 딸 아니에요? 딸처럼 대하세요."

유라가 앞에 놓인 밥공기로 수저를 가져가면서 채원을 바라보았다. 예의상의 눈인사였다. 유라의 표정이 순식간에 차가워졌다.

"그런데 민우 선생님이 집에도 오는 거예요?"

"유라 너도 알고 있니? 우리 민우 선생님이라는구나."

"네. 저번에 추모원 앞에서 만났어요."

추모원이라는 말에 희연의 얼굴이 살짝 굳어졌지만 이내 아무렇지 않은 듯 웃어 보였다. 윤호는 희연의 얼굴을 보며 유라에게 눈으로 꾸짖었다. 그런 말은 왜 하냐는 소리. 아마 이 집안의 금기어는 추모원인 듯싶었다. 아직 형네 부부의 잔상이 제대로 사라지지 않은 것 같았다. 부모보다 먼저 떠난 자식인데 그 찢어지는 마음이 오죽 아플까.

"저번에는 민우 앞이라 말을 못했는데 우리 만나고 있어. 부모님도 보고 싶어하셔서 온 거야."

윤호가 미소 지으며 채원의 어깨에 팔을 두르자 채원도 얼떨결에 웃어 보였다. 하지만 이내 구겨지는 유라의 얼굴이 너무 신경쓰였다. 유라는 곧 다시 활짝 웃었다.

"그래? 오빠도 드디어 여자를 만나는 거야? 이게 대체 얼마 만이야."

"얼마 만? 윤호에게 여자가 있었니?"

희연의 물음에 윤호가 당황한 듯 손사래를 쳤다.

"아니요. 제가 여자가 어디 있어요. 유라가 놀리느라 그러는 거예요."

"어머니도 이제는 아셔도 되지 않아?"

유라의 말은 무례했지만 너무나 치명적이고 유혹적이었다. 그 비밀을 얼른 벗겨 버리고 싶을 만큼 사람의 촉각을 곤두서게 했다.

"송유라, 그만해."

약간 화가 난 듯한 윤호의 음성에 유라가 입을 다물었다. 그의 눈빛이 차갑게 변한 걸 보자 채원은 얕은 한숨을 쉬었다. 서지수의 이야기는 윤호에게 있어서 절대 사라지지 않을 시한폭탄이었다. 그리고 유라는 윤호의 옛 과거에 대해 잘 알고 있는 그의 아킬레스건이었다. 그래서 예기치 않은 복병이었다. 희연이 궁금한 얼굴로 유라의 말을 계속 추궁했지만 그 뒤로 유라는 웃으며 말을 얼버무렸다.

식당에서 나와 거실에 앉아 있으려니 민우가 재환의 손을 잡고 나왔다.

"어? 아줌마는 또 왜 왔어!"

유라를 보자마자 민우의 입에서 짜증 섞인 음성이 나왔다.

"민우야, 어른한테 그렇게 버릇없이 말하면 안 된다고 했지."

윤호의 엄한 말에 민우는 입을 다물고 채원의 옆으로 와 앉았다. 채원은 뭔가 아슬아슬하면서도 답답한 이 분위기를 얼른 벗어나고 싶었다. 오늘 유라의 등장은 여러 가지로 채원에게 마이너스였다. 재환은 널따란 거실의 가운데 소파에 앉아 채원을 보았다.

"민우가 속 썩이지는 않고?"

"네. 민우가 엄청 똑똑해서 속 썩일 일이 없어요. 사실 학기 초에는 윤호 씨가 민우한테 조금 무심한 것 같아서 걱정했는데 기우였더라고요. 제가 잘 몰랐던 부분이에요."

"잘 몰랐던 게 아니라 모를 수밖에 없었지. 이 녀석이 진짜로 소홀했으니까. 나도 올해야 민우를 보게 되었고 그전까지는 민우를 보지 않으려 했으니까."

재환의 얼굴이 살짝 굳어지더니 채원을 보며 다시 얼굴을 폈다.

"그런데 민우가 전에 나한테 그러더라고. 우리 선생님이 할아버지가 화내는 건 그냥 그 상황이 속상해서 그런 거지 절대 민우가 싫어서 그런 게 아니라고 그랬다고. 그래서 자기는 할아버지가 날 싫어하지 않는다고 생각할 거라고 하더군. 그 말을 들으니까 나도 비로소 민우가 보이더라고. 그런 면에서 언제 한번 아가씨한테 고맙다는 말을 하고 싶었네."

재환의 말을 들으며 채원은 심장이 서서히 두근거림을 느꼈다. 윤호의 아버지, 성민재단 대표이사장에게 인정받는 느낌이 들어 가슴이 설레었다.

"별말 아니었는데 이사장님께서 좋게 받아들이신 겁니다."

채원을 보며 미소 짓는 재환을 옆에서 보고 있던 유라의 얼굴이 서서히 굳어졌다.

"윤호 이 녀석이 갑자기 농사 프로젝트를 진행하겠다고 하던데 그것도 아가씨 영향인가?"

재환의 물음에 채원은 머뭇거렸다. 학생들한테 농사짓는 것을 가르치고 알려주고 실행하겠다고 하는 걸 그의 아버지는 어떻게 생각할지 걱정이 되었다. 윤호와 생각이 다를 수도 있기 때문이었다. 그리고 학생과 학부모들에게서 불만이 나올 수 있는 부분이라 괜히 채원이 노심초사하게 되었다.

"사실 전에 윤호 씨가 저희 부모님 계시는 시골에 와서 농사일을 거들었습니다. 그랬더니 그 뒤로 그런 일을 진행하고 있다고 하더라고요. 혹시 못마땅하신 건지……."

"못마땅할 게 뭐가 있어. 이사장이 알아서 잘하겠지. 난 세세한 운영은 관여하지 않네. 모처럼 괜찮은 아이디어를 내서 어디서 나온 것인가 했더니 집사람이 그러더라고. 아가씨 부모님이 시골에서 농사짓는다고. 그래서 물어본 거라네."

네, 채원은 다행이란 표정으로 웃었다. 옆에 있던 윤호가 채원의 손을 잡아끌어 일어섰다.

"아버지, 어머니. 이제 많이 구경하셨죠? 오늘은 이쯤에서 빼내 가겠습니다. 너무 잡아먹을 것 같은 얼굴들이시라 우리 채원 씨 도망갈 것 같아요."

윤호의 만면에 드리워진 웃음을 보며 희연은 소리 없이 미소 지었다. 아들에게 드디어 여자가 생겼구나. 저 돌부처 같던 녀석이.

채원은 윤호 부모님의 집을 나와 참았던 숨을 길게 내뱉었다. 아무리 얼굴 보는 게 다일지라도 어른을 보는 자리는 어려웠다. 민우는 할아버지랑 자겠다고 윤호 혼자 가라고 하였다. 민우가 채원을 의심하지 않는 것 같아 다행이었지만 나중에라도 알게 된다면 민우는 어떤 반응을 보일까. 아빠의 여자에 대한 민우의 반응이 상당히 거세서 채원에게는 어떻게 반응할지 고민되었다. 채원이 이런저런 생각을 하고 있는데 윤호가 어느새 다가와 채원을 안았다.

"오늘 좀 힘들었을 텐데 부모님 잘 받아줘서 고마워요."

윤호의 부드러운 음성을 들으며 그대로 안겨 있었다. 그의 따뜻한 품에 긴장했던 마음이 녹아내리는 것 같았다.

"오빠."

누군지 알 것 같은 목소리에 채원의 미간이 살짝 찌푸려졌다.

윤호는 안은 팔을 풀고 대문에서 나오는 유라를 보았다. 윤호의
얼굴이 어쩐지 조금 차가워진 것 같았다.

"너 앞으로 우리 집 오는 거 자제했으면 좋겠다."

그의 말에 유라의 눈이 커졌다.

"오…… 빠."

"부모님한테 지수 이야기 꺼내는 건 도대체 무슨 의도야. 너 우
리 집안 풍비박산 나는 꼴 보려고 그래?"

윤호의 말투가 이렇게 차가웠던 적이 있었나. 채원은 옆에서 그
의 말을 들으며 새삼 윤호의 목소리가 다르다고 느꼈다.

"미…… 안해. 나도 모르게 그만."

"앞으로 한 번만 더 그 얘기 꺼내면 나 다신 너 안 봐."

윤호의 음성은 단호했다. 유라는 윤호의 차가운 눈빛을 받으며
히끅 나오려는 딸꾹질을 가까스로 참았다. 윤호는 주차장에서 나
온 차의 조수석 문을 열어 채원을 태웠다. 유라의 눈에서 질투의
빛이 쏟아져 나오고 있었다. 채원은 유라가 왠지 딱하게 느껴졌
다. 윤호에 대한 마음이 생각보다 큰 것 같은데 그가 받아주지 않
으니 안달이 난 상태였다. 그리고 그 마음을 같은 여자인 채원은
느낄 수 있었다.

운전석에 탄 윤호가 채원을 돌아보며 웃었다.

"어디로 모실까요?"

"놀러 가요."

채원의 얼굴을 쓰다듬던 그의 손길이 입술에 닿았다.

"당신 참 예뻐."

그리곤 그대로 그녀의 입술에 입을 맞추었다. 그의 키스를 받으

며 채원은 저절로 녹아내림을 느꼈다.

"입술도 참 예뻐."

윤호와 다시 눈이 마주치자 심장이 미친 듯이 뛰었다. 그가 짓는 미소가 부드러웠다.

10. 오해와 열등감의 차이

수요일 오후 채원은 성민대학교에서 받기로 한 모범교사 표창을 위해 아이들이 하원하자마자 현재와 조퇴하였다. 현관문을 나서는 현재를 뒤따르는 채원의 마음이 편치 않았다.

조금 전 퇴근하기 전에 원장실에서 나눈 대화가 채원의 머릿속을 훑고 지나갔다.

"선생님들은 먼저 출발하세요. 난 들를 때가 있어서 거기 갔다가 갈 겁니다. 시상 전에는 도착할 것 같아요."

"네. 알겠습니다."

현재가 웃으며 채원을 보았다.

"정 선생님 요새 힘들 텐데 오늘은 좀 일찍 퇴근해서 편하시겠어요."

현재의 다정한 말에 놀란 듯 채원의 눈이 커졌다. 갑자기 왜 저렇게 친절한 말투야. 채원은 현재의 돌변한 태도가 씁쓸했지만 달리 불만을 나타낼 수는 없었다.

"괜찮아요."

"맞네. 요새 정 선생님 책 내는 것 때문에 고생 많이 하는데, 어떻게 다른 선생님들이 잘 도와주고 있어요?"

원장의 말에 채원은 살짝 머뭇거렸으나 이내 웃어 보였다.

"그럼요. 모두 잘 도와주고 계세요."

채원의 미소에 원장도 웃으며 일어났다.

"힘든 일 있으면 언제든지 말해요."

네, 채원은 고개를 끄덕이고 현관문을 나오던 참이었다. 앞서 가던 현재가 채원을 돌아봤다.

"선생님, 내 태도가 마음이 안 들겠지만 당분간은 좀 참아줘요. 선생님 탓 아닌 거 잘 아는데 솔직히 좀 많이 속상했어요. 난 당연히 내가 될 줄 알았는데 탈락해서 얼마나 아쉬운지 몰라요. 그래서 본의 아니게 선생님을 곤란스럽게 하는 것 같은데 미안해요. 내 마음 이해하죠?"

현재의 말에 채원은 조용히 고개를 끄덕였다. 채원보다 경력 많은 교사의 한풀이를 어느 정도 너그러이 받아줄 아량은 있었다.

성민대학교 문화회관. 채원과 현재는 무대를 앞에 두고 붉은색 접이식 의자들이 박혀 있는 객석의 맨 앞줄 수상자 석에 앉았다. 초등, 중등, 고등학교 교사 수상자도 채원과 현재 옆으로 앉았다. 뒤에는 학교에서 보낸 동료 교사들과 학교 종료 후 모인 학생들로 가득 찼다. 채원은 뒤쪽에 윤주가 자리 잡고 있는 것을 보고 살짝 손을 흔들었다. 윤주도 채원을 보고 웃으며 손을 흔들었다. '축하해.' 라는 입 모양과 함께 엄지손가락을 치켜들었다.

채원은 정숙하라는 사회자의 말에 따라 앞을 보았다. 장내의 사람들의 목소리가 순식간에 조용해졌다. 강당 무대 위에 현수막에는 '2014년도 모범교사 표창' 이라는 문구가 쓰여 있었다.

"오늘은 모범교사 표창 전에 이사장님의 축사 및 교사들에 대한 당부의 말씀이 있겠습니다. 이사장님 모시겠습니다."

사회자의 말에 사람들이 일제히 박수를 쳤다. 그리고 이사장이 나오자 사람들의 입에서 환호와 탄식이 흘러나왔다. 그리고 뒤에 포진되어 있는 학생들의 입에서 꺄악거리는 함성 소리가 흘러나왔다.

"이사장이 저런 사람일 줄이야."

"나도. 난 대머리 아저씨인 줄 알았어."

여기 모인 사람들 대부분이 이사장의 얼굴을 모르고 있었다. 윤주도 얼마 전에 세미나에서 알게 되었으니 정말 꽁꽁 숨긴 것임에는 틀림없었다. 그의 얼굴을 본 건 각 학교 교장이 다였다. 말로만 듣던 이사장. 그는 성윤호였다.

채원은 그의 입을 통해 듣긴 했어도 이렇게 직접 눈앞에서 보자 새삼 적응이 되지 않았다. 그때 놀이터에서 그를 본 뒤로 계속 바빠 얼굴을 볼 수가 없었다. 전화 통화를 주고받는 게 다였는데 이렇게 이 주 만에 보니 감회가 새로웠다.

"정 선생님, 저 사람…… 민우 아빠 아니에요?"

옆자리에서 놀라는 음성에 채원은 눈을 질끈 감았다 떴다. 그리고 현재를 보며 어색하게 웃었다.

"네. 맞아요. 민우 아빠예요."

"세상에. 저 사람이 이사장이었다니…….."

현재는 충격을 받은 듯 쉽사리 진정을 하지 못하는 것 같았다. 놀란 얼굴에서는 혼란스러움과 경악이 서슴없이 드러났다. 이제 모든 사람들이 윤호를 알게 되었다.

윤호는 박수를 받으며 사회자의 단상에 와 섰다. 진한 다크블루 계열의 슈트를 입고 검정색과 보라색이 조화를 이룬 무늬의 넥타이와 행커치프를 한 윤호의 모습은 정말 생전 모르는 사람 같았다. 그리고 단정하게 올린 그의 머리로 훤히 드러나는 이마가 시원해 보였다. 머리를 올리니 차가운 듯하면서도 내가 이사장이다, 라는 포스를 서슴없이 내뿜게 하기에 충분했다.

다른 사람 같았다. 그는 평상시 자신이 알던 그 남자가 아니었다. 얼굴에서는 세상 어느 누구보다도 독한 진한 남자의 향기가 묻어나 있었다. 그리고 그의 음성은 매우 건조하고 사무적이었지만 매력적이었다.

"안녕하십니까. 재단 이사장입니다. 오늘 이렇게 모범교사 표창을 직접 하게 되어서 영광으로 생각합니다. 항상 고생해 주고 열정을 다해 가르치시는 선생님들이 있어서 우리 성민이 계속 발전해 나가는 것 같습니다. 매년 새로운 선생님들이 모범교사가 되고자 노력하시고 최선을 다해 학생들을 지도하고 있습니다. 그 점 이사장으로서 매우 감사하게 생각합니다. 우리 성민은 앞으로 미국과 호주에도 학교를 세울 계획입니다. 그곳에서 이민 가정의 한국인 학생들, 또는 본토의 학생들에게 성민의 교육철학과 나아갈 방향을 함께 지도하려고 합니다. 아직 많은 부분을 수정하고 조정해야 하지만 이렇듯 우리 성민은 21세기, 미래에도 교육의 중심축으로 지속 발전해 나갈 것입니다. 그렇기에 지금 여기 현장에서 뛰고 계시는 여러분들이 성민의 보물이자 유산이라 생각합니다. 이번 학기부터 농촌 프로젝트를 진행하는 것도 우리 성민의 진정한 미래를 위한 길이라 여겨서입니다. 아직 많은 분들이 걱정하고 힘들어하며 의심의 눈초리를 보내고 있지만 교육의 근본적인 의미가 무엇인지, 왜 학교가 필요한지, 여러분들은 도대체 누구인지를 항상 생각하면서 교사의 임무를 수행하셨으면 좋겠습니다. 바깥에서 공부만이 살길이라고 외치는 사람들에게 보란 듯이 삶의 의무를 전해주시기를 바라겠습니다. 다들 아시지만 우리 성민의 학생들은 최고의 인성과 성적을 자랑하고 있습니다. 그건 우리 학교의 독자적인 시스템이자 우리 성민만의 오래된 자랑입니다. 그러니 앞으로도 더욱 힘들고 또는 어려운 일이 생기더라도 자부심을 가지고 가르치시길 바라겠습니다. 오늘 모이신 분들, 그리고 여기 계시지는 않지만 지금도 학생들을 지도하고 계시는 선생님들 모두 존경하고 깊이 감사를 드리는 바입니다."

윤호의 말이 끝나자 사람들이 일제히 환호를 하며 박수를 쳤다. 뒤에서 듣고 있던 학생들도 소리를 지르며 환호를 하였다. 채원도 그의 말에 넋을 놓고 보고 있다 뒤늦게 박수를 쳤다. 항상 장난스러운 모습, 짓궂은 모습만 보았는데 이렇게 지적이고 엄숙하며 냉철한 모습을 보자 낯설면서도 새삼 그에게 반하게 되었다. 채원과 함께할 때와는 다른 모습이지만 그녀의 혼을 쏙 빼놓을 만큼 그의 말과 행동, 눈빛 모든 게 정신을 차리지 못하게 하였다. 윤호는 정말 멋있었다.

이어서 모범교사 표창을 진행하여 앞줄에 앉은 사람들은 무대로 올라가게 되었다. 고등학교 교사부터 중학교 교사, 초등학교 교사, 유치원 교사 순으로 상을 받았다. 이사장은 한 명 한 명 표창장을 주며 악수를 하였다. 그때마다 장내에 박수 소리가 가득 찼다. 현재가 윤호가 내미는 표창장을 받을 때 사회자가 말을 하였다.

"올해부터 유치원 선생님들도 표창에 참여합니다. 특히 올해 두 분은 교육부에서 내려온 시범 수업을 훌륭히 진행하였고 향후 성민대학교 학사 일정에도 참여하시게 되었습니다. 큰 박수 바랍니다."

현재가 윤호와 악수를 하고 뒤로 물러나 있자 채원의 차례가 되었다. 채원은 긴장되어 마른침을 꼴깍 삼켰다. 그의 표정에서 아무런 감정이 드러나 있지 않아 채원은 그가 주는 상을 받고 악수를 하였다. 채원을 꼭 잡은 손에 힘이 들어가 있었다면 그건 채원의 착각이었을까. 곧이어 떨어진 손이었지만 채원은 분명히 느낄 수 있었다. 그의 얼굴을 보고 살짝 미소 지었다. 무대에 나란히 서 있는 교사들이 일제히 객석을 보며 합동 인사를 하고 무대를 내려갔다.

"이것으로 2014년 모범교사 표창을 마치겠습니다. 참석해 주신 분들 감사합니다. 수상하신 분들은 이사장님과 단체사진 있으니 무대 위로 올라와 주십시오."

장내가 어수선하며 빠르게 돌아갔다. 가운데 윤호를 놓고 오른쪽으로 초, 중등교사 왼쪽으로 채원과 현재가 섰다. 채원이 그의 옆에 서 있으려니 가만히 그녀의 허리에 손을 올리는 윤호가 느껴졌다. 놀란 채원이 그를 바라보자 그의 손길이 더 강하게 느껴졌다. 남들 모르게 살짝 올린 걸 알지만 채원은 누가 볼까 봐 얼굴이 붉어졌다.

"자, 찍습니다."

사진기사의 말에 채원의 시선이 앞으로 옮겨졌다. 너무나 긴장되는 이 순간 너무나 멋진 그녀의 연인 옆에 나란히 서 있어서 다리가 후들거리고 정신이 아득해졌다.

의자에 놓인 핸드백을 챙겨 경사진 바닥을 걸어가는데 옆에 있던 현재가 가던 걸음을 멈추고 채원을 바라보았다. 현재는 아까부터 표정이 좋지 않았다. 이사장이 민우 아빠인 걸 알아서일까.

"정 선생님은 민우 아빠가 이사장인 거 알고 있었어요?"

역시나 그 질문이었다. 채원은 현재의 눈빛이 무서워 말을 머뭇거렸다. 그러다 살짝 고개를 끄덕였다.

"얼마 전에 알았어요. 저도 전혀 모르고 있었어요."

"하, 이제야 이해가 가네요. 왜 정 선생님 수업이 뽑히게 되었는지."

현재의 말에서 냉소가 섞인 비난이 나왔다. 채원을 보는 그녀의 얼굴이 분노와 미움으로 가득 찼다.

"그런 엄청난 애인을 두셨는데 제 수업이 채택될 리가 있나요."

현재가 뭔가 단단히 오해하고 있는 듯했다.

"민 선생님, 잘못 생각하고 계세요. 이사장님과 우리 수업은 아무런 관련이 없어요."

"정말 그럴까요?"

채원을 보는 현재의 눈빛이 날카로웠다. 그 눈빛이 가시 같아 채원은 마주 보고 서 있기가 힘들었다.

"정말 모르는지 일부러 모르는 척하는지는 나도 모르겠지만 난 왜 이렇게 이 결과가 공정하지 못하다는 생각이 들까요? 성민유치원에 대한 내 애착마저 증오로 변할 만큼 난 지금 누구도 믿을 수가 없어요. 정 선생님 그렇게 안 봤는데 정말 속을 알 수 없는 사람이군요."

그리고 돌아서는 그녀의 팔을 잡았다.

"힘든 건 이해하지만 이렇게 저를 비난하시면 저도 속상해요. 선생님 수업이 뽑히지 않았다고 해서 절 이렇게 욕하셔도 되는 거예요? 우리 함께 유치원에서 보낸 시간 4년이 넘어요. 절 그렇게 모르세요?"

채원의 억울한 음성이 느껴지자 현재가 고개를 돌려 채원을 보았다. 현재의 눈빛은 차가웠다.

"4년 동안 지내면서 정 선생님 한 번이라도 마음 내비친 적 있어요? 뭘 새삼스럽게 물어봐요. 이렇게 엄청난 애인을 들키고 나니 이제야 제 발이 저려요? 지금은 도저히 선생님과 말할 기분이 아니네요."

채원이 잡은 팔을 뿌리치고 먼저 걸어갔다. 현재가 뭔가 단단히 오해하고 잘못된 상상을 하고 있는 것 같아 바로잡아야 했는데 지금 그녀는 도저히 채원의 말을 들을 상태가 아닌 것 같았다. 충격이긴 하겠으나 그렇다고 수업까지 비리로 생각하다니. 현재의 마음이 너무도 왜곡되고 꼬여서 채원은 왠지 한숨이 나왔다.

2학기 되면서 그녀는 점점 유치원 생활이 힘들어지고 있었다. 흥분되고 가슴 뛰는 임무를 맡고 있음에도 몸은 점점 바닥을 드러내려 하였다.

휴대폰이 울려 생각에서 나와 전화를 받았다.

"여보세요."

[그렇게 혼자 멍하니 뭐 하고 있어요?]

윤호의 목소리다. 채원이 주변을 두리번거리자 무대 아래 입구 쪽에 서서 전화를 하는 윤호가 보였다.

"아…… 상 받았더니 너무 좋아서 혼자 즐기고 있었어요."

채원이 미소를 짓자 그의 웃음소리가 전화기 너머로 들렸다.

[오늘 채원 씨 너무 예쁘다. 너무 대견스러워.]

귀에서 휴대폰을 뗀 윤호가 천천히 채원에게로 다가왔다. 멋진 옷에 어우러진 그의 외모가 빛나 보였다. 이렇게 눈이 부신 사람이었나. 채원은 가까워지는 그의 모습을 보면서 기분 좋은 한숨을 쉬었다. 한편으로는 방금 전 나간 현재가 떠올라 다시금 표정이 굳어졌다.

"어디 아파요?"

채원의 앞에 선 그가 그녀의 뺨을 살짝 어루만지며 물었다. 채원의 표정 하나하나를 이렇게 세심하게 파악하는 그가 고마웠다. 현재에게 느꼈던 씁쓸함을 한번에 씻어주는 그였다.

"아니요."

당황하는 그녀의 얼굴을 바라보는 그의 눈빛이 모든 것을 꿰뚫어 볼 듯 뜨거웠다.

"좀 긴장했나 봐요. 내 평생 이런 상을 언제 받아보겠어요."

채원의 미소가 이상했지만 윤호는 그녀의 말을 들어주기로 하였다. 그리곤 손을 잡아끌어 걸음을 옮겼다.

"그렇다면 다행이고. 자신감 가져요. 당신은 충분히 그래도 돼."

그가 짓는 미소는 언제나 부드러웠다. 채원은 잠시 평가 결과에 대해 묻고 싶었으나 곧 마음을 다잡았다. 물을 것도 없었다. 그는 절대로 비리를 저지르거나 억압을 넣을 사람이 아니었다. 채원이 만나온 성윤호란 사람은 그런 남자다.

회관을 빠져나와 걸어가면서도 윤호는 채원의 손을 놓지 않고 있었다.

"오늘은 좀 느낌이 다릅니다?"

채원의 장난스러운 말투에 그가 소리 내어 웃었다.

"어떤데요?"

"뭐랄까……. 못된 악마 같아요."

악마 같다는 말에 그가 푸하, 웃음을 내었다.

"진정한 악마의 모습을 아직 못 봤군요. 이 정도로 악마 같다니."

"그런데 무진장 섹시해 보여요."

윤호는 전혀 표정 변화가 없는데 그런 말을 한 채원의 얼굴이 도리어 붉어졌다. 당황하며 한참 생각에 잠겨 있는데 휴대폰이 울렸다. 채원은 화들짝 놀라 멍하니 바라보다 천천히 귀에 가져갔다.

"응. 윤주야."

[너 지금 어디야? 세상에! 너 문화회관에서 애인이랑 손잡고 나갔니?]

윤주의 흥분한 말에 채원이 그의 얼굴을 바라봤다.

[기집애. 그런 자리에서 이사장님이랑 손잡으면 사람들이 어떻게 생각할 것 같냐. 넌 이제 완전히 낚인 거야.]

윤주의 낚였다는 말에 채원의 얼굴이 다시 붉어졌다. 그의 감각에 정신이 팔려 사람들이 쳐다보고 있을 거라고는 생각지도 못했다. 그는 이사장인데 당연히 이목이 집중된다는 것을 알아채지 못했다. 이렇게 모든 사람들이 알게 되는 것인가. 정말로 나 낚인 걸까? 윤주의 목소리가 너무 커서 윤호에게도 다 흘러들어 갔다. 그는 씨익 미소 지으며 듣고 있었다.

"넌 어디야. 만나서 같이 갈래?"

[그럼 정문으로 와. 나 그 근처야.]

채원은 전화를 끊고 윤호를 새침하게 바라봤다.

"잘 모르는 것 같은데 나랑 썸싱 나면 나만 낚인 게 아니라 윤호 씨도 이제 모든 사람들이 다 알았다는 거예요. 발 뺄 수 없다고요. 나중에 가서 후회해도 소용없어요."

채원의 말에 그가 하하 웃었다. 그러더니 허리를 살짝 구부려 채원의 입술에 입을 댔다 떼었다. 정말이지 매번 갑작스럽게 다가오는 그의 입술이지만 어느 때나 한결같이 좋았다. 이러니 그에게서 헤어 나올 수 있나.

"바라던 바입니다."

채원의 외투 옷깃을 잡아주며 그가 미소 지었다.

"원래는 데려다 줄까 했는데 이따 저녁 모임이 있어서 시간이 겹칠 것 같았거든. 그런데 같이 갈 사람 있어서 다행입니다."

"내가 애예요? 혼자 잘 갈 수 있어요. 일 열심히 하세요."

그의 부드러운 음성과 눈빛을 보며 채원도 활짝 웃어주었다.

그와 헤어지고 윤주를 만나 저녁을 먹고 집으로 오면서 그녀는 내내 윤호에 대해 말하였다. 애인 너무 멋지다는 둥, 말하는 것도 어쩜 그렇게 청산유수인지 설득력 짱이라는 둥, 그렇게 공공장소에서 손잡아 소문이 다 났다는 둥 그에 대한 언급으로 신이 나 있었다.

"남의 연애사에 관심 끄고 네 결혼 준비나 잘해."

채원의 말에 윤주는 급 조용해지더니 푸념 섞인 말을 늘어놨다.

"결혼하는 거 정말 힘들어. 준비할 게 뭐 이리 많니. 예단이며 예물, 스드메 등등 하나부터 열까지 다 고민하고 걱정할 일들뿐이야."

"그래도 네 얼굴에 재밌어요, 좋아요, 라고 써 있다."

말은 그리해도 윤주의 얼굴에는 행복함이 물씬 풍기고 있었다. 채원은 미소 지으며 서울의 야경을 뚫고 열심히 달리고 있는 전철의 창문을 내다봤다.

"혹시 너도 내 시범 수업 결과 위에서 조종한 거라고 생각해?"

채원의 말이 뜬금없었지만 윤주는 머리 좋은 여자답게 금세 말뜻을 파악해 내었다.

"누가 너보고 뭐라 그래?"

"어? 아니, 그냥. 사실 나랑 같이 경쟁한 선생님이 오늘 윤호 씨 보고 많이 놀랐거든. 너도 알지만 그 사람 우리 반 민우 아빠잖아. 우리 원 사람들 전부 모르고 있었는데 이렇게 알게 된 거야. 그런데 그 선생님이 결과가 공정하지 못하다고 생각하는 것 같아. 네가 보기엔 어때. 입김이 들어갔을 거라고 생각해?"

채원의 걱정되는 고민을 들으며 윤주는 기가 막힌 표정을 지었다. 그리고 목소리에 흥분이 담겨 있었다.

"요즘 세상이 어떤 세상인데 입김을 넣어. 그러다 걸리면 큰일 나려고! 너한테 그렇게 화내는 선생 오늘 같이 상 받았던 여자지? 그 여자 열등감이야. 네가 뽑히고 거기다 애인도 이사장이니까 배가 얼마나 아프겠어. 그리고 우리 재단 사람들 일에 있어서는 누구보다도 냉철하고 까다롭기로 소문났어. 인정 봐주지 않는 걸로도 유명하고. 너 뽑힌 거는 네 애인과는 아무 상관 없다는 말이야."

"그렇겠지? 나도 그렇다고 생각해. 윤호 씨가 내 애인이라고 해서 뭔가 입김을 넣진 않았을 거라고 봐. 그럴 사람도 아니고."

"너 모르는 것 같은데 이사장님 굉장히 냉철한 사람이야. 공과 사가 엄격하다고. 그러니 쓸데없는 걱정 말고 당당하게 지내. 네 실력으로 뽑힌 거야."

윤주의 격려 섞인 말을 들으며 채원은 다시 힘이 나는 것을 느꼈다. 그녀를 믿는 사랑해 주는 사람들의 힘이 채원을 앞으로 나아가게 했다. 윤주와 헤어지고 집으로 걸어오면서 채원은 선자에게 전화를 넣었다. 밤 9시가 넘어간 시간이라 주무시고 계시진 않을까.

[여보세요.]

잠결에 받은 듯 선자의 목소리가 잠겨 있었다.

"엄마, 나야."

[아이고, 우리 채원이가.]

그녀의 목소리에 갑자기 생기가 돋았다.

"잘 지내고 있지?"

[별일 읎다.]

"그래. 건강 잘 챙기셔. 참! 엄마. 나 오늘 모범교사 표창 받았어. 이거 아무나 받는 상 아니야. 엄청 어엄청 뛰어난 교사에게만 주는 상이야."

채원의 신나는 음성이 들렸는지 선자에게서도 웃음이 나왔다.

[하이고 마. 참말이가. 우리 딸 장하데이.]

"당연하지. 엄마 딸이 누군데. 아버지한테도 꼭 전해줘. 아버지 딸 대단하다고."

[하모, 당연히 말해야재. 채원아, 우린 인자 더 바랄 거 읍다. 니만 잘살아주면 되는 기라.]

"응. 잘살 거야. 엄마 걱정 마. 나중에 우리 엄마, 아빠 꼭 호강시켜 줄게."

[말만 들어도 배부르데이.]

선자의 웃음소리가 듣기 좋았다. 어느덧 집 앞에 다다랐다.

"늦었는데 얼른 다시 주무세요. 깨워서 미안하네."

[됐다 마. 딸내미 목소리 듣는 게 싫을 리가 있나. 아! 니 아부지 인났다. 전화 받아보그라.]

전화 저편에서 부스럭 소리가 들렸다. 아버지도 깼는가 보다. 채원은 괜히 깨웠나 싶어 이마를 살짝 긁적였다.

[채원이가.]

"네, 아버지. 저예요. 주무시고 계셨는데 깨워서 죄송해요."

[아니다. 딸내미 목소리 듣고 싶어서 깼다.]

민철의 목소리가 많이 잠겨 있었다.

"목소리가 안 좋으세요. 감기 걸리셨어요?"

[아니다. 자다 깨서 그런 거 아니겠노.]

"그런 거면 다행이지만 아버지도 이제 연세 있으시니 몸 챙기세요."

[오냐. 내 걱정은 말그라. 니 목소리 들어서 좋구마.]

"응. 저도. 바쁜 일 끝나고 겨울방학 되면 같이 여행 가요."

[알긋다.]

채원은 이 나이 먹도록 부모님과 여행 한 번 제대로 못 가본 자신을 탓하면서 이번 겨울에는 꼭 부모님 모시고 여행을 다녀와야겠노라고 다짐했다.

[채원아.]

"네."

[사랑하는 우리 딸내미. 잘살그라. 아부지가 많이 미안타.]

항상 채원만 보면 미안하다고 하시는 부모님. 어릴 때 부모님의 가난에 대해 소리치며 부끄러워했던 자신이 그들의 가슴에 대못을 박았나 보다. 채원만 보면 미안하다고 하시는 부모님이 한없이 죄송스러웠다.

"아버지, 저도 아버지 많이 사랑해요. 우리 아버지가 최고예요."

채원의 목소리가 살짝 떨리며 물기를 머금었지만 티를 안 내려 목소리를 최대한 내렸다. 전화를 끊고 어쩐 일인지 슬픈 감정이 사라지지 않아 흘러내리는 눈물을 그대로 놔두며 계속 울었다. 기분 좋은 오늘 같은 날 눈물이 흘러내려서 스스로 바보 같지만 흘러내리는 눈물이 멈추지 않았다.

출근을 하며 유치원 현관을 들어서는 채원의 주변으로 알 수 없는 공기가 훑고 지나갔다. 분명 평소와 다름없는 유치원인데 등골이 오싹할 정도의 냉기가 내려져 있었다. 그냥 기분 탓이겠지 생각하며 교무실로 들어서는데 먼저 온 교사들이 서로 모여 이야기를 하고 있었다. 그러다 채원이 들어가자 황급히 흩어지며 자기 자리로 돌아갔다. 채원은 낯선 분위기에 다소 당황했지만 웃으며 인사했다.

"안녕하세요."

그녀의 말에 교무실에 있던 교사들도 대강 인사를 했지만 채원의 눈을 마주치며 인사를 하지 않고 피하는 듯했다. 채원은 아무래도 이상한 분위기를 감지했으나 먼저 그 이유를 물을 수는 없었다. 그리고 왠지 그들이 속닥거리는 것이 자신과 관련되어 있는 것 같아서 움츠러들었다. 채원은 책상으로 가 오늘 수업에 대한 부분을 점검하고 있었다.

"정말요? 민우 아빠가 이사장님이라고요?"

"그렇다니까요. 어제 대학 강당에서 본 사람들이 한둘이 아니래요. 그리고 그 시범 수업도 위에서 결정한 거라는데요?"

두 교사가 떠들며 들어오는 소리가 채원의 귀까지 들렸고 자연스럽게 채원의 고개가 그들에게 향했다. 교사 둘은 들어오다 채원이 있는 것을 보고 황급히 대화를 마치고 들어왔다. 여러 명의 교사가 있는 자리에서 조용한 침묵이 흐르는데 그게 그렇게 못 견디게 숨이 막혀올 줄은 몰랐다.

그러다 현재가 가방을 들고 들어오자 교사들이 하나둘씩 현재의 책상으로 모이며 수군대었다. 현재는 얼굴을 굳히며 무언가 계속 말을 하였다. 채원은 그들이 이러는 이유가 낯설고 숨이 막힐 것 같아 교무실을 나가려 일어섰다. 차라리 교실로 가서 있자. 교무실 문으로 가는 거리는 몇 발자국 되지 않는데 지금은 몇 키로나 떨어진 거리처럼 멀게 느껴졌다.

"정채원 선생님."

채원이 문고리를 잡는데 현재가 채원을 불러 세웠다. 갑작스럽게 불린 이름에 채원은 깜짝 놀랐으나 이내 마음을 다잡고 현재를 향해 고개를 돌렸다.

"오늘부터 여기 선생님들이 정 선생님 프로그램 같이할 수 없다고 합니다."

채원의 교재에 들어갈 내용을 이들이 도와주지 않는다면 문제가 생겼다. 채원은 현재를 가만히 바라봤다. 현재의 얼굴은 여전히 차가웠다. 어제 느꼈던 그 느낌 그대로 얼음을 만지는 기분이었다. 채원은 몸을 완전히 돌려 그녀들을 바라봤다.

"뭔가 저에 대해 이야기하고 있는 것 같아서 빠져 주려고 했더니 다시 불러 세우시고. 도대체 종잡을 수가 없네요."

채원의 음성이 떨려와 스스로 주먹을 꽉 쥐었다.

"하고 싶은 말 있으면 직접 하세요. 면전에 대고 욕하는 게 차라리 더 낫습니다."

단조로운 채원의 말에 젊은 교사 한 명이 말을 꺼냈다.

"민우 아빠가 이사장님이라면서요. 정 선생님은 그거 알고 사귄 거예요?"

역시나 그 이야기다. 그리고 그녀들이 그런 생각을 하고 있을 것이란 것도 어느 정도 예상하고 있었다. 채원의 입가에 비웃음을 머금은 한기가 돌았다.

"알고 사귄 거면 큰일 납니까?"

"그렇다면 정 선생님 시범 수업 평가가 공정하지 못한 걸 수도 있잖아요!"

또 다른 교사가 흥분한 듯 목소리를 높였다. 현재와 친한 그 교사는 똑같이 열이 받는지 씩씩대기까지 했다. 그녀의 말에 다른 교사들도 고개를 끄덕이며 수긍하는 모습을 보였다.

"어쩐지 애 딸린 홀아비랑 연애한다고 할 때 이상하다 했어. 멀쩡한 사람이 왜 굳이 그런 남자를 만나는지 이해할 수 없었거든."

누군가 혼잣말로 중얼거렸지만 교무실 안에 적막으로 인해 모든 사람에게 다 들리게 되었다. 그 사람은 말이 새어 나온 것을 알고 살짝 놀란 듯 입을 가렸지만 채원과 눈이 마주치자 이내 고개를 돌려 버렸다.

"선생님들이 직접 들은 거예요? 평가가 공정한 게 아니라고? 도대체 그 말은 어디서 나온 거예요! 선생님들 지금 그 말에 스스로 책임질 수 있어요?"

채원의 목소리도 덩달아 높아졌다. 아, 여기서 자신마저 똑같이 흥분하며 맞서면 안 되는데 채원도 속상한 마음이 커져 목소리가 높아졌다. 채원의 말에 한동안 교사들의 얼굴에 불만 섞인 표정이 가득하였지만 누구 하나 말을 꺼내지 않았다. 그러자 현재가 느리게 입을 열었다.

"확인을 할 수 있는 사람은 정 선생님뿐이니 우리가 여기서 열이 받은들 어떻게 밝혀내겠어요. 다만, 앞으로 계속되는 수업은 정 선생님 혼자서 감당해야 할 거예요. 여기 있는 교사들 누구 하나 도와주고 싶은 마음 없거든요."

채원은 교사들을 하나씩 돌아가며 바라보았다. 그녀의 눈이 마주칠 때마다 눈길을 피했지만 정말로 도와주고 싶지 않은지 모두 입을 꾸욱 다문 채로 있었다. 그러다 보경에게로 눈이 갔다. 그녀는 안절부절못하는 표정을 지었지만 선뜻 말을 꺼내지 못하였다. 채원은 허탈한 웃음을 지으며 고개를 끄덕였다.

"좋아요. 도와주고 싶지 않은데 억지로 도와주면 안 되죠. 앞으로 수업은 제가 하겠습니다. 하지만 책으로 나오는 건 저 혼자만 얼굴 비치는 게 아니라 아이들과 수업한 게 나오는 겁니다. 그러니 제가 요구하는 시간에는 아이들 지도할 수 있게 자리를 마련해 주세요. 어차피 선생님들 내 수업 힘들어하셨잖아요. 잘됐네요. 그리고 민 선생님."

채원은 현재를 바라보며 차갑게 말을 이었다.

"친한 친구분 이사장실에서 일한다면서요. 그 사람한테 직접 물어보세요. 정말로 평가 결과가 조작된 건지. 그게 사실이라면 두말없이 사과하고 유치원 그만둘게요. 하지만 공정한 평가였다면 민 선생님 포함 여기 있는 선생님들 모두 저한테 심하게 말하신 것 사과하세요."

그리고는 몸을 돌려 빠르게 교무실을 나와 버렸다. 하루아침에 공공의 적이 되어 왕따가 된 기분. 자신이 얼마나 잘못했기에 저들이 저렇게 흥분하며 열을 받아 할까. 윤호랑 사귀는 게, 이사장이랑 사귀는 게 그렇게 왜곡될 일인가. 채원은 나오려는 눈물을 꾹 참고 교실로 걸어갔다. 언제부터 네가 교사들과 친했어. 언제나 거리 두며 살아온 건 정채원 너야. 그러니 평소와 다를 거 없어.

교실에서 교구를 세팅하며 혼란스러운 마음을 달래고 있는데 문가로 보경이 서 있는 게 보였다. 그녀의 얼굴에는 미안함과 당황스러움이 담겨 있었다. 채원은 굽혔던 허리를 폈다. 그녀가 조심스럽게 다가왔다. 눈에는 눈물이 담겨 있었다.

"정 선생님, 미안해요. 내가 사귀는 거 비밀로 했으면 이런 일 없었을 텐데……."

정말로 그랬다면 이런 최악의 상황까지는 오지 않았을 것 같았다. 채원은 한숨을 쉬었다.

"할 수 없죠. 이미 알게 되었으니 미안해하지 않아도 돼요. 언젠가는 알게 될 일이었어요."

채원의 담담한 말에 보경의 눈물이 흘러내렸다.

"아까는 교무실에 선생님들이 너무 무섭게 그러셔서 말하지 못했어요. 전 정 선생님 믿어요. 분명 다른 선생님들이 오해하고 있는 걸 거예요. 그날 제가 보기에 선생님 수업이 민 선생님 수업보다 확실히 좋았어요. 그러니 기분 푸세요."

채원보다 세 살이 어린 보경은 가볍긴 했지만 사람이 진실 되었다. 이 상황에서 분위기에 휩쓸리지 않고 자신을 믿어주고 있었다. 그러자 꽉 막혀 있던 가슴이 조금 풀리는 느낌이었다. 채원의 입가에 낮은 미소가 걸렸다.

"선생님이 날 믿어줘서 참 힘이 되네요. 고마워요."

채원의 말에 용기를 얻었는지 그녀가 눈물을 닦고 씩씩한 말투로 내뱉었다.

"선생님 수업 최대한 열심히 도와드릴게요. 부탁할 일 있거나 어려운 일 있으면 주저 말고 말하세요. 아마 다른 선생님들도 다시 선생님 믿을 거예요."

정말 그랬으면 좋겠다. 채원의 노력이 평가절하 되지 않았으면
하는 바람이다.

채원이 하고 있는 프로그램 실제는 각 반별로 실행되기에 진행
상황이 서로 달랐지만 채원은 금세 파악하고 적용할 수 있었다.
이 프로그램은 자신의 것이었다. 언제든, 어떤 상황에서든 활동을
펼칠 수 있어야 했다. 다행히 교사들이 수업하는 부분에서까지 왕
따를 시키지는 않아 하루에 30분씩은 채원에게 자리를 양보하였
다. 채원이 모든 수업을 다 진행하는 것을 이상하게 여긴 원장이
따로 채원을 불러 물었다.

"프로그램 혼자 다 하려면 힘들 텐데 다른 선생님들한테 도움
을 청하세요."

"아…… 다른 선생님들이 하기에 조금 부족한 면들이 있어서
제가 하려고요. 아무래도 이 수업은 제가 가장 잘 알기 때문에 제
가 하는 게 맞아요. 그리고 조금이라도 어색하거나 부족한 내용이
들어가면 저만 욕먹는 게 아니라 같이한 선생님들도 욕먹는 거잖
아요. 그거보단 저 혼자 욕먹고 마는 게 낫죠."

채원의 미소에 원장이 고개를 끄덕였다. 원장의 눈빛이 자상해
서 그것만으로도 채원은 만족했다. 믿어주는 사람이 한 명이라도
있으면 되었다.

"우리 정 선생님 참 믿음 가서 좋아요. 국문과 학과장님이 선생
님 굉장히 좋게 보신 것 알죠?"

학과장이란 말에 채원이 어색하게 웃었다.

"내가 선생님에 대해서 언급한 건 이사장님이랑 만나는 사이라는 정도만 알린 건데 그분은 한 번 보고 선생님의 성격이랑 마음씨를 알아채셨나 봐요. 만날 때마다 선생님 잘 있냐고 물어보시는데 관심이 상당하세요."

"과찬이세요."

채원이 쑥스러운 듯 웃었지만 기분이 나쁘지 않았다. 아니, 나쁜 게 아니라 무척 설레었다. 그는 윤호의 어머니였다. 그녀에게 이미지가 좋게 평가받는다는 건 여러 면에서 절대 마이너스는 아니란 소리였다.

벌써 며칠째 여러 반을 돌며 수업을 하고 교실로 돌아오자 민우가 채원을 빤히 바라봤다. 채원은 민우에게 웃어주며 쳐다보는 이유를 물었다.

"선생님 얼굴에 뭐 묻었어?"

"선생님 요즘 굉장히 바쁘네요. 우리들은 김선주 선생님한테 맡기고 다른 반만 다니는 거예요?"

민우가 약간 토라져서 말하는 게 왜 이렇게 예쁜지 모르겠다. 그래서 채원은 민우를 힘껏 안아주었다.

"미안. 민우가 많이 심심했나 보구나. 선생님이 우리 노래극을 다른 반에도 가르치느라 그랬어. 이제 조금 있으면 다 마무리되니까 그때는 민우랑 원 없이 놀게."

채원은 민우를 달래며 반 아이들한테 미안해졌다. 다른 반 아이들 챙긴답시고 채원의 반 아이들은 도리어 뒷전이었다.

이제 어느 정도 노래극이 완성되고 노래와 율동을 넣어 공연을 하면 끝이었다. 교사들이 도와주지 않았지만 채원 혼자 이렇게 진행해서 책을 만드는 것도 그녀는 그저 좋았다. 그리고 시간이 지나면서 채원의 수업을 직접 눈으로 본 교사들도 처음만큼 그녀에게 반감을 가지는 것 같지는 않았다. 언젠가는 그들이 알아줄 것이다. 언젠가는.

퇴근 시간이 되어 지친 몸을 이끌고 원을 나섰다. 9월 한 달 동안 어떻게 지냈는지 모를 정도로 바쁜 하루하루를 보냈다. 내 몸이 내 몸이 아니게 지냈더니 살도 많이 빠져 있었다. 윤호도 2학기에는 바쁠 것 같다더니 정말 평일에는 얼굴 한 번 보기 힘들 정도로 만날 수가 없었다. 밤에야 겨우 통화하는 것이 다였다.

채원이 유치원 언덕을 내려오는데 누군가 뒤에서 와락 그녀의 목덜미를 안는 통에 단말마의 비명을 지르며 자리에 주저앉아 버렸다.

"어, 놀랐어요?"

목소리가 익숙해서 그나마 놀란 가슴이 수그러들었지만 아직도 심장이 미친 듯이 뛰었다.

"성윤호 씨!"

채원이 짧게 소리치자 윤호는 정말 미안한 듯 채원의 안색을 살피며 바짝 긴장한 모습이었다.

"미안. 놀래주려고 그런 거긴 하지만 정말 이렇게 놀랄 줄은 몰랐네. 미안해요."

윤호가 안절부절못하자 채원은 놀란 가슴을 쓸어내리고 그의 어깨를 팡팡 내려쳤다.

"십년감수했어요. 내 목숨."

채원의 말투에 윤호는 다행이라는 듯 안도의 숨을 내쉬며 채원을 일으켰다.

"내가 다시 십 년 늘려줄게요."

"어떻게 늘려줄 건데요?"

그녀의 말에 윤호는 말없이 채원을 이끌었다. 오늘은 예전의 윤호 모습처럼 재킷에 청바지를 입고 있었고 뭔가 자유로운 느낌이 들었다. 버스 정류장을 향해 가는 그를 채원이 앞뒤로 살폈다.

"왜요?"

"오늘은 차 안 가져왔어요?"

그가 고개를 끄덕이자 채원이 아쉬운 듯 고개를 앞으로 돌렸다.

"자꾸 차에 의지하면 나중에는 더 걷기 싫어져요. 걸을 수 있을 때 많이 걸어요. 장수하려면."

윤호의 말에 장난이 가득했지만 채원은 어쩐지 오늘은 피곤하기도 해서 편하게 갔으면 했다.

정채원, 너도 속물이 다 됐구나. 언제는 힘들지 않았나. 항상 피곤했어도 그런 생각해 본 적이 없었는데 이제는 자연스럽게 자동차를 찾게 되다니.

버스 정류장을 향해 가는 채원을 윤호가 안쓰럽게 바라봤다.

"우리 애인 많이 힘들어 보이네."

채원이 그를 보며 살짝 미소 지었다.

"괜찮아요."

"민우가 그러는데 요새 선생님 다른 반 수업하러 다니느라 무척 바쁘다고. 자기들하고 안 놀아준다고 삐쳤대요."

그의 말에 채원이 쿡쿡 웃었다. 삐쳤다는 민우의 얼굴이 눈에 보이는 듯했다.

"혼자 다 하려 하지 말고 다른 선생님들한테 부탁해 보지."

윤호의 말에 채원의 얼굴이 잠시 굳어졌다. 그러다 이내 미소를 지었다.

"이제 거의 끝 무렵이에요. 내 책이니 내가 마무리를 지어야죠. 그나저나 오늘은 시간 내도 돼요?"

채원이 걱정스럽게 물었다.

"당연하지. 이사장이 쉬겠다는데 누가 뭐라 그래요."

"치. 이사장은 좋겠네요. 쉬고 싶을 때 마음대로 쉬고."

채원이 기분 좋은 투정을 부리자 그가 채원의 볼에 입을 맞췄다. 여전히 그의 팔은 채원의 어깨를 안고 있었다.

"그래서 오늘은 채원 씨 수명 십 년 늘려준다니까요."

"어떻게요."

말은 안 하고 계속 늘려준다고만 하는 윤호가 이상했다. 어느덧 채원의 집까지 올 동안 그는 채원의 손을 놓지 않고 계속 쓰다듬고 있었다.

"나 우리 집 다 왔는데."

채원이 집을 손가락으로 가리키자 윤호도 크게 고개를 끄덕였다.

"올라갑시다."

"에?"

"밥도 안 먹고 일했지? 오늘 내가 요리해 줄게요."

그의 말에 채원의 눈빛이 밝아졌다. 집 밥을 먹은 게 언젠지 기억도 나지 않았다. 야식에 바깥 음식을 사먹다 보니 집에서 먹는

밥이 그리웠던 참이었다. 갑자기 윤호가 채원을 번쩍 안아 들었다. 꺄악. 이 남자 뻑 하면 이렇게 안는다, 정말. 채원은 잔뜩 붉어진 얼굴로 어쩔 줄 몰라 했다.

열쇠를 열고 문을 열자 그가 채원을 안은 채로 소파에 내려놓았다. 그리고 신발을 벗겨주며 말했다.

"지금부터 당신은 내가 다 만들 동안 여기 꼼짝 말고 앉아 있어요."

그러더니 불을 켜고 부엌으로 가 냉장고를 열었다.

"세상에. 여자 사는 집 맞아요? 뭐 먹고살아요? 먹을 게 없네."

윤호가 한숨 섞인 말을 꺼내자 채원의 얼굴이 붉어졌다. 윤호는 냉장고에서 감자, 양파, 당근, 호박을 꺼내더니 도마를 꺼내고 칼질을 하였다. 그의 탁탁 도마 두드리는 소리가 듣기 좋았다.

"나 일등 신랑감 맞죠?"

그녀의 입꼬리가 올라갔다. 정말 일등 신랑감이다.

"맛이 어떨지 두고 봐야죠."

"하, 나의 요리 실력을 평가하시겠다? 마음대로."

그러더니 다시 멋진 칼솜씨와 함께 치익 기름에 볶기 시작했다. 채원은 그가 하는 모습을 소파에 기대 머리를 괴고 바라보았다. 정말 예쁜 내 애인. 그런데 너무 피곤했다. 저거 먹고 자야 하는데. 그가 애써 만들어주는 건데. 맛있게 먹어줘야 하는데. 그런데 눈꺼풀이 너무 무거웠다.

윤호가 오므라이스를 만들어 식탁에 내려놓고 채원을 바라보았다. 조용하다 싶더니 그새 자고 있었다. 윤호는 채원에게 다가와 소파에 걸터앉았다. 소파에 앉아서 몸을 구부리고 자는 채원이 불편해 보였다.

원장에게 들었다. 요새 정채원 선생님이 무척 바쁘고 고생하고 있어 안쓰럽다고. 다른 교사들이 도와주지를 않아 혼자 처리하느라 매일 힘들다고. 그 말에 하던 일 다 제쳐 두고 그녀를 보러 왔다. 유치원 안으로 들어가고 싶었지만 예전처럼 또 교사들을 마주칠 것 같아서 밖에서 기다렸다. 채원이 나와 걸어가는데 많이 피곤해 보였다. 도대체 왜 교사들에게 부탁을 하지 않지. 도와달라고 해보지. 무슨 문제가 있는 건가. 좀처럼 자기 이야기를 꺼내는 사람이 아니고 자존심이 센 여자라 무슨 일이 있어도 먼저 말해주지는 않을 것 같았다.

윤호는 채원을 안아 침대에 눕혔다. 그리고 머리를 쓸어주었다. 그의 손길을 느꼈는지 채원의 입에 미소가 걸렸다.

"윤호 씨가 너무 좋아요."

그녀가 잠결에 한 말에 심장이 뛰는 걸 느꼈다. 겨우 좋다는 말 한마디인데 가슴이 이렇게나 두근댄다. 채원의 어깨를 잡은 손이 살짝 떨렸다.

갑자기 채원이 그의 머리를 당겨 안아 입술을 맞추었다. 여전히 눈을 감고 있지만 그녀의 입술이 오물오물 움직여 그의 입술을 간지럽게 했다. 윤호를 끝없이 자극하며 머리를 당겨왔다. 그러자 윤호의 몸이 뜨겁게 더워지는 걸 느꼈다. 그녀의 입맞춤을 받고 있으면서 윤호는 여러 가지 생각에 정신이 아득해지는 걸 느꼈다.

이대로 이 여자를 갖고 싶었다. 그녀의 모든 걸 맛보고 싶었다. 하지만 이내 눈을 감고 있는 채원을 보며 감정을 추슬렀다. 그리고 침대에서 일어섰다. 무거워진 몸에 깊은 한숨을 내쉬고 채원을 바라보았다. 거실로 가 메모지를 찾아 메모를 한 뒤 현관문을 열었다.

감겼던 채원의 눈이 떠졌다. 윤호가 그녀를 침대에 눕힐 때 잠이 깨었다. 하지만 깼다고 할 수 없었다. 그녀를 보는 윤호의 눈빛이 뜨겁다는 걸 보지 않아도 느낄 만큼 강렬하게 다가왔기 때문이다. 채원은 이제 그를 받아들이고 싶었다. 그와 사랑을 나누고 싶었다. 그의 몸을 마음껏 만지고 싶었다. 그래서 잠결에 취한 듯 용기 내어 그의 머리를 끌어당겨 입을 맞췄다. 그런데 그는 채원을 떼어내고 일어서 나갔다.

채원은 부스스 일어나 앉아 그가 간 곳을 바라보았다. 사랑하는 여자가 옆에 있는데, 그리고 입을 맞춰오는데, 둘만 있는 여자의 집인데 저 사람은 어떻게 저리 태연할 수 있지. 여자에게 감흥을 못 느끼는 남자일까 생각도 해보았지만 채원에게 쉴 새 없이 입을 맞추는 것 보면 그건 아닌 것 같았다.

그렇다면 채원을 안기가 힘들거나 안을 수 없는 무언가가 있다는 말이었다. 아직도 지수가 생각나는 걸까. 그래서 채원에게 마음껏 다가가지 못하는 걸까. 이제는 윤호가 그런 감정이 아니라는 걸 알면서도 이런 상황에 놓이면 자동적으로 생각이 그리로 향하였다.

채원은 침대에서 발을 내려 거실로 나갔다. 테이블에 쪽지가 놓여 있었다.

—너무 곤히 자고 있어서 깨울 수가 없네. 부엌에 오므라이스 해놨으니까 깨면 꼭 먹고 자요. 그리고 책 내는 것도 좋지만 너무 몸 상하

게 하지는 말아요. 며칠 사이에 엄청 말랐어. 가뜩이나 마른 몸이 뼈만 남은 것 같아요. 갑니다.

부엌의 불을 켜자 모양도 예쁜 오므라이스가 투명한 랩에 덮여 있었다. 채원은 복잡 미묘한 생각에 한숨을 쉬었다. 다정다감한 그의 마음이 사랑이라고 착각하고 있는 건 아닐까라는 터무니없는 생각이 들었다. 그는 원래 이렇게 여자를 잘 챙겨주고 누구에게나 친절해서 그 스스로도 사랑이라고 착각하는 건 아닐까.

이렇게 그의 마음을 받고 있으면서도 채원은 온전히 그를 갖지 못했다는 생각이 들어 한편으로는 씁쓸했다. 같이 자고 싶어요, 라고 직접적으로 말을 꺼내면 그때는 윤호가 어떤 반응을 보일까. 채원은 오므라이스를 한입 베어 먹으며 그 맛있는 향에 눈시울이 붉어졌다. 날 안아주지 않으면 어때. 이렇게 날 생각해 주고 사랑해 주고 있는데. 그거면 됐지.

11. 삶의 역습 (2)

채원의 수업은 거의 모든 연령에서 끝을 보이고 있었다. 이제 공연을 위한 최종 점검만 하면 2개월간의 고된 노력도 결실을 맺는 순간이었다. 교사 회의로 모든 교사가 회의실에 모여 앉았다. 원장은 채원의 수업을 높이 평가하며 전체 공지를 하였다.

"정채원 선생님이 몇 달간 고생하여 수업을 마무리하였다고 합니다. 이제 최종적으로 공연을 보여주면 되는 건데 우리만 보기 아쉽지 않습니까? 그래서 연말에 학습 발표회를 하던 것을 앞당겨 정 선생님 걸로 미리 했으면 하는데 다른 선생님들 의견은 어떠세요."

원장의 말에 교사들도 별다른 말 없이 고개를 끄덕였다. 사실 학습 발표회를 하면 몇 달 전부터 거기에 해당되는 연습과 발표준비로 몇 날 며칠을 야근해야 했는데 본인들이 하지 않는다면 오히려 고마운 일이었다. 교사들이 긍정의 의미를 보내자 원장은 채원을 보며 웃었다.

"그동안 수고하셨어요. 선생님이 발표회로 적합한 날짜를 정해 주면 각 반 담임선생님들은 학부모들에게 공지하는 걸로 하죠. 정 선생님 원고 제출 날짜도 있으니 기왕이면 10월 안에 하는 걸로 했으면 하는데 정 선생님, 괜찮을까요?"

"네. 아이들과 몇 가지만 더 점검하면 됩니다."

채원이 웃으며 답을 하였다. 채원의 수업으로 발표회를 해보는 건 처음이지만 모두에게 보여줄 수 있는 좋은 기회란 생각이 들었다.

"원장님, 정 선생님이 발표회를 다 해버리면 남은 교사들은 일 년 동안 놀고 지낸 꼴이 되는 거 아닌가요."

아까부터 얼굴 표정이 좋지 않던 현재가 말을 꺼냈다.

"모두 똑같이 고생했는데 정 선생님만 부각되는 것 같아 저는 좀 그렇습니다."

현재의 말에 원장은 일리가 있다는 듯 고개를 끄덕였다.

"그렇게 생각할 수도 있겠네요. 그럼 뭐 좋은 아이디어 있을까요?"

"정 선생님 발표는 그대로 진행하고 다른 교사들도 학부모와 간담회를 하든지 아이들과 한 활동에 대해 알리는 시간을 갖는 게 필요하다고 생각합니다."

현재의 말에 다른 교사들의 얼굴에서 불만 섞인 표정이 새어 나왔다. 원장은 한동안 고민하더니 말을 꺼냈다.

"그럼 노래극 발표회를 갖고 그 뒤에 전체 교사들과 학부모들이 함께 모여 간담회를 갖는 걸로 하지요. 각 반별로 할 거 있나요. 모든 사람들이 함께 즐기면 더욱 좋을 테니 그날은 축제처럼 장을 마련하는 것이 좋을 것 같습니다. 다들 어떻게 생각하십니까?"

원장의 말인데 싫다고 할 사람이 어디 있을까. 그의 말 어디에도 '이건 아니라고 생각합니다.' 라고 말할 부분이 담겨 있지 않았다. 원장이 회의실에서 나가는 걸로 회의가 끝났음을 알렸다. 그러자 조용히 있던 교사들 표정이 그제야 제 모습을 찾기 시작했다. 그리고는 현재를 일제히 바라보았다.

"민 선생님, 정 선생님 발표 이후에 굳이 학부모 간담회를 할 필요가 있을까요. 괜히 일 만드는 것 같은데."

"맞아요. 우리가 왜 아무 일도 안 했어요. 그걸 꼭 알려야지만 학부모들이 알아챌까요."

그녀들의 말에 현재가 차갑게 바라봤다.

"선생님들이 그런 생각을 하니까 계속 그렇게 이인자로 살아가는 겁니다. 학부모들이 알아주니까 아무것도 안 한다면 교사들은 언제 성장합니까. 학부모들은 결국 정 선생님 발표에만 관심을 갖게 될 겁니다. 그들이 그런 생각을 갖게 된다는 게 속상하지 않으세요?"

그녀의 말을 듣자 교사들도 기분이 나쁜지 얼굴이 붉어졌다.

"민 선생님, 말이 너무 지나치네요!"

어떤 교사가 목소리를 높이자 다른 교사들이 동조하는 음성을 내었다.

"지금까지 민 선생님 생각해서 우리 모두 입 다물고 있었지만 사실 그동안 정 선생님 수업하는 것 보니까 뽑힐 만해서 뽑힌 거라는 생각이 들었어요. 흠잡을 데 없이 지도하시는데 석연찮은 결과가 나올까 의문이었습니다. 지금도 보세요. 결국 정 선생님 혼자서 발표회를 다 준비하시게 되었잖아요. 민 선생님 수업이라면 그렇게 다 보여줄 수 있었을까요."

"교사들 대부분이 정 선생님 수업에 감탄해하고 있어요. 그렇게 수업하면 정말 아이들이 좋아하겠구나, 우리도 반영해서 지도하면 좋겠다, 라는 생각이 들 정도로 매번 아이들과 그렇게 잘해내시는 것 보고 솔직히 존경스러웠어요."

한 교사가 채원을 보며 살짝 미소 지었다. 채원은 갑작스럽게 그들의 태도가 돌변한 것이 어색하고 낯설었지만 드디어 자신의 노력을 알아주는 건가 싶어 심장이 두근거렸다. 현재가 의자를 확 젖히며 일어섰다. 그리고 다른 교사들을 돌아가며 노려보았다.

"정말이지 자존심도 없고 배알도 없는 사람들입니다."

그리고 회의실을 나가 버렸다. 그녀가 나가자 한동안 회의실은 적막에 둘러싸여 공기마저 움직임이 없었다. 교사들은 적막에 빠져 있는 듯 조용히 있다가 하나둘 일어섰다. 그리고 회의실을 나가며 채원을 돌아봤다.

"그동안 정 선생님 오해하고 불신해서 미안해요. 우리가 도와주지도 않아서 혼자 많이 힘들었을 텐데 이제라도 필요한 것 있으면 말씀하세요. 발표회 최선을 다해 도와드릴게요."

"그래요. 우리가 모진 말 해서 많이 힘들었죠. 정말 죄송해요."

교사들이 모두 회의실을 나가자 그제야 채원은 참았던 눈물이 쏟아져 나왔다. 혼자 준비할 때는 이 악물고 버텨 괜찮았는데 그들이 저렇게 두 손 들고 나오자 그동안의 고생이 모두 튀어나와 채원의 감정을 뒤흔들었다. 그리고 언젠가는 알아줄 거란 믿음이 통하는 것 같아 가슴 한곳에 답답함이 뻥 뚫리는 것 같았다.

채원의 노래극 발표가 일주일 앞으로 다가왔다. 어느새 학부모들에게 공지를 하여 대부분 참석에 동의한다고 알려왔다. 그래서 발표회 날짜는 평일이 아니라 토요일로 잡게 되었다.

채원은 그동안 호랑이반 아이들에게 너무 소홀했던 것 같아 교실을 들어오는 아이들 한 명 한 명을 꼬옥 안아주었다. 아이들은 채원에게 안기며 이제는 다른 반에 가지 않는 거냐며 기대하는 눈빛을 보냈다. 채원은 한 명 한 명 안아주다 서준이의 심통한 얼굴에 고개를 갸웃했다.

"왜 그래. 무슨 기분 안 좋은 일 있니?"

서준은 채원을 보며 눈물을 그렁그렁댔다.

"선생님, 앞으로는 우리하고만 지내요. 다른 반에 가면 싫어요!"

그리고는 엉엉 울었다. 항상 도도하고 자존심 높던 서준이었는데 채원에게 감정을 드러내며 울고 있었다. 채원은 어느새 반년이 지나고 학기가 채워질 때가 되니 아이들과 서로 정이 들어버렸다는 것을 느꼈다. 그리고 서준마저 자신에게 의지하고 있다는 것이 새삼 감동으로 다가왔다. 제일 말썽꾸러기였던 녀석이. 그러다 교실 문에서 채원을 보며 알 수 없는 표정을 짓고 있는 민우를 발견하였다.

"민우야!"

채원이 팔을 활짝 펴 안으려고 하는데 민우는 고개를 숙이며 인사를 하였다.

"안녕하세요."

"어…… 그래. 그동안 많이 심심했지. 이제 다른 반에 갈 일 없으니까 안심해."

채원의 미소를 보며 민우는 한동안 머뭇거리더니 이내 눈빛을 빛내며 채원을 바라보았다.

"선생님."

"그래. 말해봐."

민우의 표정에서는 아이의 것이라고 느껴지지 않을 만큼 차가운 냉기가 흘러나왔다. 채원은 괜히 긴장이 되었다.

"우리 아빠랑 만나고 계세요?"

꿀꺽. 민우의 입에서 흘러나오는 말이 갑작스러워 채원은 갈피를 잡지 못했다. 마른침을 삼키며 놀란 듯 채원의 눈이 커지자 민우는 놓치지 않고 말을 이었다.

"정말 우리 아빠의 여자, 아니, 새엄마가 되실 거예요?"

윤호에게 들었나. 아니다. 채원과 상의도 없이 민우에게 말할 사람이 아니었다. 채원은 떨리는 손을 다잡고 민우를 바라봤다. 민우에게서는 아까보다 더욱 차가운 냉기가 나왔다.

"누구한테 들었니?"

"유라 아줌마한테 들었어요. 주말에 할아버지 집에 갔는데 유라 아줌마가 왔었거든요. 아빠가 선생님하고 만나고 있고 곧 결혼할 거라고 했어요. 정말이에요?"

민우의 눈은 얼른 진실을 알려달라는 듯 채원을 끊임없이 따라

왔다.

"아빠한테도 물어봤어? 선생님이 아빠 만나고 있냐고?"

민우는 채원의 말에 고개를 저었다.

"아빠한테는 아직 못 물어봤어요. 아빠 요새 너무 바빠서 집에도 아주 밤중에나 들어오시거든요. 그래서 선생님한테 먼저 물어보는 거예요."

결국 유라라는 여자가 채원과 윤호의 사이에 끼어들었다. 그와 그녀의 약점인 민우를 걸고넘어지며 압박하였다. 채원은 그 여자에게 심한 분노를 느꼈다. 아무리 안달이 났어도 아이를 상대로 그런 협박을 하다니. 언젠가는 민우가 알게 될 테지만 그건 윤호와 채원이 직접 말을 할 때였다. 이렇게 다른 사람을 통해 배려 없이 들을 말이 아니었다. 그녀가 정말 민우를 위했다면 그런 말은 하면 안 되는 거였다.

채원은 떨리는 음성을 애써 다잡고 민우를 바라봤다. 그리고 살며시 미소 지었다.

"선생님은 민우 아빠를 많이 좋아해. 민우를 사랑하는 것처럼 민우 아빠도 사랑하는 거야. 하지만 민우의 새엄마가 되는 건 생각조차 해보지 않았어. 아빠랑 선생님이 친하게 지내는 거 보고 유라 아줌마가 오해한 거야."

그 말을 듣자 민우의 표정이 급 밝아지는 걸 느꼈다. 민우는 정말 새엄마가 싫은 것 같았다.

"선생님, 난 선생님이 정말 좋아요. 그리고 사랑해요. 하지만 선생님이 내 엄마가 된다는 건 상상도 해보지 않았어요. 유라 아줌마가 그 이야기를 했을 때 너무 놀라서 울었어요. 선생님이 제발 아니라고 말해주길 바랐어요."

그래, 그래. 선생님은 절대 네 엄마가 될 생각이 없어.

채원은 그 생각이 들었지만 한편으로는 씁쓸한 마음이 물들었다. 아무리 좋아하는 선생님이어도 아빠의 여자는 싫다는 소리였다. 아이다운 마음이란 생각이 들면서도 왠지 허탈해졌다.

갑작스럽게 채원의 기분이 가라앉았다. 사랑해 마지않던 민우에게서 그런 타격을 받을 줄은 몰랐다. 아무리 그와 결혼할 생각이 없다지만 만나는 것까지 거짓은 아니기에 왠지 죄짓는 기분이 들었고 민우에게 떳떳하지 못해 스스로가 한심했다. 만약 민우가 사실을 알게 된다면 채원을 어떻게 대할까. 매몰차고 웃음기 하나 없는 아이가 돼버릴까 봐 그녀는 도리어 그게 걱정이었다. 밝았던 아이가 그 사실에 충격을 받을까 봐.

채원은 아이들을 하원시키고 교무실에 앉아 있었다. 오전에 민우에게 들은 말이 충격이 되어 하루 종일 일이 손에 잡히지 않았다. 멍하니 책상만 바라보고 있는데 인터폰으로 전체 방송이 떴다.

—정채원 선생님. 지금 원장실로 내려와 주세요.

인터폰 소리에 채원은 멍하던 정신을 다잡고 일어섰다. 나중에 그에게 다시 이야기해 보기로 하고 일단 그 생각을 접기로 하였다.

채원이 원장실 문을 열고 들어가자 안에는 원장을 마주하고 흥분해 있는 학부모 한 명과 현재가 앉아 있었다. 그 학부모는 성민유치원 학부모 운영위원장을 맡고 있는 현재 반 아이 엄마였다. 평소 현재와 사이좋게 지내던 엄마였다.

그녀의 얼굴이 채원을 보더니 더욱 붉어지며 못마땅한 눈빛을 하였다. 원장은 앞에 앉은 사람을 마주하며 씁쓸한 얼굴을 한 채 얼굴이 굳어 있었다. 무슨 일이 생긴 것 같다. 채원은 저도 모르게 마른침을 꿀꺽 삼키며 인사를 했다.

"안녕하세요, 강민 어머님. 오랜만에 뵙습니다."

채원이 학부모를 향해 인사하자 그녀의 입에서 차갑고도 날 선 목소리가 나왔다.

"정채원 선생님, 내가 정말 기가 막혀서 말이 나오지 않네요. 이런 더러운 상황을 내 입으로 말해야 한다는 게 수치스러운데 직접 물어볼게요."

그녀의 입에서 나오는 목소리가 격앙되고 흥분되어 채원은 자연스럽게 움츠러들었다.

"선생님 반 아이 아빠하고 연애한다는 게 사실이에요?"

스스로 내뱉고도 말이 안 된다는 듯 목소리가 떨려왔다.

"강민 어머님, 그 얘기는 제가 말씀드렸잖아요. 그분은 아내가 없다고. 그러니 아무 문제 되지 않는다고……."

원장의 말이 다 끝나지도 않았는데 강민 엄마는 원장을 보며 소리쳤다. 한 집단의 장(長)인 사람에게 대하는 태도가 상당히 무례했다.

"원장님! 저 성민유치원에 우리 애 보내면서 항상 깨끗하고 밝은 모습이라 만족해했어요. 선생님들도 한결같이 부모들에게 잘해서 아무런 걱정 없었어요. 그런데 아무리 아이 엄마가 없다고 해도 자기 반 아이 아빠랑 연애를 한다는 게 말이 되는 일인가요?"

채원은 그녀의 말을 들으며 그가 왜 그렇게 흥분을 했는지 비로소 느낄 수 있었다. 한마디로 지금 강민 엄마는 학부모와 연애하는 교사에 대해 파렴치하고 더럽다고 느끼는 것이었다.

"어머님, 진정하세요. 그 부분에 대해서는 충분히 오해하실 만한 상황이지만 절대 부끄러운 관계가 아닙니다. 혹시 불륜을 생각하고 계시다면 절대 그렇지 않다는 말씀을 드리고 싶습니다."

채원의 음성이 떨려왔지만 계속해서 다잡으며 최대한 안정되게 말을 했다. 그녀의 말에도 강민 엄마는 믿을 수 없다는 눈으로 채원을 무섭게 노려보았다.

"불륜이 문제가 아니에요. 내 말뜻을 잘 못 알아들으시네요. 선생님이 반 아이 아빠와 교제를 한다는 것 자체가 문제예요. 졸업한 아이도 아니고 지금 원에 다니고 있는 아이의 아빠와 관계를 가지는 게 정당하다고 생각하시나요. 이걸 다른 학부모님들이 알게 되면 어떻게 생각하시겠어요. 특히나 정 선생님 반 학부모들은 어떤 느낌이 들까요. 선생님을 이해해 주겠어요?"

그녀의 말을 들으며 채원은 헤어 나올 수 없는 답답함과 미친 듯이 뛰는 심장을 다스리지 못해 온몸이 부서질 것만 같았다.

"그리고 우리 민현재 선생님한테 들으니 그 아빠가 성민재단 이사장님이라면서요. 이 사실만 놓고 봤을 때는 정 선생님이 꼬리치고 그 사람에게 의도적으로 접근했다고도 봐야지요. 아내도 없겠다, 학부모인 걸 알면서도 그 위험을 감수하고 만나고 싶을 만큼 부와 재력을 가진 사람이니까."

강민 엄마의 말에 채원은 온몸에 오물을 뒤집어쓴 듯 수치스러움을 느꼈다. 자신의 사랑이 저 사람으로 인해 가볍고 아무것도 아닌 더러운 놀음으로 추락하는 것 같아 가슴이 쥐어짜듯 아파왔다. 왜 자신의 사랑이 저 사람 때문에 아프고 상처받아야 하는지 모르겠다.

"듣기로 이번 발표회가 정 선생님 대학 교재를 위한 것이라고 하던데 이런 사람이 대학 교재를 쓴다는 사실이 정말 치욕스럽고 부끄럽게 느껴집니다. 얼마나 비리를 저지르고 사랑을 구걸했으면 대학에서 학생을 가르치라는 제안이 나오겠어요."

"강민 어머님!"

이번에는 원장이 강민 엄마에게 소리쳤다. 채원은 아무런 말 못 하고 벌벌 떨리는 손을 그저 맞잡고 있을 뿐이었다.

"말씀이 너무 지나치시네요. 우리 유치원 선생님입니다. 어머님께서 화나는 마음은 이해하지만 그렇게 함부로 말할 권리는 없습니다. 그건 우리 성민유치원 교사 전체를 욕하는 거나 마찬가지입니다! 그리고 훌륭한 프로그램이 있으면 누구든지 가르칠 수 있는 권리가 있습니다. 그런 것까지 강민 어머님이 참견할 문제는 아니라고 봅니다. 월권이에요!"

원장도 많이 화가 났는지 목소리에 분노가 서려 있었다. 강민 엄마는 원장의 분노에도 아랑곳 않고 채원을 죽일 듯 노려보았다.

"생각하면 생각할수록 열이 받네. 어쩜 정 선생님 사람이 그런 순진한 얼굴로 뒤에서는 온갖 호박씨를 다 깔 수가 있어요. 이래서 사람은 얼굴 보고 판단하면 안 된다고 하는 거지."

채원은 흥분해서 퍼붓는 강민 엄마를 보며 헤어 나올 수 없는 깊은 수렁에 빠진 기분이 들었다. 그래서 아무리 나오려고 발버둥을 쳐도 절대 나올 수 없는 늪처럼 심장이 저 밑 칸에 떨어지는 느낌이었다.

'민우는 이사장님 친아들이 아닙니다. 그는 삼촌일 뿐입니다.'

이렇게 외치고 싶은 마음이 가득하였지만 민우에 대해 전부 아들로 알고 있는 사람들에게 그 이유를 어떻게 설명하며 거기서 또 상처받아야 할 윤호와 민우가 떠오르자 아무런 말도 꺼낼 수가 없었다.

"강민 어머님, 제가 어떻게 하면 화가 가라앉으시겠어요. 지금은 어떤 말을 해도 믿지를 못하시니 행동으로 보여 드리겠습니다. 그러면 좀 나아지시겠어요?"

채원의 목소리가 사시나무 떨 듯 떨려왔다. 도대체 자신이 뭘 어떻게 해야 하나.

"생각 같아서는 지금 당장 그만두라고 하고 싶지만 선생님도 반 아이들 맡고 있으니 올해는 마무리하셔야겠지요. 지금은 선생님을 어떻게 대해야 할지 모르겠습니다. 하지만 학부모와의 교제는 지금 당장 그만두세요. 선생님 반 아이들을 위해서라도 그건 정말 하면 안 되는 겁니다. 아무리 남자가 좋아도 넘어야 할 선이 있고 넘지 말아야 할 선이 있는데 정채원 선생님은 선을 넘어선 것입니다. 제 말에도 계속 교제를 하시겠다면 저도 이 문제를 학부모위원회에 회부할 생각입니다. 그리고 성민재단은 교육부에 정식 제소할 겁니다. 이사장 이하 관련자들이 평가 결과를 조작하여 엉뚱한 사람이 뽑히게 됐으며 그 이사장은 아이 반 교사와 현재 교제 중이라고요. 불륜이든 뭐든 지금 맡고 있는 반 아이의 교사와 그렇고 그런 사이란 게 알려지면 성민재단도 이미지가 많이 실추되겠지요."

채원은 강민 엄마의 말에 눈앞이 하얘지며 정신이 자꾸만 놓아지려 하는 걸 가까스로 붙잡았다. 자신에게서만 그치지 않고 성민재단, 그리고 윤호까지 피해가 가는 상황에 채원은 온몸에 소름이 돋는 걸 느꼈다. 그건 절대로 원치 않는 일이었다. 강민 엄마라는 사람이 정말 무섭게 느껴졌다.

그녀는 현재 여당 의원이자 국회상임위원회를 맡고 있어 충분히 가능하고도 남는 일이었다. 성민재단이 이런 일로 이미지를 깎아먹게 하는 건 두고 볼 수 없었다. 자신 때문에 사람들 입에 오르내리고 전국적으로 망신을 당하게 할 수는 없는 일이었다.

"시간을 조금 주세요. 그분과 만나는 게 도저히 받아들일 수 없으시다면 저도 만남을 지속할 생각 없습니다. 우리 반 아이들과 학부모님들은 저에게도 중요한 분들입니다. 한순간도 그런 사실을 잊은 적 없습니다. 그러니…… 더는 다른 사람들에게 피해가 가지 않게 해주세요."

채원의 울음 섞인 목소리에 강민 엄마가 소파에서 일어섰다. 그리고 채원을 차갑게 내려다 봤다.

"내가 정말로 그렇게 할지 안 할지는 앞으로 정 선생님의 행동을 보고 결정하겠어요. 나도 우리 애가 삼 년 동안 잘 다니고 있던 유치원을 상대로 그런 일을 벌이고 싶지는 않으니까."

그리고는 옆에 놓인 가방을 옆으로 메고 빠르게 원장실을 걸어나갔다. 강민 엄마가 나간 자리에는 적막이 놓여 있었지만 그 적막은 무겁고 금방이라도 미칠 것만 같은 무게를 짓누르고 있었다.

현재는 가만히 앉아 있다 소리 없이 문을 열고 나갔다. 탁. 그녀가 나간 자리에 넋을 놓고 앉아 있는 채원과 문 쪽을 보며 한숨을 푹푹 쉬고 있는 원장이 남아 있었다.

"정 선생님 잘못 없으니 기죽을 필요 없어요. 이사장님이랑 만나는 사실이 문제 되는 건 아무것도 없으니까 걱정 말아요. 내가 이사장님 만나서 이야기해 볼게요."

이사장을 만난다는 말에 채원이 급히 원장을 막았다.

"원장님, 말하지 말아주세요. 비밀로 해주세요. 강민 어머님 정말로 교육부에 제소할지도 몰라요. 그렇게 되면 그동안 쌓아왔던 성민에 대한 이미지 무너지는 거 한순간이잖아요. 그럴 순 없어요. 강민 어머님 말대로 되게 하고 싶지 않아요."

여전히 울음 섞인 목소리를 내뱉는 채원은 그래도 가까스로 정신줄을 붙잡았다.

"성민재단 사람들은 오늘 일 전혀 몰랐으면 좋겠어요. 알게 해서 괜히 신경 쓰게 하고 싶지 않아요. 저만 마음잡으면 되는 거잖아요. 더는 원에 분란을 만들고 싶지 않습니다. 그러니 더더욱 이사장님에게는 비밀로 해주세요. 원장님, 부탁드려요."

채원의 간절함이 담긴 말에 원장도 억장이 무너짐을 느꼈다. 4년 동안 보고 지내면서 한 번도 실망시킨 적이 없는 똑똑하고 노련한 교사였다. 사람이 진실 되고 예의 바라보는 내내 미소 짓게 하는 사람이었다. 그런 사람이 학부모 한 명의 폭언으로 완전히 무너져 내리는 모습을 보는 것이 기분이 좋을 리가 없었다.

"정 선생님, 우리 성민재단이 그런 일 하나에 어떻게 되거나 이미지가 나빠지는 일은 절대 없어요. 이사장님 만나면서 느꼈을 거 아니에요. 이 거대한 집단이 그 정도 분란도 해결하지 못할 거라고 봐요? 이사장님은 정 선생님이 생각하는 것보다 훨씬 더 냉철

하신 분이에요. 이번 일에 대해 아마 그분이 더 화를 낼 겁니다."

"하지만…… 제가 이사장님과 만나고 있었던 사실은 어쩌질 못하잖아요. 강민 어머님이 말했던 것처럼 다른 학부모님들이 알게 되면 절 어떻게 보겠어요. 아무리 학부모님들이 절 예뻐해 주신다고 해도 이건 또 다른 문제예요. 매스컴을 타고 그런 사실이 세상에 알려지면 우리 성민유치원과 성민재단, 그리고 민우와 이사장님에 대해서 어떻게 생각하겠어요. 전 그 생각만 하면 온몸이 굳어지고 머리가 서요. 아무리 그가 부인이 없고 혼자라도 세상 사람들 생각이 다 긍정적이지는 않잖아요. 그런 일로 구설수에 오르게 하고 싶지 않아요. 그러니 원장님, 조용히 넘어갔으면 좋겠습니다."

"내가 말하지 않는다고 덮여질 사안인가 이게."

원장은 안타깝고도 속상한 마음에 애꿎은 채원의 등만 툭툭 쳐내렸다.

채원은 원장실에서 나와 교무실로 향했다. 눈이 퉁퉁 부어 분명 무슨 일이 있었냐고 교사들이 추궁할 게 뻔했다. 그래서 교무실로 가려던 발걸음을 돌려 유치원의 옥상으로 올라갔다. 옥상엔 옥상 정원을 해놓아서 바깥에 텃밭하고는 또 다른 분위기를 자아냈다. 채원은 거기서 혼자 벤치에 앉아 있는 현재를 발견했다. 그녀는 채원을 보더니 흠칫 놀란 표정을 지었다. 그리고 이내 일어서서 채원이 서 있는 문 쪽으로 다가왔다.

채원은 현재가 다가오는 것을 보고 천천히 걸음을 멈췄다. 그냥 지나치려는 현재를 잡아 세웠다.

"강민 어머님께 선생님이 말하신 거예요?"

현재를 보는 채원의 눈에 원망이 깃들어 있었다. 현재는 머뭇거리더니 채원을 보며 당당해했다. 내가 뭘 잘못했냐는 눈빛으로 채원을 바라보았다.

"그래요. 내가 말했어요. 난 별말 한 거 없어요. 그냥 호랑이반 정채원 선생님이 요새 그 반 아이 아빠를 만나고 있는 것 같아서 걱정이라고 말했을 뿐이에요. 그리고 그 사람이 이사장님이라는 것만 말했어요. 강민 어머님도 학부모 운영위원장으로서 그러한 사실은 알고 있는 게 맞는 것 같아서."

"그럼…… 그러면 다 말한 거잖아요. 선생님, 도대체 절 왜 그렇게 미워하세요. 제가 뭘 그렇게 잘못했나요."

채원의 억눌린 목소리에 현재가 차갑게 그녀를 바라보았다.

"내 경력과 자존심, 위상을 빼앗아갔잖아요. 내 지위마저 흔들리게 했어요. 그런데 내가 선생님이 예쁘겠어요?"

"그래도 그렇지. 우리 같은 교사잖아요. 선생님 성민에서 7년이나 있었잖아요. 그런데 이렇게 유치원에 먹칠을 하면 안 되는 거잖아요."

채원의 말은 여전히 눈물로 얼룩져 있었다.

"그렇게 사랑한 성민이 이제는 싫어요. 나도 강민 어머님이 그렇게까지 화를 내고 성민재단을 욕할 줄은 몰랐어요. 내 이야기를 듣더니 나보다 더 흥분하셨어요. 하지만 제소하든 보고하든 이제는 나랑 아무 상관 없어요. 내가 왜 성민재단을 위해 참고 고개 숙이고 그래야 해요. 난 아무 관련 없는 사람인데."

현재의 차갑고도 시린 말이 채원의 심장을 계속해서 송곳으로 찌르듯 무참히 찔러왔다.

"선생님 수업이 시범 수업에서 뽑히셨어도 그렇게 절 미워했을 까요. 그랬어도 이사장님이 민우 아빠인 걸로 절 이렇게 힘들게 했을까요."

현재는 채원의 말에 한동안 말을 잇지 못했다. 현재도 감정이 억눌러지는 것 같았다. 그녀에게 시범 수업은 전부였나 보다. 그 래서 그 결과가 좋지 않자 현재도 사람이 바뀌어 버렸다. 더 이상 예전에 자신이 존경해 마지않던 현재가 아니었다.

"선생님한테 정말로 실망했어요. 그리고 같은 교사인 것이 이 제는 부끄러워져요. 오늘 일어난 일들 모두 절대로 용서하지 않을 겁니다."

그리고 채원은 걸음을 떼었다. 현재가 내려가 아무도 없는 공간 이 되자 채원은 그제야 소리 내어 울어버렸다. 그녀의 눈물은 바 다처럼 흘러도 마르지 않고 계속 내려왔다. 갑작스럽게 당한 공격 과 충격에 채원은 정신을 차릴 수가 없었다. 이 상황을 윤호에게 전부 말해 버리고 싶었다. 그리고 자신은 이 고통에서 벗어나고 싶었다. 모든 걸 그가 다 처리해 주길 바랐다. 아마 그는 정말로 다 처리할 것이다.

하지만 그녀의 마음이 하지 말라 했다. 그에게 고통을 주지 말 라고 하였다. 문제를 처리하면서 그가 힘들어하는 모습 보이지 않 게 하라 하였다. 성민에 해를 끼치지 말라 하였다. 민우가 감당해 야 하는 아픔을 느끼게 하지 말라 하였다.

채원의 마음은 그녀를 전혀 봐주지 않고 지독히도 못되게 굴었 다. 처음부터 끝까지 네가 잘못한 거야. 그렇게 애초에 윤호를 만 나지 말았어야지. 학부모는 만나지 말라고 그랬잖아. 네가 자초한 일이야. 그러니 책임도 네가 져. 남 탓으로 돌리지 마.

　채원은 속마음에서 울려 퍼지는 그 소리를 벗어나려고 머리를 세게 흔들어보아도 그 소리는 더욱 채원의 귓가로 파고들었다.

　"그만해!"

　채원은 허공에 대고 소리쳤다. 그 바람에 옆에서 괴롭히던 소리들도 날아가 버렸다. 그녀의 눈물방울도 날아가 버렸다.

　"그만하자. 이제 그만하고 싶어. 이제 그만할 테니까 날 좀 내버려 둬."

　나지막한 음성으로 중얼거리듯 혼잣말을 내뱉는 그녀의 모습에서 금방이라도 울어버릴 것 같은 슬픔이 묻어 나왔다. 휴대폰의 문자가 울렸다.

　「책상에 놓인 선인장을 보니 채원 씨가 더 보고 싶네. 괜히 여기다 갖다 놨나 봐. 일에 집중을 할 수가 없어요. 계속 당신 생각이 나서. 사랑해요. 어제보다도 더.」

　그의 문자에 채원은 다시금 심장이 죄어오는 걸 느꼈다. 이렇게 사랑하는데 서로 원하는데 왜 우리는 남들처럼 쉽지 못할까. 왜 우리는 이렇게 사랑에게 자꾸만 상처를 받을까.

　휴대폰을 가슴에 묻은 채원의 눈엔 또다시 눈물이 흘렀다. 이미 흘러내린 양보다 더 많은 눈물이 쉴 새 없이 채원에게서 흘러나왔다. 마치 그녀의 영혼이 눈물에 씻겨 흘러나오는 것처럼.

　교무실로 돌아오자 보경이 다가왔다. 그녀의 얼굴에는 근심과 걱정이 가득 담겨 있었다.

　"선생님, 괜찮아요?"

채원은 그녀를 보며 어색하게 웃어 보였다. 그리고 자신의 책상으로 왔다.

"강민 어머님 너무한 거 아니에요? 어쩜 자기 애 다니는 유치원의 교사한테 그렇게 심하게 할 수 있어요."

보경의 말에도 채원은 아무 말 없이 일지를 작성하였다.

"얼마나 유치원 교사가 우습게 보였으면 그런 막말을 해요."

다른 교사들도 열이 받는지 하나같이 그 이야기였다. 그 얘기는 이제 그만했으면 좋겠는데. 채원은 더는 그 고통을 느끼고 싶지 않았다.

컴퓨터 키보드를 누르던 손가락을 둥글게 말아 주먹을 꽉 쥐었다. 그리고 서서히 의자에서 일어섰다.

"전 괜찮으니 이제 그 말은 그만했으면 좋겠네요. 선생님들이 알아주면 전 그걸로 만족해요."

그리고 책상에 놓인 가방을 집었다.

"오늘은 좀 일찍 퇴근할게요. 미안해요."

"뭐가 미안해요. 얼른 퇴근하세요."

채원은 그녀들의 시선이 느껴져 발걸음이 부자연스러웠다. 그들이 안타깝고 불쌍한 표정으로 바라보는 것이 못 견디게 괴로웠다. 그런 눈빛에 마음까지 태연하기에는 아직 많이 힘들었다.

채원은 원을 나와 언덕을 내려왔다. 오늘 아침부터 민우에게 예상치 못한 충격을 받았을 때 뭔가 예감한 일이었다. 지난번 그에게 선인장을 선물하고 그의 황홀한 키스를 받은 그때 너무 행복해서 오히려 불안한 느낌이 들었다. 원인 모를 공포가 깊숙이 자리 잡았는데 바로 오늘 같은 일을 예상해서 그랬었나 보다. 내 주제에 행복한 사랑은 원래가 맞지 않는 것이었다.

일찍 퇴근하여 밖은 아직 어둠이 찾아오지 않았다. 채원의 손은 그녀의 머릿속 판단보다 먼저 움직여 휴대폰 버튼을 누르고 있었다. 신호가 가자 상대편이 받았다.

[먼저 전화를 다 하고. 웬일이래요.]

그랬구나, 항상 먼저 전화를 한 건 윤호였다. 채원은 그저 전화를 받기만 했고 그의 전화를 기다리기만 했었다. 먼저 전화하면 어디가 어떻다고 그동안 혼자서 그리 고집을 부렸을까.

"오늘도 많이 바빠요?"

[음…… 바쁘긴 하지만 바쁘고 싶지 않네.]

"있죠. 저 할 얘기가 있는데 오늘 늦더라도 만나고 싶어요."

[무슨 얘긴데요. 나 저녁에 회의가 있어서 끝나면 아홉 시가 넘을 것 같은데 괜찮아요?]

"네. 전 아무 때나 상관없어요. 내가 그 근처로 가서 기다릴게요. 성민중고등학교 맞죠?"

[많이 기다릴 텐데 집에 있어요. 내가 집으로 갈게.]

"아니. 그냥 밖에서 보고 싶어요."

그리고 무작정 전화를 끊어버렸다. 어쩌면 눈치 빠른 윤호가 뭔가를 느꼈을지도 모른다. 채원은 성민중고등학교가 있는 용산으로 향했다. 버스를 타고 성민중고등학교 정류장에서 내린 채원은 몇 걸음 가자 거대한 부지를 자랑하고 있는 성민중고등학교를 마주하였다.

오래되었는지 교문은 청기와로 지어져 웅장했다. 교문 밖에서 이 학교 어딘가에 있을 이사장 집무실을 생각해 보았다. 꿈도 컸지. 이런 거대한 집단의 남자를 만나 행복할 생각을 하다니. 애초부터 언감생심 넘볼 수 없는 남자였다.

채원은 다시 고개를 돌려 큰길가로 나왔다. 그리고 근처 커피숍으로 가 구석에 앉았다. 그가 오려면 아직도 많은 시간이 남아 있었지만 상관없었다. 이제 그 남은 시간이 채원의 유일한 안식처였다. 한 가지 생각으로 꽉 채워진 머리로 창밖을 보다 어느덧 날이 어두워진 것을 느꼈다. 조금 있으면 윤호가 올 것이란 생각을 하자 다시금 심장이 쿵쾅 뛰며 가슴 깊숙한 곳에서 통증이 올라왔다.

똑똑. 테이블을 두드리는 소리에 채원은 깜짝 놀라는 마음을 애써 누르고 올려다보았다. 윤호는 예정된 시간보다 두 시간이나 빠르게 앞당겨 와 있었다. 그의 얼굴은 무슨 생각을 하는지 알 수 없었으나 평소와 같지 않은 것은 확실했다. 윤호는 오늘도 블랙 슈트를 곱게 차려입은 채 여전히 멋진 모습을 드러내었다. 앞자리에 앉은 그를 보자 또다시 말이 막혀 나오지 않았다.

"무슨 말을 하려고 여기까지 왔는지 모르겠는데 부디 안 좋은 말이 아니길 바라요."

그가 살짝 지은 미소에 애써 마음을 다잡았다.

"생각보다 일찍 왔네요."

"그렇게 겁을 줬는데 회의가 눈에 들어오겠어요. 내일 다시 하기로 하고 일찍 마쳤어요."

"많이 바쁘네요."

채원이 살짝 웃자 윤호가 미안한 표정을 지었다.

"요즘은 정말 좀 많이 바빠요. 해외에 학교 설립하는 것 때문에 내 몸이 둘이었으면 좋겠다는 생각이 들 정도예요. 오죽하면 채원 씨 얼굴 볼 시간이 없을까. 많이 심심했죠. 미안."

"아니에요. 나도 바빴잖아요."

그녀의 미소로 윤호는 아까부터 두근대던 심장이 어느 정도 제자리를 찾아갔다. 채원의 전화에 온몸이 쭈뼛 서는 것을 느낄 정도로 뭔가 오싹한 기분이 훑고 지나갔다. 그런데 그냥 기분 탓이었나. 윤호는 앞에 놓인 커피를 한 모금 마시며 다시 둥근 잔에 내려놓았다.

"그럼 오늘은 그냥 나 보고 싶어서 온 건가? 기분 좋네."

윤호가 미소 짓는 모습을 보자 채원의 심장이 다시금 죄어왔다.

"윤호 씨."

그녀를 바라보는 얼굴에 대고 채원은 가까스로 눈을 마주했다.

"우리 이제 그만 헤어져요. 이제 그만하고 싶어요. 윤호 씨랑 만나는 것."

"채원 씨."

뜬금없이 시작하는 그녀의 말이 귓가에 낮게 울려 퍼졌다. 그의 음성이 살며시 떨려오는 것을 느꼈다. 채원은 눈을 질끈 감았다.

"사실 그동안 말하지 않았는데 윤호 씨랑 만나면서 많이 힘들었어요. 여전히 윤호 씨 마음속에 존재하고 있는 서지수란 여자랑 싸우는 것도 힘들고 민우에게 거짓말하는 것도 힘들어요. 사람들이 질투와 시기 어린 시선으로 바라보는 것도 너무 벅차요. 그래서 이제는 그만할래요. 그만하고 싶어요."

윤호는 채원의 나지막한 음성을 들으면서도 그 말뜻을 제대로 이해할 수 없어 한동안 혼란스러운 얼굴을 하였다. 뭐라고 말을 꺼내려 하는데 목구멍이 막혀 말이 나오지 않았다.

"지금 그 말을 믿으라는 겁니까. 며칠 전까지만 해도 내 키스에 정신 못 차리던 당신을 내가 아는데 갑작스러운 그 말이 설득력이 있다고 생각해요?"

왠지 화가 난 듯한 그의 목소리를 가만히 들었다. 채원의 표정에 힘이 없었다. 얼굴이 핏기가 가신 것처럼 창백하고 부서질 것 같았다.

"무슨 일 있죠. 그래서 지금 이러는 거지. 힘든 일 있으면 털어놓으라니까."

그의 다정한 말에 채원은 흔들리는 마음을 다잡고 고개를 들었다.

"당신을 사랑하지만 내 고통을 감수하면서까지 만날 만큼 애틋하진 않아요. 그러니 계속 만나고 있을 필요가 없는 거예요."

"거짓말."

윤호는 계속해서 채원의 말을 거두며 얼굴을 굳혔다.

"채원 씨가 날 바라보는 눈빛에 사랑이 깃들어 있지 않았다고? 애틋하지 않다고? 지금 그 말을 믿으라는 겁니까? 도대체 왜 그런 말을 꺼내는 거야. 내가 뭐 많이 잘못한 일이 있어요? 그렇다면 말해줘요. 나도 알아야 고치지. 이렇게 무방비 상태에서 갑자기 그런 말을 꺼내면 내가 어떻게 받아들여요."

최대한 부드럽게 말하려고 노력하는 윤호를 보자 채원의 심장이 파여지는 것처럼 아파왔다.

"잘못? 정채원이란 여자를 만난 것이 잘못이에요. 애초에 민우 선생님으로 놔두지 왜 절 이렇게 극단적으로 몰고 가게 해요. 왜 나한테 만나자고 했어요. 왜!"

채원이 소리치는 음성에 물기가 묻어 있었다. 그를 보는 눈빛에 원망이 깃들어 있었다.

"나한테 가난하다고 거짓말하고 이사장 직업도 속이고 유라라는 여자한테 싫은 소리 듣게 하고, 이것만 놓고 봐도 헤어질 이유 충분해요. 거기다 이젠 타인들의 시기와 질투까지 날 힘들게 해요. 그런데 내가 왜 그런 고통을 다 감수하면서 당신 만나야 해요. 이제 더는 당신의 옛 사랑 그늘에 있기도 싫고 또 민우에게 거짓 말하기도 싫어요. 당신과 비교당해서 형편없는 여자 취급받는 것도 싫어요. 난 이제 지쳤어. 그러니 헤어져요."

"정채원!"

윤호가 소리치는 바람에 채원은 테이블 아래 놓인 자신의 손을 꽉 쥐었다. 덜덜 떨리는 손을 애써 잡으며 진정하려고 노력하였다.

"내가 보기에 당신은 나 사랑한 것이 아니에요. 그냥 내가 편하고 민우 선생님이라 애틋한 마음을 사랑으로 잘못 인식한 거예요. 그래. 그렇게 생각하니 정말 맞네. 당신은 친절한 마음을 사랑이라고 착각한 거예요. 날 사랑한 게 아니라고요."

"그렇게 말하지 마."

윤호가 잇속으로 내뱉는 음성이 차가웠다. 화나고 속상한 감정을 애써 숨기려 하는 것 같았다.

"당신이 나 안을 기회는 그동안 여러 번 있었어요. 그런데 당신은 나 안지 않았어. 내가 기회를 줬는데도 당신은 그러지 않았잖아. 사랑하면 만지고 싶고 안고 싶은 거 아니에요? 그런데 한 번도 당신은 내게 그런 마음을 내보이지 않았어요."

"정말 바보다. 안는 건 쉬워. 내가 정말 왜 그랬는지 그 이유는 모르겠어요?"

"모르겠어요. 나는 윤호 씨한테서 어떠한 진실한 감정도 느끼질 못했어요."

너무 소중해서 그러지 못했다고 말하고 싶었다. 쉽게 안고 쉽게 느껴 버리기에는 그녀가 너무 소중했다. 채원의 마음이 온전히 자신에게 향했을 때 그리고 우리의 사랑이 더는 힘들지 않을 때를 기다린 거였다. 적어도 민우의 일은 해결하고 나서 거리낌 없이 안는 것이 채원을 위한 일이라 생각했다. 그래서 참느라 미칠 것 같았던 윤호였다. 그런데 저 여자가 내뱉는 말은 너무나 윤호의 마음을 아프게 했다.

"채원 씨가 아무리 그래도 내 마음은 변하지 않아. 난 계속 당신 만날 거야."

"내 말 못 알아들어요? 난 이제 당신 싫다고요! 그러니 윤호 씨는 거부할 권리 없어요. 무조건 내 말 들어요. 생각 같아서는 당장 유치원도 그만두고 윤호 씨 안 보는 곳으로 가버리고 싶지만 내 반 아이들 때문에 그건 안 하는 거예요. 하지만 당신이 계속 내 뜻을 존중해 주지 않는다면 난 더 이상 아이들 볼 수가 없어요."

"채원아!"

그의 떨림이 온전히 채원에게 전해졌다.

"제발 이러지 마. 우리 이러지 말자. 너도 나 사랑하잖아. 그 마음을 거부하지 마. 내가 더 잘할게. 그동안 내가 속이고 감춘 것 너무 미안하게 생각해. 그건 정말 미안해. 민우에게 당장이라도 말할 수 있어. 지수? 난 이제 그 사람에게 일말의 감정도 없어. 채원아, 내 마음을 그렇게도 모르겠어. 내 사랑을 그렇게도 모르겠어?"

채원은 차라리 눈을 질끈 감아버렸다. 그의 목소리가 너무 아파 더는 마주할 수 없을 정도로 심장이 욱신거렸다. 이 상태로 더 있다가는 그대로 정신을 놓아버릴 것 같았다.

"너무 욕심을 부리면 하늘이 벌을 준다는 말. 정말 맞는 말이에요. 당신을 만나 행복하려고 한 나한테 하늘이 벌을 준 거예요. 솔직히 당신 이사장이라는 말 듣고 내심 기대한 것도 있어요. 이제 좀 팔자 피나, 나도 이제 인생역전 해보는 건가 싶어 욕심냈어요. 그러니 분수에 맞지 않는 욕심을 부린 내게 하늘이 벌을 준 거라고요."

최대한 감정을 드러내지 않고 또박또박 말하는 채원의 얼굴은 얼음장을 뒤집어쓴 차가움 그 자체였다.

"우린 인연이 아닌 거예요. 그러니 이제 그만해요. 내 스스로 깨달았을 뿐 당신을 탓하는 건 아니니까 자책하지는 말아요. 그렇지만 민우를 계속 봐야 하는 내 입장을 생각해서 앞으로는 유치원으로 직접 데리러 오는 일은 없었으면 좋겠어요. 난 윤호 씨 얼굴 보고 싶지 않아요. 당신 얼굴을 보면 나 정말 도망갈지도 몰라."

그리고 가방을 집어 얼른 일어섰다.

"발표회 때도 오지 말아요. 등하원 때도 보지 말아요. 앞으로 학기 마칠 때까지 더는 마주치지 말아요. 그게 내 바람이고 마지막 부탁이에요."

그리고 기어이 눈물이 흘러내린 윤호를 두고 커피숍을 빠르게 나왔다. 무작정 뛰어 마침 오는 버스를 아무것이나 탔다. 그제야 애써 참아왔던 눈물을 전부 쏟아내었다. 하염없이 내뱉는 눈물샘이 고장이 났는지 멈출 줄을 몰랐다. 이러다 탈진을 하는 건 아닌지 채원은 가까스로 정신줄을 잡고 있었다.

겨우 집으로 와 그대로 침대에 주저앉아 쓰러졌다. 그리고 다시금 쏟아져 나오는 눈물을 막지 못해 흐느낌이 목구멍을 타고 나왔다. 윤호의 아픈 모습을 보자 미칠 것 같았다. 더는 그의 사랑을 받지 못한다고 생각하자 심장이 고장난 듯 아파왔다. 이렇게나 그를 사랑하고 있었다. 정채원. 이제 속 시원하니. 네가 원하던 대로 넌 또다시 사랑에게 당한 거야. 또다시 혼자가 된 거야.

갑자기 현관문을 두드리는 소리에 채원은 불현듯 일어나 앉았다.

"채원아, 정채원. 문 좀 열어줘. 나 아직 못한 말 많아. 그러니 문 좀 열고 나 좀 봐."

윤호다. 언제 왔는지 현관문을 두드렸다. 벽시계를 보니 10시를 향해 가고 있었다. 채원은 새어 나오려는 울음을 막고 그대로 앉아 있었다. 그의 두드림이 계속되다 어느 순간 멈춰지더니 휴대폰이 울렸다. 채원은 망설이다 통화 버튼을 눌렀다.

[마음을 다해 사랑해 주지 못해 미안해. 내 마음 다 보여주었다고 생각했는데 아직도 당신한테는 부족했나 봐.]

그의 목소리에서 깊은 슬픔이 쏟아져 나왔다. 그 마음이 채원에게도 느껴져 더욱 힘들었다.

[우리 이렇게 헤어지고 잘살 수 있을 거라고 생각해? 당신은 어떤지 모르겠지만 난 아니야. 난 이제 두 번씩이나 사랑을 놓치고

싶지 않아. 어떻게 다가온 사랑인데 이렇게 내보내. 그럴 수 없어.]

그의 목소리에 아무런 말도 못 내고 그저 터져 나오는 울음을 손으로 막았다. 채원이 아무런 말도 하지 않자 윤호는 낮은 한숨을 쉬었다.

[채원아, 정말 내가 그렇게도 싫었어? 내가 그렇게 부담스러웠니? 미안해. 난 정말 사랑에 서툰가 봐. 당신 마음도 느끼지 못하고 나만 잘하면 된다고 생각했어. 당신의 생각, 당신의 상처 알려고 하지 않았나 봐.]

윤호는 사랑에 서툴지 않다. 오히려 늘 서툴렀던 건 자신이었다. 그는 그의 사랑에 최선을 다했다. 이럴 수밖에 없는 스스로가 참 미웠다.

[미안해. 미안해. 미안해.]

그의 목소리가 잦아드는 걸 느낄 수 있었다. 그의 목소리가 물기에 젖어 흐느끼는 걸 느꼈다. 윤호가 울고 있다. 채원의 사랑이 슬퍼하고 있다. 그래서 그녀는 더욱 아파오는 심장을 움켜쥐고 가슴을 주먹으로 톡톡 쳤다.

[사랑해, 채원아. 나 기다릴게. 지금 당장 힘들면 조금 멀어져도 돼. 그러다 다시 네가 돌아봐 준다면 난 그것만으로도 좋아. 그러니 언제든 아무 때나 괜찮아지면 다시 와줘.]

그가 마지막으로 내뱉은 말에 기어이 눈물이 볼을 타고 흘러내렸다. 끊어진 휴대폰을 보며 그렇게 눈물을 계속 흘리다 어느 틈에 정신을 놓았는지 일어나 보니 날이 밝아 있었다. 시계를 보자 유치원에 출근할 시간이 많이 지나 있었다. 채원은 휘청거리는 몸을 다잡고 빠르게 씻고 현관문을 나왔다. 그사이에 윤호는 갔는지 보이지 않았다. 다행이다. 계속 문 앞에 있었다면 어떻게 대해야 할지 난감했다.

하루가 지나고 나니 마음은 한결 편해졌고 무언가 다 내려놓는 기분이 들어 차라리 괜찮았다. 이렇게 하는 게 맞는 일이다. 이렇게 끝내는 게 결국에는 그와 자신에게 도움이 되는 일이다. 유치원으로 가 원장실 문을 노크했다.

"원장님, 조금 늦었습니다. 죄송합니다."

그녀는 말없이 고개를 끄덕이며 올라가라고 손짓하였다. 채원은 길게 숨을 내쉬고 2층으로 올라갔다. 일단은 주말에 보여주는 발표회를 최선을 다해 할 생각이다. 그러다 보면 마음도 추스르게 되겠지. 교실로 가자 김선주 교사가 급히 다가왔다. 그녀의 얼굴에는 걱정이 가득했다.

"선생님, 괜찮아요? 하루 쉬시지 왜 나오셨어요. 얼굴이 많이 안 좋으세요."

그녀의 말에 채원은 낮게 미소 지었다. 그 미소가 너무 아파 보여 선주는 괜히 심장이 욱신거렸다.

"우리 발표회 하는 거 열심히 준비해야죠. 이거 끝나면 며칠 쉬어야겠어요."

놀이실 저편에서 놀고 있는 민우는 눈이 마주치자마자 달려왔다.

"선생님, 괜찮아요?"

"그래. 선생님이 조금 아팠어. 이제 괜찮아."

민우에게 웃어 보이자 민우는 시무룩한 얼굴로 채원을 바라봤다.

"우리 아빠도 오늘 아파서 회사 못 갔는데."

채원은 민우의 입에서 아빠의 이야기가 나오자 다시금 얼굴이 굳어졌다. 그를 보지 않아도 민우를 통해 소식을 듣게 되었다. 채원은 그가 아프다는 소리에 다시 심장이 불규칙하게 뛰었다.

"민우야, 부탁이 있어. 앞으로는 아빠 얘기는 선생님한테 하지 않았으면 좋겠어. 민우도 선생님하고 아빠 사이를 오해했잖아. 선생님은 민우 선생님이지 아빠 선생님이 아니야. 그러니 앞으로는 민우 이야기만 해줬으면 해."

최악이다. 감정을 다스리지 못해 어린아이한테 투정을 부리고 있다. 어색하게 고개를 끄덕이는 민우를 보며 채원은 스스로가 미치도록 싫었다.

마주치는 교사들마다 괜찮냐고 물어보는 통에 채원은 머리가 지끈거릴 정도였다. 물어보지 않아도 얼굴에 다 드러날 정도니 교사들의 얼굴에서 채원에 대한 연민과 안타까움이 묻어났다. 그래서 채원은 자연스럽게 드러나는 아픈 마음도 감추느라 더욱 주먹을 꽉 쥐었다.

12. 비밀은 없다 (2)

일주일이 빠르게 지나 어느새 발표회를 하는 날이 되었다. 그동안 채원은 마음을 느끼기 싫어 미친 듯이 일을 하며 보냈다. 잠시라도 쉴 틈이 생기면 파고드는 생각에 그녀는 아예 쉬지 않고 끊임없이 일을 하였다. 옆에서 지켜보는 교사들은 정말 독종이라는 듯 혀를 내두를 정도였다.

"정 선생님, 진짜 체력 대단하세요. 그렇게 움직이고 일하는데 괜찮으세요?"

채원은 그녀들의 얼굴에서 느껴지는 걱정에 미소로 답하였다.

"내 온 힘을 다해 짜내고 있는 거예요. 지금."

"오늘 잘하세요. 분명 학부모님들이 좋아하실 거예요. 아이들도 전부 기대하고 있어요."

채원은 고개를 끄덕이며 오늘 공연될 강당을 다시 점검했다. 여러 목적으로 쓰이는 유치원 강당의 무대와 동선, 마이크를 돌아봤다. 그리고 무대 아래에는 각 반, 연령별로 둥그렇게 테이블을 놓아 마치 파티를 연상하는 것처럼 구성해 놓았다. 테이블 아래에는 간이 의자를 놓았다.

발표회 시간이 다가오자 학부모들이 강당에 꽉꽉 들어찼다. 채원은 5세부터 시작하는 공연을 위해 아이들을 대기시켰다. 무대 뒤쪽에서 제일 먼저 공연할 어린아이들을 다독이며 준비해 주고 있었다. 그동안 만들었던 소품과 노래를 실컷 사용하는 시간이었다. 이렇게 5세부터 7세까지 각 반별로 다른 주제와 내용으로 구성된 프로그램만 10가지 사례였다. 그래서 출판사 관계자들도 오늘 발표회를 CD로 담기 위해 ENG 카메라를 돌리고 있었다. 채원은 긴장되는 마음을 다잡고 주먹을 꽉 쥐어 기합을 넣었다.

사회자의 말을 시작으로 5세 첫 번째 반이 시작을 하였다. 채원은 앞에 나서지 않고 피아노에 앉아 아이들을 각 반 담임교사가 이끌 수 있도록 하였다. 피아노 반주 음에 맞춰 아이들은 군무와 같은 동작을 칼같이 해내었다. 어린 5살 아이들에게서 가끔 한 명씩 동작이 틀린 아이들도 나왔지만 그럴 때마다 객석에서는 하하 웃으며 더 크게 박수를 쳐주었다.

5세, 6세, 7세 아이들이 노래극을 진행하고 끝마무리를 할 때마다 강당 객석에서는 우레와 같은 박수와 함성 소리가 가득했다. 플래시가 터지는 소리가 요란했고 여기저기서 동영상을 돌리고 있었다. 발표회가 모두 끝나 아이들이 전부 무대 위로 올라오자 채원도 피아노에서 일어서 무대 앞으로 왔다.

"안녕하십니까. 성민유치원 교사 정채원입니다. 오늘 발표회가 있기까지 나름 어려운 점도 있었고 아이들도 준비하느라 긴장하고 고생했지만 이렇게 적극적으로 무언가를 성취해 냈다는 것에 아이들도 스스로가 뿌듯하고 한층 더 성장했다는 것을 느끼고 있습니다. 오늘은 집에 가셔서 아이들에게 무한 칭찬해 주시길 바랍니다. 오늘 한 노래극 전부 아이들이 생각해 낸 결과물입니다. 감사합니다."

채원의 말에 학부모들은 박수를 치며 환호하였다. 이제 끝났다. 그동안의 고생도 모두 보상받는 기분이었다. 그리고 손끝이 떨려와 두 손을 꼬옥 다잡았다.

발표회가 끝나고 아이들은 같이 온 가족들과 먼저 집으로 돌아갔다. 민우는 그의 할아버지와 할머니가 데리러 왔다. 성민재단 대표이사장님과 그 부인이지만 여기 모인 학부모들에게 그것은 중요하지 않았다. 학부모들은 오직 자신의 아이들만 눈에 들어오고 있었다. 그의 부모님이 채원을 보며 눈짓을 하는 것이 어색하고 불편했지만 작게 미소 지었다.

잠깐 휴식 시간을 가진 후 엄마들만 남아서 간담회를 진행하였다. 과일과 쿠키 등 간단한 다과를 준비하여 발표회 때보다 가깝게 자리하였다. 서로서로 얼굴을 가까이 마주대고 둥그렇게 앉아 있으려니 한결 친숙하고 정다운 느낌이 들었다. 교사들도 각 반 학부모들과 함께 앉아 있었다.

원장의 인사말과 1년 동안 성민유치원이 해온 성과들을 살펴보고 교사들이 아이들과 했던 활동에 대해 보고하는 시간을 가졌다. 화기애애한 분위기 속에 간담회가 마무리되어 갈 때쯤 학부모 운영위원장인 강민 엄마가 조심스레 자리에서 일어섰다.

"오늘 시간 내서 자리해 주신 어머님들께 한 가지 보고할 사항이 있습니다."

그녀의 말에 채원은 눈을 질끈 감았다. 윤호와의 교제를 그만두는 것으로 더는 그에 대해 언급하지 않기로 합의한 것 같았는데 저 사람은 기어이 일을 터트리려는가 보다. 그렇게도 채원의 연애가 용납될 수 없었던 것일까.

"오늘 훌륭히 발표회를 마친 정채원 선생님에 관한 일입니다."

강민 엄마의 말에 몇몇 엄마들의 시선은 채원을 향하고 몇몇은 강민 엄마를 보고 있었다.

"정채원 선생님이 호랑이반 아이 아버님과 교제 중이시랍니다. 그리고 그 아이 아버님이 지금 성민재단 초, 중등을 맡고 계신 이사장님이랍니다."

그녀의 말에 강당이 금세 술렁였다. 평소 오가며 채원을 보던 5살반 아이 엄마들은 설마라는 표정으로 입을 다물지 못했고 채원과 같은 반을 마주한 경험이 있는 엄마들은 말도 안 된다며 채원에게 사실을 말하라는 눈빛을 보냈다.

"오늘 진행한 발표회가 시범 수업에서 뽑힌 거라는 건 어머님들도 잘 알고 계시지요? 그런데 결과로 뽑힌 정채원 선생님의 수업이 저는 좀 의문입니다. 이사장님과 교제 중인데 영향이 있지 않았을까요. 어머님들 생각은 어떠신가요."

정말이지 강민 엄마는 채원이 치가 떨리게 싫은 것이 분명했다. 눈앞에서 그녀의 발표회를 보고도 그런 말을 하다니 얼마만큼 채원을 떨어뜨려야 만족하려는지 채원은 손발이 더 떨려오는 것을 느꼈다.

"오늘 발표회는 흠잡을 데 없었어요."

몇몇 엄마들의 말을 시작으로 대부분의 엄마들이 고개를 끄덕이며 수긍하였다.

"전 시범 수업의 결과가 공정하다고 생각합니다. 결과에 어떤 영향이 가해졌는지는 모르겠지만 정채원 선생님 수업 흠잡을 데 없이 최고였어요."

다행히 모든 엄마들이 강민 엄마와 같은 생각을 하는 건 아니라 채원은 그 와중에 숨을 크게 내쉬었다.

"그래도 학부모랑 교제하는 건 아니지 않아요?"

어떤 엄마의 말을 시작으로 다시 장내가 술렁였다.

"불륜 아닌가요. 어머, 망측해라."

한 엄마가 소리치자 채원은 다시 심장을 움켜쥐었다. 어떤 비난도 참을 수 있었다. 하지만 자신의 사랑마저 퇴색되는 건 정말 참기가 어려웠다. 그래서 일어섰다. 그리고 고개를 들었다. 이제는 당당할 수 있다.

"어머님들께 죄송합니다. 교제를 했던 건 사실입니다. 서로 좋은 마음으로 만나고 있었습니다. 하지만 이제는 아닙니다. 운영위원장님께서도 워낙에 분노하셨고 제게 그만 만나기를 강요하셨습니다. 아이 부모님들이 알면 어떤 마음이 드시겠냐고 하시면서요. 그 말도 맞는 말이기에 그분과의 만남이 제 반 학부모님들께 폐가 되고 윤리적으로 문제가 되는 거라면 그만둘 수 있었습니다. 그래서 지금 그분과는 어떠한 관계도 아니니 더 이상 그런 생각 안 하셨으면 좋겠습니다. 강민 어머님께서는 너무 흥분하셔서 그 사실

조차도 인정하지 않으려 하는 것 같습니다."

채원의 떨리는 음성을 한참 듣고 있던 원장이 일어서 말을 꺼냈다.

"여기 계신 운영위원장님의 말씀에는 한 가지 허점이 있습니다. 이사장님은 현재 부인이 없는 솔로이십니다. 그리고 전에도 말씀드렸다시피 정채원 선생님의 수업이 민현재 선생님 수업보다 더 높은 점수를 받았기 때문에 대학에서는 교육부의 결과를 토대로 반영한 겁니다. 거기에는 어떠한 비리도 담겨 있지 않습니다."

원장의 말에 강민 엄마는 뭔가 초조한 듯 입술을 깨물었다.

"결과가 어떻든 교사가 아이 아빠랑 교제한다는 사실 자체가 전 너무 역겹습니다. 교사들이 학부모를 어떻게 생각하기에 그런 일이 벌어질 수 있나요. 그리고 원장님께서 말씀하시는 그 결과 한 점 부끄러움도 없는 건가요? 그렇다면 결과를 누구나 볼 수 있게 했어야지요. 모든 사람들이 납득할 수 있게 애초에 발표를 했었어야 한다고 생각합니다."

강민 엄마의 말에 다시금 엄마들의 표정이 어두워졌다. 함께 있던 교사들도 어찌할 줄을 몰라 좌불안석인 모양새였다. 같이 있는 교사들마저도 함께 오물을 뒤집어쓴 것처럼 강민 엄마의 말은 강력했고 치욕스러웠다.

채원은 그녀들의 표정을 보며 테이블 가까이 앉아 있는 호랑이반 엄마들을 바라보았다. 다들 어떤 표정으로 보는 건지 도무지 알 수가 없었다. 그들이 어떤 생각을 하는지 괜히 겁이 났다. 강민 엄마가 무슨 소리를 하든지 그건 참을 수 있었다. 하지만 같이 생활해 온 같은 반 엄마들이 비난을 한다면 채원은 참을 수 없을 것 같았다. 어서 이 자리를 벗어나고 싶었다.

"아이 아빠와 교제? 불륜? 지금 이게 대체 무슨 소리입니까."

강당 한쪽에서 들리는 서늘한 남자의 목소리에 모두의 시선이 그쪽으로 향하였다. 언제부터 서 있었는지 하늘색 셔츠에 연한 베이지색 면바지를 입은 윤호가 잔뜩 굳어진 얼굴로 강당 안쪽을 보고 있었다. 채원은 갑자기 그가 나타났다는 사실에 심장이 크게 뛰었다. 어디까지 들었는지 모르겠지만 왜 나타난 걸까. 왜 채원의 부탁대로 하지 않은 걸까.

윤호는 강민 엄마와 원장이 있는 자리 가운데로 가며 채원을 바라보았다. 그의 얼굴이 많이 굳어 있고 차가워져 있었다. 채원은 그의 서늘한 눈빛을 보다 고개를 옆으로 돌려 버렸다. 상상하던 것보다 훨씬 더 차가운 모습에 정말로 심장이 얼어버리는 것 같았다. 왜 나타난 거야. 모르게 하려고 그런 건데. 이렇게 알게 되는 건 원치 않았다.

강당 안에 엄마들은 윤호가 움직일 때마다 같은 눈으로 따라가며 궁금해하였다. 대체 저 사람은 누구길래 저런 포스를 내뿜고 있는 건가. 엄마들의 시선은 그에게 고정되어 있었다. 원장이 자리에서 일어서며 윤호를 소개했다.

"우리 재단 이사장님이십니다."

그 말에 엄마들이 아, 하고 고개를 끄덕이며 새삼 신기한 눈으로 윤호를 바라봤다.

"제가 정채원 선생님과 교제하는 것이 역겹다고 했습니까? 뭐가 역겹지요?"

강민 엄마를 바라보는 그의 눈빛과 목소리가 얼음장처럼 차가웠다. 강민 엄마는 그의 목소리에 살짝 움츠러들었다.

"지금 맡고 있는 반 아이 선생님과 교제를 하는 건 다른 학부모를 기망하고 아이들을 욕되게 하는 겁니다. 한쪽으로 편중된 편애를 할 수도 있고 부적절한 관계는 어린아이들에게 모범을 보여야 할 교사의 자질이 아니라고 생각합니다. 유치원에도 먹칠을 하는 거고요."

강민 엄마는 뜻을 굽히지 않겠다는 듯 허리를 펴고 그에게 또박또박 말하였다.

"문제 될 거 있나요?"

갑자기 앉은 자리에서 말을 꺼낸 건 다름 아닌 서준 엄마였다. 다른 사람도 아닌 서준 엄마가 채원을 거들고 나서자 채원은 복잡미묘한 눈빛으로 그녀를 올려다봤다.

"부인이 있는 남자를 만나는 것도 아니고 남녀가 좋아서 만나는 게 문제 되는 건 아니잖아요? 난 아무 상관 없다고 생각하는데. 그리고 지금까지 정 선생님이 아이들을 어떻게 대했는지는 여기 계시는 엄마들이 더 잘 알고 있을 텐데요. 다른 어머님들은 어떻게 생각하세요."

서준 엄마의 말에 호랑이반 엄마들은 대체로 이해한다는 반응이었다. 정채원. 그래도 인생 헛산 건 아니었나 보다. 이런 상황에서 자신을 믿어주는 엄마들이 있다는 건 채원에게 큰 힘이 되었다.

"그래도 아이 아빠랑 교제하는 건 좀……."

어떤 엄마의 말에 윤호가 다문 입을 다시 열었다. 그 엄마의 말에 윤호는 살짝 입꼬리를 올렸다. 하지만 그 미소에 온기라고는 전혀 느껴지지 않았다. 그의 음성이 얼음처럼 차가워서 채원은 마음이 움츠러들었다.

"확실히 해야겠군요. 사실을 드러내지 않으니 자꾸만 오해가 쌓이고 힘든 상황이 반복됩니다. 전 아이 아빠가 아닙니다. 정확히는 아이의 삼촌입니다. 그러니 역겨울 상황 조금도 아닙니다. 물론 삼촌이라 할지라도 아이의 보호자인 것은 변함이 없으니 언짢게 생각하시는 분이 계실 수도 있습니다. 하지만 많은 분들이 받아들이기 힘들어하는 아이의 부모와 관련된 부분을 확실히 하려는 겁니다."

윤호의 말에 사람들은 모두 충격을 받은 듯 아무런 말도 못하고 있었다. 같이 있던 교사들의 표정에도 놀라움이 가득했다. 민우가 아들이 아니면 대체 누구 아들이야, 왜 민우를 아들처럼 키운 거지. 수군거리는 소리를 들으며 채원은 주먹을 꽉 쥐었다. 손에서 땀이 나고 떨려와 닦아도 가시지 않았다. 윤호가 기어이 사실을 알리고 말았다. 얼마나 밝히고 싶지 않았을까. 그 생각에 채원은 다시금 심장이 죄어왔다.

"그리고 정채원 선생님은 제가 좋아서 다가간 것이지 선생님은 아무런 잘못이 없습니다. 어떤 목적을 가지고 만난 건 더더욱 아닙니다. 아까 얼핏 들으니 시범 수업 결과가 조작된 거라고 생각들 하시던데 이 생각의 최초 제공자가 누구입니까."

윤호의 목소리에 냉기가 돌아 사람들은 저절로 눈치를 보며 현재를 바라보았다.

"민현재 선생님이시군요."

윤호가 현재를 돌아보자 현재는 놀란 듯 눈이 커졌다. 그의 시선은 다시 강민 엄마에게로 향했다.

"아직도 역겹다는 생각이 듭니까. 아직도 결과가 부정적이라고 생각하십니까."

"그, 그래요. 난 이 결과를 교육부에 제소할 생각이에요!"

결국 그녀의 입에서 그 말이 튀어나왔다는 생각에 채원은 심장이 턱 막히는 기분이 들었다. 이렇게 약속도 지키지 않고 막무가내인 저 학부모가 미치도록 싫었다.

"제소하세요. 마음대로 하십시오. 하시만 이렇게 성민재단 명예를 실추시키신다면 우리도 가만있지는 않을 겁니다. 성민재단을 상대로 그러한 일을 벌이셨는데 설마 무사할 거라고 생각하십니까."

윤호의 말은 충분히 가능성이 있고 정말 그럴 것 같은 예감이 들어 강민 엄마의 등골이 싸늘해져 갔다.

"그럼…… 결과가 공정하다는 소리인가요? 모두가 보는 앞에서 그 결과의 공정성을 입증하세요."

그녀의 흥분된 목소리에도 어느새 강당의 많은 엄마들은 더 이상 그녀의 말을 듣고 있지 않았다.

"운영위원장님, 이제 그만 좀 하시죠. 들어보니 문제 될 것 없는 상황을 오히려 부추기고 왜곡시킨 게 위원장님이란 생각이 드네요."

서준 엄마의 말에 다른 엄마들도 동의한다는 신호를 보냈다. 원장이 상황을 보고 자리에서 일어섰다.

"오늘 기분 좋은 발표회를 마치고 이런 불편한 상황을 알려 드려서 죄송합니다. 여기서 나온 문제는 조만간 유치원 전체 게시판에 공지하고 알려 드릴 것입니다. 이것으로 오늘 간담회 마치겠습니다. 어서 댁으로 돌아가셔서 아이들과 좋은 시간 보내시길 바랍니다."

원장의 말에 엄마들은 일제히 일어서 핸드백을 챙기며 목 인사를 했다. 지금 이 살얼음 같은 상황에서 얼른 빠져나가고 싶었는지 엄마들의 행동이 빨라졌다. 그러면서도 계속 윤호의 눈치를 보고 있자 그가 그들을 보고 고개 숙여 인사를 했다.

"안녕히 가십시오. 오늘 일어난 일들에 대해 심려를 끼쳐 드려 죄송합니다. 이사장으로서 성민유치원에 믿고 아이들을 보내시는 학부모님들께 대신 고개 숙여 사과드립니다. 앞으로 이러한 불미스러운 일과 미심쩍은 상황은 만들지 않겠습니다."

그가 고개 숙여 인사하는 모습을 보던 서준 엄마가 그와 채원을 빤히 보더니 살짝 미소 지었다.

"남녀가 만나는 일은 아름다운 거라 생각합니다. 불미스럽고 미심쩍은 일 하나도 없었어요. 그러니 이시장님께서 이렇게 사과하지 않으셔도 됩니다. 정채원 선생님, 오늘 발표회 준비하시느라 고생하셨어요. 푹 쉬세요."

그러더니 채원의 어깨를 툭툭 치고 도도한 걸음으로 문을 빠져나갔다. 다른 엄마들도 걸음을 옮기기 전에 채원을 향해 한마디씩 하며 빠르게 강당 문을 나갔다.

"고생하셨습니다. 아이랑 다시 동영상 봐야겠어요."

"푹 쉬세요. 오늘 감사합니다."

"오해해서 죄송합니다. 기분 푸시고 오늘 푹 쉬세요."

그러다 보니 강당에 남은 사람은 원장과 교사들, 강민 엄마가 다였다. 강민 엄마는 어느 누구 하나 편을 들어주지 않자 더는 자신의 의견을 내세우기 곤란하다는 판단을 내린 것 같았다. 잘못하다가는 자신의 입지마저 흔들릴 위기에 처하자 급히 꼬리를 내리고 잔뜩 붉어진 얼굴로 채원을 바라보았다.

"선생님께서 하신 수업이 정당한 거라고 하니 저도 더 이상 문제 삼지 않겠습니다. 그건 저도 미안하게 생각합니다. 하지만 앞으로 선생님 행동 계속 주시하겠습니다."

그리고는 빠르게 걸음을 옮겨 강당 문을 나가 버렸다. 한동안 적막이 강당을 에워쌌다. 윤호의 시선이 여전히 앉아 넋을 놓고 있는 채원을 향해 고정되었다. 그녀를 보는 그의 눈빛이 무서웠다. 그런 눈빛을 보았는지 교사들도 아무 말 없이 스스로 테이블을 정리 정돈하고 강당 문을 나갔다.

"이사장님, 이따 원장실로 오세요."

원장도 윤호에게 목례를 한 후 자리를 옮겼다. 단둘이 남은 강당이 참으로 어색하고 숨쉬기 힘들었다.

"이런 일이 있었는데 그동안 나한테 말도 안 한 거로군. 도대체 혼자서 어떻게 해결하려고 그런 일을 숨겨요. 당연히 나한테 말해야 하는 거 아닙니까?"

그의 목소리는 차분했지만 감정을 최대한 누르려 애쓰는지 살짝 떨려왔다. 그리고 너무나 속상한 느낌이 물씬 풍겨왔다.

"아니지. 내가 알려고도 하지 않았네. 당신이 힘들어하는 동안 나는 그것도 모르고 혼자 희희낙락댄 거잖아."

채원이 서서히 의자에서 일어서 그를 바라보았다. 그녀의 눈빛은 상처로 가득했다. 금방이라도 눈물이 떨어질 것처럼 예쁜 눈빛이 흔들리고 콧등이 빨개졌다.

"어떻게 온 거예요. 내가 발표회 때도 오지 말라고 했잖아요. 이래서 내가 오지 말라고 한 거예요. 뭐 하러 와서 그런 심한 소리 듣고 그래요. 그냥 나 하나로 끝나면 되는데……."

결국 채원의 눈에서 눈물이 흘러내렸다.

"아버지가 전화로 그러더군. 당신 얼굴이 너무 안 좋은데 무슨 일 있는 거냐고. 정말로 나한테 못된 말 하고 괜찮았으면 당당해야지 그런 다 죽어가는 얼굴 하고 사람들에게 티를 내고 있으니 내가 걱정이 안 되겠어? 나 대체 당신한테 연인이었긴 한 거야? 고민도 터놓지 못할 만큼 내가 그렇게도 못 미더웠어? 날 얼마나 못 믿었으면 혼자서 말도 안 되는 상상하고 혼자서 그 무게를 다 짊어지려고 해."

윤호의 감정이 격해졌는지 목소리가 높아졌다.

"날 얼마나 멍청하고 쓸모없는 놈으로 만들려고 아무런 말도 하지 않은 거야. 날 대체 얼마만큼 바보로 만들 거야!"

소리치며 잦아드는 그의 목소리를 듣자 채원의 가슴도 함께 잦아들었다.

"못 믿겠어요. 내가 어떻게 당신을 믿어요. 나한테 무슨 믿음을 보여줬는데요. 내 마음을 얼마나 알아주었는데요! 그런데 내가 당신을 믿을 수 있겠어요?"

채원은 울컥하는 감정을 애써 다스리며 고개를 숙였다.

"이제는 다 끝났어요. 지금이라도 오해가 풀린다면 난 그것으로 만족해요. 강민 엄마가 더 이상은 문제 삼지 않을 것 같아 그것도 마음 놓여요. 하지만 더는 이사장님과 만나고 싶지 않아요. 괜한 구설수에 오르고 싶지 않단 말이에요. 난 이제 좀 편해지고 싶어요. 이제야 편해질 것 같아요."

그녀의 말에 윤호가 순식간에 걸음을 옮겨 채원을 와락 안았다.

"난 편하지 못해. 편해지지가 않아. 당신 못 본 일주일 동안 하루하루가 지옥이었어. 당장 보러 가고 싶은 걸 그래도 채원 씨가 한 말이 있어서 참고 또 참은 거야. 서준이 엄마도 그러잖아. 우리가 만나는 거 껄끄러운 거 하나도 없다고. 그런데 왜 당신은 그렇게 도망가려고 해."

그의 음성이 감정에 섞여 흔들렸다. 채원의 마음도 내려앉았다.

"아버지가 아무런 말 없었어도 오늘은 발표회에 오려고 했어. 이 상태로 지내면 정말이지 미칠 것 같았거든."

채원을 안은 그의 팔이 떨려왔다.

"이런 일이 있으면 나한테 말을 했어야지. 날 그런 일 하나도 해결하지 못할 정도로 한심하게 본 거야? 이 바보 같은 여자야."

그의 다독이는 목소리에 채원은 흘러내리는 눈물이 더 강해지는 걸 느꼈다. 여기서 계속 이러고 있으면 쓰러질 것 같았다.

"이젠 상관없다고 했잖아요. 정말 힘들었지만 다행히 모든 걸 잘 끝냈어요. 모든 오해가 풀렸어. 정말 웃긴 게 뭔지 알아요? 당신과 헤어지니까 힘들었던 상황이 사라지는 거예요. 거짓말처럼. 이게 우리가 마주해야 하는 현실이에요. 당신은 계속 이사장으로 살아가세요. 난 그냥 평범한 교사로 살아갈게요. 난 다시는 고통의 소굴로 들어가고 싶지 않아요."

그리고 그의 품을 떼어냈다. 채원을 보는 그의 얼굴이 고통과 회한으로 가득 찼다. 그 얼굴에 대고 잔인한 말을 해야 하는 채원도 미칠 것 같았지만 이를 꽉 깨물었다. 이렇게 하지 않으면 그동안 파였던 상처가 더 깊어질 것 같았다.

"도망가는 거야? 사람들 시선이 무서워서 사랑에게서 또다시 멀어지는 거냐고."

그의 말에 채원은 아무런 말도 꺼낼 수가 없었다. 정말로 사람들이 무서웠다. 사랑이 힘들었다.

"그냥 거기 그대로만 있어. 아무것도 하지 말고 그대로만 있어 줘. 이제부터 내가 다가갈게. 내가 다 해줄게. 당신은 있어주기만 해. 그러니 도망가지는 말아줘. 제발."

채원은 그의 얼굴을 보기가 힘들었다.

"오늘 일은 해결해 줘서 고마워요. 사실 혼자 짊어지겠다고 마음은 먹었지만 막상 그런 상황이 되니 막막했는데 역시 권력의 힘은 세네요. 원장님은 아무 잘못 없어요. 내가 말하지 말라고 부탁해서 그러신 거예요. 그러니 뭐라고 하지 마세요. 잘 가세요. 하지만 다시는 원에 오지 마세요."

그리고 몸을 돌려 빠르게 강당을 나와 뛰다시피 걸어갔다. 그를 보면 심장이 쉴 없이 뛰고 가슴이 아파왔지만 더는 그에게 다가갈 수 없었다. 더는 그를 마주하고 싶지 않았다. 이제 채원은 더 이상 사랑 따위 하지 않으리라 다짐했다. 그리고 하루의 피로가 한꺼번에 몰려와 바닥에 주저앉았다. 땅을 짚고 앉아 있는 채원의 눈으로 눈물이 쏟아졌다. 입술 사이로 새어 나오는 울음소리가 주위를 덮었다.

면담실. 윤호와 현재가 마주 보고 앉았다. 윤호의 시선이 현재

에게 닿을 때마다 현재는 저절로 고개가 떨어졌다. 기나긴 침묵이
지나고 먼저 말을 꺼낸 건 현재였다.

"이사장님께는 죄송합니다. 이사장님에게 피해가 가게 하려고
한 건 아니었어요."

윤호의 얼굴에 차가운 미소가 훑고 지나갔다.

"그럼 정채원 선생님에게는 피해가 가게 하려고 했습니까?"

윤호의 입에서 채원의 말이 나오자 현재의 얼굴이 다시 굳어졌
다.

"성민대학교 회관에서 처음 이사장님을 뵈었습니다. 그전까지
는 그저 민우 아버님이라고만 알고 있던 분이 무대 위에서 이사장
이라는 이름으로 있는 걸 보자 눈이 뒤집히는 것 같았습니다. 저
로서는 시범 수업 결과에 의문이 갈 수밖에 없었고 그래서 정 선
생님에게도 제 감정대로 대했습니다. 전 지금도 그것은 후회하지
않아요."

현재의 말을 들으며 윤호는 한동안 말없이 그녀를 바라보았다.
그 눈빛이 뚫어질 것 같아서 현재는 도저히 눈을 마주할 수가 없
었다.

"민현재 선생님은 교사로서 해서는 안 될 일을 두 가지 했습니
다. 한 가지, 같은 동료 교사를 모함하고 깎아내리게 해서 교사 간
의 신뢰를 무너뜨리고 따돌림을 선동한 것. 교사가 먼저 나서서
왕따를 조장한다면 아이들은 무얼 보고 배우겠습니까. 또 한 가
지, 아이들에게 모범을 보이지 않았습니다. 감정을 조절하지 못해
아이들에게까지 그 마음이 전달되었습니다. 유치원 아이들한테
가르치는 덕목 중에 자기감정을 조절하여 표현하는 내용이 있습

니다. 스스로 감정을 조절하지 못하는데 어떻게 아이들을 가르칠 수 있겠습니까."

윤호의 말에 현재는 심장이 심하게 뜀을 느꼈다. 뒤늦게 자신이 무슨 일을 저지른 건지 깨닫기 시작하는 모양새였다. 그제야 자신이 한 일을 느끼기 시작한 것 같았다. 그리고 혼란스러운 눈빛을 하였다.

"함께 모범교사 표창을 받은 사람으로서 동료 교사를 진심으로 축하해 줄 수는 없었습니까. 동료 교사의 평가 결과를 인정해 줄 수는 없었는지 궁금합니다. 민 선생님은 성민에서 7년이나 계셨다고 들었습니다. 그렇다면 타인을 포용하고 감싸줄 줄 아는 마음도 함께 지녔어야 했다고 생각합니다."

현재의 눈에 눈물이 고였다.

"평가 결과는 공정했습니다. 성민대학교에서 뽑은 사람에 대한 기준은 온전히 교육부의 평가 결과에 준하여 결정한 것입니다. 절 이사장으로 보시고 어떤 유착관계가 있었을 거라고 생각하는 마음 아예 이해 못하는 건 아닙니다. 하지만 그 마음에 앞서 그동안 성민에서 지내며 가졌던 믿음은 하나도 없었는지 궁금합니다. 성민재단 사람들이 정말로 그렇게 일을 처리했는지 다시 한 번 돌아볼 수는 없었습니까."

현재의 눈물이 볼을 타고 흘러내렸다.

"알고 있어요. 너무 열이 받아서 이사장실에서 일하는 제 친구한테 물어봤어요. 그래서 결과를 알았죠. 하지만…… 인정하고 싶지 않았어요. 내 수업이 왜 안 뽑힌 건지 도무지 납득할 수가 없었어요."

윤호는 그녀의 말에 얼굴이 굳어졌다. 시범 수업 결과가 뭐길래 사람이 이렇게까지 나락으로 떨어질 수가 있을까. 윤호가 내뱉는 음성은 차분했지만 차가웠다.

"제 개인적인 감정으로는 민현재 선생님 다시는 보고 싶지 않습니다. 하지만 이사장 입장으로서 선생님이 뛰어난 실력을 가진 분이고 아이들한테 잘한다는 걸 알고 있습니다. 그래서 전 선생님이 지금 이 순간부터 다시 스스로를 바꿔가기를 바라겠습니다. 그동안 엇나갔던 마음을 스스로 추스르고 자존감 있는 선생님으로 근무하십시오. 그동안 7년이나 성민유치원에서 근무한 경력을 봐서 선생님께 기회를 드리는 겁니다."

그리고 자리에서 일어섰다.

"한 번이라도 정채원 선생님을 믿을 수는 없었습니까. 그 사람 혼자서 끙끙 앓고 있는 동안 도움을 주고 싶은 마음이 한 차례도 없었냐는 말입니다."

그가 나가는 문을 보며 현재의 눈에서 눈물이 쉴 새 없이 흘러내렸다.

그 사람에게는 미안해요.

13. 이 남자가 사랑할 때

어둠이 짙게 내린 밤 윤호는 차를 주차하고 지친 몸을 이끌며 집으로 들어왔다.

"아빠, 다녀오셨어요."

윤호는 민우를 보며 작게 미소 지었다. 그리고 번쩍 안아 팔로 받쳤다.

"늦었는데 아직 안 잤네. 오늘도 잘 지냈어?"

"응. 아빠 내일 출장 간다며. 그래서 안 자고 기다렸지. 오늘은 우리 선생님이 안 나오셨어. 하루 쉬신대."

민우의 말에 윤호는 작게 고개를 끄덕였다.

"선생님이 그동안 힘들어서 오늘은 쉬나 봐."

민우를 내려놓고 거실로 들어왔다. 민우도 쪼르르 따라오더니 다시 소파에 엎드려 책을 보았다. 그러다 불현듯 생각이 났는지 윤호를 보며 눈빛을 빛냈다.

"있잖아. 나 유치원에서 유명인사인 것 같아."

"왜?"

민우의 말이 뜬금없어 윤호는 살짝 웃음이 나왔다.

"선생님들이 나만 보면 내 이름을 더 큰 소리로 부른다니까. 그리고 날 빤히 보면서 마치 왕자님 보는 듯 바라보셨어."

"네가 왕자야?"

"왕자는 아닌데 선생님들이 날 그렇게 봐."

"어떤 근거로 왕자라는 생각을 했어?"

어린애라 그런지 왕자라는 단어는 술술 나오는 듯했다. 윤호는 그런 민우가 귀여워 머리를 흐트러뜨렸다.

"날 보면 떠받들고 황홀한 표정 지으면 왕자 아니야?"

"그래. 그렇다고 해두자."

윤호는 웃음이 나와 쿡쿡 웃었다. 민우가 성민재단의 손자라는 것을 안 교사들이 민우를 대하는 태도가 달라진 것을 느낀 것이다. 어른들의 미묘한 반응 차이도 쉽게 잡아내고 인식하는 점이 참으로 무섭게 느껴졌다. 그래서 아이 앞에서는 거짓말을 못하는 걸지도 모른다.

다시금 책을 읽는 민우를 지그시 바라보았다. 저 어린아이가 진실을 맞이해야 하는 심정이 어떨까. 얼마나 가슴이 아플까. 이제 많은 사람들이 자신과 민우의 관계를 알게 되었는데 민우가 다른 사람에게 듣기 전에 말을 꺼내는 게 맞았다. 내일 출장을 가면 또 말할 시기를 놓칠 것 같았다.

"그런데 아빠, 우리 선생님하고 싸웠어?"

갑자기 정색하며 먼저 말을 꺼내는 민우를 보자 윤호의 얼굴이 굳어졌다. 그가 아무 말 못하고 있자 민우가 조심스럽게 말을 꺼냈다.

"사실은 그동안 아빠가 너무 바빠서 말을 못했는데 나 유라 아줌마한테 이상한 말을 들어서. 그걸 우리 선생님한테 물어봤었거든. 그 뒤로 선생님이 아빠 이야기하는 걸 싫어해."

윤호는 민우의 말을 들으며 점점 얼굴이 굳어지며 머리가 하얘지는 느낌이 들었다. 원래 하려던 말은 다시 쏙 들어가 버렸다. 내색하지 않으려 최대한 웃음을 포장했다.

"뭘 물어봤는데."

"우리 아빠랑 만나는 사이냐고. 아니, 정확히는 새엄마가 될 거냐고 물어봤지."

민우의 말을 들으며 윤호는 정신이 멍한 듯 아무런 행동과 표정을 지을 수 없었다. 시간이 멈춘 듯 그의 머리가 정지된 기분이었다.

"그걸…… 선생님한테 말했다고?"

"응. 그런데 선생님이 아니라고 했어. 유라 아줌마가 괜히 이상한 말 해서 괜히 선생님만 속상하게 했다니까. 그 아줌마는 도대체 그런 말을 왜 했는지 몰라. 정말 짜증나. 나한테 그러더라고……"

민우가 종알대는 말이 귓가로 들려오지 않았다. 그러니까 지금 채원이 또 혼자서 상처를 안고 있었다는 말이었다. 윤호는 머리가 지끈거리고 심장이 죄어오는 걸 느끼며 소파에서 일어섰다. 도대체 자신은 어떻게 생겨먹었길래 자기 여자가 그렇게 고통 속에 있

는 것도 모르고 지냈을까. 정말 연인으로서의 자격이 없었다. 그
녀의 말처럼 하나도 그녀에게 믿음을 준 게 없었다. 윤호는 스스
로에게 분노가 느껴져 손이 떨려왔다. 이래 놓고 다시 채원을 만
나려 했다니.

그는 여전히 신나서 말을 하는 민우를 바라보았다. 그리고 유라
가 떠오르자 분노가 다시 끓어올랐다. 민우에게 말을 하는 건 윤
호 자신이어야 했다. 그런데 그렇게 슬쩍 지나가는 식으로 민우의
마음을 흔들어놓다니. 절대 용서할 수가 없었다. 그동안 오래된
인연의 정으로 끊지 못한 게 참으로 후회가 되었다. 유라의 마음
을 알면서도 차갑게 밀어내지 못한 자신이 한심했다. 그래서 결국
이렇게 채원만 상처를 받는 상황이 된 것이다.

"민우야."

민우는 윤호의 말에 하던 말을 멈추고 웃으며 그의 얼굴을 바라
보았다. 그 천진난만한 얼굴에 고통을 주는 것 같아 민우에게 한
없이 미안해졌다. 하지만 이제는 민우에게서, 지수와 형의 망령에
서 벗어나고 싶었다. 지금 그의 마음을 온전히 지배하고 있는 여
자가 너무 보고 싶었다.

"아빠 선생님하고 만난 사이인 거 맞아."

그의 말에 민우의 얼굴이 급격히 굳어졌다.

"정…… 말?"

민우의 표정을 보며 윤호는 낮은 한숨을 쉬었다. 그리고 고개를
끄덕였다.

"그래. 아빠가 선생님이 너무 좋아서 만나자고 그런 거야. 그런
데 지금은 선생님이 화가 많이 나서 아빠를 만나주지 않아. 아빠

가 선생님을 화나게 했거든."

민우는 혼란스러우면서도 윤호의 말을 차분히 듣고 있었다.

"그런데 왜 선생님은 아니라고 한 거야."

"민우가 속상해할까 봐 말하지 못한 것 같아. 민우는 엄마 말고 다른 엄마는 싫다고 그랬었잖아."

"그래. 난 새엄마는 싫어. 아빠, 난 우리 엄마면 돼. 다른 엄마 필요 없어."

민우의 절절한 말을 들으며 윤호는 심장 한쪽이 아려오는 걸 느꼈다. 민우의 음성이 너무나 애절하고 슬펐다.

"아빠는 이제 사랑을 하고 싶어. 아빠에게 다시는 없을 사랑이 왔는데 그래도 민우는 아빠를 이해해 줄 수 없어? 아빠는 이제 새엄마가 있었으면 좋겠어."

"난······."

말을 끝맺지 못하고 머뭇거리는 민우의 음성이 떨렸다. 싫다, 라고 말하고 싶은데 아빠의 얼굴을 보자 도저히 그 말이 나오지 않았다. 어린 민우의 눈에도 윤호에게서 깊은 슬픔이 느껴진 것이었다.

"민우야."

윤호의 말에 민우가 살짝 돌아봤다. 가뜩이나 충격적인 말을 들어서 힘들어하는 민우에게 또 괴로운 말을 하려니 힘이 들었다. 가슴속에 답답함을 감추고 애써 웃어 보였다.

"이리 와봐."

윤호는 다가오는 민우를 품에 안고 뒷머리를 쓰다듬었다. 그의 가슴에 폭 안겨 있는 민우가 왠지 더욱 쓸쓸해 보였다.

"아빠에게 새엄마가 생기는 문제보다 더 중요한 이야기가 있어. 사실은 아빠가 예전부터 민우랑 하고 싶었던 이야기야."

"뭔데?"

"아빠 이야기를 들으면 아까보다 더 속상할 수도 있고 너무 슬퍼서 가슴이 아플 수도 있어. 하지만 이제는 민우가 받아들여야 한다고 생각해. 그래서 말하는 거야."

윤호의 말이 길어지자 민우가 고개를 들어 그의 얼굴을 바라보았다. 어서 말하라고 한다.

"아빠가 정말 사랑하는 우리 민우는 아빠의 아들이 아니야."

그의 말에 민우의 눈빛이 또다시 급격히 흔들렸다.

"그게 무슨 말이야?"

"민우의 진짜 아빠 엄마는 추모원에 계시는 큰아빠 큰엄마야. 큰아빠 큰엄마가 교통사고로 일찍 돌아가셔서 아빠가 민우를 키워주고 있는 거야."

윤호를 보는 민우는 그의 품에서 벗어나 소리쳤다. 민우의 눈에 눈물이 그렁거렸다.

"거짓말! 아빠……. 나한테 도대체 왜 그런 말을 해. 내가 뭐 잘못한 거 있어? 아빠가 내 아빠가 아니면 난 대체 누구야. 왜 큰아빠 큰엄마가 내 아빠 엄마인데!"

민우가 소리치자 윤호는 입을 다물고 그저 민우를 바라볼 뿐이었다. 그의 눈에 깃들어 있는 안쓰러움이 민우의 마음에도 닿았다.

"갑자기 이런 말을 해서 많이 혼란스럽지. 알아. 아빠도 민우의 마음 충분히 이해해. 얼마나 마음이 아플지 아빠도 알아. 알면서

굳이 이런 말을 하는 이유는 이제 민우가 누구에게서 태어났는지
는 알아야 한다고 생각해서야. 어른들은 다 알고 있는 사실을 민
우만 모르고 있다가 나중에 허무하게 알아버린다면 아빠는 너무
나 속상할 것 같아. 그렇게 알리는 건 정말 싫었어. 지금 당장은
슬프더라도 아빠랑 민우가 천천히 대화를 하면서 풀어나가는 게
맞다고 생각했어."

"하지만 그래도……. 그럼 난 이제 아빠라고 못 불러? 난 이제
아빠가 없는 거야? 난 이제 혼자인 거야?"

민우의 눈에 눈물이 고이며 바로바로 눈물방울이 되어 흘러내
렸다. 아이의 눈물이 너무 슬퍼 윤호의 심장도 찢어질 듯 아파왔
다.

"아니야. 민우는 여전히 아빠 아들이야. 한순간도 아빠 아들이
아니라고 생각해 본 적이 없어. 그리고 민우는 절대 혼자가 아니
야. 아빠도 있고, 할아버지 할머니도 있어. 그러니 혼자라는 말은
하지 마. 그럼 아빠가 너무 슬퍼."

윤호가 민우의 손을 꼭 잡아 품으로 끌었다.

"미안해. 이런 아픈 말을 알려줘서 정말 미안하다. 아빠는 민우
가 상처받지 않았으면 좋겠어. 우리는 여전히 함께 있고 뭐든지
함께할 거야. 그러니 아빠는 민우가 잘 이겨낼 거라고 믿어. 우리
민우는 강하잖아."

윤호의 말을 듣는 민우의 어깨가 흐느낌에 흔들렸다. 어린아이
가 우는 것치고는 너무 슬프고 가슴 아팠다. 윤호의 마음도 똑같
이 주저앉아 내렸다. 어렵게 민우에게 말을 꺼냈지만 역시나 사실
을 알리는 게 쉬운 일은 아니었다. 하지만 슬픈 와중에도 민우가

사실을 받아들이는 것 같아 그나마 위안이 되고 다행이라 생각했다. 그리고 지금 이 순간 채원이 너무나 보고 싶었다.

"우리 선생님이 그렇게 좋아?"

한참 울더니 잔잔해진 민우의 입에서 나온 말이었다. 윤호는 어린 민우가 하는 말에서 왠지 다 이해한다는 느낌을 받았다. 그래서 울컥해진 마음을 다잡으려 민우를 더욱 꼭 안았다.

"많이 좋은가 봐. 그래서 아빠 심장이 많이 아파. 선생님한테 너무 미안해서 가슴이 아파. 아빠 어떡하지? 선생님이 너무 화나서 이제 아빠를 안 볼 것 같아."

이 무슨 아이에게 위로를 받는 상황이란 말인가. 윤호는 어린 민우가 듣는 중에도 마음을 여지없이 드러내었다.

"아빠, 난 우리 선생님이 좋아. 많이 좋아. 그래서 아빠한테 여자 친구가 생긴다면 그건 우리 선생님이었으면 하고 생각했던 적은 있어. 아빠한테 새엄마가 생기는 게 정말 싫었는데 이상하게도 선생님은 아무런 느낌이 들지 않았어. 다른 사람은 절대 싫지만 우리 선생님은 좋아."

어린아이가 하는 말이 어쩜 이렇게 어른스러울까. 자신이 여태껏 잘한 게 하나도 없었지만 정말 민우 하나만큼은 잘 키운 것 같다는 생각이 이 와중에도 그의 머릿속을 파고들었다.

"그런데 좋아하는 사람한테는 좋다고 말해야 해. 좋으면서 좋다고 말을 안 하니까 싸우는 거야. 내가 보니까 그래. 우리 반 애들한테 좋아한다고 말하니까 애들이 날 좋아해 주더라고. 말을 안 하면 안 좋아해."

민우의 말을 들으며 윤호는 새삼 웃음이 나왔다. 그리고 꼬맹이에게 사랑 레슨을 받는 것 같아 스스로가 창피해졌다.

"그래. 민우 말 잘 들을게. 그러니까 민우도 오늘 아빠가 한 말 속상해하지 말고 편하게 받아들였으면 좋겠어. 아빠가 민우한테 바라는 바람은 그거 하나야. 여전히 밝고 예쁘게 자라주는 거."

윤호의 말에 민우가 고개를 끄덕였다.

"큰아빠 큰엄마가 내 아빠 엄마여도 난 좋아. 아빠는 그러니까 걱정하지 마. 출장도 잘 다녀와. 다녀와서 우리 선생님 다시 만나. 내가 특별히 허락해 주는 거야."

뭔가 큰 결심과 선의라도 베푼 듯 민우의 어깨가 의기양양하기까지 했다. 윤호는 그런 민우를 보며 다시금 울컥해진 마음을 가까스로 다잡았다.

민우를 재우고 방으로 들어왔다. 아까 전부터 채원의 번호를 누른 상태로 몇 번을 망설였다. 전화해서 뭐라고 해야 하나. 전화해서 그동안 얼마나 힘들었냐고 위로를 한들 그게 위로가 될까. 한참 동안 휴대폰을 들었다 놨다 했던 그의 손이 결국 내려졌다.

채원이 너무 보고 싶었다. 그녀의 얼굴을 못 본 지 고작 일주일이 지났는데 벌써 한 달은 지난 것처럼 그리움은 더욱 깊어졌다. 이제 윤호의 인생에서 채원은 절대 빠져서는 안 될 존재가 되었다. 그의 모든 걸 지배하고 모든 생각과 감각을 일깨우는 그 여자의 향기가 그리웠다.

미국의 LA에 세울 성민학교를 위한 출장이 계속되었다. 이제 어느 정도 모양을 잡아가는 해외 법인까지 세우고 나면 정말 세계적인 학교가 되는 것이었다. 그건 윤호의 꿈이기도 하였다. 성민을 세계 제일의 학교가 되도록 하고 싶었다. 미국의 교육계 관계자들과 입학사정관들을 만나고, 미국의 학업 시스템에 대한 토론과 정보 수집을 다각도로 분석하면서 윤호의 몸은 둘로 나눈다고 해도 부족할 정도였다.

부지 선정과 위치를 돌아보기 위해 현장에 나가다 우연찮게 휴대폰을 보았다. 그리고 윤호의 발걸음이 멈춰 섰다. 언제 전화가 왔었는지 채원에게서 전화가 와 있었다. 뭐 하느라 받지 못했을까. 아무리 바빠도 채원의 전화는 받았어야 했다. 스스로 자책하며 휴대폰을 유심히 바라보았다. 그러자 문자메시지가 왔다.

「미국으로 출장을 가셨다면서요. 민우가 그러네요. 민우는 생각보다 괜찮아 보이네요. 다행이에요. 제가 너무 지레 걱정을 했었나 봐요. 민우는 이렇게 용감하고 씩씩했는데. 조심해서 다녀오세요.」

그 문자가 다였다. 그렇지만 윤호는 그저 기뻤다. 조심해서 다녀오라고, 걱정을 해준 문자가 그저 고마웠다. 그녀가 자신에게 말이라도 걸어준 것이 그저 좋을 따름이었다. 채원의 문자에 윤호는 힘들던 몸이 다시 활기를 찾는 것을 느꼈다. 밤에 호텔로 돌아와 자려고 누우면 다시 채원이 보내준 문자가 생각나서 몇 번이고 꺼내 읽었다. 단 한 번 왔던 문자였는데 만 번은 꺼내봐서 그 내용까지 다 외울 정도였다. 꺼내볼 때마다 윤호의 얼굴에 피어나는 웃음은 오랫동안 사라지지 않고 머물러 있었다.

이 주일을 정신없이 보내고 한국행 비행기에 올랐다. 몸은 천근만근 부서질 것 같았지만 다시금 희망을 잡고자 채원을 보러 가고 싶었다. 그녀의 문자에 실낱같은 희망을 품고.

공항에서 내려 나오니 아버지의 차를 끌고 나온 운전기사가 보였다. 아버지가 그를 배려해 공항으로 사람을 보내신 것 같았다. 윤호는 운전기사에게 살짝 목례를 하고 뒷좌석에 앉았다.

"어디로 모실까요?"

운전기사가 운전석에 앉으며 물었다. 윤호는 잠시 고민했다. 당장 이사장실로 가서 해야 할 일이 산더미였지만 계속 그의 머릿속을 파고드는 채원의 모습이 눈에 아른거려 도저히 참을 수가 없었다. 가서 멀리서 얼굴이라도 보고 와야 할 것 같았다.

"성민유치원으로 가주세요."

차가 공항을 빠져나와 어느새 고속화도로를 지나고 있었다. 다시 채원의 얼굴을 본다는 생각만으로 심장이 사정없이 뛰었다. 유치원 정문에 차를 대기시키고 윤호는 천천히 유치원 안으로 들어섰다. 한참 오후 2시를 지나고 있어 유치원은 아이들 하원 준비로 시끌벅적하였다. 윤호가 유치원 현관문 안으로 들어서자 1층 복도를 움직이고 있던 교사들이 그를 발견하고 일제히 고개를 숙여 인사했다. 그는 그런 그녀들에게 괜한 미안함이 들어 살짝 웃었다. 자신을 그저 예전처럼 민우 아빠로 대해줬으면 좋겠는데 이제 교사들에게 자신은 그런 사람이 아닌 듯했다.

채원의 부탁으로 한동안 민우를 데리러 오지 않았더니 정말 오랜만에 오는 기분이 들었다. 채원이 있는 2층으로 바로 올라갈까 하다 원장을 먼저 보는 게 예의인 것 같아서 원장실 문을 노크했다. 안에 앉아 있는 원장이 윤호를 발견하고 금세 일어섰다.

"이사장님 오셨어요."

"원장님, 편하게 하시라니까요. 저 불편합니다."

윤호가 낮게 말하자 원장은 다시 웃었다.

"출장 가셨다고 들었는데 언제 오신 거예요?"

"오늘 왔습니다. 정채원 선생님 좀 보고 가려고……."

윤호가 말을 흐리며 웃자 원장의 얼굴이 급하게 굳어졌다.

"이사장님 소식 못 들으셨군요."

"네?"

"정 선생님 아버님이 어제 돌아가셨어요. 그래서 우리 원 사람들 어제 다 문상 다녀왔어요."

윤호는 원장의 말에 심장이 쿵 내려앉는 걸 느꼈다. 채원의 웃는 모습을 보려고 온 건 아니었지만 이렇게 슬프고 애통한 소식을 들으려고 온 건 절대 아니었다. 마른하늘에 날벼락이라고 올 여름까지만 해도 함께 보았던 채원의 아버지가 돌아가시다니 믿기지 않았다.

"갑작스럽게 어떻게 돌아가십니까."

윤호에게 한없이 잘해주셨던 그녀의 아버지가 떠올라 윤호는 자꾸만 먹먹해져 오는 가슴을 애써 눌렀다.

"뇌종양으로 이미 오래전부터 앓고 계시다가 돌아가셨다고 하는데 정 선생님도 전혀 모르고 있었나 보더라고요. 참, 그리고 학과장님이 이사장님 출장 가셔서 말씀 안 하신 것 같은데 어젯밤에 대표이사장님과 학과장님도 정 선생님 아버님 문상 다녀오셨어요."

원장의 말에 윤호는 그나마 자신을 대신해서 참석해 준 부모님이 정말 고마웠다. 의자에서 일어나는데 다리가 후들거렸다.

윤호는 원에서 나와 기다리고 있던 기사에게 다가왔다.

"이제부터는 내가 운전할 테니 기사님은 댁으로 가서 쉬세요. 차 키 주세요."

윤호는 차 키를 받아 서둘러 운전을 하였다. 속도제한 카메라에 여러 번 찍혔을지도 모르지만 그의 마음이 너무 급해 미처 신경 쓸 겨를이 없었다. 2시간도 안 돼서 김천 시내에 들어섰다. 그녀의 부모님이 계시는 시골 마을에 한 장례식장이라고 들었다. 해가 짧아지는 늦가을로 접어들어서인지 어느새 하늘 저편에 노을이 지며 해가 사라지려 하고 있었다. 조심스럽게 장례식장 안으로 들어섰다. 작은 장례식장 안에는 문상 온 사람들에게 음식을 나르는 사람들로 분주했고 낮은 테이블에는 문상객들로 북적거렸다.

영정이 놓여 있는 조용한 빈소의 문틈에 서자 문상객들을 접견하고 있는 채원과 그녀의 어머니를 볼 수 있었다. 까만 소복을 입고 귀 옆에 하얀 리본을 단 그녀의 얼굴에서는 어떠한 표정도 느껴지지 않았다. 그저 무표정으로 감정을 상실한 듯 멍하니 서 있었다. 그러다 문상객이 절하면 함께 맞절을 하는 게 다였다. 그녀의 어머니는 연신 눈물을 흘리며 문상객들이 내미는 손을 맞잡고 있었다. 그 눈물이 슬퍼 윤호의 가슴도 찢어질 것만 같았다.

윤호가 조심스럽게 안으로 들어가 영정 앞에 섰다. 국화를 내밀고 분향을 한 후 두 번 절을 하였다. 그리고 일어서 옆에 서 있는 그들을 바라보았다. 윤호를 보고 놀란 눈을 하고 있는 채원과 여전히 눈물을 흘리며 윤호를 슬프게 바라보는 선자. 윤호가 고개를 숙였다.

"삼가 고인의 명복을 빕니다."

윤호가 선자의 손을 꼭 잡자 그녀의 눈에서는 더욱 많은 눈물이 흘러내렸다. 무언가 말을 하려고 하는데 선자는 눈물이 목구멍까지 차올라 말을 꺼낼 수가 없었다. 그저 윤호의 손을 툭툭 두드리며 힘을 주고 있었다. 선자에게서 손을 거두고 채원을 바라보았다. 채원은 놀란 눈을 하더니 이내 고개를 숙이고 절망적인 표정을 지었다. 그녀의 손을 꼭 잡자 파르르 떨리고 있는 손길이 느껴져 더욱 꼭 쥐었다. 자신이 더 있으면 그녀를 힘들게 할 것 같아 빈소를 나왔다.

윤호는 장례식장 밖으로 나와 계단에 걸터앉아 완전히 어두워진 하늘을 바라보았다. 하얗게 빛나는 별들이 오늘따라 유난히 더 많아 보였다. 채원의 슬픔이 하늘로 올라간 듯 어두운 밤하늘이 그렇게 슬플 수가 없었다.

"어떻게 오셨어요."

뒤에서 들리는 익숙한 목소리에 윤호의 고개가 급히 돌려졌다. 채원이 나와서 윤호를 보고 있었다. 너무나 보고 싶었던 얼굴이었는데 그녀의 얼굴이 깊은 슬픔에 빠져 윤호를 더욱 아프게 하였다. 계단에서 일어서 그녀를 보았다.

"원장님이 그러더군요."

채원은 알겠다는 듯 살짝 고개를 끄덕였다.

"엄마가 나가보라고 해서 나왔어요. 출장 갔다 오느라 피곤했을 텐데 뭐 하러 왔어요."

채원의 말은 일부러 감정을 담지 않겠다는 듯 담담했고 나지막했다.

"그냥…… 보고 싶어서."

그를 보는 채원의 눈망울이 갑자기 사정없이 흔들렸다. 그러더니 이내 고개를 돌렸다.

"와줘서 고마워요. 조심해서 돌아가세요."

몸을 돌려 문으로 들어가려는 그녀의 뒷모습이 너무나 외로워 보였다.

"울고 싶으면 울어요. 억지로 참지 않아도 돼요."

윤호가 내뱉는 말에 채원의 동작이 한순간에 정지된 듯 움직이지 않았다. 그리고 투명한 유리문의 문고리를 잡은 손이 심하게 떨려왔다. 윤호는 천천히 채원에게 다가가 그녀의 어깨에 손을 얹었다. 심하게 떨리는 어깨를 꼬옥 안아주고 싶었다.

"나 울지 않으려고 노력했어요. 아버지 돌아가셨지만 그래도 내가 슬퍼하면 우리 엄마는 더 힘들어할 것 같아서. 그래서 어제 당신 부모님 오셨을 때도, 우리 유치원 선생님들 왔을 때도 참았어요. 그런데…… 그런데……."

말을 잇지 못하고 결국 그녀의 눈에서 눈물이 볼을 타고 흘러내렸다. 한 번 내리기 시작하자 눈물은 그때부터 시작이라는 듯 사정없이 내려왔다. 그녀의 흐느끼는 떨림이 들려오자 윤호의 가슴도 먹먹해지며 한쪽이 뻥 뚫리는 듯 아픔이 느껴졌다. 조심스레 그녀의 팔목을 당겨 품으로 안아왔다. 힘없이 딸려오는 채원을 안아 소중히 품에 담았다. 그의 품에 안겨 하염없이 우는 채원의 등을 토닥토닥 다독여 주었다. 이런 손짓으로 그녀의 마음이 위로가 되지는 않겠지만 윤호가 해줄 수 있는 부분은 이것밖에 없었다.

눈물샘이 고장났는지 채원은 한동안 그렇게 서서 울어버렸다. 이러다 탈진을 하는 건 아닐지 걱정이 되었지만 그녀의 슬픔을 가만히 들어줄 시간은 필요한 것 같았다. 혼자서 울음을 참느라 얼마나 힘들었을까. 입술을 깨물며 얼마나 감정을 다독이려 했을까. 그런 채원이 느껴지자 이렇게 그의 품에 안겨 우는 건 원 없이 해주고 싶었다.

장례식장의 로비 의자에 앉아 있는 채원이 멍하게 허공을 응시하였다. 윤호가 그 옆에 앉자 그제야 채원의 눈빛이 현실로 돌아오는 것 같았다.

"아버님은 뵙고 보내 드린 거예요?"

그의 물음에 채원이 작게 고개를 끄덕였다.

"그 전날 엄마가 전화해서 아버지 상태를 말하셔서 바로 내려왔어요. 다행히 내가 오기 전까지 아버지는 이승의 끈을 놓지 않으려 무진장 애쓰신 것 같았어요. 날 보자 '이제 다행이다.' 라고 하시며 내 손을 잡으셨거든요."

채원이 자신의 두 손을 바라보며 말을 이었다.

"우리 아버지 이 세상에 있는 마지막까지 당신 할 일 다 끝내놓으셨어요. 엄마 힘들까 봐 그런 건지 추수하여 농사를 마무리하시고 그리고 눈을 감으신 거예요. 정말 뼛속까지 농사꾼이셨어요."

다시 입을 다문 채원이 눈을 감았다. 한참 동안 침묵이 흐르다 그녀가 다시 입을 열었다.

"끝까지 내게 비밀로 하라고 하셨대요. 내가 알아봤자 슬퍼만하지 좋을 거 없다고 일하는 데 방해되니까 말하지 말라고 하셨대요. 그리고 당신은 그렇게 죽어가신 거예요. 대체 내가 뭐라고 딸하나 있는 거 마음 편하게 말도 못하시고……. 난 정말…… 왜 이

렇게밖에 살지 못할까요…….''

또다시 떨어지는 그녀의 눈물을 보며 윤호의 가슴도 찢어질 듯 아파왔다. 그의 부모님이 돌아가신 것처럼 가슴 한구석이 뻥 뚫리는 아픔을 느꼈다.

"아버지를 좋게 보내 드려요. 당신이 죄책감을 가지면 아버님도 마음 놓고 떠나지 못하실 거예요."

그의 말에 소리 내어 우는 채원이 너무도 가여웠다. 울어도 그치지 않는 그녀를 대신해 울어주고 싶었다. 그녀의 아픔을 거두어 가고 싶었다.

"이번 겨울에는 꼭 함께 여행 가자고 했는데. 왜 내게 말을 해주지 않은 건지……. 이런 줄 알았으면 모두 팽개치고 내려왔을 텐데……."

"이럴까 봐 말하지 못하셨을 거예요. 당신이 아버님 옆에 붙어서 일도 멀리하고 매일 눈물로 날을 새우는 모습을 좋아하셨을까. 난 아니라고 생각해요. 자책하지 마요. 제발 스스로를 탓하지 말아요."

채원의 어깨를 계속 토닥이는 윤호의 목소리가 그녀의 마음을 더욱 적시었다. 너무도 죄송한 내 아버지, 좋은 옷 한번 못 입고 여행 한번 못해본 내 아버지, 이 불효자를 그래도 예뻐해 주신 가여운 내 아버지.

한참을 울던 채원의 눈물이 잦아들자 그가 나직이 말하였다.

"좋은 곳에 가셨을 거예요. 난 종교는 안 믿지만 지금은 정말로 아버님이 좋은 곳으로 가셨을 거란 생각이 들어요."

"그랬으면 좋겠어요."

채원이 감았던 눈을 떠 까만 하늘을 바라보았다.

"그곳에서는 힘들지 않고 속 썩이는 딸 없이 행복하게 지내셨으면 좋겠어요."

그리고는 일어서 윤호를 바라보았다. 너무 울어 팅팅 부은 눈을 애써 웃어 보이며 고개를 숙여 인사를 했다.

"밤이 너무 깊었는데 운전 조심하세요. 오늘 와줘서 아버지가 좋아하셨을 거예요."

"내가 도울 일 없어요? 당신만 괜찮다면 옆에 있고 싶은데."

그의 말에 채원이 살짝 미소 지었다. 그런데 그 미소가 그렇게 슬플 수가 없었다.

"도울 일 없어요. 그리고 당신이 옆에 있으면 난 더 힘들어질 거예요."

그리고 돌아서서 발걸음을 옮겼다. 멀어지는 채원을 보며 윤호는 내색하지 않으려 했던 슬픔이 쏟아져 나왔다. 그의 눈에서도 눈물이 흘러내렸다.

잡고 싶다. 다시 몸을 돌려 세우고 용서해 주면 안 되겠냐고 말하고 싶다. 하지만 그녀의 절망을 눈앞에서 본 윤호는 더는 그녀를 힘들게 할 수가 없었다. 또다시 그녀에게 아픔을 줄 수는 없었다. 하지만 그녀의 뒷모습을 보는 건 정말이지 그의 가슴을 아프게 하였다.

매일매일 정신없이 바쁜 와중에도 윤호는 채원의 안부가 걱정이 되어 미칠 것만 같았다. 아버지를 보내고 잘 지내고 있을지도 걱정되고 마음은 안정이 됐는지 궁금하였다. 늦은 밤 퇴근하고 돌아오면 자지 않고 기다리는 민우에게 건네 듣는 말이 다였다.

"삼촌."

민우가 자신을 삼촌이라 부르자 윤호는 깜짝 놀라 다시 민우를 내려다보았다.

"삼촌?"

민우는 애써 담담한 눈을 하고 고개를 끄덕였다.

"할아버지 할머니가 얘기해 줬어. 이제는 그렇게 부르라고 하셨어. 내가 아빠 아들이 아닌 걸 알게 됐는데 계속 아빠라고 부르면 안 된대. 그런데 생각해 보니까 내 아빠 엄마가 따로 있는데 삼촌한테 아빠라고 부를 수는 없잖아."

"민우야."

윤호가 혼란스러운 얼굴로 민우에게 무릎을 굽히고 눈높이를 맞췄다.

"아빠는 상관없어. 그러니까 민우 부르고 싶은 대로 불러."

"이제부터 아빠는 민우 삼촌이야."

어린아이 입에서 나오는 말이 어쩜 이렇게 아이답지 않을 수가 있을까. 윤호의 눈빛이 흔들리자 민우가 활짝 웃으며 그의 볼을 양손으로 잡았다.

"난 삼촌 있어서 좋아. 우리 아빠 엄마는 내 마음속에 있으니까 더 좋고. 그리고 할머니가 그러는데 내가 삼촌이라 부르면 삼촌이 다시 사랑을 할 수 있대."

민우의 말을 들으며 윤호는 끝내 터져 나오는 숨을 내쉬었다. 민우는 아무렇지 않은 얼굴을 했지만 분명 이 아이의 마음속은 퍼렇게 멍이 들어 있을 것이었다. 이런 말을 꺼내기까지 민우가 혼자 삭였을 시간을 생각하자 윤호의 가슴이 죄어왔다. 정말로 이제는 내 자식이 된 것처럼 민우의 그 말을 듣자 윤호는 상상할 수도 없는 허전함과 쓸쓸함이 몰려왔다.

"아빠가 정말 미안해. 우리 민우한테 정말 미안해."

"아빠 아니라니까. 이제부터 삼촌이라고!"

민우가 소리치자 윤호는 작게 미소 지으며 고개를 끄덕였다.

"너 부르고 싶은 대로 불러."

"그러니까 삼촌은 우리 선생님이랑 다시 만나. 우리 선생님 잡아줘. 선생님 유치원 그만둘 것 같아."

"뭐라고?"

윤호의 눈이 다시 커졌다.

"오늘 우리 반에 새로운 선생님이 오셨어. 다음 주 부터 우리랑 함께하신대."

윤호는 정말로 채원이 이제는 자신의 세상에서 벗어나는 것 같아 심장이 내려앉았다. 방으로 와 원장에게 전화를 걸었다. 민우가 하는 말이 사실이 아니길 바라면서.

[네. 이사장님.]

"원장님, 밤늦게 죄송합니다. 꼭 여쭤보고 싶은 말이 있어서."

[정채원 선생님 일로 전화하신 거죠?]

원장은 짐작을 하고 있었는지 윤호가 질문하기도 전에 먼저 말을 해왔다.

"정말로 유치원 그만두는 겁니까?"

한동안 수화기에서는 말이 없더니 한숨 섞인 말이 나왔다.

[정채원 선생님이 사직서를 들고 내 방으로 왔었습니다. 아버지

도 돌아가시고 집에 어머니 혼자 계셔서 두고 올 수가 없다고. 그리고 심신이 많이 지쳐 아이들을 돌보기가 힘들 것 같다고.]

윤호는 원장의 말을 숨죽여 들었다. 그녀의 고통이 자신에게까지 전해지는 것 같았다.

[그래서 제가 그건 안 된다고 말렸죠. 힘든 것 이해하니까 며칠 휴가를 내라고 했지만 막무가내였습니다. 제가 보기에…… 지금은 유치원에서 지내기가 너무 힘든 것 같았습니다. 심신이 허약해져 그대로 두면 쓰러질 것 같았어요. 그래서 이번 년도 끝날 때까지는 일단 휴직계를 쓰는 걸로 합의를 했습니다. 저 역시 정 선생님 이대로 놓치는 건 정말 아쉽고 아깝기 때문에 그만두는 건 말리고 싶었습니다. 사실 이것도 이사장님께는 말하지 말라고 한 건데 언젠가는 알게 될 일 또 저번처럼 그런 안타까운 일이 없도록 하기 위해 알려 드리는 겁니다.]

"알려주셔서 감사합니다. 그리고 휴직계를 내주신 거 정말 잘하셨습니다."

윤호는 전화를 끊고도 한동안 멍하니 있다 서둘러 차 키를 들고 집을 나왔다. 지금은 그녀를 만나야겠다. 싫다고 해도 일단 만나서 얼굴이라도 봐야겠다. 정말로 채원이 자신에게서 달아날 것 같아 심장이 사정없이 뛰었다.

채원의 집 앞에 차를 대고 빠른 걸음으로 계단을 올라갔다. 그렇게 올라간 3층 그녀의 집 현관문 앞에 서자 막상 손이 올라가지를 않았다. 그가 심호흡을 하고 손을 올렸는데 현관문이 기적처럼 열렸다. 안에서 나오던 채원이 그를 보자 깜짝 놀란 듯 뒷걸음을 쳤다.

"윤호 씨."

열린 문 사이로 짐을 정리하는 듯 온갖 박스와 물건들로 한가득 했다. 윤호는 그 모습을 보며 한숨을 내쉬었다.

"도망가는 겁니까?"

마음은 안 그런데 목소리에서 저도 모르게 차가운 말이 내뱉어졌다. 그래서 곧 자책을 했지만 채원은 담담한 듯 그를 올려다보았다.

"올해가 계약 만료였어요. 어차피 이사 가야 했던 참에 잘된 거죠. 들어오세요. 집이 좀 엉망이지만."

채원은 먼저 안으로 들어와 부엌으로 갔다. 윤호는 현관문에 한참 서서 정리된 듯한 이삿짐을 보며 허탈하게 서 있었다. 그러다 신발을 벗고 안으로 들어왔다. 벽시계는 12시가 넘어가 있었다. 채원이 포트에 물을 끓이는 모습을 보며 한 걸음 한 걸음 옮겼다.

"내가 보기 싫어서 유치원을 포기하는 거라면 그러지 않아도 됩니다. 내가 안 보이게 할 테니 그렇게까지 하지 않아도 돼요."

윤호의 말을 들으며 채원이 살짝 미소 지었다. 커피를 탄 커피잔을 들고 나오며 소파로 가 앉았다.

"다방커피니까 먹고 싶지 않으면 안 마셔도 돼요. 난 이거 마셔야 짐을 정리할 수 있어서."

윤호는 채원의 맞은편에 앉아 그녀의 표정을 살폈다. 채원은 생각보다 편안한 얼굴이었다. 자신은 이렇게나 힘든데 그녀의 얼굴은 태연한 것이 화가 났다.

"너무 그렇게 보지 마요. 나도 아이들 마무리 못하고 끝내는 게 너무 속상해요. 아이들은 무슨 일이 있어도 끝까지 내가 챙겼어야 했는데……. 그건 정말 죄송합니다. 이사장님 보기에 염치없고 부끄러워요. 그런데 우리 엄마 지금 혼자 계시는데 여기서 계속 이렇게 지낼 수는 없어요. 난 아이들도 중요하지만 우리 엄마가 더 중요해요. 이젠 내가 우리 집 가장이니까 내가 엄마 챙겨야 해요. 엄마마저 이렇게 허무하게 보내긴 싫거든요."

단호한 채원의 말에 윤호는 아무런 말도 할 수가 없었다. 채원이 그를 보며 미소 지은 얼굴로 커피 잔을 내려놓았다.

"막상 얼굴 마주하니 생각만큼 편하진 않네."

그녀의 입에서 나온 말에 윤호는 다시금 심장이 죄어오는 걸 느꼈다. 자신이랑 있는 게 이렇게 싫었던 것일까.

"사랑 한번 제대로 못해보고 이렇게 다시 달아나는 거냐고 물었습니다."

그의 나지막한 말을 들으며 채원은 한동안 말이 없었다. 그러다 윤호의 눈을 마주쳤다. 그녀의 눈은 쓸쓸함이 가득 들어찼다.

"난 사랑을 하기가 힘든 사람이에요. 사랑은 원래 나랑 어울리지 않는 단어였어요. 난 언제나처럼 이렇게 혼자 지내면서 살아가는 게 맞아요. 이제는 사랑이 뭔지도 모르겠어요. 난 정말 사랑에 서툰가 봐."

그녀가 내뱉는 미소가 너무나 슬퍼 보였다.

"난 어떡하고. 이렇게 당신 보면 벌렁거리는 내 심장은 어떡하라고."

그의 떨리는 음성에 채원이 다정하게 미소 지었다.

"지금은 그렇겠지만 다시 괜찮아질 거예요. 당신은 충분히 잘 살 거예요. 한 가지 충고하자면 앞으로는 만나는 아가씨한테 옛 사랑 이야기는 하지 마세요. 그거 생각보다 치명적이라 상대방이 싫어할 거예요."

왜 웃는지 모르겠다. 이 상황에서 왜 그녀의 얼굴에는 미소가 도는지 모르겠다. 자신은 이렇게 심장이 아파와 숨쉬기가 힘들 정도인데 어쩜 그녀의 얼굴은 저리 태평한지 모르겠다. 이제 자신의 마음은 그 스스로도 조절할 수 없을 만큼 커져 버렸다. 매일매일 생각나고 잠도 못 이룰 만큼 보고 싶은 사람인데 이제는 가까운 곳에서, 아니, 먼발치에서조차 볼 수 없다는 생각에 정신이 아득해지는 기분이었다.

"잘 모르는 것 같은데 내가 이제 다시 다른 사랑을 할 수 있을 거라 생각합니까? 내 마음이 여기 있는데 이렇게 살아 숨 쉬는데 다른 사랑이 눈에 들어오겠냐고."

가까스로 내뱉는 그의 음성을 들으며 채원은 눈을 살짝 감았다.

"그대로 있으라고만 했잖아. 아무것도 하지 말고 있어주기만 하라는데 그것도 힘들어요? 이렇게 사랑에게서 도망가 버리면 아무렇지도 않아요?"

"윤호 씨에게는 미안하지만 난 지금 내 감정이 먼저예요. 지금도 난 간신히 버티고 있는 거예요. 내 마음이 지금 얇은 유리장 같아 조금만 힘을 가하면 부서지고 말 거예요. 그러니 내게 사랑을 강요하지 말아요. 난 사랑도 좋지만 내 자신을 다시 돌보고 싶어요. 그동안 너무 쉼 없이 달려오기만 했어요. 나 이태까지 살아오면서 그 흔한 여행 한번 제대로 해본 적이 없어요. 대체 내 인생은 왜 이리 허접한 거야. 너무 단조로워서 무의미해질 지경이에요."

허무하게 허공을 바라보는 그녀를 보는 윤호의 심장이 아파왔다. 절망적인 목소리에 그 자신이 더 아파오고 있었다.

"그래도 당신이 힘들여서 한 교재, 빛을 봐야 하잖아. 여태까지 한 것 아깝지 않아? 이렇게 도망가면 그런 일들은 다 어떡하라는 거야. 이렇게 성민에 피해줘도 돼?"

성민재단이라는 협박까지 써가며 마지막 가랑이라도 잡고 싶었지만 그녀는 의외로 미소를 짓고 있었다. 그리고 그를 바라보며 다정하게 웃었다.

"성민대학교는 당신 관할 아니라면서요."

그리고는 소파에서 일어섰다. 더는 말하고 싶지 않다는 의사 표시를 온몸으로 내뿜고 있었다. 윤호는 후들거리는 다리를 애써 다 잡고 일어섰다.

"어디로 갑니까?"

그의 말에 채원은 한동안 머뭇거리더니 이내 미소를 지었다.

"당신이 없는 곳."

그리고는 입을 다물고 다시 짐을 정리하려고 책을 박스에 집어넣고 있었다. 윤호는 그런 채원을 하염없이 바라보다 천천히 현관문으로 향하였다. 문고리를 돌리려던 손을 다잡고 뒤를 돌아보았다. 채원과 시선이 마주치자 그녀가 황급히 고개를 돌려 버렸다.

"우리가…… 다시 만날 수 있을까."

윤호의 나지막한 말에 채원은 말없이 그를 바라보았다. 그리고 서서히 일어서서 그를 정면으로 보았다.

"인연이라면 만날 수 있겠죠. 하지만 우리가 다시 만날 일은 아마 없을 거예요. 안녕히 가세요."

말을 끝맺고는 고개를 깊이 숙여 인사를 하는 채원을 보며 문을 나와 버렸다. 심장이 미쳐 버린 듯 아파와 윤호의 정신을 혼미하게 만들었다. 그녀가 자신에게서 멀어졌다는 사실을 몸으로 느끼자 생각보다 더한 아픔이 다가왔다. 이렇게 그녀를 사랑하고 있을 줄은 몰랐다. 지수에게 청춘을 바쳤던 지난날의 사랑이 가장 강렬할 것이라 생각했는데 이렇게 또다시 소용돌이에 휘몰아쳐 온 마음과 정신이 뒤죽박죽되리라고는 생각도 해보지 않았다.

주말 내내 하루 종일 침대에서 나올 생각을 하지 않는 윤호를 보자 민우가 결국 방으로 들어왔다.

"삼촌! 정말 너무한 거 아냐!"

민우가 씩씩대며 문가에 서서 소리쳐 윤호는 가까스로 고개를 들어 민우를 바라보았다. 계속 잠을 못 자 머리가 지끈거렸다. 침대에 누워 있어도 도저히 잠을 잘 수가 없었다. 잠을 자고 싶은데 머릿속이 시끄러워 피곤한 몸과는 달리 잠이 들어지지가 않았다. 민우가 다가와 윤호를 막무가내로 일으켜 앉혔다.

"계속 누워서 밥도 안 먹고. 나 심심해."

민우가 안 하던 떼를 쓰면서 윤호를 흔들었다. 그는 깨질 것 같은 머리를 부여잡으며 약간 미간을 찌푸렸다.

"미안. 머리가 아파서 그랬어. 어디 가고 싶어?"

"할머니 집에 가자."

"지금?"

윤호는 솔직히 지금 어디에도 가고 싶지가 않았다. 특히나 이런 상태에서 그의 부모를 보는 건 더욱 힘들었다.

"오늘 꼭 가야 돼? 저번 주에도 다녀왔잖아."

"그래도 가고 싶어. 여기보다 할아버지 할머니 집이 더 재밌고 크잖아."

민우의 말에 윤호는 가까스로 미소를 지었다.

"그래. 가자. 아빠 씻고 나올게."

윤호가 일어서자 민우가 달려가며 문가에서 외쳤다.

"이제 삼촌이라고 하랬지!"

그리고 쏙 나가는 민우를 보며 윤호는 쓴웃음이 나왔다. 삼촌이라는 단어를 굳이 쓰는 민우도 안쓰러웠지만 5년 동안 아빠라는 단어를 쓰다 보니 자신도 아빠가 익숙해져 버렸다. 이렇게 민우와의 시간도 무시할 수 없는 역사가 되고 말았다.

민우를 태워 차로 한남동 집에 다다르자 바깥에 주차되어 있는 빨간 차가 보였다.

"어? 유라 아줌마 또 왔네."

민우가 목소리를 높이며 짜증나는 말투로 내뱉었다. 유라의 이름을 듣자 그의 마음이 다시금 요동쳤다. 현관문 안으로 들어서자 거실에서 유라와 마주 앉아 있는 희연을 보게 되었다.

"저 왔어요, 어머니."

"할머니, 안녕하세요!"

"어 왔어?"

윤호를 보던 희연의 얼굴이 굳어졌다. 아들의 얼굴이 말이 아니게 어둡고 수척해 있었다. 하나 남은 아들마저 곧 떠날 것 같은 모양새를 하자 희연의 심장이 쉼 없이 뛰었다.

"얼굴이 왜 그래. 어디 아프냐."

희연의 질문에 윤호는 미소를 지으며 고개를 저었다. 그리고 마주 앉아 불안해하는 유라를 바라보았다. 민우는 그새 할아버지 방을 향해 달려가 문을 열고 쏙 들어갔다.

"송유라, 앞으로는 우리 집에 오지 마."

"윤호야."

윤호의 말에 먼저 말을 꺼낸 건 희연이었다. 놀라서 말도 못하고 있는 유라를 보며 윤호가 차가운 목소리를 내뱉었다. 그의 목소리가 너무나 차가워 소름이 끼칠 정도였다.

"민우에게 그렇게 말해 버리고도 우리 집에 발걸음이 닿아져? 너 제정신이야? 난 지금 네 얼굴 보는 것만도 피가 거꾸로 솟을 것 같아. 지금 당장 이 집에서 나가줬으면 좋겠어."

"오, 오빠. 미안해. 민우에게 그렇게 말하려던 건 아니었는데 자꾸만 선생님 칭찬하는 민우가 얄미워서 나도 모르게 그만. 하지만 정말로 민우가 상처받을 줄은 몰랐어. 정말이야."

"민우가 새엄마의 존재를 극도로 싫어한다는 걸 알면서도 몰랐다는 말이 나와!"

윤호의 입에서 드디어 고함이 터져 나왔다. 깜짝 놀라는 희연과 유라를 보면서도 말이 멈추지 않았다. 윤호의 흔들리는 음성을 들으며 유라는 서서히 일어섰다. 그리고 희연을 번갈아 보며 울음을 터뜨렸다.

"오빠, 나 오빠 사랑해. 아주 오래전부터. 오빠도 알고 있잖아. 어머니, 저 오빠 많이 사랑해요. 어머니 저 예뻐하시잖아요. 저 받아주시면 안 돼요? 오빠한테 제가 많이 부족한가요? 저 오빠 행복하게 해주고 싶어요."

"행복? 하!"

윤호의 얼굴에 분노가 서려 그의 주변은 차가운 냉기로 다가가기 힘들 만큼 날 서 있었다. 희연은 한 번도 본 적 없는 윤호의 차가운 얼굴을 보며 더듬거리며 말을 꺼냈다.

"그…… 래. 유, 유라 많이 예뻐하지. 딸로 삼고 싶을 만큼 많이 예쁘지."

"그렇죠? 어머니. 전 오빠 마음속에 있는 여자로부터 벗어나게 하고 싶어요. 그래야만 하고요."

"채원 양 말하는 거니?"

희연의 말에 유라는 말문이 막힌 듯 입을 다물어 버렸다. 지수를 생각하고 꺼낸 말이었지만 아무리 희연이 윤호와 지수의 관계를 모른다고 해도 저렇게 채원의 이름이 나올 줄은 몰랐다. 오빠의 마음속 여자가 채원이라고 생각하실 줄은 몰랐다. 어느 틈에 윤호의 부모님은 채원을 오빠의 여자라고 생각하고 있었다.

"이제 그만 돌아가. 그리고 다시는 우리 집에 오지 마. 난 네 사랑을 받아줄 만큼 네게 감정이 있지도, 애정이 있지도 않아. 그러니 이제 그만 마음 접고 너 좋다는 남자 만나."

윤호의 차가운 말을 들으며 유라는 계속해서 고개를 저으며 눈물을 흘렸다.

"오빠, 제발 집에 오지 말라는 말은 하지 마. 내 옛날 추억까지 가져가라는 거야? 그건 너무하잖아. 우리 지내온 시간을 생각해 봐. 그렇다면 날 이렇게 내치진 못할 거 아냐."

그는 한숨을 깊이 내쉬더니 유라를 바라보았다. 그 눈엔 아무런 미련도 담겨 있지 않았다.

"난 이제 내 옛 과거에서 그만 나오고 싶어. 이제 내게 과거 따위는 아무런 의미 없어. 난 지금이 더 중요해. 지금 내 앞에 닥친 현실이 더 힘들다고. 그러니 이제 내 앞에서 과거 얘기는 그만해."

"오빠가 지수 언니를 사랑한 게 아무것도 아니라는 거야!"

결국 유라의 입에서 그 말이 튀어 나왔다. 소리치는 유라의 말에 윤호는 그의 잘생긴 미간을 찌푸렸다. 그런데 신기한 일이었다. 유라가 그런 말을 내뱉었어도 조금도 속상하거나 두렵지 않았다. 전에 채원이 집에 왔을 때만 해도 그러한 사실을 부모님이 알까 봐 전전긍긍했었는데 지금은 알아도 아무 상관이 없었다. 오히려 태연하기까지 했다.

가만히 둘의 대화를 숨죽여 듣고 있던 희연이 충격을 받은 듯서서히 소파에서 일어섰다. 그리고 윤호를 보며 혼란스러운 눈빛을 했다. 윤호는 한숨을 내쉬고 희연을 보며 고개를 끄덕였다. 폭탄 발언을 한 유라도 스스로에게 놀랐지만 정작 평온한 표정을 한윤호가 자신을 바라보는 시선에 더는 눈을 마주할 수 없었다. 그의 눈매가 서늘해 보고 있기 힘들었다.

"넌 정말 마지막까지 최악이구나."

윤호가 나지막이 내뱉는 말에 유라는 눈을 질끈 감았다.

"이렇게 끝까지 말하지 않았으면 하는 것까지 낱낱이 까발리니 난 정말 너한테 두 손 두 발 다 들었다. 하지만 잘했어. 이렇게라도 알리니 오히려 마음이 편해진다. 그런데 한 가지는 확실하게 해두자. 오늘 이렇게 네가 내뱉은 말로 넌 앞으로 우리 부모님은 물론이거니와 성민이 관련된 곳에는 발걸음도 할 수 없을 거야. 무슨 말인지 아니? 넌 이제 성민과는 아무런 인연이 없는 사람이라고. 그러니 지금 당장 이 집에서 나가."

윤호의 말은 세상 어느 말보다도 강한 명령조였고 감히 거역하기 힘든 분위기를 내뿜었다. 유라는 떨리는 몸으로 윤호 대신 희연을 바라보며 도움을 청하는 눈빛을 보냈다. 희연은 유라를 보다 고개를 돌렸다.

"오늘은 이만 가줬으면 좋겠다. 난 유라 너도 믿지만 누구보다도 우리 아들을 믿는다. 윤호가 그렇게 말한다면 그건 그만한 이유가 있을 거라고 생각해. 그러니 유라 너도 당분간은 우리 집에 오지 말거라."

그리고 몸을 돌려 걸음을 옮겨 거실을 나갔다. 희연의 얼굴에 드러난 혼란스러움이 쉽게 가시지 않았다. 망연자실해 있는 유라를 보고 윤호는 큰 한숨을 쉬었다.

"정말이지. 온 세상에 나쁜 사람만 있는 것 같아. 어쩌면 하나같이 이렇게 사람의 마음을 짓밟고 아프게 할 수 있을까. 네가 민우와 그 사람에게 한 행동은 도저히 용서할 수가 없어. 넌 이제 내 인생에서 사라져 버렸으면 좋겠어. 잘 가라."

그리고 그도 몸을 돌려 거실을 나갔다. 혼자 덩그러니 커다란 거실에 남은 유라는 등골이 오싹할 정도의 공포를 느끼고 아릿함을 느꼈다. 이제 다시는 윤호에게 감정을 드러내면 안 된다는 생각에 온 힘이 다 빠져나가는 것 같았다. 다시는 그의 얼굴을 볼 수 없다는 생각에 가슴이 아파왔다. 그리고 다시는 이 집에 발걸음을 할 수 없다는 사실에 온몸이 떨려왔다. 유라는 쉴 새 없이 눈물을 흘리며 바닥에 주저앉았다.

서재로 들어온 윤호는 혼란스러운 얼굴로 아버지 재환 앞에 서

있는 희연을 보았다. 윤호는 두 분의 얼굴에서 드러나는 혼란스러
움을 느끼다 소파에 엎드려 책을 보며 잠이 들어 있는 민우를 발
견했다. 윤호는 한숨을 내쉬고 그들에게 다가갔다. 희연이 아까들
은 말로 내내 혼란스러운 눈빛을 보냈다.

"너 정말…… 지수를 사랑했었니."

희연의 나지막한 말에 윤호는 말없이 고개를 끄덕였다. 그 말에
희연을 비롯해 재환도 충격을 받은 듯 얼굴이 굳어졌다.

"정말 죄송합니다. 이제 와서 이런 다 지난 과거 알게 해드려 정
말 죄송합니다."

윤호의 굳어진 얼굴과 떨리는 음성을 들으며 한동안 아무런 말
없던 재환이 천천히 입을 열었다.

"너 나 좀 보자. 따라와."

먼저 나서는 재환을 뒤따라 나서며 윤호는 죄송스러운 마음과
동시에 후련한 마음마저 함께 들었다. 이제는 정말로 벗어나고 싶
었다. 재환은 현관문을 열고 정원으로 나왔다. 먼저 앞서 가던 아
버지의 발걸음이 멈춰 서자 윤호도 한 걸음 뒤에서 멈췄다. 서서
히 뒤돌아보는 재환을 보며 윤호는 무릎을 꿇었다.

"죄송해요. 아버지 아들 불효막심한 놈이에요. 오랫동안 지수
를 잊지 못해 형까지 알게 했어요. 일찍이 정리했어야 하는 마음
을 그러지 못했습니다. 두 사람이 그렇게 죽은 건 다 저 때문이에
요. 제가 형한테 말하지만 않았어도 그런 힘들 일은 없었을 거예
요. 죄송합니다. 제 감정을 통제하지 못했어요."

"괘씸한 놈."

재환의 입에서 나온 말은 차갑고도 냉정했다.

"어디 사랑할 여자가 없어서 형수를 사랑해!"

"죄송합니다."

그는 또다시 말이 없더니 고개를 돌려 버렸다.

"민우를 키우게 된 것도 죄책감에서 그런 것이냐."

그의 말에 윤호는 한동안 머뭇거리다 살짝 고개를 끄덕였다.

"죄책감에서 시작한 일이지만 민우에게 그렇게 다가가고 싶진 않았습니다. 민우는 그냥 좋아서 키운 거예요."

"못난 놈. 감정도 컨트롤하지 못하는 주제 무슨 아이를 키우겠다고. 내가 그 많은 세월 동안 민우를 오해하고 큰애를 미워한 걸 어떻게 돌리라고 넌 그런 말을 하는 거냐. 이제 내가 죽으면 그 아이들 얼굴을 어떻게 봐!"

재환의 음성은 너무 슬프게 들렸다. 오랜 시간 동안 분노로 며느리를 미워하고 손자를 부정했는데 그것도 다 자신의 오해에서 비롯되었다고 생각하자 말할 수 없는 회한과 슬픔이 찾아왔다. 그리고 무릎 꿇고 있는 저 아들은 오랜 시간 동안 또 혼자서 끙끙 앓아왔을 걸 생각하니 마음이 미어졌다.

어릴 때부터 말썽 한번 부리지 않고 한 번도 재환의 기대에 어긋난 행동을 한 적이 없는 듬직한 아들이었다. 그런 아들이 하필 사랑한 여자가 형수가 되어 속앓이를 하고 그걸 숨기지 못해 큰아들이 알게 되었고 그렇게 비극이 되어버린 것이다. 누구의 잘못이라기보다는 서로가 서로를 믿지 못한 결과였다.

재환은 긴 한숨을 쉬며 하늘을 올려다보았다. 노을이 지고 있는 하늘을 보자 먼저 간 아들 내외가 더욱 생각이 나고 보고 싶어졌다.

"유라가 밝히지 않았다면 넌 평생 가슴에 담고 가려고 했냐."

오랜 시간 침묵으로 일관하던 재환에게서 담담한 말이 나왔다.

"아버지 어머니가 모르고 계시는 것이 덜 충격적이니까요. 굳이 그 사실을 알아서 괴로운 상황을 만드는 건 원치 않았습니다."

"차라리 처음부터 사실대로 말했다면 이렇게 멀리 오지도 않았을 것 아니냐. 이사장이라는 놈이 생각하는 게 그리 단순해서야 되겠냐."

그리고 몸을 돌려 윤호를 바라보았다.

"일어서라."

그의 말에 윤호는 굽혔던 무릎을 펴고 일어섰다.

"죄송합니다. 아버지께 정말 면목 없습니다."

윤호의 음성이 떨려왔다. 그의 음성에 재환이 그의 어깨를 툭툭 쳤다.

"나도 이제 늙었나 보다. 그런 충격적인 이야기를 들었는데도 괜찮을 수가 있다니. 지호랑 지수가 그렇게 된 날 이후로 절대 괜찮지 않을 것 같았던 심장이 가만히 있는 것 보니 이제 시간이 많이도 지나갔나 보다."

"죄송합니다."

윤호의 고개가 숙여졌다. 아버지에게는 한없이 죄송스럽고 속상한 마음만 들었다.

"뭐가 그리 죄송해. 죄송하면 이제 새로운 여자 만나서 잘살면 되지! 아직도 큰애한테 미련이 있는 거냐!"

아버지의 차가운 말에 윤호는 심장이 마침내 내려앉았다. 새로운 여자가 다가왔는데 안아보기도 전에 다시 날아가 버려서 지금 힘들다고, 그래서 죽을 것 같다고, 그의 눈이 슬픔으로 가득 찼다.

"니 엄마한테 들었다. 그 아가씨와의 관계가 민우 때문에 힘든 거냐."

아버지의 말투가 괜히 다정하게 들려와 윤호는 더욱 가슴이 무너져 내렸다.

"아닙니다."

"민우가 네 사랑의 걸림이 될 수 있겠지. 어느 여자가 자식 있는 남자랑 덜컥 만나고 싶겠냐."

"그런 건 아닙니다."

윤호의 낮은 목소리에 재환은 긴 한숨을 쉬었다.

"모든 걸 제자리로 돌려놓자. 민우는 애초부터 네 자식이 아니었으니 네가 키울 필요가 없어. 이제라도 우리가 알았으니 민우는 이제부터 우리가 키울 것이다."

그가 하는 말에 윤호의 눈이 놀란 듯 커졌다.

"아버지, 그 사람과의 관계는 그것 때문에 힘든 게 아니에요. 그러니 지금 그 말씀은 못 들은 걸로 하겠습니다."

"야 이놈아. 너도 이제 네 사랑을 좀 해보라고. 언제까지 혼자 지낼 거냐. 언제까지 책임감에 자신을 묶어둘 거야! 잔말 말고 민우에게 잘 얘기할 테니 앞으로 민우는 여기서 지내게 해라. 민우도 그걸 원할 거다."

그리고는 먼저 걸음을 옮겨 안으로 들어가 버렸다. 혼자 덩그러니 서 있는 윤호의 주변으로 제법 차가워진 늦가을의 바람이 훑고 지나갔다. 날은 어느새 어두워져 정원의 가로등이 하얀 불빛을 내뿜고 있었다. 그의 마음을 온통 뒤덮고 있는 채원의 모습이 마음을 훑고 지나가자 물결에 일렁이듯이 감정이 흔들렸다. 그리고 기어이 눈물이 또다시 볼을 타고 흘러내렸다. 너무나 보고 싶었다. 마음을 이렇게 뒤흔들어 놓고 가버린 그녀가 너무나 그리웠다.

14. 마음의 위로

아이들은 자리에 앉은 채로 아무 말 없이 채원을 바라보고 있었다. 6살 아이들의 반이라고는 느껴지지 않을 만큼 조용한 침묵이 흘렀다. 어린아이들도 더는 채원을 볼 수 없다는 걸 몸으로 느끼는 것 같았다.

"우리 호랑이반 모두 너무 예뻐서 선생님은 너희들을 만난 것이 제일 행복한 일이었어. 전에도 말했지만 선생님이 끝까지 너희들과 함께했어야 했는데 몸과 마음이 많이 아파서 도저히 마주할 수 없는 상황이야. 너희들을 챙겨주지 못해서 너무 미안하게 생각해. 그건 선생님이 정말 잘못한 일이야. 그래서 너무 미안해."

어느새 채원의 목소리가 떨리기 시작하였다.

"우리가 언제 다시 볼 수 있게 될지는 선생님도 잘 모르겠어. 내년에 선생님이 성민유치원에 있을지 잘 모르겠어서 확실하게 말

은 못해주겠어. 하지만 어디서 보든, 어디서 마주치든 항상 반갑
게 인사하고 웃어주자. 선생님은 우리 호랑이반 친구들이 너무 보
고 싶을 것 같아."

그녀의 말에 아이들이 하나둘 울기 시작했다. 아이들에게 기어
이 눈물을 보이게 한 자신이 참으로 못나 보였다. 오랫동안 아이
들 지도해 왔지만 아직도 자신은 한참 부족한 교사였다. 이렇게
아이들로부터도 도망칠 수밖에 없는 스스로가 미웠다. 그런 나약
한 정신력이 힘겨웠다.

채원을 보고 눈물을 흘리는 민우를 보며 조용히 미소 지었다.
민우는 그날 채원과 약속한 뒤로는 윤호의 이야기를 하지 않고 있
었다. 말을 꺼내려 하다가도 머뭇거리고 마는 바람에 채원은 괜한
미안함이 몰려왔다. 어린아이한테 너무 못할 짓을 한 것 같아 가
슴이 미어졌다.

다행히 민우가 윤호의 친아들이 아니란 사실을 알았어도 어둡
고 쌀쌀한 아이가 되지 않은 것이 그나마 채원의 마음을 조금이라
도 편하게 하였다. 아이들이 하원할 때까지 채원은 아이들 한 명
한 명을 놓치지 않겠다는 듯 눈을 마주했다. 그리고 편지와 함께
작은 선물도 보내주었다.

교무실로 들어와 새로 온 교사 김나영에게 웬만한 인수인계를
하고 나자 진이 다 빠지는 느낌이었다. 생각보다 인수인계를 할
것들이 많아서 하나도 빠지지 않고 하려다 보니 시간이 많이 지나
있었다.

"호랑이반 아이들 잘 부탁합니다."

채원과 인사를 한 나영이 먼저 퇴근을 하였다. 채원은 책상의

자신 물건을 정리하여 쇼핑백에 넣었다. 보경을 비롯한 교사들이 다가왔다.

"선생님, 계속 같이하고 싶은데 이렇게 가면 언제 다시 볼 수 있어요."

울먹이는 보경의 말에 채원은 잔잔한 미소를 지었다.

"다시 볼 거예요. 윤 선생님 덕분에 내 유치원 생활이 힘들지 않았어요. 힘들 때 믿어줘서 너무 고마웠어요."

그리고 어정쩡하게 서서 차마 채원에게 말을 꺼내지 못하고 머뭇거리는 다른 교사들을 보며 다시 웃었다.

"다른 선생님들도 그동안 고마웠습니다. 우리 반 아이들도 계속 신경 좀 써주세요."

"그런 건 염려 마세요. 아무쪼록 몸 잘 추스르고 다시 유치원에서 뵙길 바라요."

채원과 비슷하게 들어온 교사가 한 말에 채원이 고개를 끄덕였다. 그렇지만 끄덕이는 고개 속에 눈빛이 흔들렸다.

"그래요. 꼭 다시 오세요. 그때까지 원 없이 쉬시고 마음껏 놀고 마음껏 즐기다 오세요."

교사들의 위로와 배려로 채원은 그래도 4년의 유치원 생활이 전부 다 허무하지는 않았다고 새삼 느끼게 되었다. 몇 년 동안 함께 지내면서 알게 모르게 이 사람들과도 정이 들어버린 것이었다. 교무실을 나와 원장실로 들어갔다. 원장은 업무를 보다 채원이 들어오는 것을 보고 일어서 소파로 와 앉았다.

"짐은 다 정리했어요? 아까 김나영 선생님 퇴근한다고 인사하더군요."

"네. 착실하고 유능한 사람이라 아이들과 금방 잘 지낼 것 같습니다."

원장은 말없이 채원을 보더니 한숨을 쉬었다.

"정말 이렇게까지 해야 하는지 아직도 난 묻고 싶습니다. 오해도 풀리고 모든 일이 다 해결되었는데 왜 그 끈을 놓으려 하는지 난 이해할 수 없어요."

원장의 말에 채원은 머뭇거리다 낮게 웃었다.

"이사장님과의 관계는 꼭 외면적인 것만은 아닙니다. 그리고 제가 유치원을 쉬는 것도 이사장님 때문이 아닙니다. 그동안의 저를 좀 돌아보고 저희 어머니와도 함께할 시간이 필요해서예요, 원장님. 이해해 주실 거라 믿습니다."

"그래요. 믿어요. 내가 우리 정 선생님 얼마나 믿고 있는데."

원장의 믿는다는 든든한 말에 채원은 가슴 깊숙이 벅차오르는 감정을 느꼈다. 그리고 학기를 마치지 못하는 미안함에 다시 고개가 숙여졌다.

"대학 교재는 이제 출판사의 손에 넘어갔으니 나머지는 결과 나오는 대로 수정 부분이나 그런 건 다른 선생님들 통해서 할 거니까 그건 너무 걱정 말고요. 언제까지 쉴 예정인지는 모르겠지만 내년에 대학에서 학생들 가르치는 기회까지 놓치지는 않았으면 좋겠어요."

원장의 말에 채원은 말없이 고개를 끄덕였다. 너무나 바라왔던 일이었는데 그 미래조차 장담할 수가 없어 아쉬운 마음이 드는 게 사실이었다. 하지만 이제는 자신의 감정을 먼저 돌아볼 필요가 있었다. 자신의 마음을 들여다보고 위로해 주는 게 먼저였다. 그러다 보면 해답이 나올 것이다.

원장실에서 나오는데 앞에서 현재가 기다리고 있었다. 현재는 채원이 나오자 얼어붙은 듯 그 자리에 꼼짝없이 서 있었다. 채원은 그녀를 보다 지나쳐 걸어갔다.

"정채원 선생님."

현재가 불러 세워 채원이 걸음을 멈췄다.

"그동안 미안했어요."

현재의 사과에 채원이 몸을 돌려 현재를 바라보았다. 현재의 얼굴에는 미안함과 회한이 가득 담겨 있었다.

"원래 나가야 할 사람은 나인데 정 선생님이 유치원을 비우니 뭔가 이상하네요. 그때 그랬지요. 평가 결과가 공정한 거라면 사과하라고. 그래요. 평가 결과는 공정했어요. 그래서 정말 미안합니다. 선생님께 화내고 상처준 거 정말 미안합니다."

갑작스럽게 사과를 하고 나오는 현재가 낯설었다.

"이렇게 들을 말이었다면 진작 하시지 그랬어요. 이제야 절 믿어주니 이걸 좋아해야 할지. 하지만 민 선생님이 정말 진심으로 사과한 거라면 그 마음은 받겠습니다. 하지만 제 마음까지 거두어 가지는 마세요."

현재의 고개가 끄덕여졌다.

"그래요. 선생님의 마음까지 받을 생각은 없어요. 그냥 난 선생님에게 미안하다는 말을 하고 싶었어요. 이렇게 사과하지 못하면 두고두고 죄를 받을 것 같아서……. 진실한 사람이었는데 내 열등감이 선생님을 아프게 했네요. 정말 미안했습니다."

그리고 먼저 돌아서서 걸어갔다. 그녀가 간 곳을 보던 채원은 한숨 섞인 미소가 지어졌다. 끝까지 머리 굽히고 도도함을 잃지 않으려 하는 사람이었다. 사과를 하는 중에도 자존심은 지키고 싶었나 보다. 그래도 현재의 눈에서 진심 담긴 눈빛을 보아 그것으로 만족해야 했다. 하지만 아직 현재를 용서하기에는 채원의 마음속 상처가 아무르지 않았다. 채원은 씁쓸한 미소를 짓고 유치원을 나왔다.

서울에서 썼던 이삿짐은 당분간 센터가 보관하는 걸로 하고 비용을 지불하였다. 지금은 김천에 있으면서 몸져누운 엄마도 돌보며 새로운 보금자리를 천천히 생각해 보기로 했다.

이제는 싸늘해진 날씨로 곳곳에 울긋불긋 단풍을 수놓은 나무들은 자신이 입은 옷들을 바람에 털어내고 있었다. 마을은 한 폭의 그림을 연상하듯 아름다웠다. 색색이 아름다운 나뭇잎들은 이제 마지막 안간힘을 다해서 버티고 있는 듯 나무에 간신히 매달려 있었다. 가지보다 바닥에 떨어진 낙엽이 더 많았다. 무더웠던 여름이 지나고 어느새 추수를 해서 비어버린 들녘을 보자니 황량하기도 했지만 그것은 그것 나름대로 운치 있었다.

서울에서 김천으로 내려온 지 보름이 되어갔다. 그동안 매일 눈물로 지새우던 선자도 돌보고 어릴 때부터도 집안일은 눈곱만큼도 하지 않았던 자신이 모든 일을 도맡아 하면서 지내다 보니 어느새 서울에서 있었던 자신은 한여름 밤의 꿈처럼 사라진 것 같았다.

쓸쓸했지만 마음은 편한 것이 모든 건 다 나름대로 괜찮은 일이었다. 이렇게 평상에 앉아 신이 내린 자연을 감상하고 있으려니

마음속 응어리가 사라지는 것 같았다. 안에 있던 선자가 낮잠을 잤던지 머리를 정돈하고 신발을 신고 나왔다

"아함. 들어가서 쉬지 왜 나와 있노. 날씨가 꽤 쌀쌀맞다."

선자는 그러더니 채원의 옆으로 와 앉았다. 그리고 똑같은 모양새로 하늘을 올려다보았다.

"니 아부지는 잘 있겠재?"

한참의 침묵 후에 꺼낸 선자의 목소리는 이제 많이 담담했지만 말하지 않아도 얼마나 슬플지 짐작이 갔다. 그리고 그 질문에서 이제는 어느 정도 현실을 받아들일 준비도 되어 있는 것 같았다. 선자의 눈을 보던 채원이 다시 고개를 돌려 같이 하늘을 보았다.

"응. 잘 계실 거야. 저기 봐. 웃고 계시잖아."

손가락으로 파란 하늘을 가리키자 선자의 입에서 작은 웃음이 새어 나왔다.

"맞나. 그러고 있다."

선자의 미소를 보며 채원이 문득 신기한 표정을 지었다.

"엄마는 아버지랑 결혼해서 어떻게 이태까지 싸움 한 번 하지를 않았어? 아버지 만나서 힘들지 않았어?"

채원이 이렇게 말한 데는 선자가 시집오기 전에는 나름 부유한 집에서 사랑받고 자라왔는데 가난한 남자한테 시집을 와서 온갖 고생을 다 한 것을 알고 하는 말이었다. 선자는 그 물음이 덧없기도 하고 웃기기도 하였다.

"내는 니 아부지가 참말로 좋았다. 니 아부지 가난은 했어도 사람이 참 진실허고 다정했다 아이가. 내는 부부가 생활하는 데는 그거이 젤로 중요하다고 본다. 욕심내지 않고 있는 그대로 받아들

이른 세상사 다 평화로운 기라."

선자의 말을 들으며 채원은 아직도 한참이나 어린 자신이 문득 못나 보였다. 부모보다 똑똑하다고 자부하며 사랑에 있어서만큼은 자신이 더 잘 알 것이라고 생각했는데 선자의 말은 채원을 부끄럽게 하였다.

"난 왜 그걸 이제야 알았을까."

그녀의 말에 선자가 부드러운 미소를 지었다.

"가시나. 그걸 어째 그 나이에 알겠노. 니가 얼마나 살았다꼬. 내 나이 되니까 그게 그런 거다, 하고 그저 느끼는 거재."

채원은 활짝 웃었다.

"엄마, 이렇게 있으니까 참 좋다. 내려오기 잘했어."

선자는 자신의 어깨에 기대오는 채원을 살짝 내려 보며 그녀의 손을 잡았다.

"유치원이 걱정되드노."

선자의 말에 살짝 머뭇거리던 채원이 고개를 저었다.

"아니."

선자는 지금까지 윤호와의 일을 애써 묻지 않았다. 느낌으로는 잘되지 않은 것 같은데 여기서 자신까지 채원에게 물어보고 다그치면 채원이 너무 아플 것 같아서 그냥 그러려니 하고 있었다. 잠깐씩 멍하니 허공을 바라보고 있을 때면 그 남자를 생각하는 건 아닌지 걱정이 되고 안타까웠지만 모든 일은 순리대로 되는 것이리라. 순리에 맞다면 지금 채원의 슬픔은 또 그대로 받아들여야 했다.

"여 와 지내기 불편하지 않나."

채원이 빙그레 웃으며 고개를 저었다.

"어릴 때부터 자라온 곳인데 뭐가 불편해. 하지만 이제 엄마 혼자서 농사일 다 못해. 난 엄마랑 함께해야 하는데 엄마가 여기 있으면 내가 서울에서 일을 할 수 없잖아. 정리하기 힘들면 소작을 주면 되지."

선자는 채원의 말에 다시금 얼굴이 굳어지며 눈빛이 흔들렸다. 남편의 무덤이 이곳에 있는데 자신이 어떻게 이곳을 떠날 수 있겠는가. 지금도 죽은 남편만 생각하면 심장이 벌렁거려 가까스로 슬픔을 참고 있는 중이었다. 하지만 지금은 딸과의 시간도 필요했다. 겉으로는 내색하지 않으며 속으로만 끙끙 앓고 있는 딸의 마음이 다시 회복될 때까지는 자신도 옆에 있어주려 하였다.

"앞으로 계속 나랑 함께 살아, 엄마. 난 이제 엄마마저 안 계시면 정말 힘들 것 같아."

채원의 말에 선자는 가슴 한구석이 아파왔지만 내색하지 않고 웃었다.

"이것아, 내는 니보다 훨씬 더 오래 살기다. 그러니 니나 걱정하그라."

선자의 말에 채원도 쿡쿡 기분 좋은 웃음을 지었다. 그러고 보니 얼마 만에 소리 내어 웃는 웃음인지 모르겠다. 채원은 자세를 고쳐 앉아 선자를 보며 눈을 빛냈다.

"엄마, 우리 여행 가자."

여행이란 말에 선자가 의아하게 바라보았다. 여행이란 단어는 그녀에게 무척 낯설었다. 여행이라는 건 채원이 어릴 때 경주에 한 번 놀러 간 게 다였다. 그것도 여행인지 모르겠지만 사는 게 바쁘다 보니 여행은 꿈도 꾸지 못했다.

"내가 이 나이에 어딜 가노. 난 되았다. 니나 댕겨오그라."

"같이 가. 나 그동안 모아놓은 돈 많아. 우리 여행 다니면서 즐
기자. 우리도 좀 그래야 돼. 그래야 삶이 후회되지 않지. 평생 대
한민국의 좁은 땅덩어리에서만 살란 법 있어? 좀 더 눈을 넓혀야
돼."

짐짓 엄숙한 말로 내뱉는 채원이 귀여워 선자의 입에서 웃음소
리가 나왔다.

"맞나. 이번 기회에 니 말대로 인생 좀 즐겨보자. 인생 뭐 있노.
후회 없는 게 장땡이다."

채원은 벌써부터 선자와 여행을 갈 생각에 마음이 들떠오는 걸
느꼈다. 스물아홉이 지나도록 여행 한번 제대로 다녀오지 않은 자
신과 어머니에게 위로를 해주고 싶었다.

날이 어두워져 일찍 잠자리에 든 선자의 자리를 봐주고 나온 채
원은 작은 방 선반 위에 올려놓은 휴대폰에서 진동이 오는 걸 느
꼈다. 발신자를 보니 모르는 번호였다. 스팸 전화가 하도 많아서
그냥 받지 말까 하다 통화 버튼을 눌렀다.

"여보세요."

[어? 진짜 받네. 이거 정채원 폰 맞지?]

술 취한 여자 목소리에 채원은 미간을 살짝 찌푸렸다.

"누구세요?"

[나 송유라야.]

술도 많이 마셨는지 발음은 꼬이고 목소리마저 힘겨워 보였는

데 굳이 채원에게 전화를 한 이유를 모르겠다.

"내 번호는 어떻게 알았어요? 가르쳐 준 적 없는 것 같은데."

[마음만 먹으면 번호 알아내기 어렵나 뭐. 식은 죽 먹기던데요. 당신 번호 알고 있는 사람들이 좀 많아야지.]

술 먹었으면 곱게 들어가 잘 것이지 왜 자신한테 전화해서 진상을 부리는지 채원은 한숨을 쉬었다. 괜찮아지던 기분이 다시금 요동쳤다.

"끊겠습니다. 난 당신과 통화할 이유가 없네요."

귀에서 휴대폰을 떼려던 채원의 귓가로 유라의 소리치는 목소리가 들려왔다.

[끊지 마! 끊지 말라고! 끅. 나 아직 할 말 다 못했다고.]

채원은 전화를 다시 귀에 대고 화가 난 목소리로 말하였다.

"이봐요. 내가 가만히 있으니까 만만해 보여요? 술 취하면 이렇게 막 전화해서 상대방 기분 나쁘게 해도 되는 거예요?"

[나 지금 김천이에요. 끅. 그런데 도통 깜깜해서 어디가 당신 집인지 알 수가 있어야지.]

김천이라는 말에 채원은 놀란 가슴을 가까스로 진정시켰다. 이 사람이 뜬금없이 김천에 왜 있는지 모르겠다. 그것도 잔뜩 술이 취해서는.

"설마 술 취해서 여기까지 운전한 건 아니죠?"

채원의 말에 수화기 저편에서 웃음소리가 명랑하게 들렸다.

[지금 나 걱정해 주는 거야? 걱정 마. 운전기사 대동한 거니까.]

은근슬쩍 반말을 내뱉는 유라가 정말이지 마음에 들지 않았다.

[당신 집 어디예요. 좀 만나요. 나 할 얘기 있어.]

"지금 밤 아홉 시가 넘었어요. 오려면 내일 와요."

[너무한다. 나 세 시간이나 걸려서 온 건데. 끽.]

도대체 보고 싶지도 않을 채원을 왜 보겠다고 하는 건지 모르겠다.

"00면 00리 305호!"

그리고 종료 버튼을 눌렀다. 지가 잘 들었으면 알아서 찾아오겠지. 멀리 마중까지 나가고 싶은 마음은 추호도 없었다.

말은 그렇게 했는데 막상 김천에 와서 자신을 찾는다는 생각을 하자 마음이 편해지지가 않았다. 잘 찾아오는 건지, 밖은 깜깜한데 무슨 일이 생기는 건 아닌지. 채원은 방 안에 있지 못하고 마당으로 나와 서성였다. 어두워진 밤하늘은 꽤나 쌀쌀했다.

"야! 정채원! 너 나와!"

갑자기 들리는 고함 소리에 채원은 깜짝 놀라 마당의 대문을 열고 나갔다. 유라가 술에 취해서 대문 앞에서 소리를 지르고 있었다. 유라에게서 조금 떨어진 곳에는 같이 왔을 것 같은 운전기사가 빨간 차 앞에 서 있었다. 그는 채원을 보더니 살짝 고개 숙여 인사했다.

"참 가지가지로 민폐구나. 너."

채원은 허리에 손을 두르고 유라를 노려보았다. 유라는 채원이 나온 것을 보자 피식 웃었다.

"여기 조용한 시골 마을이야. 너 소리 지르면 동네 사람들 다 깨니까 쫓겨나기 싫으면 얌전히 있어."

"나 쉬 마려워!"

갑자기 유라가 울상을 지으며 아랫배를 손으로 누르자 채원은 어이없던 마음속에 허탈한 웃음이 나왔다. 도대체 당신과 이런 이야기 주고받는 사이인가요. 우리가.

채원은 유라를 살짝 부축해 안으로 들어와 화장실로 안내했다.

"어? 그래도 재래식은 아니네."

"재래식도 아직 저쪽에 있는데 그리로 갈래?"

채원이 입술을 앙다물고 내뱉는 말에 유라는 손을 휘휘 저으며 문을 열고 들어갔다. 한참 뒤에 다시 나온 유라는 마당에 놓인 평상에 벌러덩 누워 버렸다. 정말이지 안하무인에 예의는 눈곱만큼도 없는 사람이다. 채원은 이 여자가 이러고 있는 현실이 믿어지지가 않았다. 도대체 왜 여기까지 내려온 걸까. 속으로만 열심히 생각하던 채원의 귀로 유라의 목소리가 들렸다.

"넌 참 좋겠어. 그런 사랑 받을 수 있어서."

나지막이 내뱉은 유라의 말에 채원은 하던 생각을 멈추고 유라를 바라보았다. 유라가 감았던 눈을 떴다.

"도대체 네가 뭐가 좋다고 오빠는 비밀까지 다 까발려 가면서 그러는 건지."

윤호의 이야기인가 보다.

"내가 아무리 고백을 하고 다가가도 오빠의 마음에는 오직 한 사람밖에 없나 봐."

그녀의 말을 들으며 채원은 서서히 빨라지는 심장 박동수를 느꼈다. 하지만 이제 와 그런 이야기는 아무 소용 없었다.

"나랑은 상관없으니 다시 그 사람에게 잘해봐."

채원의 말에 유라가 벌떡 일어나 앉아 그녀를 노려보았다.

"당신 때문에 오빠가 어떤 일을 마주했는지 알아? 뭐, 시작은 내가 잘못한 거야. 그랬지만 그렇다고 부모님께 사실을 다 말해 버릴 줄은 몰랐어. 난 오빠가 정말로 그럴 줄은 상상도 못했어."

유라의 말이 뜬금없고 갈피를 잡기가 어려워 채원의 미간이 찌푸려졌다.

"술 취했으면 이제 자. 오늘 늦은 밤에 여기까지 찾아온 성의를 봐서 하루는 재워줄게."

"과거 지수 언니와의 관계를 어머님, 아버님이 다 알게 되셨다고! 네가 뭐라고 그 힘들었던 과거를, 부모님이 알면 힘들 수도 있는 과거를 다 말해 버리냐고! 너 따위가 뭔데!"

유라의 외침에 채원은 심장이 사정없이 뛰었다. 그 말은 과거 지수를 사랑했던 일을 그의 부모가 전부 알게 되었다는 말이었다. 그 소식은 태연하던 채원의 마음을 요동치게 하기에 충분했다. 진노하셨을 그의 부모님이 떠오르고 가슴 아파할 그가 생각나자 마음이 다시 미어졌다. 유라가 말을 내뱉은 것 같은데 결국에는 모두가 알게 되었다. 윤호는 지금 괜찮을까. 얼마나 죄송하고 속상할까. 유라의 울분을 들으며 채원도 그녀의 옆에 앉았다.

"그 얘기해 주려고 여기까지 온 거야? 전화로 해도 됐을 텐데."

"난!"

말을 하려던 유라가 머뭇거렸다. 그리고 고개를 숙였다.

"너한테 한 번은 사과를 하려고 했어. 민우한테 너랑 오빠가 사귄다고 말해 버린 것 계속 후회하고 있었거든. 어린 민우한테 해서는 안 될 말이었는데 그땐 나도 질투에 눈이 멀어 못할 말을 막 했어. 인정해. 나 정말 최악이었어. 나도 알거든. 그런데……."

유라의 눈에 갑자기 눈물이 흘렀다.

"오빠까지 날 그렇게 최악으로 보니까 정말 견디기 힘들더라. 막상 오빠의 차갑고 무서운 눈을 보니까 내가 너무 비참해지는 거야. 난 오빠가 나한테 그렇게 심하게 할 줄은 꿈에도 몰랐어. 나한테는 어떠한 상황이 와도 다정할 줄 알았어."

흐느끼며 말하는 유라에게서 처절한 좌절을 느꼈다. 최고로 도도한 여자라고 생각했는데 자신한테 이런 치부를 드러내면서까지 넋두리가 하고 싶었나 보다. 그래서 이 늦은 밤에 김천까지 찾아와서 자신을 만난 것 같았다.

"오빠가 널 많이 사랑해. 나한테는 한 번도 보여주지 않은 그런 눈빛 너에게는 벌써 여러 번 보여줬잖아. 그러면 이제 너도 받아들여줘. 이제는 그래도 되잖아. 방해꾼도 사라졌는데."

도대체 누가 방해꾼이고 왜 방해꾼이라고 하는지 알 수가 없었지만 채원은 자신에게 이렇게 말하는 유라가 이해되지 않았다. 그리고 자신을 사랑한다고 하는 윤호를 생각하자 마음 한구석이 저리도록 아파왔다.

"방해꾼이 너야?"

채원의 담담한 말에 유라는 허탈한 듯 웃었다. 더 이상 지수라는 여자가 그들의 사랑에 걸림돌이 되지 않는다는 말이었지만 유라는 이렇게라도 방해꾼이 되고 싶었다.

"그렇다고 하지 뭐."

"바보구나. 넌 처음부터 방해꾼 축에도 못 꼈어. 네가 우리 사이에 그 정도의 영향력이 있었다고? 난 그런 줄도 몰랐네."

슬쩍 웃으며 말을 하는 채원을 한껏 째려보던 유라가 한숨을 쉬었다.

"나도 미쳤지. 여기까지 내려와서 왜 보고 싶지도 않은 너한테 이런 얘기를 하는지 모르겠어. 하지만 술 먹었으니까. 그러니까 오늘은 그런 셈 치자."

그녀의 한숨 소리에 채원의 마음도 함께 내려앉았다.

"우리 사이는 그런 문제가 아니야. 사람이 사람을 만나는 건 서로의 온도가 맞을 때에 가능하다고 생각해. 그동안 우린 온도가 맞지 않았어. 그래서 그런 거니까 너 혼자 소설 쓰며 자책하지 마."

유라는 채원을 보며 하, 웃고 일어섰다.

"끝까지 잘난 척은. 오빠가 사랑할 때 그냥 받아줘. 그런 남자 놓치면 너만 후회하니까."

그리고 대문을 향해 나갔다.

"자고 가."

채원의 말에 유라가 고개를 돌렸다.

"그런 영혼 없는 배려는 별로 받고 싶지 않네."

그리고 다시 몸을 돌려 밖으로 나갔다. 채원도 따라나갔다. 운전석에 앉아 있던 기사가 문을 열고 다시 나왔다. 유라는 대문을 나가서는 한 번도 뒤를 돌아보지 않고 그대로 뒷좌석에 몸을 구겨 넣은 후 문을 닫았다. 운전기사가 채원에게 살짝 목례를 해 채원도 받아주었다.

"늦었는데 조심해서 운전하세요. 자고 가라고 했는데 싫다네요."

어색한 듯 웃는 채원에게 운전기사가 소리 없는 미소를 지었다.

"아가씨가 잠자리를 워낙 가려서 아마 남의 집에서 자는 건 쉽지 않을 겁니다. 항상 어디를 가든지 늦더라도 꼭 집에 와서 주무셨거든요."

그리고 운전석에 앉아 차에 시동을 걸었다. 빨갛게 잘빠진 차는 금세 채원에게서 멀어져 갔다. 깜깜함 속에 자동차 헤드라이트의 불빛이 비쳐 온 동네가 환해지는 느낌이었다.

좋지는 않지만 그래도 미워할 수 없는 여자라는 생각이 들었다. 어려움 한 번 없이 컸을 여자가 자신의 뜻대로 되지 않은 현실이 얼마나 열받았을까. 그랬지만 천성까지 아예 모질지는 못해서 이 늦은 밤에 자신에게 찾아온 것이다. 그 생각을 하자 채원도 마음이 한결 가벼워지며 가슴속 응어리가 풀리는 느낌이 들었다. 생각지도 못한 사람에게서 마음의 상처가 조금 치유된 것 같았다.

지금 이 시간 윤호는 무얼 하고 있을까. 아직도 자신의 생각으로 잠을 못 이루고 있을까. 그래서 계속 자신을 생각하고 있을까. 채원은 윤호를 생각하자 마음 한구석이 찌릿하며 아파오는 통에 양팔을 쓸어내리고 집 안으로 들어왔다.

채원은 선자와 함께 시드니로 향하는 비행기 안에 앉아 있었다. 난생처음 비행기를 타보는 두 모녀는 서로 신기하다는 듯 옆으로 작게 난 창문을 계속 바라보며 점점 작아지고 멀어지는 땅 위의 모든 것들을 바라보았다.

"여 봐라. 어쩜 이리 집이 작아지노. 내 이리 신기한 광경은 처음 본다카이."

흥분하여 말하는 선자를 채원도 활짝 웃으며 바라보았다.

"비행기니까 그렇지."

채원도 말은 그리했지만 신기하기는 마찬가지였다. 어쩜 이 나이 먹도록 비행기 한 번 못 타봤는지 모르겠지만 이제라도 원 없이 타보려고 한다. 기내에서 나오는 기내식도 먹고 잠도 얼추 잤더니 비행기는 10시간의 비행을 끝내고 호주 시드니 공항에 착륙했다. 난생처음 하는 여행에 헤매거나 길을 잃을 수 있어 가이드를 썼다. 그리고 무엇보다 대학을 졸업하면서 영어도 함께 졸업한 터라 회화가 걱정되기도 하였다.

시드니 공항의 게이트를 나오니 미리 대기하고 있던 가이드가 '채원 Welcome.'이라고 쓰인 카드를 들고 기다리고 있었다. 채원은 이번 여행에 돈을 좀 썼다. 단체 관광은 어머니를 데리고 다니기 힘들 것 같아서 개인 가이드를 선택했다.

다행히 김천에 사는 동네 아주머니의 조카가 호주에서 유학을 해서 알음알음으로 가이드를 부탁하였다. 흔쾌히 받아준 그 여학생 덕분에 채원은 첫 여행에 대한 부담을 줄일 수 있었다. 설레는 마음으로 가이드를 따라 공항을 나섰다. 시차는 한국보다 한 시간 빨라 시차 적응할 일은 없었다. 트레인을 타려고 기다리는데 처음 보는 이국적인 분위기에 채원은 모든 것이 새롭게 다가오고 두근거렸다.

"엄마, 힘들지 않지?"

오랜 비행이 힘들지 않을까 채원은 내내 선자가 걱정되었다. 선자는 그런 채원을 보며 염려 말라는 듯 눈을 찡긋했다.

"힘들긴 뭐가 힘드노. 니 애미 지금 젤로 기분 좋다."

"시드니 다운타운 쪽 호텔로 가시는 거죠?"

앞서 가던 가이드가 뒤를 돌며 물었다.

"네. 날도 저물었고 하니 내일부터 돌아다닐까 봐요."

채원의 조심스러운 말에 가이드가 웃었다.

"5일 머무른다고 하셨나요? 그럼 빠듯한 일정이겠네요."

가이드의 이름은 지연정이었다.

"연정 씨 사는 곳은 어디예요?"

"Surry Hils있는 곳이에요. 호텔에서 그리 멀지 않으니 아침마다 호텔로 찾아올게요."

연정은 호텔 체크인까지 도와주고 로비에서 인사했다.

"내일부터 재미있게 다녀봐요."

채원은 선자와 함께 엘리베이터를 타고 룸 카드를 카드 주입구에 넣자 15라는 번호에 불이 들어왔다.

호주는 겨울이 다가오는 한국과 다르게 여름을 맞이하고 있었다. 그래서 덥기도 했지만 파랗고 깨끗한 하늘은 근심까지 사라지게 하는 것 같았다. 맑은 하늘은 채원의 마음도 덩달아 맑아지게 하였고 깨끗한 물과 푸른 나뭇잎은 그 모습을 바라보기만 해도 그저 좋았다. 자신이 지금 이국땅을 밟고 있다는 사실이 걸으면서도 믿어지지가 않아 내내 신기한 기분이었다.

가이드를 따라다니며 시드니의 중심가를 많이 돌아다녔더니 여행 3일째가 되자 웬만한 곳은 혼자서도 거뜬히 갈 수 있는 정도가 되었다. 오전에는 선자와 함께 조금 먼 지역까지 다녀오고 선자가 호텔에서 쉬면 채원은 가이드랑 시티 구경을 하였다.

다양한 인종이 사는 나라인 만큼 거리의 사람들은 채원과 눈이 마주치면 'Hi'라는 말이 자연스럽게 나왔다. 채원은 처음에는 그러한 모습이 낯설었지만 3일째 되던 날에는 호주인들과 눈웃음을 치면서 서슴없이 인사를 하는 정도가 되었다.

연정을 따라다니며 다른 여행객과 함께 깊고 넓은 블루마운틴도 가보고 하얀 사막이 펼쳐진 곳에 나타난 바다, 포트 스티븐스도 가보았다. 야생동물공원에서는 말로만 듣던 캥거루와 코알라를 직접 보고 만져 보았다. 선자는 코알라의 귀여움에 시선을 뺏겨 오랫동안 그곳을 벗어나지 못하고 바라보기도 하였다. 시드니의 명소 본다이 비치에서는 젊은 남자들이 웃통을 벗고 서핑을 즐기고 있었다. 가이드 연정이 없었다면 이렇게 편하면서 다양한 볼거리를 접하지 못했을 것 같았다.

"내일은 어머니랑 시드니 시티만 구경할 테니 하루 쉬세요. 이제 이틀 후엔 한국으로 돌아가니까 오늘은 여유롭게 도시를 즐겨야겠어요."

"그러세요. 길 잘 찾을 수 있겠어요?"

연정이 걱정하는 말에 채원이 싱긋 웃어 보였다.

"당연하죠. 그동안 이곳저곳을 돌아다녔더니 그곳 지리를 완벽하게 꿰뚫었어요. 내일은 연정 씨도 푹 쉬어요."

채원의 웃음에 연정도 같이 웃어 보였다.

선자와 아침 일찍 일어나 나갈 준비를 하였다. 채원의 분주하고 싱그러운 얼굴에 선자는 문득 멈춰 서서 웃었다.

"우리 딸, 이제야 다시 원래대로 돌아온 것 같구마."

채원은 가던 길을 멈추고 다시 선자를 돌아보았다.

"여행 오기 잘했다. 니가 이리 행복할 줄 알았으믄 진작에 올 걸 그랬다. 좋드나."

채원은 살짝 미소 지으며 고개를 끄덕였다.

"하늘도 맑고 모든 게 따뜻해서 그런지 기분이 너무 좋아. 여기 오니까 마음이 뻥 뚫리는 것이 근심이 다 사라진 것 같아."

이제는 채원 스스로 닫고 있던 마음을 열 수 있을 것만 같았다. 그래서 다시 살아보고자 하는 의지가 마음속에 솟아올랐다. 선자의 팔에 팔짱을 끼며 길을 걸어갔다. 많은 사람들이 바쁘게 오고 가는 시내 중심가는 횡단보도 하나 건널 때에도 많은 사람들이 포진해 있었다.

"여나 한국이나 사람 많은 건 매한가지다."

선자가 나지막이 말해서 채원도 살짝 웃었다. 그러다 횡단보도 건너편을 무심코 보던 채원의 눈이 커졌다. 사람들이 많은 건너편으로 윤호의 모습이 보였다. 그는 같이 온 것 같은 외국인들과 대화를 하며 서 있었다. 채원은 그의 모습을 본 것이 현실인지 믿기지 않아 다시 눈을 비비고 부릅뜨고 맞은편 장소를 바라보았다. 윤호의 모습은 없었다. 채원의 눈이 이내 주변을 바쁘게 돌아다니며 찾았지만 보이지 않았다.

환영을 본 건가. 채원은 많은 차들과 사람들이 오고 가는 도시 한가운데서 윤호의 모습을 본 것이 새삼 두근거렸다. 아닐 것이다. 그가 지금 어떻게 호주에 있겠는가. 말도 안 되는 상상을 한 자신을 책망했다. 다시 본 그곳에 그의 흔적은 눈을 씻고 봐도 보이지 않아 허탈했겠다. 왜 자신의 눈에 그의 모습이 보인 건지 도저히 이해할 수가 없었다. 정말 환영이라면 채원은 이 낯선 땅에서 그를 그리워하고 있었던 것일까. 그래서 환영으로라도 그를 보고 싶었던 것일까.

횡단보도의 신호등이 아까 전부터 바뀌고 있는 것도 모르고 그대로 서 있었다. 선자는 갑자기 채원이 굳어져서는 멍하니 있는 것을 보고 그대로 있어주었다.

"괜안나."

선자의 걱정스런 눈빛에 채원은 고개를 끄덕이며 웃었다.

"갑자기 어지러워서. 이제 괜찮아. 가자."

그리고 다시 선자의 팔을 잡아당겼다. 쇼핑몰에서 쇼핑도 하고 야외 노천카페에서 점심도 먹고 시드니 오페라하우스까지 걸어왔다. 햇빛에 반짝이는 푸른 바다를 배경으로 조개 모양으로 솟은 오페라하우스는 사진으로 보는 것보다 훨씬 더 웅장했다.

"이렇게 외국을 와보니 내 참 작은 존재라는 생각이 든다."

선자가 오페라하우스로 올라가는 계단에 걸터앉아 꺼낸 말이었다.

"아웅다웅거리며 싸울 것도 없고 더 잘살아보겠다고 힘 뺄 것도 없는 기라. 살아 있는 것 자체가 아름다움이고 빛나는 순간이다."

선자의 말에 채원은 그녀의 어깨에 머리를 대었다.

"그러니 니도 사랑 때문에 더 아파할 것도 없고 슬퍼할 일도 읎다."

채원의 눈빛이 살짝 떨려왔지만 선자의 손을 꼭 잡는 것으로 마음을 대신하였다.

"응."

호주에 와서 선자에게 패셔너블한 옷도 사 입히고 액세서리도 해주었더니 선자는 시골에서 농사짓는 아줌마가 아니라 우아한 도시 아줌마였다. 채원도 선자의 얼굴이 이렇게 곱고 예뻤는지 미처 몰랐다. 매번 몸뻬 바지에 헐렁한 옷만 입었던 자신의 엄마도 이렇게 꾸미면 아름다운 여자가 된다는 걸 잊고 있었다. 그동안 참으로 무심한 딸이었다. 그래서 너무나 죄송했다.

오페라하우스의 뒤로 지는 태양의 빛을 받은 시드니 항구가 석양을 벗 삼아 물들어 있었다. 살랑살랑 불어오는 바람이 그녀들의 머리칼을 휘날리며 다독여 주고 있었다. 그 바람 속에는 마법이 들어 있어 마음을 행복으로 물들게 했고 모든 사람을 용서할 수 있게 했고 모든 사랑을 받아줄 수 있게 했다.

"니 아부지가 찾아왔나 보다."

선자도 이 바람에게서 마법을 느꼈나 보다. 그래서 채원처럼 마음의 행복과 다독임을 받고 있었다.

저녁을 먹고 다시 호텔로 돌아온 선자는 침대에 드러누웠다.

"에고, 난 좀 이제 쉬어야겠다."

"달링하버라고 야경이 멋지대. 거기 안 가봐? 내일이면 다시 한국으로 돌아가야 하는데 오늘 많이 봐둬야지."

"난 실컷 봤다. 니나 댕겨오그라. 혼자 잘 다닐 수 있재."

채원은 선자가 피곤했는지 벌써 잠이 드는 것을 보고 슬쩍 객실을 나왔다. 이상했다. 많이 피곤하고 쉬고 싶은데도 자고 싶지가 않았다. 호주에서의 마지막 날이라서 그런 건지는 몰라도 채원은 이 마지막 밤을 그냥 이렇게 보내고 싶지는 않았다. 둘째 날 연정을 따라 가봤던 달링하버가 계속 생각이 났다. 그때는 해가 지기 전에 들러서 경치를 구경하고 온 게 다였는데 오는 길에 연정이

한 말이 채원의 마음을 계속 붙들었다.

"달링하버는 야경이 훨씬 더 멋져요. 서울의 야경처럼. 달링하버. 왠지 이름마저도 달달하고 사랑스럽지 않아요? 전 그래서 이곳이 너무 좋아요. 연인들이 데이트하는 것도 많이 볼 수 있고 여유로운 호주 사람들의 삶도 느낄 수 있는 것 같아서 자주 찾게 되어요."

천천히 걸어서 달링하버가 있는 곳까지 다다랐다. 날이 깜깜한 어둠으로 뒤덮여서인지 근처 높다란 건물들은 불빛을 내뿜고 있었고 군데군데 자리 잡고 있는 요트들과 항구를 따라 기다랗게 늘어선 노천카페와 음식점들의 북적거림이 채원의 마음을 설레게 하였다.

항구를 따라 길게 난 길을 천천히 걸었다. 바람이 불어와 연신 채원의 머리카락이 흩날렸지만 아까 오페라하우스에서 만난 바람처럼 그녀의 마음을 온전히 덮고 있기에 그대로 놔두었다. 이래서 연정이 아름답다고 했구나. 이래서 사랑스럽다고 했구나. 정말로 달달한 사랑이 담겨 있는 것 같았다.

채원의 발걸음이 날아갈 듯 가볍게 춤을 추고 있었다. 이제 한국으로 돌아가면 어떠한 일을 하든 어떠한 삶을 마주하든 피하지 않고 부딪혀 보리라 마음을 먹었다. 이 도시는 그렇게 해도 된다고 채원의 귓가에 쉼 없이 재잘대고 있었다.

그렇게 길을 걷던 채원의 발이 문득 멈춰 섰다. 살랑거리는 호주의 바람이 채원의 머리카락을 부드럽게 쓸어주며 흘러갔다. 야경의 불빛을 받은 항구의 물결이 잔잔했다. 그 달콤한 향기가 채원의 눈을 멀게 하였다. 그래서 처음에는 또다시 환영을 본 것이라 생각했다. 꿈이라 생각했다. 하지만 맞은편에서 역시 시간이 멈춘 듯 걸음을 멈춘 사람을 보며 그녀의 눈이 점점 커졌다.

꿈이 아니다. 환각이 아니다. 마법처럼 이 순간이 믿기지 않았지만 지금 채원은 눈앞의 사람을 실제로 보고 있는 것이었다. 그 사람 역시 믿기지 않는다는 눈빛으로 하염없이 채원을, 그녀의 자태를 보고 있었다. 몇 걸음만 옮기면 닿을 거리에 그녀가 서 있었다. 서로가 서로에게서 눈을 떼지 않은 채 그들은 그대로 시간이 멈춘 듯 서 있었다. 다시 한 차례 불어오는 달콤한 바람이 그들을 휘감고 지나갔다. 이 고요한 설렘이 천천히 걸어오는 그 사람으로 인해 물들었다.

"찾았다."

그의 입에서 나온 첫 마디였다. 간신히 나온 말인 듯 목소리가 잠겨 있었다. 채원은 떨리는 마음과 흔들리는 눈빛을 애써 거두며 고개를 숙였다. 천천히 채원의 바로 앞까지 다가온 그 사람은 다시 서서히 팔을 들어 올려 바람에 흩날리는 채원의 머리카락을 넘겨주었다.

"잘…… 지냈어요?"

그가 내뱉는 말 한마디가 채원에게 닿을 때마다 가슴 한구석을 일렁이게 하였다. 그리고 다시금 마음에 설렘을 퍼지게 하며 온통 물들게 하였다.

"여긴 어떻게……."

채원이 간신히 꺼낸 말에 그가 살짝 미소 지었다.

"산책 나온 건데. 아, 시드니는 해외학교 설립할 예정이라…….

지난주부터 출장 와 있어요. 채원 씨야말로 어떻게?"

그의 말에 채원이 그랬구나, 하며 웃었다. 그동안 마주칠 수 있었던 날은 많았다. 그런데 어떻게 떠나기 하루 전인 오늘 이렇게 만날 수 있었을까. 우연을 가장한 필연이었던 것일까. 그렇게 생각해도 좋은 걸까. 불빛이 아름답게 비치는 항구의 일렁임이 채원의 마음을 흔들었다.

"난…… 엄마랑 여행 왔어요. 내일 돌아가요."

"아, 정말? 재밌었겠다."

그의 말에 채원은 살짝 웃으며 고개를 끄덕였다.

"어디 묵고 있습니까?"

"타운홀 역에 있는 호텔이요. 윤호 씨는?"

"나도 거기서 멀지 않아요. 하이드 파크 있는 곳."

채원이 아, 어딘지 알겠다는 듯 고개를 끄덕이자 윤호의 입꼬리가 다시 올라갔다.

"어딘지 명칭도 다 알 만큼 시드니가 빠삭한가 봐요?"

채원은 그의 말에 계속 웃음이 나왔다.

"시드니 정말 멋진 도시인 거 같아요. 난 이 도시와 완전 사랑에 빠졌어요. 하루도 쉬지 않고 돌아다녔어요."

채원의 미소는 보기에 좋았다. 그리고 예뻤다. 다시 에너지를 머금은 싱그러움이 그녀의 얼굴을 돋보이게 하였다. 윤호의 시선이 어정쩡하게 맞잡고 있는 그녀의 손으로 향하였다.

"우연이 세 번이면 운명이라는 말, 믿어요?"

윤호의 나지막한 말에 채원의 가슴이 쉼 없이 떨렸다. 그의 손이 맞잡고 있는 채원의 손을 깨고 한 손을 잡아왔다.

"5년 전 크리스마스이브에, 유치원에서, 그리고 여기 머나먼 땅 시드니에서……. 이렇게 우연으로 만나기도 쉽지 않을 것 같다."

그의 말에 다시금 채원의 심장이 불규칙하게 뛰었다.

"마지막으로 봤을 때 채원 씨가 그랬죠. 인연이라면 만날 것이라고. 당신이 보기엔 어때. 우리가 어떤 사이인 것 같아."

윤호의 진지한 눈빛을 애써 돌렸다. 채원의 머뭇거림에 윤호는 그녀의 손을 살짝 이끌어 걸었다.

"호텔까지 데려다 줄게요. 아니면 더 산책할래요?"

"아니요. 이제 들어가야지요."

그의 손에 잡힌 채 걸어가면서도 채원은 지금 여기서 그를 만난 것이 믿기지 않고 꿈만 같았다. 환영일 거라고 생각했는데 윤호는 정말로 여기에 있었다. 꿈처럼 그가 자신의 눈앞에 서 있었다. 바람이 데려다 준 것인지 마법처럼 그녀의 앞에서 미소 짓고 있었다. 그의 모습을 보자 주인을 잃고 뛰는 심장이 야속하기만 했다.

그를 못 본 지 한 달. 그동안 잊었을 것이라 생각했던 자신을 비웃기라도 하듯 그의 얼굴을 보자마자 미친 듯이 뛰는 심장과 붉어지는 얼굴은 채원의 생각과는 다르게 속수무책으로 변해갔다.

"윤호 씨는 언제 한국 돌아가요?"

"난 여기서 일주일 더."

"그렇구나. 혹시 아까 낮에 시티 쪽에 있었어요?"

채원의 말에 그는 한동안 생각하더니 고개를 살짝 끄덕였다.

"관계자들 만나느라 그곳에 있었던 것 같아요."

그럼 아까 자신이 봤던 윤호가 환영이 아니라 실제였던 것이다. 그렇다면 우리는 그때 마주칠 수도 있었다는 말이었다. 어느덧 호텔 앞에 다다랐다. 윤호는 순순히 그녀의 손을 놓아주었다. 그의 얼굴을 마주하자 애절한 눈빛의 윤호를 볼 수 있었다. 뭔가 아쉬우면서도 그리운 그의 마음이 눈빛으로 고스란히 전해졌다.

"여기서 윤호 씨를 다시 보게 돼서 정말 좋았어요. 출장 잘 마치고 돌아오세요."

고개를 숙여 인사하는 채원을 윤호가 깊은 눈으로 바라보았다. 그의 눈빛이 숨이 막힐 것 같아 몸을 돌려 걸어갔다.

일부러 한 번도 뒤돌지 않고 엘리베이터 안으로 들어와 층수를 눌렀다. 위로 이동하는 엘리베이터의 숫자를 보면서 채원의 눈에 눈물이 고이더니 이내 아래로 떨어졌다. 15층에 서서 열리는 엘리베이터에서 내려 객실의 문 앞까지 오는 내내 눈물이 멈추어지지가 않았다. 문을 열 수가 없었다. 마음이 시키는 대로 하고 싶었다. 마음은 얼마 전까지만 해도 매몰차게 채원을 버리더니 이제는 다시 주워주는 듯 계속해서 가보라고 하였다. 아니면 이 낯선 도시의 힘이 그녀에게 용기를 주고 있는지도 모르겠다.

채원은 다시 엘리베이터를 잡아타고 호텔 로비 버튼을 눌렀다. 지금 그를 놓친다면 다신 마주칠 수 없다는 생각을 하자 온몸에 소름이 돋았다. 정말로 지금 이 순간이 그를 보는 마지막일 것 같다는 생각이 들었다. 로비로 내려온 엘리베이터의 문이 열리자 채원은 뛰다시피 걸어 호텔 게이트를 향해 갔다.

벌써 가버렸으면 어쩌지. 그가 없으면 어쩌지. 그를 못 보면 어쩌지.

문 밖으로 나와 윤호의 모습을 바삐 찾았다. 그러다 그녀의 시선이 멈춰 섰다. 윤호는 호텔의 외벽에 기대 서 있다 채원이 있는 것을 보고 다시 몸을 일으켜 세웠다. 그를 보자 채원의 눈에 눈물이 다시 흘러내렸다. 윤호도 놀란 듯 하염없이 바라보다 이윽고 천천히 다가왔다. 그가 다가올 때마다 뛰는 심장은 더욱더 바쁘게 움직였다.

"아직…… 안 갔네요?"

울음이 섞인 목소리로 천천히 내뱉는 그녀의 음성을 들으며 윤호의 눈동자가 진해졌다. 그리고 짓는 미소가 너무나 부드러웠다.

"그냥 네가 보고 싶어서……. 너는 왜 나왔어."

그의 음성도 떨려오고 있었다. 채원은 눈 안에 담았던 눈물을 한꺼번에 모두 쏟아내었다. 그녀의 볼을 타고 흐르는 눈물과는 다르게 채원의 얼굴은 웃고 있었다.

"나도 그냥…… 보고 싶어서."

채원의 말이 끝나기도 전에 강한 힘이 그녀의 팔을 잡아당겨 안아왔다. 아무런 힘도 없이 그의 품에 딸려온 채원을 꼭 안았다. 조금의 틈도 주지 않고 뼈가 으스러지도록 그녀를 담았다. 숨이 막힐 것 같은 압박감이 오히려 채원의 정신을 빼놓고 흥분되게 하였다.

"이젠 놓지 않을 거야. 이제 다시는 벗어나지 못해. 싫다고 해도 들어주지 않을 거야. 난 절대 끝낼 생각 없으니까 너도…… 각오해."

채원은 그의 품에 안겨 고개를 끄덕였다. 연신 그녀의 머리를 쓰다듬는 그의 손길에 정신이 아득해지는 기분이었다.

"나도 이제 다시는 당신 놓지 않을 거예요."

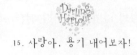

15. 사랑아, 용기 내어보자!

어제 커튼을 살짝 젖혀놓은 탓에 객실 안으로 살며시 비집고 들어온 햇빛에 채원의 눈이 스르륵 떠졌다. 정말 잘 잤다. 성인이 되고 이렇게 푹 자본 건 정말 처음이었다. 채원은 다시금 떠오르는 지난밤의 기억이 되살아나자 얼굴이 붉어졌다. 윤호와 격정적인 사랑을 나누었다는 것이 믿어지지가 않았다. 그의 섹시한 몸과 땀에 젖은 맹수의 얼굴이 채원의 심장을 다시금 요동치게 하였다. 그러다 문득 침대 옆이 비어 있는 것을 발견하였다. 윤호가 없었다. 혼자만의 상상과 꿈이었던 건가.

채원은 몸을 일으키며 주변을 돌아보았다. 혼자만의 상상이라고 하기엔 아직도 그녀의 몸에 깊이 새겨진 자국과 저릿한 아픔이 느껴져 현실이라고 말해주고 있었다.

채원은 휴대폰을 찾아 시간을 보았다. 세상에. 얼마나 잔 거야.

체크아웃을 할 시간이 이미 넘어 있었다. 전자 숫자가 2를 향해 가고 있었다. 그런데 프런트에서는 아무런 콜이 없었다. 그리고 혼자 객실에서 걱정하고 있을 선자가 생각나자 마음이 급해졌다. 어젯밤에 못 들어갈 것 같다고 걱정하지 말라고 문자 한 통 달랑 보낸 게 다인데 얼마나 걱정을 하고 계실까. 더군다나 오늘 오후에는 공항으로 가야 했다.

채원은 침대에서 급히 일어서 욕실로 가 씻었다. 윤호가 어디로 갔는지는 모르겠지만 일단 자신은 지금 선자를 먼저 보는 게 급했다. 빠른 속도로 씻고 나온 채원은 또다시 빛의 속도로 옷을 입었다. 지난밤 그의 손에 의해 벗겨진 채원의 하늘거리는 딥블루 원피스가 다시 그녀의 몸에 걸쳐졌다. 가방을 찾아 소파로 가던 중에 테이블에 놓인 쪽지를 발견하였다.

─잘 잤어요? 객실 하루 더 연장했으니까 걱정 말고 더 자도 돼요. 깨면 말하려고 했는데 너무 곤히 자는 바람에 깨울 수가 없네. 쉬고 있어요. 공항 갈 때쯤에 데리러 올 테니까.

채원에게 말을 놓았던 지난밤의 강렬한 윤호와 또 다른 분위기를 내는 그의 메모였다. 그도 바쁜 출장 중에 자신을 만난 것이니 정신없겠지. 뭔가 아쉬운 마음도 들면서 채원은 객실을 나왔다. 빠른 걸음으로 탄 엘리베이터는 40층에서 15층 객실로 내려갔다. 카드 키를 대고 들어가자 선자는 안에 없었다. 벌써 깔끔하게 정돈된 짐을 보아 아침부터 준비했던 것 같다.

채원은 선자가 혼자서 걱정했을 걸 생각하자 죄송한 마음이 들었다. 아침에는 들어온다더니 대낮이 넘어서도 연락 한 통 없고 깜깜 무소식인 채원이 얼마나 걱정되었을까. 그런데 어쩜 채원에게 전화 한 통도 하지 않았는지. 채원은 자신의 휴대폰의 화면이 깨끗하여 의아했다. 그리고 지금 선자는 어디에 있는 걸까. 혼자서 시드니를 돌아다닐 만큼 그녀가 강단 있지는 않았다. 요 앞에를 나갈 때에도 항상 채원과 함께였으니 혼자서 어딜 다닌다는 건 있을 수 없는 일이었다. 호텔 안에 있는 건가.

채원은 급한 마음으로 다시 객실을 나와 엘리베이터를 잡아탔다. 그리고 로비로 내려왔다. 선자에게 전화를 하며 빠른 걸음으로 움직이고 있는데 호텔 회전문 안으로 웃으며 들어오고 있는 선자와 윤호를 발견하였다. 채원의 눈이 휘둥그레졌다. 두 사람이 어떻게 같이 있지. 그리고 저 분위기는 뭐야. 언제 저렇게 친해졌지. 활짝 웃고 있는 두 사람의 모습이 다정하고 잘 어울렸다.

"엄마!"

채원의 목소리에 선자가 급히 앞으로 시선을 돌렸다. 그녀의 웃고 있던 눈매가 더욱 깊게 아래로 내려갔다.

"니 이제 인났나."

선자의 말에서 채원이 여태까지 자고 있었던 것을 다 알고 있다는 뉘앙스가 풍겼다. 윤호는 채원을 보며 부드러운 미소를 지었다. 채원은 그의 시선을 받으며 다시 얼굴이 붉어졌다. 코발트블루 셔츠에 검정 정장 바지 차림의 그가 더욱 빛나 보였다.

"이게 어떻게 된 거예요. 엄마랑 같이 있었어요?"

"어머님, 한 시간 뒤에 모시러 오겠습니다. 한 시간만 채원 씨 빌릴게요."

윤호의 미소를 보며 선자의 고개가 크게 끄덕여졌다.

"내 걱정은 말고 데이트 잘 댕겨오그라."

어서 가라는 듯 손짓을 하는 선자에게 어색한 웃음을 지어 보이는 채원의 어깨를 윤호가 끌어당겨 움직였다. 그의 팔에 이끌려 걸음을 옮기는 딸을 보면서 선자는 기분 좋은 한숨을 내쉬었다. 이제는 걱정하지 않아도 되겠다. 이제는 선자의 어린 자식이 더 이상 아니었다.

다시 만나는 걸 허락해 달라고 아침에 윤호가 호텔로 찾아왔다. 무릎까지 꿇어가며 부족하지만 채원을 행복하게 해주고 싶다는 그를 보면서 선자는 도저히 화를 내고 싶은 마음이 들지를 않았다. 딸과 어떤 문제가 있어 함께하지 못한 상황인 건 이미 알고 있었다. 하지만 선자가 보기에 이 남자가 본시 나쁘거나 부족해서 헤어진 건 아니라는 생각이 들었다. 헤어질 수밖에 없었던 상황이 있었을 테고 이렇게 자신에게 찾아와 부탁을 하는 윤호를 보자 마음이 사르륵 녹아내렸다.

처음 고속터미널에서 윤호를 보았을 때부터 절대 그냥 스쳐 지나갈 남자가 아니라는 생각이 들었다. 그의 곧은 눈매와 단정한 스타일, 그리고 예의 바른 행동은 선자에게 깊은 인상을 남겼고 채원의 짝으로 부족함이 없었다. 오히려 너무 귀티가 나는 모양새가 걱정이었다.

사람은 각자에게 맞는 짝이 있었다. 자신이 남편에게 그러했듯이 채원은 이 남자에게 그러한 짝이었다. 선자는 그렇게 느꼈다. 평생을 함께한 자신과 남편처럼 채원도 이 남자랑 함께하면 평생을 함께할 수 있을 것 같은 생각이 들었다. 오전 내내 윤호와 함께 다니면서 선자는 그에게서 강한 의지와 다짐을 느꼈다.

윤호의 팔에 이끌려 하버 브리지가 있는 곳까지 오는 동안 채원은 아무런 말도 꺼내지 못하였다. 말은 하고 싶었지만 지난밤의 일이 계속 생각이 나 부끄러웠고 또 어떤 말로 시작을 해야 할지 몰랐다. 채원의 어깨를 안고 걷는 윤호의 손끝에서 강한 힘을 느꼈다. 슬쩍슬쩍 바라보다 마침내 눈이 마주쳤다. 그러자 그의 눈이 깊이 휘어지며 아름다운 미소가 지어졌다. 여태껏 본 중에 가장 멋지고 아름다운 미소였다.

"당신 참 예쁘네요."

새삼스러운 말로 채원이 먼저 살짝 내뱉었다. 정말로 예뻤다. 사랑을 하면 여자만 예뻐지는 게 아니었다. 남자도 전과는 확연히 다른 분위기를 내뿜었다. 채원의 말에 윤호가 하하거리며 기분 좋은 웃음을 지었다.

"당신도 참 예뻐."

"오늘 고마워요. 우리 엄마랑 대신 놀아줘서."

그러자 윤호가 가던 걸음을 멈추고 채원을 돌아보았다.

"채원 씨."

그의 눈빛은 다정했지만 강렬하고 자신을 온전히 원한다는 뜻 또한 품고 있었다.

"이렇게 낯선 땅의 분위기에 이끌려 하는 행동 아니었고, 단순히 지나가는 감정으로 하는 행동은 더더욱 아니야."

그가 불어오는 바람 때문에 흩날리는 채원의 기다란 머리카락을 쓸어 넘겨주었다.

"다시 한 번 사랑을 해보자. 하지만 이제는 그저 사랑을 찾는 게 아니라 사랑을 완성해 보는 거야. 우리 그동안 너무 사랑에 아파해 왔잖아. 그래서 다른 사람들은 다 하는 사랑도 힘들어 헉헉댔잖아. 너무 미숙한 덜 자란 사랑 때문에 힘들어했지만 난 이제는 제대로 사랑을 할 수 있을 것 같아. 이제는 아무런 장애물 없이 당신을 사랑할 수 있어."

그의 고백을 들으며 채원의 마음도 함께 일렁였다. 그래서 그의 손을 잡아 꼭 쥐었다.

"내 사랑을 잡으러 와주는 거예요?"

채원의 나지막한 음성에 윤호가 깊은 숨을 내쉬었다. 그리고는 채원의 팔을 끌어당겨 품에 안았다.

"도망가지 않아줘서 고마워. 당신 사랑 마주할 수 있게 해줘서 감사해."

채원은 그의 말에 살짝 미소 지었다.

"도망가려고 시도는 했지만 어떻게 내가 도망갈 수 있겠어요. 내 마음을 이렇게 흔들어놓은 사람인데. 고마워요. 바보 같은 내 사랑 잡아줘서."

그녀를 안은 그의 팔이 더욱 힘 있게 당겨왔다.

"사랑해요."

그녀의 목소리에는 세상 어떤 초콜릿보다도 달콤하고 진한 부드러움이 담겨 있었다. 그래서 윤호의 심장을 두근거리게 했다.

"마음 같아서는 보내고 싶지 않아. 계속 내 품에 넣고 다니고 싶은데 한국에서 일주일만 기다려 줘. 여기 일 빨리 끝내고 달려갈게."

윤호의 한숨 섞인 말에 채원이 쿡쿡 웃었다.

"난 일 열심히 하는 남자가 좋아요. 내 생각 때문에 일 소홀히 하면 안 만날 거예요."

"뭐야. 너무한다."

그건 말도 안 된다는 표정을 하는 윤호를 보며 채원이 품에서 떨어졌다.

"그러니 일하는 동안은 일 열심히 하고 나머지 시간에는 나만 생각해요. 내 얼굴 많이 봐두고 아껴서 꺼내봐요."

부드럽게 웃는 채원의 입술이 탐이 났다. 채원도 그의 시선을 느꼈는지 그의 입술을 바라보았다. 두 사람의 입술이 가까워지며 어느샌가 깊이 포개어졌다. 물결 위로 비치는 햇빛에 반사되는 반짝거림이 두 사람의 마음을 밝혀주었다. 하늘거리는 바람은 두 사람의 눈과 귀를 멀게 하였다. 살짝 벌어진 틈으로 그가 내뱉은 말.

"사랑해."

에필로그 _ Love is

하얀 시트에 감겨진 벗은 몸의 채원이 곤히 잠들어 있었다. 추운 한파가 몰려왔다고 해서 바깥은 꽁꽁 얼었는데 지금 이 방은 뜨거운 열기로 후끈 달아올라 있었다. 창문으로 밝은 햇살이 스며들어 채원의 잠든 얼굴을 비추고 있었다. 그리고 그녀를 뒤에서 안아 품에 안고 함께 잠들어 있는 윤호에게도 햇살이 찾아왔다.

갑자기 울리는 휴대폰의 알람 소리에 채원의 눈이 번쩍 떠졌다. 손을 뻗어 침대 옆 협탁에 놓인 휴대폰을 잡으려 했는데 손이 닿지를 않았다. 좀 더 몸을 일으키려는데 그녀의 팔보다 더 긴 그의 팔이 몸을 일으켜 대신 휴대폰의 알람을 껐다. 그리고는 다시 그녀의 몸을 움직이지 못하게 꼭 안아왔다.

"더 자. 밤새 무리해서 힘들었을 텐데."

그가 한껏 졸린 목소리로 입을 열었다. 채원은 그의 말에 다시금 얼굴이 붉어졌다. 정말로 밤새 그에게 시달렸다. 앞으로 넘치는 힘을 주체할 수 없어 힘들 거라더니 정말로 그는 한 번 하기 시작하면 몇 번이고 채원을 놔주지 않고 달려들었다. 조금 전 해가 뜨기 전까지도 사랑을 나눈 터라 채원의 몸은 힘이 빠질 대로 빠져 있었다.

여전히 그에게서 등을 돌린 채로 다시금 감겨오는 눈꺼풀로 눈을 감는데 그의 손이 스멀스멀 채원의 맨가슴을 향해 다가오고 있었다.

"자라면서요."

그리고는 몸을 일으켰다. 그 바람에 그녀의 몸이 적나라하게 드러났다. 채원은 황급히 시트로 몸을 가리고 눈을 빛내며 웃었다.

"나 배고파요."

채원의 말에 윤호는 고개를 들어 채원을 보았다. 그도 잔뜩 졸린 눈을 하고 있었지만 이내 미소 지었다.

"뭐 먹고 싶어?"

허스키한 그의 목소리에 채원은 작게 한숨을 쉬었다. 그의 목소리가 너무 섹시해서 눈물이 날 것만 같았다.

"맛있는 거 해줘요."

채원이 눈을 빛내며 말하자 윤호가 채원의 볼을 살짝 꼬집었다.

"날 원한다고 했으면 더 좋았을 텐데."

그러더니 몸을 일으켜 앉았다.

"오늘 친구 결혼식 있다고 했었지? 그럼 간단히 먹고 가자."

그는 머리를 긁적이더니 침대에서 일어섰다. 채원은 윤호의 매끄러운 몸을 눈으로 훑었다. 살아서 돌아다니는 남자의 나체를 직접 눈으로 보자 민망하기도 하고 또 아름답기도 하였다. 그의 탄

탄한 근육과 잘빠진 몸이 여자가 봐도 감탄을 자아낼 만했다.

그는 욕실로 가서 씻더니 금방 옷을 걸치고 나왔다. 검정 스웨터에 그레이 계열 바지를 입은 그가 기지개를 켜며 방문을 나갔다. 여긴 윤호의 집이었다. 민우는 몇 주 전부터 할아버지 집에서 살고 있다는 그의 말에 안심하였다. 아무리 알고 지내는 사이라도 이렇게 남녀가 살을 섞는 모습을 혹시라도 어린아이가 보게 되면 그건 정말 말로는 설명할 수 없는 일이었다.

채원은 그때 호주에서 돌아온 후 일주일을 매일 그의 생각으로 하루를 보냈다. 호주에서의 일이 꿈만 같아 모든 게 거짓인 것 같을 때는 어김없이 그에게서 전화가 왔다. 다정한 그의 목소리와 그리운 모습이 현실임을 말해주고 있었다.

윤호는 비행기에서 내리자마자 그의 본가도 아니고 이사장실도 아닌 김천으로 채원을 보러 내려왔다. 대문 앞에서 얼굴을 보는 순간 누가 먼저랄 것도 없이 서로를 안았다. 그의 품에 안기자 비로소 이 상황이 정말로 현실임을 느낄 수 있었다. 먼 호주가 아닌 한국 땅에서 그를 다시 마주하게 되었다.

채원과 선자는 서울에 집을 마련하였다. 사실 거기에는 윤호의 배려가 들어가 있었다. 서울 집은 그녀들이 살기에 좋긴 했지만 채원의 돈으로는 턱없이 부족하였다. 그래서 윤호가 도움을 주었다. 채원은 그에게 경제적 도움을 받는 게 싫었지만 그가 한 말에 마음을 바꾸었다.

"사람이 사람에게 해줄 수 있는 부분에는 꼭 마음과 뜻 깊은 선물만 있는 것은 아니라고 생각해. 내가 잘 모르는 사람에게 돈을 푸는 건 자기 위선일 수 있지만 사랑하는 사람한테 돈을 쓰는 건 선물과 같은 거야. 돈의 크기가 다르다고 해서 선물의 감동도 달라지는 건 아니라고 봐. 그러니 그냥 받아줬으면 좋겠어. 내가 또 가진 건 돈밖에 없잖아."

마지막 말에서 조금 재수 없었지만 그의 말도 일리가 있었다. 무엇보다 선자의 남은 일생은 조금 편하게 모시고 싶었다. 그래서 서울 한복판에 고급 아파트에서 살게 되었다.

아파트인데도 일층과 이층으로 나뉜 집 구조는 특이했고 넓은 거실과 커다란 부엌은 윤호의 집보다도 큰 것 같았다. 채원과 선자 모두 그런 크고 좋은 집은 처음 살아봐서 눈이 휘둥그레졌다. 채원은 시간이 지나면서 점차 적응을 했지만 선자는 그런 크고 좋은 집을 못내 불편해했다. 그래서 다시 김천으로 내려간다는 걸 뜯어말리며 간신히 데리고 있는 중이었다. 김천의 논은 소작을 주기로 하였다. 아무래도 팔기가 힘들었던 선자는 그렇게 하는 걸로 아쉬운 미련을 접었다.

시골집도 윤호에 의해 새 단장을 하게 되었다. 관리를 하지 않으면 금방 폐허가 되는 옛 집을 생각해서 겉면을 보수하고 내부 인테리어를 보충하였다. 옛 모습을 보전하면서 집을 변경하기가 쉽지는 않았지만 채원의 부모님의 애정이 깃든 곳, 그녀의 어린 시절이 담긴 그곳을 완전히 바꾸는 건 윤호가 원치 않았다. 선자는 김천 집이 다 지어지면 서울과 김천을 오가며 생활하기로 하였다. 선자에게 김천은 절대 떠나올 수 없는 그리움이었다.

윤호가 직접 내린 커피와 함께 만든 브런치 요리를 커다란 쟁반에 담아 방으로 들어오자 채원은 곤히 잠들어 있었다. 그녀의 자고 있는 모습을 보며 그는 낮은 숨을 쉬었다. 그 숨에는 감출 수 없는 행복함이 담겨 있었다. 이렇게 그녀가 자신의 집에서 자고 있는 것이 아직도 꿈만 같았다. 가만히 손을 뻗어 채원의 머리카락을 쓰다듬었다. 한 달 전만 해도 죽을 것 같았던 마음을 다 보상받는 건지 채원의 존재 자체가 윤호의 상처를 전부 다 아물게 하였다.

"채원 씨."

그의 말에 채원의 눈이 부스스 떠졌다.

"어…… 나 잤어요?"

"얼른 일어나. 오늘 크리스마스이브라 사람 엄청나게 많을 거거든. 늦었어."

채원은 귀찮은 듯 마른세수를 하고 일어나 앉았다. 윤호가 주는 커피와 함께 토스트를 오물오물 먹는 채원이 미치도록 사랑스러웠다.

"음, 맛있다."

싱긋 웃는 그녀를 보자 윤호는 안 되겠는지 그녀의 손에 잡힌 머그컵을 다짜고짜 뺏어 테이블에 내려놓고 다시 채원을 밀치듯 눕혔다.

"아직 결혼식까지 시간 좀 있지?"

"네? 왜요?"

채원의 물음에 답도 없이 그가 다시 입을 맞춰왔다.

"다시 생각해 보니 결혼식 조금 늦어도 될 것 같아. 그보다 더 중요한 일이 방금 생겼어."

윤호가 다시 채원을 덮쳐 와 정신 못 차리게 하는 통에 채원은 윤주의 결혼식이 시작하기 전 빠듯하게 도착하였다. 명동의 웨딩홀에서 결혼하는지라 차가 많이 막힐 것 같아 지하철을 이용하였는데도 많은 사람들로 더디 움직였는지 생각보다 늦어졌다.

신부 대기실은 거의 식장에 들어가려는 분위기로 분주한 모습이었다. 채원이 어정쩡하게 입구에 서 있자 그녀를 발견한 윤주가 소리쳤다.

"정채원! 너 이제 오냐!"

채원이 미안하다는 눈짓을 하며 안으로 들어왔다.

"기사님, 한 번 더 찍어주세요. 꼭 찍어야 될 친구라서."

사진기사가 알겠다며 사진기에 얼굴을 가져다 대자 채원이 윤주 옆에 나란히 앉았다. 윤호는 그런 둘을 지켜보고 있었다.

"너 오늘 예쁘다?"

그 말은 채원이 아닌 신부 윤주에게서 나온 말이었다. 자몽레드 원피스에 검정 롱코트를 두른 채원을 보고 한 말. 채원은 그녀의 말이 뜬금없고 말도 안 되어 웃음이 나왔다.

"오늘의 신부 앞에서 하는 말을 믿으라는 거야, 지금?"

사진기사가 사직을 찍어 둘은 예쁘게 웃어 보였다.

"기집애. 어쩜 나이가 들수록 예뻐지냐. 사람 열받게."

윤주가 얄미운 눈빛을 하며 웃어 보였다. 채원은 윤주가 저리 말하는 게 낯간지러웠다. 그들 곁으로 윤호가 다가왔다.

"윤주 씨, 결혼 축하해요."

"이사장님, 오셨어요?"

"오늘은 이사장으로 온 게 아니라 이 사람 애인으로 온 거긴 하지만 미리 부탁한 일도 있고 이사장의 권력을 조금 남용하도록 하겠습니다."

무슨 소린지 모를 윤호의 말에도 윤주는 손으로 오케이 모양을 지으며 웃었다.

"신부님, 식장 들어가실 시간이에요."

안내자의 말에 따라 윤주는 다급히 일어섰다. 그리고 신부 대기실을 나갔다.

"무슨 소리예요?"

채원이 윤호를 바라보며 궁금한 듯 물어보아도 윤호는 미소만 짓고 채원의 어깨를 끌었다. 허리를 감아오는 손길에 채원의 입가에 미소가 지어졌다.

"내 친구 예쁘죠?"

"그러네."

영혼 없는 목소리로 내뱉는 그가 웃기면서도 싫지 않았다. 식장에 들어서면서 계속 윤호를 힐끔힐끔 보며 눈빛을 보내고 있는 여인네들이 신경 쓰였는데 허리를 감는 그의 행동은 채원의 마음을 설레게 했다. 내 남자라는 걸 저 여인네들이 모르지 않을 것이다.

채원은 오늘 눈부시게 아름다운 윤주를 보며 미소가 지어졌다. 자신보고 예쁘다고 하지만 윤주는 정말로 하늘에서 내려온 선녀처럼 아름다웠다. 원래 결혼식 날 모든 신부가 다 아름답지만 친구여서가 아니라 윤주는 정말로 예뻤다. 채원은 식장 끝 쪽에 서서 신랑이 입장하고 아버지 손을 잡고 윤주가 입장하는 모습을 지켜보았다.

양가 식구들, 친척들이 사진 찍는 시간이 지나고 직장 동료 및 친구들이 사진 찍는 순서가 되었다. 윤호는 찍지 않겠다고 하여 채원 혼자 윤주 쪽 자리로 가서 섰다. 그러자 윤주가 채원에게 손짓하며 불러들였다.

"넌 내 옆에 서."

왜, 라는 말을 묻고 싶었지만 사람들이 바쁘게 대열을 잡는 바람에 얼떨결에 윤주 옆에 섰다. 신랑 신부는 왜 꼭 많은 사람들 앞에서 키스를 해야 하는지 모르겠다. 채원은 그 모습을 보며 마치 자신의 것 탐내지 말라고 다른 사람에게 공표하는 거나 마찬가지라고 생각했다. 그리고 부케를 받는 시간. 미리 받기로 되어 있던 친구가 앞으로 나가 섰다. 서 있는 사람들은 박수를 칠 준비를 하고 있었다.

윤주가 던진 부케. 그것은 뜬금없이 채원에게로 날아들었다. 갑자기 날아든 부케에 채원이 당황해하자 윤주가 의미심장한 웃음을 지었다. 뭔가 잘못 날아온 것 같아 다시 갖다 주려는데 윤주가 이 사람과 사진 찍겠다고 하여 얼떨결에 신랑 신부 가운데 서게 되었다. 상황 파악이 되지 않은 채원이 멍한 표정으로 있자 사진 기사가 소리쳤다.

"부케 받고 저런 표정 짓는 사람 처음 봤네. 활짝 웃으쇼잉!"

채원은 사진기사를 보며 어색하게 웃다 식장 한쪽에 서서 이쪽을 보고 있는 윤호를 보았다. 이게 뭔지 모르겠다는 듯, 난감한 제스처를 취하자 윤호는 어깨를 으쓱하며 미소 지었다.

"너 이래도 되는 거니."

채원은 윤주에게만 들릴 정도로 속삭였다.

"이래도 돼."

"부케 받기로 한 사람이 속상해할 것 같은데⋯⋯."

"괜찮아. 다 이해할 거야."

윤주는 사진기사를 보며 활짝 웃었다. 에라 모르겠다. 부케 받은 게 나쁜 일도 아닌데 복 받는다 셈 치지 뭐. 채원도 사진기사를 보며 활짝 웃었다.

크리스마스의 캐럴이 거리를 가득 메우고 있었다. 그리고 오늘도 명동엔 수많은 연인들로 인산인해를 이루었다. 하필 윤주의 결혼식장이 명동이라 윤호와 채원은 사람들로 가득 들어찬 거리를 걷게 되었다. 속도는 나지 않아 거북이걸음이었지만 두 사람은 서로의 손을 꼭 맞잡은 채 느리게 걸음을 옮겼다. 크리스마스 한파라더니 작년보다 훨씬 추웠다. 그래서 연인들의 몸은 조금의 틈도 보이지 않고 붙어 있었다. 걷다 보니 5년 전 현준에게 맞을 뻔했던 그 장소가 나왔다. 둘은 동시에 터져 나오는 웃음을 막지 못해 서로를 보며 웃었다.

"인연 참 무섭다."

채원이 나지막이 말하였다.

"그 사람이 이렇게 내 남자가 될 줄은 상상도 못했어요."

"원래 인연은 상상도 못할 때에 나타나는 거야."

그가 짓는 미소가 눈부셨다. 채원은 그를 바라보다 다시 걸음을 옮겼다. 채원의 한 손은 여전히 부케가 들려 있었다.

"나 참, 오늘 윤주가 큰 실수를 한 것 같아요. 이 부케 내가 받으면 안 되는 건데."

"왜 안 되는데?"

"난 결혼할 것도 아닌데 받았으니 뭔가 찜찜해요. 그리고 미리 받기로 한 사람에게도 미안하고."

윤호는 부케를 받고도 결혼에 대한 생각이 나타나지 않는 채원을 보자 얄미운 마음이 올라왔다.

"그거 알아? 부케 받고 몇 달 안에 결혼 못하면 몇 년 동안 혼자 살아야 한다는 거."

윤호가 나지막이 내뱉는 음성에 채원은 그를 힐끔 보았다. 무표정으로 있었지만 그에게서 진지함이 느껴졌다.

"어떻게 나보다 그런 걸 더 잘 알아요?"

"윤주 씨가 그러던데?"

윤주의 이름이 뜬금없이 나와 채원의 고개가 갸우뚱해졌다.

"둘이 그런 얘기할 시간이 있었어요?"

"당신은 그런 걸 궁금해할 게 아니라 부케를 받고 어떻게 할지를 고민해 봐."

윤호가 답답한 듯 목소리를 높였다. 윤주를 미리 만나 부케를 채원이 받게 해달라고 부탁했다는 말은 절대 못하겠다. 그리고 미리 받기로 했던 친구한테는 이 연극에 동참하는 대신 크게 사례를 했다는 것도 절대 못할 말이었다. 윤호가 꾸민 일인 걸 아는지 모르는지 채원은 태연하기만 했다. 어찜 부케를 받고도 사람이 저리 밋밋할 수 있을까. 윤호는 슬슬 열이 받기 시작했다.

"뭘 어떻게 해요. 예쁘게 잘 말려서 백일 후에 태우면 되지. 전에 부케 어떻게 처리하는지 인터넷에서 본 적 있거든요. 이렇게 해주면 신랑 신부가 잘산다던데요?"

부케 받고 몇 달 안에 결혼 못하면 아예 못한다는 미신은 모르면서 부케 처리는 또 언제 봤대. 윤호는 낮은 한숨이 나왔다. 그런 윤호의 얼굴을 슬쩍 본 채원의 입가에 남모르게 미소가 지어졌다.

"성윤호 씨, 전화 왔어요."

주머니에서 벨이 울리는데도 모르고 무슨 생각을 하는지 그는 멍하니 걷고 있었다. 채원의 목소리에 윤호가 폰을 꺼냈다.

"민우 안녕."

[삼촌, 메리 크리스마스.]

"오냐. 민우도 메리 크리스마스. 뭐 하고 있어?"

[저녁 먹고 크리스마스트리 앞에 앉아 있어. 올해 내 양말엔 무슨 선물이 올지 기대하고 있지.]

민우의 말에 윤호의 입가에 미소가 지어졌다.

"양말에 선물이 들어가겠어?"

[당연하지. 착한 일 하면 선물 주는 거 아냐?]

"민우 착한 일 했어? 착한 일을 많이 하면 선물이 크고 별로 착하지 않으면 아주 조그만 선물일걸?"

민우의 목소리가 커졌다.

[완전 큰 선물일 거야. 나 착한 일 엄청 많이 했으니까.]

윤호가 소리 내어 웃었다.

"그래. 기도 많이 해."

[삼촌은 뭐 해? 데이트하는 거야?]

조그만 녀석이 어휘나 문장 능력은 유아 수준이 아니었다.

"그래. 데이트해."

[그럼 우리 선생님하고 같이 있는 거야? 나 바꿔줘.]

윤호가 휴대폰을 건네자 난감해하던 채원이 느리게 폰을 잡았다.

"민우 안녕."

[선생니임!]

민우의 목소리에서 생기가 돋아났다. 윤호는 민우의 목소리가 자신하고 통화할 때랑 확연히 달라진 게 괘씸하면서도 이상하게 기분이 좋았다.

[방학 끝나면 다시 선생님 보는 거죠? 많이 보고 싶어요!]

채원은 겨울 방학이 끝나면 다시 복귀하기로 되어 있었다. 마음이 다 회복되고 거리낄 것이 없는데 더 이상 아이들을 내버려 둘 수가 없었다.

"선생님도 민우 많이 보고 싶어."

[우리 집에 놀러 오세요. 할머니 할아버지한테 말해놓을게요.]

한다면 정말 하는 민우라 그러지 말라고 하고 싶었지만 왠지 민우의 행동은 막을 수가 없었다.

[선생님, 우리 삼촌이랑 다시 만나서 고맙습니다. 절대로 헤어지지 마세요!]

민우의 말에 채원은 어색하게 웃었다. 꼬맹이한테 야단을 맞는 것 같았다. 민우와의 통화를 끝내고 끊어진 폰을 건네자 윤호가 씨익 웃었다.

"민우는 방해꾼이 아니라 큐피드 화살이었네."

작은 목소리로 혼잣말처럼 말했지만 채원의 귀에 다 들어갔다. 채원의 입가에 미소가 지어졌다.

"다행이에요. 민우가 예전처럼 밝아서."

"민우는 생각보다 훨씬 강하고 긍정적인 아이야. 아버지 어머니가 그렇게 키우는 거기도 하지만."

윤호의 부모님이 민우를 키운다는 사실을 알았을 때 유라가 했던 방해꾼이 사라졌다는 말이 떠올랐다. 그렇게까지 하신 그의 부모님을 생각하자 죄송한 마음이 물밀듯이 쏟아졌다. 민우는 자신이 안고 가야 하는 부분이 아닌가 하는 생각이 들었다. 하지만 민우도 본가에 살기를 원하고 또 거기서 적응도 잘하고 있다는 윤호의 말을 듣자 아쉬우면서도 뭔가 시원함을 느꼈다. 자신도 어쩔 수 없는 속물인 것 같았다.

며칠 전 그의 아버지 재환이 채원에게 연락을 해왔다.

[아가씨, 오늘 시간 되면 저녁이나 같이하지.]

재환이 보낸 고급 세단을 타고 프랑스 코스 요리를 하는 전문 레스토랑에 다다랐다. 긴장되기도 하고 또 어떤 말을 꺼내야 할지 몰라 두렵기도 하였다. 이미 한 번 헤어진 경험이 있는 사람인데 그의 아버지가 곱게 보지 않을 수도 있었다.

우아한 샹들리에 조명에 앤티크 내부 인테리어는 들어오는 순간부터 분위기를 압도하고 우월함을 뽐내었다. 지배인이 안내하는 자리로 가자 재환이 이미 앉아서 채원을 보며 손을 흔들었다.

"이사장님, 안녕하세요."

채원이 고개를 숙여 인사를 하였다.

"앉게."

재환은 손짓을 하며 맞은편 의자를 가리켰다. 지배인에 의해 빼어진 의자에 살짝 걸터앉았다.

"우리 아들하고 다시 만난다고?"

아무런 감정이 느껴지지 않은 말이었지만 그의 아버지가 무슨 뜻으로 하는 말인지 전혀 감이 오지 않았다.

"네. 제가 윤호 씨를 많이 사랑합니다. 그래서 다시 만날 수밖에 없었습니다."

채원이 단정하면서도 정갈한 말투로 재환을 바라보았다. 그녀의 입가에 떠오른 미소는 마음과는 다르게 평온하였다. 스스로도 그런 미소를 지을 수 있다는 것이 놀라웠다. 나이가 들었나 보다. 이런 자리는 평생 어색하고 힘들 줄 알았는데 이제는 어떻게 대처해야 하는지 마음을 다스릴 수가 있었다.

한동안 말없이 채원을 보기만 하던 재환의 얼굴에서 낮은 미소가 떠올랐다. 희끗희끗 흰머리가 올라온 재환의 모습에서는 성민재단의 총책임자의 포스가 물씬 풍겨 나오고 있었다. 그 모습에 약간 위축이 되기도 하였다.

"우리 아들이 나이만 먹었지 아마 사랑에 있어서는 아가씨보다 훨씬 미흡할 거요. 여태껏 흔한 사랑 한 번 제대로 못하고 지내온지라 온통 서툴고 아가씨 마음에 들지 않을 수도 있소. 하지만 그놈 진국인 거는 내가 보증하지. 그러니 많이 부족하고 느리더라도 너그러이 이해해 줬으면 좋겠네."

윤호는 자신보다 훨씬 어른이었다. 사랑에 있어서도 자신보다 적극적이었고 당당했다. 옛사랑에 대한 아픔이 있었지만 그런 과거는 전혀 생각나지 않을 만큼 그녀에게 온 정성을 쏟고 있었다. 그럼에도 재환은 윤호가 못내 의심스러웠던 걸까. 채원은 살짝 터져 나오는 웃음을 지으며 고개를 끄덕였다.

"제가 오히려 윤호 씨한테 넘치는 사랑을 받고 있습니다. 이렇게 사랑을 받아도 되는 건지 걱정될 만큼이요. 그러니 그런 걱정은 하지 않으셨으면 합니다."

채원의 말에 재환도 미소 지었다.

"그렇게 말해주니 고맙네. 아무쪼록 우리 못난 아들 잘 보살펴

주게. 그리고 다음부터는 내게도 이사장이라는 호칭 말고 다른 말로 불러줬으면 좋겠군."

재환이 껄껄 웃으며 말하여 채원도 웃어 보였지만 심장이 사정없이 뛰었다. 자신을 받아주는 말이었다. 결혼도 하지 않은 자신을 벌써 며느리로 대하는 분위기를 풍겼다. 그렇게 생각하자 마음이 두근 반 세근 반으로 뛰었다. 결혼할 여자가 부모 입장에서는 한참 부족할지도 모르는데 그의 부모님은 다행히 채원을 예쁘게 보신 것 같았다. 그래서 더욱 고마웠다.

"그리고 민우에 대해서는 걱정하지 말게. 민우는 불쌍한 아이도 아니고 외로운 아이도 아니야. 그렇게 생각하는 어른들의 생각일 뿐 민우 자체는 지금도 계속 에너지를 머금고 있네. 그러니 민우를 굳이 키우겠다거나 그런 생각 하지 말고 서로만 바라봐. 그동안 윤호는 충분히 민우에게 보상을 해줬으니 이제는 그 녀석도지 행복을 찾아가야지."

재환의 부드러운 말을 들으며 채원은 벅차오르는 감정을 느꼈다. 거대한 집단의 수장인 만큼 인격 또한 감히 넘볼 수가 없었다. 그렇기에 윤호를 저리 잘 키웠고 또 그 손자 민우 또한 잘 자라고 있는 것이리라. 당신을 만났다는 걸 비밀로 해달라고 하여 채원은 윤호에게 말하지 않았다.

"윤호 씨가 그동안 최선을 다해 잘 키워줘서 민우가 그렇게 잘 큰 거예요. 당신 참 존경스럽고 대단해요."

채원의 칭찬을 듣자 윤호의 마음 깊숙한 곳이 뜨거워지는 걸 느꼈다. 사랑하는 여자한테 듣는 말 중에 사랑해, 다음으로 듣기 좋은 말이었다.

"당신이 다시 유치원에 복귀해서 얼마나 다행인지 몰라. 내년에 대학 강의도 예정대로 진행합시다."

그의 따뜻한 음성을 들으며 채원은 그의 허리에 팔을 두르며 안았다. 그리고 가슴에 얼굴을 기대었다.

"추워요."

윤호가 채원의 어깨를 꼭 안아 품에 넣었다. 그의 입술에서 새어 나오는 한숨 섞인 미소가 함께 나왔다. 사람들로 가득 찬 명동의 한복판에서 이렇게 서로를 안고 있는 건 조금도 부끄럽지 않았다. 채원은 그의 품에서 결심한 듯 고개를 들었다. 그리고 그의 손을 끌어 그나마 사람들이 붐비지 않는 곳으로 가 섰다. 두 사람의 곁으로 화려한 전구의 불빛과 색색의 전등이 수를 놓았다.

"있잖아요. 나 당신한테 고백할 게 있어요."

채원의 미소에 윤호의 얼굴에도 자연스럽게 미소가 피었다. 채원의 머리카락을 쓸어주었다.

"말해."

채원은 그의 얼굴을 한참 동안이나 바라보다 코트의 호주머니에서 작은 상자를 꺼내 뚜껑을 열었다. 상자 안에는 펜던트가 들어 있었다. 앤티크풍의 작은 펜던트가 성탄 불빛에 빛나고 있었다. 펜던트를 꺼내 그에게 주며 고개를 들었다.

"펜던트잖아. 뭐 들었어?"

윤호가 받아 들고 뚜껑을 열어보았다. 하지만 아무것도 없었다.

"이 펜던트 안에는 당신과 나의 결혼 사진이 들어 있었으면 좋겠어요."

조용한 목소리로 말을 하는 채원의 음성이 약간 떨려왔다. 윤호의 얼굴이 놀란 듯 굳어졌다. 여전히 윤호의 눈을 보고 있는 채원의 눈빛이 아름답게 빛났다.

"결혼해 줘요. 결혼해 주세요, 윤호 씨. 당신과 함께 살고 싶어요."

나직이 말하는 그녀의 목소리가 마법에 걸린 듯 윤호의 심장에 닿자마자 퍼졌다. 그리고 그의 온몸을 훑고 지나갔다. 미소 짓는 그녀의 미소가 설레고, 떨리는 그녀의 눈빛이 사랑스러웠다. 굳은 듯 멈춰 있던 윤호의 손이 천천히 채원의 얼굴로 다가갔다.

"이런. 내가 한발 늦었네."

그녀의 볼을 살짝 쓰다듬던 그의 손이 어깨에 내려졌다. 그리고 서서히 그녀의 손을 잡았다. 이미 준비하고 있었던 것인지 그의 코트 안에서 반지가 나왔다. 반지는 금세 채원의 네 번째 손가락에 끼워졌다. 그의 손을 따라가던 채원의 눈이 자신의 손가락에 끼워진 반지에서 멈췄다. 작게 반짝이고 있는 반지. 백금의 링 위에는 투명하고 영롱하게 빛나는 다이아몬드가 위풍당당하게 앉아 있었다. 그녀의 눈이 커졌다. 반지는 채원의 가느다란 손가락에 너무나 알맞게 자리하고 있었다.

"결혼하자. 성윤호라는 남자의 안에 들어온 정채원 당신, 영원히 내 안에 살게 하고 싶어. 당신을 평생토록 사랑할 수 있을 것 같아. 평생 지켜줄게. 같이 살자."

그의 부드러운 목소리와 사랑스러운 모습이 채원의 마음을 하염없이 흔들어놓았다.

"오늘 나도 청혼하려고 했는데 이렇게 당신이 먼저 선수 칠 줄이야. 한 방 먹었어."

그의 미소에 또다시 심장이 쿵쾅거렸다. 채원의 눈빛이 마구 흔들리며 끝내 눈물이 떨어졌다.

"반지…… 너무 예쁘다. 완전 마음에 들어요."

"울지 마. 좋은 일에는 웃기만 했으면 좋겠어."

윤호의 손이 채원의 흘러내리는 눈물을 닦아주었다. 그리고 다정하게 웃었다.

"그렇게도 날 애태우더니 이런 깜짝 선물을 준비하고. 이러니 내가 사랑하지 않을 수가 있나."

"계속 당신 마음 눈치채고 있었어요. 난 단지 내가 당신 옆에 있을 자격이 되는지 걱정되어서 머뭇거렸던 거예요. 하지만 내 마음이 먼저예요. 윤호 씨 없이는 이제 내가 살 수 없어요. 그래서."

갑자기 그가 그녀의 입술에 쪽 소리가 날 정도로 입술을 댔다 떼었다.

"이하 동문이오."

그리고 다시금 그녀의 입술에 입을 맞춰왔다. 그의 뜨거운 입술을 느끼며 채원은 살짝 눈을 떠 까만 하늘을 바라보았다. 깨졌던 서울 하늘의 결계가 다시 견고하게 다져졌다.

결계야, 깨지지 마. 우릴 지켜줘.

채원의 눈이 사르륵 다시 감겼다.

THE END♥

작가 후기

이 이야기는 사랑에 서툴고 상처받은 사람들의 느리지만 따스한 사랑을 담았습니다. 누구나 한번쯤 사랑을 하지만 모든 사랑이 쉽거나 잘되는 것은 아니기에 사랑에 서툰 주인공들의 모습은 현실의 우리와도 많이 닮아 있다고 생각합니다.

사랑하는 남자에게 배신당한 여자, 사랑하는 여자를 놓친 남자 등의 캐릭터는 현실에서도 자주 접합니다. 하지만 소설이기에 조금 더 판타지가 있고 저는 이 판타지 때문에 글을 쓰는 것 같습니다. 글을 쓰면서 현실에서의 사랑을 좀 더 로맨틱하게 재구성하는 재미도 느낍니다. 그래서 우리의 주인공들에게도 로맨틱함을 듬뿍 넣어주었습니다. 하하.

원래 연재 시의 제목은 '성 안에 정'이었습니다. 성윤호의 성과 정채원의 정으로 '성윤호 안에 정채원이 있다.' '견고한 성 안에 정이 가득' 등의 뜻을 담았는데 제목을 이해하기가 쉽지 않다는 분들이 계셔서 '달링 하버'로 바꾸게 되었습니다. 개인적으로 '달링 하버'에 가보았는데 정말로 달달하고 아늑한 분위기가 느껴져서 이 이야기의 느낌과도 잘 맞는다고 생각합니다. 이 이야기의 클라이맥스를 담고 있기도 하여 결정했습니다.

종이책을 진행하면서 200페이지가 넘는 분량을 조절하다 보니 생략된 부분도 있고 에피소드도 많이 함축된 것이 아쉽긴 하지만 전자책으로 진행할 때에 19금 부분과 나머지 에피소드에 대해서 더 다룰 예정입니다. 아쉬움은 잠시만 뒤로~ ^^

이번에 종이책을 작업하면서 원고 수정 작업을 하며 함께 고생해 주신 예원북스 유경화 실장님께 정말 감사드립니다. 방대한 분량에 대해 깨알 같은 리뷰 작업과 코멘트를 달아주셔서 책이 내실 있게 나온 것 같습니다. 다시 한 번 감사드립니다. 다음에도 작업하게 되면 꼭 실장님께 받고 싶어요.

두 돌도 안 된 어린아이를 키우느라 글은 새벽에 잠깐씩 썼던 것이 어느새 책으로 나오게 되었습니다. 너무 뜻깊고 감격스러운 이 순간 작가 후기를 쓰는 도중 아이가 잠에서 깨 제 옆에 찰싹 달라붙어 있네요. 아직은 엄마의 작업 활동을 도와줄 생각이 없나 봅니다. 그래도 남편과 딸아이에게 감사의 말을 전합니다.

다음에 또 뵙길 바라며. 안양에서.

김기훈 드림.